TRÓPICO DE
CAPRICÓRNIO

henry miller

TRÓPICO DE CAPRICÓRNIO

Tradução
MARCOS SANTARRITA
ANGELA PESSÔA

JOSÉ OLYMPIO
EDITORA

Título do original em inglês
TROPIC OF CAPRICORN

Copyright © 1934 by Henry Miller. Espólio de Henry Miller. Todos os direitos
reservados.

Reservam-se os direitos desta edição à
EDITORA JOSÉ OLYMPIO LTDA.
Rua Argentina, 171 – 1º andar – São Cristóvão
20921-380 – Rio de Janeiro, RJ – República Federativa do Brasil
Tel.: (21) 2585-2060   Fax: (21) 2585-2086
Printed in Brazil / Impresso no Brasil

Atendemos pelo Reembolso Postal

ISBN 978-85-03-00938-6

Capa: Vera Bernardes

CIP-Brasil. Catalogação-na-fonte
Sindicato Nacional dos Editores de Livros, RJ.

M592t

Miller, Henry, 1891-1980
    Trópico de capricórnio / Henry Miller; tradução
Marcos Santarrita e Angela Pessôa. – Rio de Janeiro: José
Olympio, 2008.

    Tradução de: Tropic of capricorn
    ISBN 978-85-03-00938-6

    1ª edição pela Editora José Olympio

    1. Romance americano. I. Santarrita, Marcos, 1941- .
II. Pessôa, Angela Nogueira. III. Título.

	CDD – 813
08-4300	CDU – 821.111(73)-3

Assim que a gente entrega a alma, tudo continua com mortal certeza, mesmo no meio do caos. Desde o princípio, jamais passou de outra coisa que não o caos: um fluido que me envolvia, que eu respirava pelas guelras. Nos substratos, onde a lua brilhava constante e opaca, era liso e fecundante; acima, confusa vozearia e discórdia. Em tudo eu via logo um oposto, uma contradição, e entre o real e irreal, a ironia, o paradoxo. Eu era o meu pior inimigo. Não desejava fazer nada que fosse melhor não fazer. Mesmo em criança, quando não me faltava nada, queria morrer: queria render-me porque não via sentido em lutar. Sentia que nada se provaria, consubstanciaria, somaria ou subtrairia pela continuação de uma existência que eu não pedira. Todos à minha volta eram um fracasso, ou, se não, ridículos. Sobretudo os bem-sucedidos. Estes me entediavam até as lágrimas. Eu era excessivamente compreensivo, mas não por simpatia. Era uma qualidade totalmente negativa, uma fraqueza que desabrochava à simples visão da infelicidade humana. Jamais ajudei a quem quer que fosse esperando que isso fizesse algum bem; ajudava porque não podia agir de outro modo. Parecia-me fútil querer mudar a condição das coisas; convencera-me de que nada se alteraria, a não ser uma mudança de opinião, e quem conseguiria mudar as opiniões dos homens? De vez em quando, um amigo se convertia: coisa que me dava engulhos. Eu não precisava mais de Deus do que Ele de mim, e se houvesse um Deus, dizia-me muitas vezes, eu O enfrentaria com toda calma e cuspiria em Sua cara.

O que mais me irritava era que, à primeira vista, as pessoas me tomavam por bondoso, afável, generoso, leal, fiel. Talvez eu possuísse essas virtudes, mas se isso fosse verdade, era por indiferença: podia dar-me ao luxo de ser bondoso, afável, generoso, leal e tudo mais, pois não sentia inveja. Essa era a única coisa de que jamais fui vítima. Nunca invejei nada nem ninguém. Pelo contrário, sentia apenas dó de todos e tudo.

Desde o comecinho, devo ter-me treinado para não querer nada muito a sério. Desde o comecinho fui independente, de uma maneira falsa. Não precisava de ninguém, pois queria ser livre, livre para fazer e dar apenas o que ditassem meus caprichos. Assim que se esperava ou exigia alguma coisa de mim, eu dava para trás. Foi a forma que assumiu minha independência. Era corrupto, em outras palavras, corrupto desde o começo. Era como se no leite da minha mãe houvesse veneno, e embora eu tenha sido desmamado cedo, o veneno jamais deixou meu organismo. Até mesmo quando ela me desmamou, parece que fiquei completamente indiferente: a maioria das crianças se rebela, ou finge rebelar-se, mas eu estava cagando. Era um filósofo quando ainda usava fraldas. Eu era contra a vida, por princípio. Que princípio? O princípio da futilidade. Todos à minha volta se empenhavam. Eu mesmo jamais fiz o menor esforço. Se parecia fazer algum esforço, era apenas para agradar a alguém; no fundo, estava cagando mesmo. E se você puder me dizer por que tinha de ser assim, eu nego, porque nasci com o diabo no corpo e ninguém pode eliminá-lo. Soube mais tarde, quando já adulto, que tiveram um trabalho do cão para me arrancar do ventre. Entendo isso perfeitamente. Por que me mexer? Por que sair de um lugar quente e bacana, um aconchegante retiro onde nos oferecem tudo de graça? A mais antiga lembrança que tenho é do frio, da neve e do gelo na sarjeta, da geada nas vidraças da janela, do frio das suadas paredes verdes da cozinha. Por que as pessoas vivem em climas bárbaros nas zonas *temperadas*, como são equivocadamente chamadas? Porque são naturalmente idiotas, naturalmente preguiçosas, naturalmente covardes. Até cerca dos dez anos de idade, jamais compreendi que havia países "quentes", lugares onde não se tinha de ganhar a vida com o suor, nem tremer de frio e fingir que isso era tônico e excitante. Onde quer que haja frio, há pessoas que ralam até reduzir-se a ossos, e quando produzem filhos rezam para eles o evangelho do trabalho — que não passa, no fundo, da doutrina da inércia. Minha gente era inteiramente nórdica, o que quer dizer *idiotas*. Tinham todas as idéias erradas já expostas. Entre elas, a doutrina da limpeza, para não falar da retidão. Eles eram aflitivamente limpos. Mas por dentro fediam. Nem uma vez haviam aberto a porta que dá para a alma; nem uma vez sonharam em dar um salto no escuro. Após o jantar, os pratos eram prontamente lavados e guardados no armário; depois que liam o jornal, dobravam-no direitinho e guardavam-no numa estante; depois que lavavam as roupas, passavam-nas a ferro, dobravam-nas e as guardavam nas gavetas. Tudo era para amanhã, mas o amanhã jamais chegava. O presente não passava de uma ponte, e nessa ponte eles ainda gemem, como geme o mundo, e nenhum idiota jamais pensa em explodi-la.

Em meu ressentimento, muitas vezes busquei motivos para condená-los, a melhor forma de condenar a mim mesmo. Pois também sou como eles, em muitos aspectos. Durante muito tempo pensei que havia escapado, mas com o passar do tempo vejo que não sou melhor, que sou até um pouco pior, porque via com mais clareza que eles e ainda assim continuava impotente para alterar minha vida. Quando olho para trás, parece-me que jamais fiz nada por vontade própria, mas sempre por pressão de outros. As pessoas muitas vezes me acham um cara aventureiro; nada pode estar mais longe da verdade. Minhas aventuras sempre foram adventícias, sempre empurradas para cima de mim, sempre mais suportadas do que empreendidas. Sou a essência mesma daquele povo nórdico orgulhoso, prepotente, que jamais teve o mínimo senso de aventura, mas ainda assim flagelou a terra, virou-a de cabeça para baixo, espalhando relíquias e ruínas por toda parte. Espíritos inquietos, mas não aventureiros. Espíritos agonizantes, incapazes de viver no presente. Vergonhosos covardes, todos eles, eu próprio incluído. Pois só há uma grande aventura, e esta é para dentro do eu, e para isso nem tempo, nem espaço, ou mesmo atos contam.

Com alguma freqüência estive perto de fazer essa descoberta, mas de forma característica sempre consegui me esquivar da questão. Se tento pensar numa boa desculpa, só consigo pensar no meio em que vivi, nas ruas que conheci e nas pessoas que as habitavam. Não me lembro de rua nenhuma nos Estados Unidos, ou de pessoas que as tenham habitado, capazes de levar alguém à descoberta do eu. Percorri as ruas de muitos países do mundo, mas em parte alguma me senti tão degradado e humilhado quanto nos Estados Unidos. Penso em todas as ruas dos Estados Unidos, juntas, como que formando uma imensa fossa, uma fossa do espírito, na qual tudo é sugado e esgotado em duradoura merda. Sobre essa fossa, o espírito do trabalho agita uma varinha mágica; palácios e fábricas brotam lado a lado, assim como indústrias de munição e pólvora, siderúrgicas, sanatórios, prisões e asilos de doidos. Todo o continente é um pesadelo a produzir a maior infelicidade do maior número de pessoas. Fui numa delas, uma entidade única no meio da maior patuscada de riqueza e felicidade (riqueza estatística, felicidade estatística), mas nunca encontrei alguém realmente rico ou realmente feliz. Pelo menos eu sabia que era infeliz, pobre, mal-humorado e fora de compasso. Era o meu único consolo, a minha única alegria. Mas dificilmente bastava. Teria sido melhor para a minha paz de espírito, para a minha alma, se tivesse manifestado abertamente minha rebelião, se fosse para a cadeia por isso, se nela tivesse apodrecido e morrido. Teria sido melhor se, como o louco Czolgosz, tivesse atirado em algum bom presidente McKinley, uma alma delicada e insignificante como aquela, que jamais fez o menor mal a ninguém. Porque no fundo do meu coração havia assassinato: eu queria ver os Estados Unidos destruídos, arrasados de cima a baixo. Queria ver isso acontecer de pura vingança, como expiação pelos crimes cometidos contra mim e outros como eu, que jamais conseguiram erguer a voz e manifestar seu ódio, sua revolta, sua legítima sede de sangue.

Eu era o fruto ruim de um solo ruim. Se o ego não fosse imperecível, o "eu" sobre o qual escrevo teria sido destruído muito tempo atrás. Para alguns, isso deve soar como invenção, mas o que imagino que aconteceu, de fato aconteceu, *pelo menos para mim*. A história pode me contradizer, já que não desempenhei papel algum na história de minha gente, mas ainda que tudo o que eu diga seja errado, preconceituoso, desprezível, maligno, mesmo que eu seja um mentiroso e envenenador, ainda assim é a verdade e ela vai ter de ser engolida.

Quanto ao que aconteceu…

Tudo que acontece, quando importante, é assim como uma contradição. Até aparecer aquela para quem escrevo isto, eu imaginava que em algum lugar por aí, na vida, como dizem, estava a solução para tudo. Pensava, quando dei com ela, que me apoderava da vida, agarrava uma coisa que podia morder. Em vez disso, perdi completamente o controle da vida. Procurei alguma coisa a que me ligar — e não encontrei nada. Mas ao procurar, no esforço de agarrar-me, ligar-me a algo, perdido como estava, ainda assim encontrei o que não procurava — *eu mesmo*. Descobri que o que desejara a vida toda não fora viver — se o que os outros fazem se chama viver — mas me expressar. Percebi que jamais tivera o mínimo interesse em viver, mas só naquilo que faço agora, uma coisa paralela à vida, ao mesmo tempo parte dela, e além dela. O que é verdade me interessa muito pouco, mesmo o que é real; só me interessa o que imagino ser, aquilo que sufoquei todo dia para viver. Se eu morresse hoje ou amanhã, não teria a menor importância para mim, nunca teve, mas o fato de mesmo hoje, após anos de esforço, não poder dizer o que penso e sinto, é algo que me incomoda, me exaspera. Desde a infância me vejo no caminho desse espectro, sem desfrutar nada, sem desejar nada além desse poder, dessa capacidade. Tudo o mais é mentira — tudo que já fiz ou disse que não levava isso em conta. E isso é, sem dúvida, a maior parte da minha vida.

Eu era uma contradição em essência, como dizem. As pessoas me julgavam sério e nobre, ou alegre e irresponsável, ou sincero e grave, ou negligente e descuidado. Eu era tudo isso ao mesmo tempo — e além disso, eu era mais uma coisa, uma coisa que ninguém desconfiava, muito menos eu.

Quando menino de seis ou sete anos, sentava-me à bancada de trabalho de meu avô e lia para ele enquanto ele costurava. Lembro-me vividamente dele nesses momentos em que, apertando o ferro quente sobre a costura de um paletó, punha uma das mãos sobre a outra e olhava sonhadoramente pela janela. Lembro-me da expressão do seu rosto, ali parado a devanear, melhor que o conteúdo dos livros que eu lia, melhor que as conversas que tínhamos ou minhas brincadeiras na rua. Eu ficava imaginando com o que ele sonhava, o que o puxava para fora de si mesmo. Ainda não aprendera a sonhar de olhos abertos. Era sempre lúcido, presente e inteiriço. Os devaneios dele me fascinavam. Eu sabia que ele não tinha ligação com o que fazia, não dava a mínima para nenhum de nós, era só, e sendo só, era livre. Eu jamais estava só, menos ainda quando sozinho. Parece-me que sempre vivia acompanhado: como um farelo num queijo grande, que era o mundo, creio, embora eu jamais parasse para pensar nisso. Mas sei que jamais existi separadamente, jamais me julguei o grande queijo, por assim dizer. De modo que, mesmo quando tinha motivo para estar infeliz, me queixar, chorar, tinha a ilusão de participar de uma infelicidade comum, universal. Quando eu chorava, o mundo todo chorava — assim eu imaginava. Raras vezes eu chorava. Na maioria do tempo era feliz, ria, me divertia. Divertia-me porque, como disse antes, realmente estava cagando para tudo. Estava convencido de que, se as coisas davam errado comigo, davam errado em toda parte. E em geral, as coisas só davam errado quando a gente se preocupava demais. Isso ficou gravado em mim muito cedo na vida. Por exemplo, lembro-me do caso de meu jovem amigo Jack Lawson. Durante todo um ano ele ficou de cama, sofrendo as piores agonias. Era meu melhor amigo, pelo menos era o que diziam. Bem, a princípio provavelmente me preocupei com ele, e talvez de vez em quando ligasse para sua casa para perguntar a seu respeito; mas depois de um ou dois meses, fiquei inteiramente insensível a seu sofrimento. Disse a mim mesmo que ele precisava morrer, e o quanto antes, e depois de pensar isso, agi de acordo: quer dizer, esqueci-o na hora, abandonei-o à sua sorte. Eu tinha apenas doze anos na época, e lembro-me que senti orgulho de minha decisão. Lembro-me também do funeral — que coisa vergonhosa foi. Lá estavam eles, amigos e parentes, todos em volta do caixão e tagarelando como macacos doidos. A mãe, sobretudo, era um pé no saco. Uma criatura muito diáfana, espiritual, adepta da Ciência Cristã, creio, e embora não acreditasse na doença nem na morte, fez um tal escarcéu que o próprio Cristo teria ressuscitado da cova. Mas não o seu querido Jack! Não, Jack jazia ali, frio como gelo, rígido e impassível. Estava morto e não tinha jeito. Eu sabia disso e me sentia contente. Não desperdicei minhas lágrimas com o fato. Não podia dizer se ele estava melhor ou pior, porque afinal "ele" desaparecera. *Ele* se fora, levando consigo os sofrimentos que suportara e que sem querer infligira aos outros. Amém!, disse comigo mesmo e, com isso, estando ligeiramente histérico, soltei um sonoro peido — bem ao lado do caixão.

Esse excesso de preocupação, lembro que só me surgiu mais ou menos na época em que me apaixonei pela primeira vez. E, mesmo então, não me preocupei o bastante. Se me tivesse preocupado de fato, não estaria aqui escrevendo a respeito: teria morrido de coração partido, ou teria me enforcado. Foi uma experiência ruim, porque me ensinou a viver uma mentira. Ensinou-me a sorrir quando não queria sorrir, a trabalhar quando não acreditava no trabalho, a viver quando não tinha motivo algum para seguir vivendo. Mesmo quando a esqueci, ainda guardava o segredo de fazer aquilo em que não acreditava.

Era tudo caos desde o princípio, como disse. Mas algumas vezes cheguei tão perto do centro, do coração mesmo da confusão, que é um assombro que tudo não tenha explodido à minha volta.

Costuma-se culpar a guerra por tudo. Digo que a guerra nada teve a ver comigo, com minha vida. Numa época em que outros arranjavam nichos confortáveis, eu pegava um emprego desgraçado atrás do outro, sem jamais ganhar o suficiente para manter corpo e alma juntos. Despediam-me quase tão rápido quanto me contratavam. Eu era muito inteligente, mas inspirava desconfiança. Aonde ia, fomentava a discórdia — não por ser idealista, mas porque parecia um farol expondo a idiotice e a futilidade de tudo. Além disso, não era bom puxa-saco. Isso me marcou, sem dúvida. As pessoas sabiam logo, quando eu entrava e pedia um emprego, que na verdade estava cagando se ia conseguir ou não. E claro que em geral não conseguia. Mas após algum tempo, a simples procura de emprego se tornou uma atividade, um passatempo, por assim dizer. Entrava e pedia quase qualquer coisa. Era uma maneira de matar o tempo — não pior, até onde eu via, do que o próprio trabalho. Era eu o meu próprio patrão e estipulava meu próprio horário, mas ao contrário dos outros patrões, obtinha apenas minha própria ruína, a minha própria falência. Eu não era uma corporação, um truste, uma empresa estatal ou federal, nem um órgão multinacional — estava mais para Deus, talvez.

Isso continuou de mais ou menos a metade da guerra até... bem, até o dia em que me vi encurralado. Chegou por fim o dia em que eu quis desesperadamente um emprego. Precisava dele. Sem mais um minuto a perder, decidi pegar o último emprego da terra, o de mensageiro. Entrei no departamento de contratações da empresa de telégrafo — a Companhia Telegráfica Cosmodemônica da América do Norte — lá pelo final do dia, disposto a ir até o fim. Acabava de deixar a biblioteca pública e trazia debaixo do braço uns gordos livros de economia e metafísica. Para meu grande pasmo, negaram-me o emprego.

O cara que me recusou era um baixinho que cuidava da mesa telefônica. Pareceu me tomar por universitário, embora estivesse bem claro pelo meu pedido que eu havia muito deixara a faculdade. Até me vangloriei no pedido com um diploma de Ph.D. da Universidade de Columbia. Aparentemente isso passou despercebido, ou foi encarado com suspeita pelo baixinho que me rejeitou. Fiquei furioso, tanto mais porque, uma vez na vida, estava falando sério. Não apenas isso, mas engolira meu orgulho, que em certos aspectos estranhos é muito grande. Minha esposa, claro, deu o costumeiro risinho de escárnio. Disse que eu tinha feito aquilo apenas como um gesto. Fui para a cama pensando nisso, ainda ardendo, ficando cada vez mais furioso à medida que a noite passava. O fato de ter mulher e filho para sustentar não me incomodava tanto; as pessoas não nos ofereciam emprego porque tínhamos família para sustentar, até aí eu entendia muito bem. Não, o que me exasperava era que haviam rejeitado a *mim*, Henry V. Miller, um indivíduo competente e superior, que pedira o emprego mais baixo do mundo. Isso me enfurecia. Eu era incapaz de suportar. Pela manhã, levantei-me cedo, animado, fiz a barba, pus as melhores roupas e disparei para o metrô. Dirigime imediatamente ao escritório principal da companhia telegráfica... até o 25º andar ou onde fosse que o presidente e o vice-presidente tivessem os seus cubículos. Pedi para ver o presidente. Claro que o presidente ou se achava fora da cidade ou ocupado demais para me receber, mas eu não faria questão de falar com o vice-presidente ou seu secretário. Vi o secretário do vice-presidente, um cara inteligente e respeitoso, e despejei tudo em cima dele. Fiz isso com jeito, sem me esquentar demais, mas levando-o a entender que eu não seria descartado assim tão fácil.

Quando ele pegou o telefone e chamou o gerente-geral, achei que era só uma piada, que iam me mandar de um para outro até que eu me enchesse. Mas assim que o ouvi falar mudei de opinião. Quando cheguei ao gabinete do gerente-geral, que ficava em outro prédio na zona norte, já me esperavam. Sentei-me numa confortável poltrona de couro e aceitei um dos grandes charutos que me foram oferecidos. O indivíduo logo demonstrou um interesse vital no assunto. Queria que lhe contasse tudo, até o último detalhe, as grandes orelhas peludas voltadas para captar o menor farelo de informação que justificasse qualquer coisa formulada dentro de sua cabeça. Percebi que, por algum acaso, eu fora realmente essencial e lhe prestara um serviço. Eu o deixei arrancar de mim o que satisfizesse a sua fantasia, observando o tempo todo para que lado o vento soprava. E à medida que a conversa avançava, notei que ele simpatizava cada vez mais comigo. Finalmente alguém começava a mostrar um pouco de confiança em mim! Era só do que eu precisava para iniciar uma de minhas táticas favoritas. Pois, após anos de caça ao emprego, naturalmente me tornara muito competente: sabia não apenas o que *não* dizer, mas também o que sugerir, insinuar. Logo o gerente-geral auxiliar foi chamado a ouvir minha história. A essa altura eu sabia qual era a história. Compreendi que Hymie

— "aquele judeuzinho", como o chamava o gerente-geral — não tinha que fingir que era o homem do emprego. Usurpara a prerrogativa, até aí estava claro. Também estava claro que ele era judeu, e os judeus estavam em maus lençóis com o gerente-geral e com o sr. Twilliger, o vice-presidente, um espinho na garganta do gerente-geral.

Talvez fosse Hymie, "aquele judeuzinho sujo", o responsável pela alta porcentagem de judeus no quadro de mensageiros. Talvez fosse ele quem realmente contratasse no departamento de emprego — a Casa Crepuscular, como chamavam. Depreendi que era uma excelente oportunidade para o sr. Clancy, o gerente-geral, de derrubar um certo sr. Burns que, informou-me o sr. Clancy, já era o gerente de contratações havia trinta anos e, evidentemente, começava a ficar preguiçoso no serviço.

A reunião durou várias horas. Antes de terminar, o sr. Clancy me chamou a um lado e informou que ia fazer de *mim* o chefão da coisa. Antes de me pôr no cargo, porém, ia me pedir como um favor especial, e também uma espécie de aprendizado para me deixar em boa posição, que trabalhasse como mensageiro especial. Receberia o salário de gerente de contratações, mas pago numa conta separada. Em suma, eu tinha de flutuar de departamento em departamento e observar como todos faziam tudo. Faria um pequeno relatório de tempos em tempos sobre como iam as coisas. E de vez em quando, sugeriu, devia visitá-lo discretamente em sua casa e ter uma conversinha sobre as condições nas 101 filiais da Companhia Telegráfica Cosmodemônica na Cidade de Nova York. Em outras palavras, ia ser espião por alguns meses e depois administrar a espelunca. Talvez também me fizessem gerente-geral um dia, ou um vice-presidente. Era uma oferta tentadora, mesmo vindo embrulhada num monte de merda. Respondi Sim.

Em poucos meses estava sentado na Casa Crepuscular, contratando e demitindo feito um demônio. Era um matadouro, Deus me perdoe. A coisa não tinha sentido algum, de cima a baixo. Um desperdício de homens, material e trabalho. Uma farsa hedionda contra um pano de fundo de suor e infelicidade. Mas, assim como aceitara espionar, aceitei contratar e demitir, e tudo o que vinha junto. Disse Sim a tudo. Se o vice-presidente decretava que não se contratavam aleijados, eu não contratava aleijados. Se o vice-presidente mandava demitir todos os mensageiros de mais de 45 anos sem aviso prévio, eu os demitia sem aviso prévio. Fazia tudo o que me instruíam a fazer, mas de um modo que tinham de pagar por isso. Quando houve uma greve, cruzei os braços e esperei passar. Mas primeiro dei um jeito de que isso lhes custasse uma boa grana. Todo o sistema era tão podre, tão desumano, tão imundo, tão irremediavelmente corrupto e complicado, que seria preciso um gênio para impor-lhe alguma ordem, sem falar em bondade ou consideração humanas. Eu era contra todo o sistema americano de trabalho, podre dos dois lados. Eu era a quinta roda no vagão e nenhum dos lados precisava de mim, a não ser para me explorar. Na verdade, todos eram explorados — o presidente e sua gangue por forças ocultas, os empregados pelos superiores, e assim por diante naquela coisa toda. Do meu pequeno poleiro na Casa Crepuscular, eu tinha uma visão panorâmica de toda a sociedade americana. Era como uma página arrancada de uma lista telefônica. Alfabeticamente, numericamente, estatisticamente, fazia sentido. Mas quando se olhava de perto, quando se examinavam as páginas em separado, ou as partes em separado, quando se examinava um indivíduo solitário e o que o constituía, o ar que ele respirava, a vida que levava, os riscos que assumia, via-se uma coisa tão fedorenta e degradante, tão baixa, tão infeliz, tão absolutamente irremediável e sem sentido, que era pior do que olhar dentro de um vulcão. Via-se toda a vida americana — econômica, política, moral, espiritual, artística, estatística e patologicamente. Parecia um grande cancro num pau gasto. Pior ainda, na verdade, porque nem se via mais nada que parecesse um pau. Talvez antes aquilo tivesse vida, produzisse alguma coisa, desse ao menos um momento de prazer, um momento de excitação. Mas olhando-o de onde me sentava, parecia mais podre que o queijo mais cheio de vermes. O espantoso era que o fedor não os tivesse matado… Estou usando a conjugação no passado, mas é a mesma coisa agora, talvez até mesmo um pouquinho pior. Pelo menos agora sentimos todo o fedor.

Quando Valeska entrou em cena, eu havia contratado várias tropas de mensageiros. Meu gabinete na Casa Crepuscular parecia um esgoto a céu aberto, e fedia do mesmo jeito. Eu me enterrara na trincheira da primeira linha e era atingido de todos os lados. Para começar, o homem que eu substituíra morreu de desilusão poucas semanas depois da minha chegada. Agüentou só o bastante para me treinar e bateu as botas. Tudo aconteceu tão depressa que não tive chance de me sentir culpado. Assim que chegava ao departamento, era um longo e ininterrupto pandemônio. Uma hora antes de minha chegada — eu vivia chegando atrasado —, o lugar já fervilhava de candidatos. Tinha de abrir o caminho a cotoveladas para subir as escadas e literalmente forçar a passagem para chegar à minha escrivaninha. Antes de poder tirar o chapéu, tinha de atender uma dezena de telefonemas. Havia três telefones na mesa, e todos tocavam ao mesmo tempo. Me deixavam puto, antes mesmo de me sentar para trabalhar. Não tinha nem tempo de dar uma cagada — até às cinco ou seis da tarde. Hymie achava-se em pior situação do que eu, porque estava preso à central telefônica. Sentava-se ali das oito da manhã até às seis da tarde, mandando guias de um lado para outro. O guia era um mensageiro emprestado de um departamento por um dia ou parte de um dia. Nenhum dos 101 departamentos jamais tivera uma equipe completa; Hymie tinha de jogar xadrez com os guias, enquanto eu trabalhava feito louco para tapar os buracos. Se por milagre conseguia num dia preencher todas as vagas, na manhã seguinte a situação estava exatamente a mesma — ou pior. Talvez 20% da força fossem estáveis; o resto era flutuante. Os estáveis expulsavam os novatos. Os estáveis ganhavam de quarenta a cinqüenta dólares por semana, às vezes sessenta ou setenta e cinco, às vezes até cem dólares por semana, o que significa que ganhavam muito mais do que os escriturários, e freqüentemente mais do que seus próprios supervisores. Quanto aos novos, tinham dificuldade para ganhar dez dólares por semana. Alguns deles trabalhavam uma hora e desistiam, às vezes jogando um maço de telegramas na lata de lixo ou na sarjeta. E sempre que desistiam, queriam o salário imediatamente, o que era impossível, porque na complicada contabilidade reinante, ninguém sabia o que um mensageiro ganhara até pelo menos dez dias depois. No início, eu convidava o candidato a sentar-se perto de mim e explicava tudo em detalhe. Fazia isso até perder a voz. Logo aprendi a poupar a força para o interrogatório necessário. Para começar, um em cada dois garotos era um mentiroso nato, se não trapaceiro, ainda por cima. Muitos deles já haviam sido contratados e demitidos várias vezes. Alguns achavam aquela uma maneira excelente de encontrar outro emprego, porque o serviço os levava a centenas de escritórios em que normalmente jamais teriam posto os pés. Por sorte McGovern, o velho de confiança que guardava a porta e distribuía os formulários de inscrição, tinha um olho de câmera. E também havia os grandes livros-mestres às minhas costas, que continham um registro de todo candidato que já passara por ali. Os livros pareciam muito mais um fichário policial; estavam cheios de marcas vermelhas, indicando essa ou aquela delinqüência. A julgar pelos indícios, eu me achava num lugar difícil. Um em cada dois nomes envolvia um roubo, uma fraude, uma briga de rua, ou demência, perversão ou idiotismo. "Cuidado, fulano é epiléptico!" "Não contrate este homem, é negro!" "Cuidado, X esteve na prisão de Dannemora ou então em Sing Sing."

Se eu me apegasse às normas, ninguém jamais teria sido contratado. Tive de aprender rápido, e não com os registros nem com os que me cercavam, mas por experiência própria. Havia mil e um detalhes pelos quais julgar um candidato: eu tinha de percebê-los todos de uma vez, e rápido, porque num curto dia, mesmo se fosse rápido como Jack Robinson, só se pode contratar um certo número, e não mais. E por mais que eu contratasse, nunca era o bastante. No dia seguinte, começaria tudo outra vez. Alguns eu sabia que só durariam um dia, mas tinha de contratá-los mesmo assim. O sistema estava errado do princípio ao fim, mas não cabia a mim criticá-lo. Cabia-me contratar e demitir. Eu era o centro de um disco a girar, que girava tão rápido que nada ficava parado. O que se precisava era de um mecânico, mas segundo a lógica dos de cima, nada havia de errado com o mecanismo, tudo estava ótimo e magnífico, só que as coisas

se achavam temporariamente fora de ordem. E estarem as coisas temporariamente fora de ordem causava epilepsia, roubo, vandalismo, perversão, negros, judeus, prostitutas e que sei eu — às vezes greves e *lockouts.** Portanto,
segundo essa lógica, pegava-se uma grande vassoura e varria-se o estábulo,
ou porretes e armas de fogo, e metia-se juízo na porrada em pobres idiotas
que sofriam da ilusão de que tudo estava fundamentalmente errado. Era útil
de vez em quando falar em Deus, ou mesmo ter um pequeno coro comunitário — talvez até uma bonificação se justificasse de vez em quando, quer
dizer, quando as coisas estavam tão terrivelmente ruins que as palavras não
adiantavam. Mas no todo, o importante era continuar contratando e demitindo; enquanto houvesse homens e munição, tínhamos de avançar, continuar limpando as trincheiras. Enquanto isso, Hymie continuava tomando
purgantes — o suficiente para explodir-lhe o rabo se ele tivesse rabo, mas
não tinha mais, apenas imaginava que estava dando uma cagada, apenas
imaginava que estava cagando sentado na latrina. Na verdade, o pobre homem entrara em transe. Havia 101 departamentos para cuidar, e cada um
com sua equipe de mensageiros mítica, senão hipotética, e quer os mensageiros fossem reais ou irreais, tangíveis ou intangíveis, Hymie tinha de
embaralhá-los da manhã à noite, enquanto eu tapava os buracos, também
imaginários, pois quem poderia dizer, quando se mandava um recruta a um
departamento, se ele chegaria lá naquele dia, no seguinte ou nunca? Alguns
se perdiam no metrô ou nos labirintos sob os arranha-céus; alguns rodavam
pela linha do elevado de trem o dia todo porque, com o uniforme, a viagem
era de graça e talvez jamais houvessem tido o prazer de viajar de um lado
para outro o dia todo nas linhas elevadas. Alguns partiam para Staten Island
e acabavam em Canarsie, ou então eram trazidos de volta em coma por um
tira. Alguns esqueciam onde moravam e desapareciam completamente. Alguns que contratamos para Nova York foram aparecer na Filadélfia um mês
depois, como se fosse normal. Alguns saíam para um destino e no caminho

---

*Fechamento de uma fábrica, usina ou estabelecimento pela direção, constrangendo os empregados a
uma baixa de salário até que aceitem as propostas ou condições de trabalho apresentadas. (N. *da* E.)

decidiam que era mais fácil vender jornais e passavam a vendê-los, com o uniforme que lhes dávamos, até serem apanhados. Alguns iam direto para o pavilhão de observação, movidos por algum estranho instinto de preservação.

Quando chegava pela manhã, Hymie primeiro apontava seus lápis; fazia isso religiosamente, por mais que o telefone tocasse, porque, como me explicou depois, se não apontasse os lápis primeiro, jamais seriam apontados. O passo seguinte era dar uma olhada pela janela e ver como estava o tempo. Depois, com um lápis recém-apontado, fazia um quadrado no alto da lousa que mantinha ao seu lado e nele escrevia a previsão do tempo. Isso, também me informou, muitas vezes se revelava um álibi útil. Se a neve estivesse com trinta centímetros de altura, ou o chão coberto de granizo, até o próprio diabo seria desculpado por não distribuir os guias com mais rapidez, e o gerente de contratações também podia ser desculpado por não tapar os buracos nesses dias, não? Mas por que não dava uma cagada primeiro, em vez de grudar-se na central telefônica, assim que tinha os lápis apontados, era um mistério para mim. Também isso ele me explicou depois. De qualquer modo, o dia sempre desandava em confusão, queixas, prisão de ventre e vagas. Também começava com peidos sonoros e fedorentos, mau hálito, nervos em pandarecos, epilepsia, meningite, baixos salários, salários atrasados e há muito vencidos, sapatos gastos, calos e joanetes, pés chatos e arcadas quebradas, carteiras desaparecidas e canetas-tinteiros perdidas ou roubadas, telegramas flutuando na sarjeta, ameaças do vice-presidente e conselho dos gerentes, brigas e disputas, aguaceiros e cabos de telégrafo partidos, novos métodos de eficiência e antigos que haviam sido abandonados, esperança de tempos melhores e uma prece pela gratificação que jamais vinha. Os novos mensageiros escalavam a borda e eram metralhados; os velhos cavavam cada vez mais fundo, como ratos num queijo. Ninguém estava satisfeito, sobretudo o público. Levava-se dez minutos para alcançar São Francisco pelo telégrafo, mas podia levar um ano para mandar a mensagem ao homem a quem se destinava — ou talvez jamais chegasse.

A Associação Cristã de Moços, ávida por melhorar o moral dos meninos trabalhadores em toda parte nos Estados Unidos, fazia reuniões ao
meio-dia e será que eu não gostaria de mandar alguns garotos ar-
rumadinhos para ouvir William Carnegie Asterbilt Junior fazer uma pa-
lestra de cinco minutos sobre o serviço? O sr. Mallory, da Liga de
Bem-Estar, gostaria de saber se eu tinha alguns minutos para me falar dos
prisioneiros-modelo na condicional e que teriam prazer em servir em
qualquer posto, mesmo como mensageiros. A sra. Guggenhoffer, das Be-
neficências Judaicas, ficaria muito agradecida se eu a ajudasse a manter
alguns lares que se haviam desfeito porque todos na família estavam
doentes, ou aleijados ou incapacitados. O sr. Haggerty, do Lar de Meninos
Fugidos, tinha certeza de que podia me oferecer exatamente os meninos
certos, se eu lhes desse uma chance; todos haviam sido maltratados pelos
padrastos ou madrastas. O prefeito de Nova York ficaria muitíssimo grato
se eu desse minha atenção pessoal ao portador da referida carta, que ele
endossava de todas as formas — mas por que diabos ele mesmo não dava
emprego ao referido portador, era um mistério. O homem curvado sobre
meu ombro me entrega uma tira de papel na qual acabou de escrever —
"Mim entender tudo, mas mim não ouve as vozes". Luther Winifred está
de pé a seu lado, o paletó esfrangalhado fechado com grampos de segurança. Luther é dois sétimos índio puro e cinco sétimos germano-ameri-
cano, explica. Pelo lado índio é um *crow*, dos *crows* de Montana. Seu úlimo
emprego foi de instalador de persianas, mas suas calças não têm fundilhos
e ele se envergonha de subir em uma escada diante de uma senhora. Deixou o hospital outro dia e ainda está meio fraco, mas não demais para
levar mensagens, acha.

E há ainda Ferdinand Mish — como posso tê-lo esquecido? Vem esperando na fila a manhã toda para ter uma palavrinha comigo. Jamais respondi às cartas que me enviou. Era isso justo?, pergunta-me com jeito
brando. Claro que não. Lembro-me vagamente da última carta que me
mandou do Hospital de Cães e Gatos, na Grand Concourse, onde era
atendente. Dizia arrepender-se de haver abandonado o posto, "mas foi

porque seu pai era severo demais com ele, não lhe proporcionando nenhuma recreação ou prazer ao ar livre". "Já tenho 25 anos", escreveu, "e acho que não devia mais dormir com meu pai, não é? Eu sei que o senhor é tido como um cavalheiro muito fino e agora só dependo de mim mesmo, portanto espero..." McGovern, o velho de confiança, está parado ao lado de Ferdinand à espera de que eu lhe faça o sinal. Quer mandar Ferdinand passear — lembra-o de cinco anos atrás, quando ele se deitou na calçada diante do departamento central, de uniforme completo, e teve um ataque epiléptico. Não, merda, não posso fazer isso! Vou dar-lhe uma chance, pobre-diabo. Talvez o mande a Chinatown, onde tudo é muito tranqüilo. Nesse meio tempo, enquanto Ferdinand põe o uniforme no quarto dos fundos, ouço a choradeira de um menino órfão que quer "fazer da empresa um sucesso". Diz que se eu lhe der uma chance, vai rezar por mim todo domingo quando for à igreja, menos nos domingos em que tem de se apresentar ao seu agente da condicional. Não fez nada, ao que parece. Apenas empurrou o cara e o cara caiu de cabeça e morreu. *Próximo:* um ex-cônsul de Gibraltar. Tem uma bela letra — bela demais. Peço-lhe que me procure no fim do dia — há nele alguma coisa escusa. Enquanto isso, Ferdinand dá um ataque no vestiário. Golpe de sorte! Se houvesse acontecido no metrô, com o número no boné e tudo, eu seria demitido. *Próximo:* um cara com um braço só e puto da vida porque McGovern está lhe mostrando a porta.

— Que diabo! Eu sou forte e saudável, não sou? — ele berra, e para provar pega uma cadeira com o braço bom e a faz em pedaços.

Volto à escrivaninha e um telegrama me espera. Abro-o. É de George Blasini, ex-mensageiro nº 2.459, do departamento sudoeste. "Sinto haver desistido tão cedo, mas o emprego não era adequado à indolência do meu caráter e eu sou um verdadeiro amante do trabalho e da frugalidade mas muitas vezes não conseguimos controlar ou submeter nosso orgulho pessoal." Merda!

No início fiquei entusiasmado, apesar das duchas frias que vinham de cima e dos apertos por que passava embaixo. Eu tinha idéias e as executava, quer agradassem o vice-presidente ou não. A cada dez dias mais ou menos, era chamado às falas e ouvia um sermão por ter "um coração grande demais". Jamais tive dinheiro algum no bolso, mas usava à vontade o dos outros. Enquanto fosse o chefe, teria crédito. Distribuía dinheiro a torto e a direito; dei minhas roupas de cima e de baixo, meus livros, tudo que era supérfluo. Se tivesse poder, daria a empresa aos pobres coitados que me importunavam. Se me pediam dez centavos eu dava meio dólar, se me pediam um dólar, dava cinco. Estava cagando para o quanto dava, porque era mais fácil tomar emprestado e dar do que recusar aos pobres coitados. Nunca vi tanta infelicidade em minha vida, e espero nunca tornar a ver. Os homens são pobres em toda parte — sempre foram e sempre serão. E por baixo dessa terrível pobreza há uma chama, em geral tão fraca que chega a ser invisível. Mas está ali, e se alguém tiver a coragem de soprá-la, pode tornar-se uma conflagração. Viviam me exortando a não ser tolerante, sentimental nem caridoso demais. Seja firme! Seja duro!, advertiam-me. Foda-se!, eu dizia a mim mesmo, vou ser generoso, maleável, misericordioso, tolerante, carinhoso. No início ouvia todo mundo até o fim; se não podia dar um emprego a alguém, dava-lhe dinheiro, e se não tinha dinheiro, dava-lhe cigarros ou coragem. Mas dava! O efeito era estonteante. Ninguém pode avaliar os resultados de uma boa ação, de uma palavra bondosa. Eu era inundado de gratidão, bons augúrios, convites, presentinhos patéticos e carinhosos. Se tivesse poder de fato, em vez de ser a quinta roda numa carroça, sabe Deus o que poderia haver realizado. Poderia usar a Companhia Telegráfica Cosmodemônica da América do Norte como base para levar toda a humanidade a Deus; transformar as Américas do Norte e do Sul igualmente, e também o Domínio do Canadá. Tinha o segredo na mão: ser generoso, bondoso, paciente. Fazia o trabalho de cinco homens. Mal dormi durante três anos. Não tinha uma camisa inteira, e muitas vezes sentia tanta vergonha de pedir dinheiro emprestado à minha esposa, ou assaltar o cofrinho da criança que, para conseguir a passagem e ir ao trabalho de manhã, roubava o jornaleiro cego na estação do metrô. Devia tanto dinheiro a todo mundo que mesmo trabalhando durante vinte anos não poderia pagar. Tomava dos que tinham e dava aos que não tinham, e era o certo, e eu faria tudo de novo se me visse na mesma posição.

Cheguei a realizar o milagre de deter a louca rotatividade, coisa que ninguém se atrevera a esperar. Em vez de apoiar meus esforços, solaparam-me. Segundo a lógica dos de cima, a rotatividade havia cessado porque os salários eram altos demais. Por isso os cortaram. Foi como chutar o fundo de um balde. Todo o edifício desabou, desmoronou em minhas mãos. E como se nada houvesse acontecido, insistiram em que os buracos fossem tapados imediatamente. Para amaciar um pouco a porrada, sugeriram que eu podia até aumentar a porcentagem de judeus, aceitar um aleijado de vez em quando, se ele fosse capaz, podia fazer isso e aquilo, tudo o que antes me haviam informado ser contra o código. Fiquei tão furioso que contratei todo e qualquer tipo de gente. Teria aceito broncos e gorilas se lhes pudesse incutir a módica quantidade de inteligência necessária para entregar mensagens. Poucos dias antes, havia apenas cinco ou seis vagas na hora de fechar. Agora havia trezentas, quatrocentas, quinhentas — eles escapavam feito areia. Era maravilhoso. Eu me sentava ali e, sem fazer uma pergunta, admitia-os às carradas — negros, judeus, paralíticos, aleijados, ex-convictos, prostitutas, maníacos, pervertidos, idiotas, qualquer fodido que pudesse sustentar-se nas duas pernas e segurar um telegrama na mão. Os gerentes dos 101 departamentos ficaram mortos de medo. Eu ria. Ria o dia todo, pensando na fedorenta bagunça que fazia daquilo. Reclamações brotavam de toda parte da cidade. O serviço estava deficiente, constipado, estrangulado. Uma mula teria chegado mais rápido ao destino do que alguns dos idiotas que pus no batente.

A melhor coisa da nova jornada foi a introdução de mensageiras. Mudou toda a atmosfera da espelunca. Para Hymie, em particular, foi uma dádiva de Deus. Ele girou sua central telefônica para me ver jogando os guias de um lado para outro. Apesar da maior carga de trabalho, tinha uma ereção permanente. Vinha trabalhar com um sorriso e sorria o dia todo. Estava no céu. No fim do dia eu sempre tinha uma lista de cinco ou seis candidatas que valia a pena experimentar. O jogo era mantê-las inseguras, prometer-lhes um emprego para primeiro ter uma foda grátis. Em geral só era preciso jogar a isca para levá-las de volta ao escritório à noite e deitá-las na mesa coberta de zinco no vestiário. Se tinham um apartamento aconchegante, como às vezes ocorria, nós as levávamos para casa e acabávamos a coisa na cama. Se gostavam de beber, Hymie levava uma garrafa. Se valiam alguma coisa e precisavam de fato de alguma grana, ele pegava seu rolo de cédulas e tirava uma de cinco ou de dez, conforme fosse o caso. Fico com a boca cheia d'água quando me lembro daquele rolo que ele trazia consigo. Onde o conseguia, eu jamais soube, porque era o homem de mais baixo salário da espelunca. Mas estava sempre ali, e o que quer que eu pedisse, ele dava. Uma vez nos aconteceu de receber um bônus e lhe paguei até o último centavo — o que o deixou tão espantado que ele me levou ao Delmonico's e gastou uma fortuna comigo. Não apenas isso, como insistiu, na manhã seguinte, em pagar-me um chapéu, camisas e luvas. Chegou a insinuar que eu fosse à sua casa e comesse sua esposa se quisesse, embora me advertisse que no momento ela estava com um problema nos ovários.

Além de Hymie e McGovern, eu tinha como auxiliares um par de belas louras que muitas vezes nos acompanhavam para jantar à noite. E havia O'Mara, uma velha amiga que acabara de voltar das Filipinas e que coloquei como minha principal assistente. Havia também Steve Romero, um touro premiado que eu mantinha por perto para o caso de encrenca. E O'Rourke, o detetive da empresa, que se apresentava a mim no fim do dia, quando iniciava seu serviço. Finalmente, acrescentei outro homem à equipe — Kronski, jovem estudante de medicina, diabolicamente interessado nos casos patológicos, que nós tínhamos em abundância. Éramos uma turma alegre, unida no desejo de foder a empresa a qualquer preço. E enquanto fodíamos a empresa, fodíamos tudo que pudéssemos pegar, à exceção de O'Rourke, que tinha certa dignidade a manter, além de problemas com a próstata e perdera todo interesse em foder. Mas era um príncipe, e generoso além das palavras. Era quem sempre nos convidava para jantar à noite, e era a quem recorríamos quando nos metíamos numa encrenca.

Assim iam as coisas na Casa Crepuscular após passarem dois anos. Eu estava saturado de humanidade, de experiências de um ou outro tipo. Em meus momentos de sobriedade, fazia anotações que pretendia usar mais tarde, se algum dia tivesse a chance de registrar essas experiências. Esperava uma folga para respirar. E então um dia, por acaso, quando me chamaram às falas por alguma pequena negligência, o vice-presidente deixou cair uma frase que me grudou na cuca. Disse que gostaria que alguém escrevesse um livro tipo Horatio Alger sobre os mensageiros; insinuou que eu talvez fosse a pessoa certa para esse serviço. Fiquei furioso ao pensar em quão tolo ele era e, ao mesmo tempo, deliciado porque em segredo estava doido para tirar a coisa do peito. Pensei comigo mesmo: "Seu pobre idiota, espere só até eu tirar isso do peito... Vou-lhe dar um livro tipo Horatio Alger... espere só!" Tinha a cabeça em torvelinho ao deixar o gabinete. Via o exército de homens, mulheres e crianças que haviam passado por minhas mãos, via-os chorando, pedindo, suplicando, implorando, xingando, cuspindo, fumaçando, ameaçando. Via as pegadas que haviam deixado nas estradas, os trens de carga em que viajavam no chão, os pais em trapos, a caixa de carvão vazia, a pia transbordando, as paredes suando e, entre as frias gotas de suor, as baratas correndo feito loucas; via-os cambaleando como duendes tronchos ou caindo para trás no ataque epilético, retorcendo a boca, a saliva escorrendo pelos lábios, as pernas batendo; via as paredes desabarem e a peste jorrar para dentro como um fluido alado, e os homens lá de cima com sua lógica férrea, à espera de que passasse, de que tudo se acertasse, contentes, presunçosos, grandes charutos na boca e os pés em cima da mesa, dizendo que tudo estava temporariamente fora de ordem. Via o herói de Horatio Alger, o sonho de um país doente subindo cada vez mais alto, primeiro mensageiro, depois operador, depois gerente, depois chefe, depois superintendente, depois vice-presidente, depois presidente, depois magnata de truste, depois barão da cerveja, depois Senhor de Todas as Américas, o dinheiro como deus, o deus dos deuses, o barro do barro, a nulidade em alta, zero com 97 mil decimais na frente e atrás. Seus merdas, disse a mim mesmo, eu vou-lhes dar a imagem de doze homenzinhos, zeros sem decimais, cifras, dígitos, os doze vermes não esmagáveis que estão corroendo a base de seu podre edifício. Vou-lhes dar Horatio Alger olhando o dia seguinte ao Apocalipse, quando todo o fedor tiver passado.

De toda a terra, vinham a mim em busca de socorro. Com exceção das primitivas, dificilmente uma raça não estava representada na força. Com exceção dos ainus, maoris, papuanos, vedás, lapões, zulus, patagônios, igorrotes, hotentotes, tuaregues, com exceção dos perdidos tasmanianos, os homens perdidos de Grimaldi, os perdidos da Atlântida, eu tinha um representante de quase toda espécie sob o sol. Tinha dois irmãos que ainda adoravam o sol, dois nestorianos do velho mundo assírio; dois gêmeos malteses e um descendente dos maias de Yucatán; tinha alguns de nossos irmãos pardos das Filipinas e alguns etíopes da Abissínia; homens dos pampas da Argentina e caubóis desamparados de Montana; gregos, letões, croatas, poloneses, eslovenos, rutênios, checos, espanhóis, galeses, finlandeses, suecos, russos, dinamarqueses, mexicanos, porto-riquenhos, cubanos, uruguaios, brasileiros, australianos, persas, japas, chineses, javaneses, egípcios, africanos da Costa do Ouro e do Marfim, hindus, armênios, turcos, árabes, alemães, irlandeses, ingleses, canadenses — e montes de italianos e judeus. Só me lembro de um francês, e que durou cerca de três horas. Tinha alguns índios americanos, sobretudo *cherokees*, mas nenhum tibetano nem esquimó: via nomes que jamais poderia imaginar e letras que iam dos caracteres cuneiformes à surpreendente e bela caligrafia dos chineses. Ouvi implorarem trabalho homens que haviam sido egiptólogos, botânicos, cirurgiões, mineradores de ouro, professores de línguas orientais, músicos, engenheiros, médicos, astrônomos, antropólogos, químicos, matemáticos, prefeitos de cidades e governadores de estados, diretores de prisão, vaqueiros, madeireiros, marinheiros, piratas de ostras, estivadores, rebitadores, dentistas, pintores, escultores, bombeiros, arquitetos, traficantes de drogas, aborteiros, traficantes de escravas brancas, mergulhadores, limpadores de chaminés, fazendeiros, vendedores de ternos e capas, caçadores, guardiãs de faróis, cafetões, vereadores, senadores, toda maldita coisa sob o sol, e todos na miséria, implorando trabalho, cigarros, passagens, *uma chance, por Deus Todo-Poderoso, só mais uma chance!* Vi e passei a conhecer homens santos, se é que existem santos neste mundo; vi e conversei com sábios, libertinos ou não; escutei homens com o fogo divino nas entranhas, que poderiam haver convencido Deus Todo-Poderoso de que mereciam outra chance, mas não o vice-presidente da Companha Telegráfica Cosmodemônica. Sentei-me grudado à minha escrivaninha e viajei pelo mundo à velocidade da luz, e aprendi que em toda parte é a mesma coisa — fome, humilhação, ignorância, vício, ganância, extorsão, chicana, tortura, despotismo: desumanidade do homem com o homem: os grilhões, os arreios, o cabresto, a brida, o chicote, as esporas. Quanto mais fino o calibre, pior o homem. Andavam pelas ruas de Nova York naquele traje maldito, degradante, os desprezados, os mais baixos dos baixos, como alces, como pingüins, como bois, como focas amestradas, como jegues pacientes, como grandes asnos, como gorilas loucos, como dóceis maníacos mordiscando a isca pendurada, como camundongos dançarinos, como porquinhos-da-índia, como esquilos, como coelhos, e muitos e muitos deles tinham preparo para governar o mundo, escrever o maior livro já escrito. Quando me lembro de alguns dos persas, hindus e árabes que conheci, quando me lembro do caráter que me revelaram, sua graça, ternura, inteligência, *santidade*, cuspo nos conquistadores brancos do mundo, os degenerados britânicos, os obstinados alemães, os fátuos e presunçosos franceses. A terra é um grande ser sensível, um planeta completamente saturado de homens, um planeta vivo exprimindo-se de forma insegura e balbuciante; não é o lar da raça branca, da raça negra, da raça amarela ou da raça azul perdida, mas do *homem*, e todos os homens são iguais perante Deus e terão sua chance, se não agora, daqui a um milhão de anos. Os irmãozinhos pardos das Filipinas podem voltar a florescer um dia, e os massacrados índios americanos do norte e do sul podem voltar à vida um dia e cavalgar pelas planícies onde hoje as cidades arrotam fogo e pestilência. Quem tem a última palavra? *O homem!* A terra é dele porque ele *é* a terra, o fogo, a água, o ar, as matérias minerais e vegetais, o espírito cósmico, imperecível, que é o espírito de todos os planetas, que se transforma por meio dele, por meio de intermináveis sinais e símbolos, intermináveis manifestações. Esperem, seus merdas telegráficos cosmocócicos, seus demônios que do alto aguardam que se conserte o encanamento, esperem, seus imundos conquistadores brancos que emporcalharam a terra com seus cascos fendidos, seus instrumentos, suas armas, seus germes de doenças, esperem, todos vocês sentados em silêncio a contar seus cobres, não é o fim. O último homem dirá sua palavra antes que tudo tenha terminado. Até a última molécula sensível deve-se fazer justiça — *e se fará!* Ninguém vai sair impune de nada, muito menos os merdas cosmocócicos da América do Norte.

Quando chegou a época de minhas férias — que eu não tirava havia três anos, tão ávido estava para fazer da empresa um sucesso! — tirei três semanas em vez de duas e escrevi o livro sobre os doze homenzinhos. Escrevi-o direto, cinco, sete, às vezes oito mil palavras por dia. Pensei que um homem, para ser escritor, tinha de escrever pelo menos cinco mil palavras por dia. Pensei que devia dizer tudo de uma vez — num único livro — e desabar depois. Eu não sabia nada sobre a escrita. Me caguei de medo. Mas estava decidido a varrer Horatio Alger da consciência norte-americana. Acho que foi o pior livro já escrito por alguém. Era um tomo colossal e cheio de defeitos do princípio ao fim. Mas foi meu primeiro livro e me apaixonei por ele. Se tivesse dinheiro, como Gide, eu o teria publicado às minhas custas. Se tivesse tido a coragem de Whitman, eu o ofereceria de porta em porta. Todos a quem o mostrei disseram que era terrível. Exortaram-me a desistir da idéia de escrever. Tinha de aprender, como Balzac, que é preciso escrever volumes antes de assinar um deles. Tinha de aprender, como logo fiz, que se deve desistir de tudo e não fazer mais nada além de escrever, escrever, escrever, escrever, mesmo que todos no mundo nos aconselhem contra isso, mesmo que ninguém acredite na gente. Talvez a gente insista exatamente porque ninguém acredita; talvez o verdadeiro segredo esteja em fazer as pessoas acreditarem. Que o livro fosse inadequado, cheio de defeitos, ruim, *terrível*, como diziam, era simplesmente natural. Eu tentava fazer no começo o que um homem de gênio só tenta no fim. Queria dizer a última palavra no começo. Era absurdo e patético. Foi uma derrota arrasadora, mas me pôs ferro na espinha e enxofre no sangue. Pelo menos eu sabia o que era fracassar. Sabia o que era tentar uma coisa grande. Hoje, quando penso nas circunstâncias em que escrevi aquele livro, quando penso no material esmagador ao qual tentei dar forma, quando penso no que esperava abranger, dou-me tapinhas nas costas. Dou-me nota dez. Orgulho-me do fato de haver feito dele um fracasso tão miserável; se houvesse conseguido, eu seria um monstro. Às vezes, quando reviso meus cadernos de anotações, quando vejo só os nomes daqueles sobre os quais pensei em escrever, me dá vertigem. Cada homem vinha a mim com um mundo seu; vinha a mim e o descarregava em minha escrivaninha; esperava que eu o pegasse e pusesse nos ombros. Eu não tinha tempo de fazer um mundo meu: tinha de permanecer fixo como Atlas, meus pés nas costas do elefante e o elefante nas costas da tartaruga. Perguntar em cima do que ficava a tartaruga teria sido loucura.

Na época eu não ousava pensar em nada, a não ser nos "fatos". Para chegar ao fundo dos fatos, teria de ser um artista, e ninguém se torna artista da noite para o dia. Primeiro, é preciso ser esmagado, ter aniquilado os pontos de vista. É preciso ser varrido como ser humano para nascer de novo como indivíduo. É preciso ser carbonizado e mineralizado para trabalhar acima do último denominador comum do eu. É preciso transcender a piedade para sentir desde as raízes mesmas do próprio ser. Não se faz um novo céu e terra com "fatos". Não há "fatos" — há apenas *o fato* de que o homem, todo homem, em qualquer parte do mundo, está a caminho da ordenação. Alguns pegam o caminho longo e outros o curto. Todos organizam o seu destino à sua maneira, e ninguém pode ajudar a não ser sendo bondoso, generoso e paciente. Em meu entusiasmo, eram então inexplicáveis certas coisas hoje claras. Lembro-me, por exemplo, de Carnahan, um dos doze homenzinhos sobre os quais escolhi escrever. Era o que se chama mensageiro modelo, diplomado por uma universidade famosa, uma inteligência sólida e um caráter exemplar. Trabalhava de dezoito a vinte horas por dia e ganhava mais que qualquer mensageiro da força. Os clientes a quem servia escreviam cartas sobre ele, pondo-o nas alturas; ofereciam-lhes bons cargos, que ele recusava por um ou outro motivo. Vivia frugalmente, mandando a maior parte do salário para a mulher e os filhos que moravam em outra cidade. Tinha dois vícios — a bebida e o desejo de vencer. Podia passar um ano sem beber, mas se tomasse uma gota, desandava. Por duas vezes fora bem-sucedido em Wall Street, mas ainda assim, ao me procurar para pedir emprego, não chegara mais longe do que ser sacristão de igreja em uma cidadezinha qualquer. Fora demitido desse emprego porque tomara o vinho sacramental e tocara os sinos a noite inteira. Era autêntico, sincero, sério. Eu tinha implícita confiança nele e minha confiança foi provada pela sua folha de serviço, imaculada. Mesmo assim, atirou na mulher e nos filhos a sangue-frio, e depois em si mesmo. Por sorte, nenhum deles morreu; ficaram todos juntos no hospital e se recuperaram. Fui visitar sua mulher depois que o transferiram para a cadeia, a fim de conseguir sua ajuda. Ela recusou categoricamente. Disse que ele era o filho-da-puta mais mesquinho e cruel que já andara sobre duas pernas — queria vê-lo enforcado. Implorei por ele durante dois dias, mas ela foi inflexível. Fui à cadeia e falei com ele através da tela de arame. Descobri que já se fizera popular com as autoridades, já recebera privilégios especiais. Não estava nem um pouco abatido. Pelo contrário, esperava extrair o melhor da temporada na prisão "estudando" técnicas de venda. Ia ser o melhor vendedor dos Estados Unidos após a libertação. Eu quase diria que parecia feliz. Disse-me que não me preocupasse com ele, ia se dar bem. Disse que todos eram ótimos com ele e não tinha nada do que se queixar. Saí dali meio aturdido. Fui a uma praia próxima e decidi nadar um pouco. Via tudo com novos olhos. Quase esqueci de voltar para casa, tão absorto ficara em especulações sobre o cara. Quem poderia dizer se tudo que lhe acontecera não fora para melhor? Talvez ele saísse da prisão um evangelista completo em vez de vendedor. Ninguém podia prever o que ele seria capaz de fazer. Nem ajudá-lo, porque ele trabalhava seu destino à sua maneira.

Houve outro cara, um hindu chamado Guptal. Era não apenas um modelo de bom comportamento — era um santo. Tinha paixão pela flauta, que tocava sozinho em seu miserável quartinho. Um dia o encontraram nu, a garganta cortada de uma orelha a outra, e a seu lado na cama, a flauta. No funeral, uma dezena de mulheres derramavam lágrimas apaixonadas, incluindo a esposa do zelador que o assassinara. Eu poderia escrever um livro sobre esse rapaz, o homem mais amável e santo que já conheci, que jamais ofendeu ou tirou alguma coisa de alguém, mas cometeu o erro crucial de vir para os Estados Unidos para espalhar paz e amor.

Havia Dave Olinski, outro mensageiro fiel e diligente, que pensava apenas no trabalho. Tinha uma fraqueza fatal — falava demais. Quando me procurou, já rodara o globo várias vezes, e o que não fizera para ganhar a vida não vale a pena contar. Sabia umas doze línguas e sentia um certo orgulho por seu talento lingüístico. Era um daqueles homens cuja própria disposição e entusiasmo os liquidam. Queria ajudar todo mundo, mostrar a todo mundo como vencer. Queria mais trabalho do que podíamos lhe dar — era um glutão por trabalho. Talvez eu devesse tê-lo avisado, quando o mandei para seu departamento no East Side, que ia trabalhar num bairro difícil, mas ele fingia saber tanto e foi tão insistente em trabalhar naquela localidade (por causa do talento lingüístico) que eu não disse nada. Pensei comigo mesmo — você vai descobrir muito rapidamente. E, claro, ele estava lá havia pouco tempo, quando se meteu em encrenca. Um rapaz judeu durão das vizinhanças entrou certo dia no escritório e pediu um formulário. Dave, o mensageiro, estava atrás do balcão. Não gostou da maneira como o cara pediu o formulário. Disse-lhe que devia ser mais educado. Levou uma porrada no pé do ouvido. Isso o fez reclamar ainda mais, ao que tomou tal bofetada que os dentes voaram garganta abaixo, e o queixo se partiu em três lugares. Ainda assim não teve juízo suficiente para fechar a matraca. Como o maldito idiota que era, foi à delegacia de polícia dar queixa. Uma semana depois, enquanto cochilava num banco, uma gangue de arruaceiros invadiu o local e o reduziu a polpa. Apanhou tanto na cabeça que o cérebro parecia uma omelete. Para inteirar a conta, a turma esvaziou o cofre e virou-o de cabeça para baixo. Dave morreu a caminho do hospital. Encontraram quinhentos dólares escondidos no dedão de uma das meias... E havia Clausen e a mulher Lena. Chegaram juntos quando ele veio pedir trabalho. Ela trazia um bebê nos braços e ele dois pequenos pelas mãos. Tinham sido enviados por uma organização assistencial. Eu o pus como mensageiro noturno para que tivesse salário fixo. Em poucos dias, recebi dele uma carta, uma carta estranha em que me pedia que o desculpasse por ausentar-se do trabalho, pois tinha de apresentar-se ao agente da condicional. Depois outra carta dizendo que a mulher se recusava a dormir com ele porque não queria mais bebês, e se eu podia por favor ir visitá-los e tentar convencê-la a dormir com ele. Fui à sua casa — um porão no bairro italiano. Parecia um manicômio. Lena estava grávida de novo, de cerca de sete meses e à beira da idiotia. Passara a dormir no terraço porque era quente demais no porão, e também porque não queria que ele a tocasse mais. Quando eu lhe disse que não faria diferença àquela altura, ela simplesmente me olhou e deu um risinho. Clausen estivera na guerra e talvez o gás o tivesse deixado meio lelé — de qualquer modo, espumava pela boca. Disse que ia estourar os miolos dela se não saísse daquele terraço. Insinuou que a mulher dormia ali para traí-lo com o carvoeiro que morava no sótão. Ao ouvir isso, Lena sorriu de novo com aquele risinho de batráquio sem graça. Clausen perdeu a paciência e deu-lhe um rápido chute no rabo. Ela saiu arrufada, levando os moleques. Clausen disse que o melhor era ela ir embora. Depois abriu uma gaveta e pegou um grande Colt. Guardava-o para o caso de precisar dele alguma hora, disse. Mostrou-me algumas facas também, e uma espécie de cassetete pequeno que ele próprio fizera. Então se pôs a chorar. Disse que a mulher o estava fazendo de idiota. Estava farto de trabalhar para ela, porque ela dormia com todo mundo no bairro. Os garotos não eram dele, porque não podia fazer mais filhos, mesmo que quisesse. No dia seguinte, quando Lena saiu para fazer compras, ele levou os meninos para o terraço e, com o cassetete que me mostrara, espatifou os crânios deles. Depois saltou de cabeça do terraço. Ao voltar para casa e ver o que ele fizera, Lena ficou doida. Tiveram de pô-la numa camisa-de-força e chamar a ambulância... Havia Schuldig, o rato que passara vinte anos na prisão por um crime que não cometera. Fora espancado quase até a morte para confessar; depois, confinamento em solitária, fome, tortura, perversão, droga. Quando finalmente o libertaram, não era mais um ser humano. Uma noite, descreveu-me os últimos trinta dias na cadeia, a agonia da espera para ser libertado. Jamais ouvi nada parecido; não pensava que um ser humano sobrevivesse a tal angústia. Libertado, ele ficou obcecado pelo medo de ser obrigado a cometer outro crime e mandado de volta à prisão. Queixava-se de que era seguido, espionado, constantemente acompanhado. Disse que "eles" o estavam instigando a fazer coisas que não desejava. "Eles" eram os detetives que andavam na sua cola, pagos para levá-lo de volta. À noite, quando dormia, sussurravam em seu ouvido. Era impotente contra eles porque o hipnotizavam primeiro. Às vezes, punham droga debaixo do seu travesseiro, e com ela um revólver ou uma faca. Queriam que matasse algum inocente para terem uma sólida acusação contra ele dessa vez. Foi indo de mal a pior. Uma noite, após ficar rodando durante horas com um maço de telegramas no bolso, dirigiu-se a um tira e pediu para ser trancafiado. Não se lembrava de seu nome nem endereço, ou sequer do departamento para o qual trabalhava. Perdera completamente a identidade. Repetia sem parar:

— Sou inocente... Sou inocente.

Submeteram-no novamente a violento interrogatório. De repente, ele saltou e gritou feito louco:

— Eu confesso... Eu confesso.

E com isso se pôs a desfiar um crime atrás do outro. Continuou com isso durante três horas. De repente, no meio de uma angustiante confissão, parou de falar, deu uma rápida olhada em volta, como alguém que acaba de voltar a si, e então, com a rapidez e a força que só os loucos possuem, deu um tremendo salto até o outro lado da sala e espatifou o crânio contra a parede de pedra... Conto esses incidentes em poucas palavras e às pressas, à medida que lampejam em minha mente; minha memória está entupida com milhares desses detalhes, com uma miríade de rostos, gestos, histórias, confissões, tudo entrançado e entrelaçado como a estupenda e tortuosa fachada de um templo hindu feito não de pedra, mas da experiência da carne humana, um monstruoso edifício de sonho construído inteiramente de realidade, e ainda assim não realidade em si, mas apenas o vaso que contém o mistério do ser humano. Minha mente vagueia até a clínica aonde, por ignorância e boa vontade, levei alguns dos mais jovens para serem tratados. Não me lembro de imagem mais evocativa para transmitir a atmosfera daquele lugar que o quadro de Hieronymus Bosch em que o mago, à maneira do dentista extraindo um nervo vivo, é representado como distribuidor de insanidade. Toda a futilidade e charlatanice de nossos praticantes da ciência chegavam à apoteose na figura do suave sádico que dirigia a tal clínica com o pleno apoio e conivência da lei. Era um sósia de Caligari, sem o chapéu de burro. Pretendendo entender o funcionamento secreto das glândulas, investido do poder de um monarca medieval, indiferente à dor que infligia, ignorando tudo menos o seu conhecimento médico, foi trabalhar no organismo humano como um bombeiro nos encanamentos subterrâneos. Além dos venenos que jogava no organismo do paciente, recorria aos punhos ou aos joelhos, segundo o caso. Qualquer coisa justificava uma "reação". Se a vítima estava letárgica, ele gritava-lhe, esbofeteava-lhe a face, beliscava-lhe o braço, dava-lhe tapas nas orelhas, chutava-a. Se, ao contrário, a vítima era enérgica demais, ele empregava os mesmos métodos, só que com redobrado prazer. Os sentimentos do paciente pouco importavam; qualquer reação que conseguisse obter era apenas uma demonstração ou manifestação das leis que regulam o funcionamento das glândulas de secreção internas. O objetivo do tratamento era tornar o paciente adequado para a sociedade. Mas por mais rápido que trabalhasse, com ou sem sucesso, a sociedade produzia cada vez mais desajustados. Alguns eram tão maravilhosamente

mal adaptados que, ao esbofeteá-los com força na cara, para obter a pro-
verbial reação, retribuíam com um soco embaixo do queixo ou um chute
nos colhões. É verdade que a maioria dos pacientes era exatamente o que
ele descrevia — criminosos incipientes. Todo o continente estava desmoronando — ainda está — e não apenas as glândulas precisam de re-
gulação, mas as solas dos pés, a armadura, a estrutura do esqueleto, o
cérebro, o cerebelo, o cóccix, a laringe, o pâncreas, o fígado, os intestinos
grosso e delgado, o coração, os rins, os testículos, o útero, as trompas de
Falópio, a porra toda. Todo o país é sem lei, violento, explosivo, demonía-
co. Está no ar, no clima, na paisagem ultragrandiosa, nas florestas de pedra
que jazem na horizontal, nos rios torrenciais que mordem os desfiladeiros
de pedra, nas distâncias e desertos supranormais, nas safras demasiadas
abundantes, nos frutos monstruosos, na mistura de sangues quixotescos,
na mixórdia de cultos, seitas, crenças, na oposição das leis e línguas, nas
contradições de temperamentos, princípios, necessidades, exigências. O
continente está cheio de violência enterrada, de ossos de monstros
antediluvianos e raças perdidas do homem, de mistérios envoltos em condenação. A atmosfera é às vezes tão elétrica que a alma é convocada a sair
do corpo e correr loucamente. Como a chuva, tudo vem aos baldes — ou
não vem de forma alguma. Todo o continente é um imenso vulcão com a
cratera temporariamente oculta por um emocionante panorama em parte sonho, em parte medo, em parte desespero. Do Alasca ao Yucatán, é a
mesma história. A natureza domina. A natureza vence. Por toda parte o
mesmo desejo fundamental de matar, devastar, saquear. Por fora parecem uma gente ótima, digna — saudável, otimista, corajosa. Por dentro
estão cheios de vermes. Uma minúscula faísca, e explodem.
   Acontece muitas vezes, como na Rússia, de aparecer um homem pre-
disposto a brigas. Cheio de raiva. Acordara assim, como que atingido por
uma monção. Nove em dez vezes era um cara bom, de quem todos gostavam. Mas quando vinha a fúria, nada conseguia detê-lo. Era como um
cavalo com antolhos, e o melhor que se podia fazer por ele era dar-lhe um
tiro ali mesmo. É sempre assim com gente pacífica. Um dia enlouquecem.

Nos Estados Unidos, as pessoas vivem enlouquecendo. O que precisam é dar vazão à sua energia, ao seu desejo de sangue. A Europa é sangrada regularmente pela guerra. Os Estados Unidos são pacifistas e canibalísticos. Por fora, parecem uma bela colméia, com todos os zangões rastejando uns por cima dos outros, num frenesi de trabalho; por dentro são um matadouro, onde cada homem mata o vizinho e lhe suga o tutano dos ossos. Superficialmente, parecem um mundo ousado, masculino; na verdade é um bordel governado por mulheres, com os filhos nativos agindo como cafetões e os malditos estrangeiros vendendo sua carne. Ninguém sabe ficar sentadinho e satisfeito. Isso só acontece no cinema, onde tudo é falsificado, até as chamas do inferno. Todo o continente está ferrado no sono, e no sono se dá esse grande pesadelo.

Ninguém poderia ter um sono mais profundo do que eu no meio desse pesadelo. A guerra, quando chegou, causou apenas uma espécie de fraco rumor em meus ouvidos. Como meus compatriotas, eu era pacifista e canibalista. Os milhões investidos na carnificina pereceram numa nuvem, em grande parte como pereceram os astecas, os incas, os peles-vermelhas e os búfalos. As pessoas fingiam-se profundamente comovidas, mas não estavam. Simplesmente se remexiam inquietas durante o sono. Ninguém perdeu o apetite, ninguém se levantou e tocou o alarme de incêndio. O dia em que percebi que houvera uma guerra foi mais ou menos seis meses depois do armistício. Foi num bonde na linha que cruza a cidade na Rua 14. Um de nossos heróis, um rapaz do Texas com uma fileira de medalhas no peito, por acaso viu um oficial passando na calçada. A visão do oficial o enfureceu. Ele próprio era um sargento e na certa tinha um bom motivo para estar magoado. Seja como for, a visão do oficial o enfureceu tanto que ele se levantou do assento e disse o diabo contra o governo, o exército, os civis, os passageiros do bonde, tudo e todos. Disse que se houvesse outra guerra não o arrastariam nem com vinte parelhas de mulas. Disse que veria todos os filhos-da-puta mortos antes de ir para a guerra de novo; que estava cagando para as medalhas com que o haviam condecorado, e para mostrar que falava sério arrancou-as e jogou-as pela janela; disse que se algum dia voltasse a estar com um oficial numa trincheira, lhe daria um tiro nas costas como em um cachorro sujo, e isso valia para o general Pershing ou qualquer outro general. Disse muito mais coisas, com alguns xingamentos imaginativos que aprendera por lá, e ninguém abriu a matraca para contradizê-lo. Quando terminou, senti pela primeira vez que houvera uma guerra de verdade, e que o homem que eu ouvira devia ter estado nela, e apesar de sua bravura a guerra fizera dele um covarde, e se ele matasse mais alguém, seria bem desperto e a sangue-frio, e ninguém teria raça para mandá-lo para a cadeira elétrica porque ele cumprira seu dever para com seus compatriotas, que consistia em negar seus sagrados instintos, e portanto, tudo era justo, porque um crime levara a outro em nome de Deus, da pátria e da humanidade, que a paz esteja convosco. A segunda vez que senti a realidade da guerra foi quando o ex-sargento Griswold, um dos mensageiros noturnos, um dia deu a louca e deixou em pedaços o escritório de uma das estações ferroviárias. Mandaram-me despedi-lo, mas não tive coragem. Ele fizera um trabalho de destruição tão lindo que eu tinha mais vontade de abraçá-lo e apertá-lo contra o peito; só pedia a Deus que subisse ao 25º andar, ou onde quer que o presidente e o vice-presidente tinham seus gabinetes, e varresse toda a maldita gangue. Mas em nome da disciplina, e para manter a maldita farsa, eu tinha de fazer alguma coisa para castigá-lo, ou então eu mesmo seria punido por não fazê-lo, e assim, não sabendo o que fazer, tirei-o da base de comissão e o pus de volta em base salarial. Ele recebeu mal a coisa, não percebendo exatamente minha posição, contra ou a favor, e assim me deu uma carta na hora, dizendo que ia me fazer uma visita dentro de um ou dois dias, e que era melhor eu ter cuidado, porque ia arrancar meu couro. Disse que viria após o horário de serviço e que, se eu estivesse com medo, era melhor ter algum cara forte por perto para cuidar de mim. Eu sabia que o cara falava sério e senti um medo dos diabos quando larguei a carta. Esperei-o sozinho, porém, achando que seria ainda maior covardia pedir proteção. Foi uma experiência estranha. Ele deve ter percebido, assim que pôs os olhos em mim, que eu era um filho-da-puta, um mentiroso e fedorento hipócrita, como me chamara na carta. Eu só era isso porque ele era o que era, o que não era lá muito melhor. Deve haver compreendido logo que estávamos os dois no mesmo barco, e que a porra do barco fazia água a valer. Eu podia ver que alguma coisa assim se passava dentro dele quando avançou, por fora ainda furioso, ainda espumando pela boca, mas por dentro inteiramente gasto, macio e brando. Quanto a mim, qualquer medo que eu tinha desapareceu assim que o vi entrar. O simples fato de estar ali parado e sozinho, e ser menos forte, menos capaz de me defender, me dava uma vantagem sobre ele. Não que eu quisesse ter a vantagem. Mas foi dessa forma que as coisas se passaram e tirei proveito disso naturalmente. Assim que ele se sentou, amoleceu feito pudim. Não era mais um homem, apenas uma criança grande. Devia haver milhões como ele, crianças grandes com metralhadoras que podiam varrer regimentos inteiros num piscar de olhos; mas de volta à trincheira do trabalho, sem arma, sem um inimigo claro e visível, eram impotentes como formigas. Tudo girava em torno da questão da comida. Comida e aluguel — era só o que havia por que lutar — mas não havia modo, um modo claro e visível, de lutar por elas. Era como ver um exército forte e bem equipado, capaz de varrer qualquer coisa à vista, mas ordenado a retirar-se todo dia, retirar-se e retirar-se e retirar-se, porque era a coisa estratégica a fazer, embora significasse perder terreno, armas, munição, comida, sono, coragem e por fim a própria vida. Sempre que homens lutavam por comida e aluguel, dava-se essa retirada, na neblina, na noite, sem qualquer motivo a não ser que era a coisa estratégica a fazer. Era de roer seu coração. A luta era fácil, mas lutar por comida e aluguel era como combater um exército de fantasmas. Só se podia recuar, e enquanto se recuava, viam-se os próprios irmãos derrubados, um atrás do outro, em silêncio, misteriosamente, na neblina, na escuridão, sem nada a fazer. Ele estava tão confuso, diabos, tão perplexo, tão desesperadamente desorientado e vencido, que deitou a cabeça nos braços e chorou em minha mesa. Enquanto soluçava desse jeito, toca o telefone e é do gabinete do vice-presidente — nunca o próprio vice-presidente, mas sempre *seu gabinete* — querendo ver o tal Griswold demitido imediatamente; eu digo "Sim, senhor!" e desligo. Não digo nada a Griswold, mas vou para casa com ele e janto com ele, a mulher e os filhos. Quando o deixo, digo a mim mesmo que se tiver de demitir o cara alguém vai me pagar por isso — de qualquer modo quero saber primeiro de onde vem a ordem, e por quê. Furioso e intempestivo, subo direto ao gabinete do vice-presidente na manhã seguinte e peço para falar com ele, "Foi você que deu a ordem", pergunto — "*e por quê*"? E antes que ele tenha uma chance de negar, ou explicar o motivo, lanço-lhe uns desaforos de improviso, que ele menos gosta de ouvir — se você não gosta, sr. Will Twilldilliger, pode ficar com o emprego, o meu e o dele, e meter tudo no rabo — e desse modo o deixo falando sozinho. Volto para o matadouro e continuo meu trabalho como sempre. Espero, claro, ser demitido antes do fim do dia. Mas nada disso. Para meu espanto, recebo um telefonema do gerente-geral me mandando ir com calma, apenas se acalme um pouco, é, não faça nada precipitado, nós vamos cuidar disso etc. Acho que ainda estão examinando o caso, porque Griswold continuou trabalhando como sempre — na verdade, até o promoveram a escriturário, o que foi jogo sujo, porque como escriturário ele ganharia menos que como mensageiro, mas salvava o seu orgulho e também tirava mais um pouco da sua coragem, sem dúvida. Mas é isso que acontece a um cara quando é herói apenas no sono. A menos que o pesadelo seja bastante forte para acordá-lo, a gente continua recuando, e ou acaba no banco ou como vice-presidente. É tudo a mesma coisa, uma bagunça da porra, uma farsa, um fiasco do início ao fim. Sei como era porque acordei. E quando acordei dei o fora. Dei o fora pela mesma porta pela qual entrara — sem nem dizer "com sua licença, senhor!".

As coisas acontecem instantaneamente, mas primeiro há um longo processo a percorrer. O que se tem quando acontece alguma coisa é apenas a explosão, e, no segundo anterior, a faísca. Mas tudo acontece segundo a lei — e com pleno consentimento e colaboração de todo o cosmo. Antes de me levantar e explodir a bomba ela tinha de estar adequadamente preparada, adequadamente ativada. Após botar tudo em ordem para os sacanas lá em cima, tive de descer das alturas, ser chutado de um lado para outro como uma bola de futebol, pisoteado, espremido, humilhado, agrilhoado, algemado, tornado impotente como água-viva. Durante toda a minha vida eu nunca quis ter amigos, mas naquele período em particular eles pareciam brotar à minha volta como cogumelos. Eu nunca tinha um momento para mim mesmo. Ia para casa à noite, esperando descansar, e alguém estava à minha espera. Às vezes encontrava um bando inteiro por lá, e não parecia fazer muita diferença se eu chegasse ou não. Cada grupo de amigos que eu fazia desprezava o outro grupo. Stanley, por exemplo, desprezava todos. Ulric também tinha um certo desprezo pelos outros. Acabara de voltar da Europa após uma ausência de vários anos. Não nos víramos muito desde meninos, e aí, um dia, por acaso, nos encontramos na rua. Aquele foi um dia importante em minha vida porque me abriu um novo mundo, um mundo com o qual muito sonhara, mas não esperava ver. Lembro-me vividamente que estávamos parados na esquina da Sexta Avenida com a Rua 49 ao anoitecer. Lembro disso porque parecia absolutamente incongruente estar escutando um homem falar sobre o Monte Etna, o Vesúvio, Capri, Pompéia, Marrocos e Paris na esquina da Sexta Avenida com a 49, em Manhattan. Lembro a aparência dele enquanto falava, como alguém que não percebera bem o que o esperava, mas sentia vagamente que cometera um erro terrível ao voltar. Seus olhos pareciam dizer o tempo todo — isso não tem valor, valor algum. Não o dizia, porém — apenas repetia isto, diversas vezes:

— Tenho certeza de que você gostaria! Tenho certeza de que é o lugar exato para você.

Quando foi embora, eu estava em transe. Toda pressa de tornar a encontrá-lo era pouca. Queria ouvir tudo de novo, em minuciosos detalhes. Nada do que lera sobre a Europa parecia casar-se com aquela fulgurante história saída dos lábios de meu amigo. Parecia-me tanto mais maravilhoso por sermos fruto do mesmo ambiente. Ele conseguira porque tinha amigos ricos — e sabia economizar. Jamais conheci ninguém que fosse rico, que houvesse viajado, que tivesse dinheiro no banco. Todos os meus amigos eram como eu, vagando de um dia a outro, jamais pensando no futuro. O'Mara, sim, viajara um bocado, quase o mundo todo — mas como vagabundo, ou no exército, que era pior ainda do que ser vagabundo. Meu amigo Ulric foi o primeiro sujeito que encontrei que podia dizer que viajara de fato. E sabia falar de suas experiências.

Em conseqüência daquele encontro casual na rua, encontramo-nos muitas vezes depois, num período de vários meses. Ele me visitava à noite após o jantar e dávamos um passeio pelo parque, que ficava perto. Que sede eu tinha! Cada mínimo detalhe sobre o outro mundo me fascinava. Mesmo hoje, anos e anos depois, mesmo agora, quando conheço Paris como um livro, conservo diante dos olhos sua imagem de Paris, ainda vívida, ainda real. Às vezes, após uma chuva, rodando rápido de táxi pela cidade, capto vislumbres passageiros dessa Paris que ele descreveu; apenas pedaços momentâneos, como ao passar pelas Tulherias, talvez, ou um vislumbre de Montmartre, ou da Sacré-Coeur, da Rue Laffitte, no último rubor do crepúsculo. *Apenas um menino do Brooklyn!* Era uma expressão que ele às vezes usava quando se sentia envergonhado pela incapacidade de expressar-se mais adequadamente. E também eu era apenas um menino do Brooklyn, o que significa um dos últimos e menos importantes. Mas enquanto vagueio, roçando cotovelos com o mundo, raras vezes me acontece encontrar alguém que descreva de forma tão amorosa e fiel o que viu e sentiu. Aquelas noites no Prospect Park com meu velho amigo Ulric são responsáveis, mais que qualquer outra coisa, por eu estar aqui hoje. Ainda não vi a maioria dos lugares que ele me descreveu; alguns talvez jamais veja. Mas vivem dentro de mim, cálidos e vívidos, exatamente como ele os criou em nossos passeios pelo parque.

Nessa conversa sobre o outro mundo, entremeava-se todo o corpo e textura da obra de Lawrence. Muitas vezes, depois que o parque havia muito se esvaziara, ainda continuávamos sentados num banco discutindo a natureza das idéias de Lawrence. Hoje, olhando em retrospecto aquelas discussões, vejo como eu estava confuso, como era dolorosamente ignorante do verdadeiro sentido de sua obra. Houvesse realmente entendido, minha vida jamais teria tomado o rumo que tomou. A maioria de nós vive a maior parte da vida submersa. Certamente, no meu caso, posso dizer que só quando deixei os Estados Unidos emergi acima da superfície. Talvez os Estados Unidos nada tenham a ver com isso, mas permanece o fato de que não abri bem os olhos, completa e claramente, enquanto não cheguei a Paris. E talvez isso tenha ocorrido apenas por ter renunciado aos Estados Unidos, renunciado ao meu passado.

Meu amigo Kronski zombava de mim por minhas "euforias". Era a forma disfarçada que tinha de me lembrar, quando eu estava extraordinariamente alegre, que no dia seguinte estaria deprimido. Era verdade. Eu só tinha altos e baixos. Longos períodos de tristeza e melancolia, seguidos por extravagantes explosões de alegria, de uma inspiração que parecia transe. Jamais um nível em que fosse eu mesmo. Soa estranho dizer isso, mas nunca fui eu mesmo. Ou era anônimo ou a pessoa chamada Henry Miller elevada à enésima potência. Nesse último clima, por exemplo, despejava todo um livro em cima de Hymie quando andávamos de bonde. Logo ele, que jamais desconfiou que eu fosse outra coisa além de um bom gerente de contratações. Vejo seus olhos agora, quando me olhou uma noite em que eu me achava num desses estados de "euforia". Havíamos pegado o bonde na Ponte de Brooklyn para ir a um apartamento em Greenpoint, onde duas prostitutas nos esperavam. Hymie começara a falar-me à sua maneira habitual sobre os ovários de sua mulher. Para começar, não sabia exatamente o que significava ovários, e por isso eu lhe explicava de forma crua e simples. No meio de minha explicação, de repente pareceu tão trágico e ridículo que ele não soubesse o que eram ovários que fiquei bêbado, como se houvesse bebido um litro de uísque. Da idéia dos ovários doentes, germinou, num lampejo, uma espécie de mata tropical composta do mais heterogêneo sortimento de fragmentos no meio dos quais, seguramente alojados, tenazmente alojados, eu diria, achavam-se Dante e Shakespeare. No mesmo instante, também me lembrei de todo o fluxo de meus pensamentos íntimos, que começara em plena

Ponte de Brooklyn, e que a palavra "ovários" de repente interrompera. Percebi que tudo que Hymie dissera até a palavra "ovários" escoara como areia através de mim. O que eu começara, no meio da Ponte de Brooklyn, fora o que começara repetidas vezes no passado, em geral quando andava até a loja do meu pai, um ato que se repetia um dia após o outro, como num transe. O que eu começara, em suma, fora um livro das horas, do tédio e monotonia de minha vida no meio de uma feroz atividade. Durante anos eu não pensara nesse livro, que escrevia todo dia no caminho da Rua Delaney até a Murray Hill. Mas ao passar pela ponte, o sol a se pôr, os arranha-céus reluzindo como cadáveres fosforescentes, a lembrança do passado se instalara… lembranças de idas e vindas pela ponte, de ir para um trabalho que era a morte, de voltar a uma casa que era um necrotério, memorizando o *Fausto* ao olhar para dentro do cemitério lá embaixo, cuspir no cemitério do trem elevado, o mesmo guarda na plataforma toda manhã, um imbecil, os outros imbecis lendo seus jornais, novos arranha-céus subindo, novos túmulos nos quais trabalhar e morrer, os barcos passando embaixo, a Fall River Line, a Albany Day Line, por que ainda vou trabalhar, que vou fazer esta noite, a buceta quente a meu lado e será que posso enfiar os nós dos dedos em suas virilhas, fugir e me tornar vaqueiro, tentar o Alasca, as minas de ouro, saia e dê uma volta, não morra ainda, espere outro dia, um golpe de sorte, rio, acabe com isso, para baixo, para baixo, como um saca-rolhas, cabeça e ombros na lama, as pernas livres; os peixes vão se aproximar e morder, amanhã vida nova, onde, em qualquer parte, por que começar de novo, a mesma coisa em toda parte, a morte, a morte é a solução, mas não morra ainda, espere mais um dia, um golpe de sorte, uma cara nova, um novo amigo, milhões de chances, você ainda é jovem demais, está melancólico, não morra ainda, espere mais um dia, um golpe de sorte, foda-se de qualquer forma, e assim por diante sobre a ponte dentro do abrigo de vidro, todo mundo grudado, vermes, formigas, rastejando para fora de uma árvore morta e seus pensamentos rastejando para o mesmo lado… Talvez o fato de estar elevado acima de duas margens, suspenso acima do tráfego, acima da vida e da morte, de cada lado os altos túmulos, túmulos ardendo com o sol poente, o rio correndo descuidado, correndo como o próprio tempo, talvez cada vez que passava lá em cima alguma coisa me puxasse, me exortasse a aceitar, a anunciar-me; de qualquer modo, toda vez que passava lá em cima estava realmente só, e sempre que isso acontecia o livro começava a escrever-se, gritando as coisas que eu jamais sussurrava, as idéias que eu nunca externava, as conversas que nunca tinha, as esperanças, os sonhos, as ilusões que eu jamais admitia. Se aquele, então, era o verdadeiro eu, era maravilhoso, e o que é mais, parecia jamais mudar e sempre recomeçar da última parada, continuar no mesmo veio, um veio que eu descobrira quando criança e desci a rua pela primeira vez sozinho, e ali, congelado no gelo sujo da sarjeta, jazia um gato morto, a primeira vez que vi a morte e a compreendi. A partir daquele momento, eu soube o que era ficar isolado: todo objeto, toda coisa viva e toda coisa morta levavam sua existência independente. Também meus pensamentos levavam uma existência independente. De repente, olhando para Hymie e pensando naquela estranha palavra "ovários", agora mais estranha que qualquer palavra em todo o meu vocabulário, apoderou-se de mim aquela sensação de gélido isolamento, e Hymie sentado a meu lado era uma grande rã, absolutamente uma grande rã e nada mais. Eu saltava de cabeça da ponte, caía no lodo primevo, as pernas livres, à espera de uma mordida, como aquele Satanás que despencara do céu e atravessara o sólido núcleo da terra, de cabeça para baixo e penetrando até o miolo da terra, o mais negro, denso e quente poço do inferno. Eu atravessava o deserto de Mojave e o homem a meu lado esperava o anoitecer para cair sobre mim e me matar. Eu andava de novo na Terra dos Sonhos e um homem caminhava acima de mim numa corda bamba, e acima dele outro se sentava num aeroplano escrevendo letras de fumaça no céu. A mulher pendurada em meu braço estava grávida e em seis ou sete anos a coisa que trazia dentro de si saberia ler as letras no céu, e ele ou ela ou essa coisa saberia o que era um cigarro e depois fumaria o cigarro, talvez um maço por dia. No ventre formavam-se unhas em cada dedo, das mãos e dos pés; podia-se parar por aí mesmo, numa unha do pé, a mais minúscula unha de pé imaginável, e quebrar a cabeça a respeito dela, tentando imaginá-la. Num dos lados do livro de registros estão os livros que o homem escreveu, contendo um tal ensopado de sabedoria e besteira, verdade e falsidade, que mesmo que vivesse até a idade de Matusalém o cara não desenredaria a bagunça; do outro lado do livro, coisas como unhas de pés, cabelos, dentes, sangue, *ovários*, se quiser, tudo incalculável e tudo escrito com outro tipo de tinta, em outra escrita, uma escrita incompreensível, indecifrável. Os olhos da rã grudavam-se em mim como dois botões de colarinho enfiados em banha fria; grudavam-se no suor frio da lama primeva. Cada botão era um ovário que se desgrudara, uma ilustração do dicionário sem a vantagem da elucubração; baço na fria banha amarela do olho, cada ovário abotoado produzia um frio subterrâneo, a pista de patinação do inferno onde os homens ficavam de cabeça para baixo no gelo, as pernas livres e à espera da mordida. Ali, Dante andava desacompanhado, oprimido por sua visão e subindo aos céus gradualmente em círculos intermináveis para entronizar-se em sua obra. Ali, Shakespeare, com a testa lisa, caía no devaneio sem fundo da raiva para aflorar em elegantes páginas e alusões. Uma glauca geada de incompreensão desfeita por explosões de risadas. Do núcleo do olho de rã irradiavam-se nítidos raios brancos de pura lucidez, não para serem anotados ou categorizados, nem numerados ou definidos, mas revolvendo cegos em mudanças caleidoscópicas. Hymie, a rã, era um cavador de ovários gerado na alta passagem entre duas margens: para ele haviam sido construídos os arranha-céus, desbravado os desertos, massacrado os índios, exterminado os búfalos; para ele a Ponte de Brooklyn juntara as cidades gêmeas, os poços de cimentação haviam sido afundados, os cabos estendidos de torre a torre; para ele homens sentavam-se de cabeça para baixo no céu, escrevendo palavras de fogo e fumaça; para ele inventaram-se o anestésico, o fórceps e o Grande Bertha, capaz de destruir o que o olho não via; para ele a molécula fora decomposta e revelara-se que o átomo carecia de substância; para ele toda noite as estrelas eram varridas por telescópios e mundos nascentes eram fotografados no ato de gestação; para ele as barreiras de tempo e espaço haviam sido derrubadas e todo movimento, fosse o vôo dos pássaros ou a revolução dos planetas, fora explicado irrefutável e incontestavelmente pelos sumos sacerdotes do cosmo despossuído. Depois, no meio da ponte, no meio de um passeio, sempre no meio — fosse de um livro, de uma conversa ou do ato do amor —, ocorria-me de novo que jamais fizera o que queria, e por não fazer o que queria brotara dentro de mim aquela criação que não passava de uma planta obsessiva, uma espécie de coral que expropriava tudo, incluindo a própria vida, até que a própria vida se tornava aquilo que era negado, mas que se afirmava constantemente, gerando a vida e a matando ao mesmo tempo. Eu via isso continuando após a morte, como pêlos crescendo num cadáver, as pessoas dizendo "morte", mas o pêlo ainda testemunhando a vida, e finalmente nenhuma morte, apenas a vida de pêlos e unhas, o corpo tendo partido, o espírito sufocado, mas na morte alguma coisa ainda viva, expropriando o espaço, causando o tempo, criando interminável movimento. Por meio do amor isso podia acontecer, ou da dor, ou de se nascer com o pé aleijado; a causa nada, o fato tudo. *No princípio era o Verbo...* O que quer que fosse *o Verbo*, doença ou criação, continuava desembestado; seguiria correndo e correndo, ultrapassaria o tempo e o espaço, duraria mais que os anjos, destronaria Deus, soltaria o universo. Qualquer palavra continha todas as palavras — para aquele que se houvesse desapegado através do amor, da dor, ou de qualquer outra causa. Em cada palavra, a corrente retornava ao princípio perdido e que jamais se tornaria a encontrar, uma vez que não havia princípio nem fim, mas apenas o que se expressava em princípio e fim. Assim, no bonde ovariano houve aquela viagem de homem e rã compostos de material idêntico, nem mais nem menos que Dante, mas infinitamente diferente, um não sabendo precisamente o sentido de nada, o outro sabendo demasiado e precisamente o sentido de tudo, daí estarem os dois perdidos e confusos em meio aos princípios e fins, para serem finalmente depositados na Rua Java ou Índia, em Greenpoint, e ali levados de volta à corrente da chamada vida por duas prostitutas de pó de serra com ovários espasmódicos, da conhecida variedade gastrópode.

O que me parece hoje a mais maravilhosa prova de minha aptidão ou inaptidão, para a época, é o fato de que nada do que as pessoas escreviam ou falavam tinha verdadeiro interesse para mim. Só o objeto me obcecava, a *coisa* separada, destacada, insignificante. Podia ser uma parte de um corpo humano ou uma escada num teatro de variedades, uma chaminé ou um botão que eu encontrara na sarjeta. Fosse o que fosse, possibilitava-me abrir-me, render-me, apor minha assinatura. À vida ao meu redor, às pessoas que compunham o mundo que eu conhecia, eu não podia apor minha assinatura. Estava tão definitivamente fora do mundo deles quanto um canibal fora dos limites da sociedade civilizada. Estava cheio de um perverso amor pela coisa em si — não uma ligação filosófica, mas uma fome apaixonada, desesperadamente apaixonada, como se aquela *coisa* jogada fora, imprestável, que todos ignoravam, contivesse o segredo de minha própria regeneração.

Vivendo no meio de um mundo onde havia uma pletora do novo, liguei-me ao velho. Havia em todo objeto uma minúscula partícula que reclamava a minha atenção em especial. Eu tinha um olho microscópico para a mancha, para o grão de feiúra que para mim constituía a única beleza do objeto. O que quer que pusesse o objeto à parte, ou o fizesse imprestável, ou lhe desse uma data, atraía-me e cativava-me. Se isso era perverso, era também saudável, considerando-se que eu não estava destinado a pertencer àquele mundo que brotava à minha volta. Logo também eu iria me tornar igual àqueles objetos que venerava, uma coisa à parte, um membro inútil da sociedade. Eu estava decididamente datado, isso era certo. E no entanto era capaz de divertir, instruir, nutrir. Mas nunca de ser aceito de forma genuína. Quando desejava, quando me dava a coceira, podia escolher qualquer homem, em qualquer estrato da sociedade, e fazê-lo escutar-me. Podia mantê-lo fascinado, se quisesse, mas, como um mago, ou um feiticeiro, só enquanto estivesse com o espírito. No fundo, eu sentia nos outros uma desconfiança, um desconforto, um antagonismo que, por ser instintivo, era irremediável. Eu devia ter sido palhaço; isso teria me dado a mais ampla gama de expressão. Mas eu subestimava a profissão. Se me houvesse tornado palhaço, ou mesmo artista de variedades, teria sido famoso. As pessoas me apreciariam exatamente porque não compreenderiam; mas teriam compreendido que eu não era para ser compreendido. Seria um alívio, para dizer o mínimo.

Para mim, era sempre motivo de surpresa ver como as pessoas se irritavam só de me ouvir falar. Talvez meu discurso fosse meio extravagante, embora muitas vezes isso acontecesse quando eu me reprimia com todas as forças. A formulação de uma frase, a escolha de um adjetivo infeliz, a facilidade com que as palavras saíam de meus lábios, as alusões a temas tabu — tudo conspirava para me estabelecer como um proscrito, um inimigo da sociedade. Por mais que tudo começasse bem, mais cedo ou mais tarde me farejavam. Se eu era modesto e humilde, por exemplo, era modesto demais, humilde demais. Se era alegre e espontâneo, ousado e destemido, era alegre demais. Jamais conseguia chegar exatamente *au point* com o indivíduo ao qual falava. Se não fosse uma questão de vida ou morte — tudo era vida ou morte para mim então —, se se tratasse apenas de passar uma noite agradável na casa de algum conhecido, era a mesma coisa. Emanavam vibrações de mim, sobretons e subtons, que carregavam a atmosfera de forma desagradável. Talvez tivessem se divertido a noite toda com minhas histórias, talvez eu os tivesse cativado, como muitas vezes acontecia, e tudo parecia pressagiar algo bom. Mas, tão certo quanto o destino, tinha de acontecer alguma coisa antes da noite chegar ao fim, alguma vibração emitida que fazia tinir o candelabro, ou que lembrava a alguma alma sensível o penico debaixo da cama. Mesmo enquanto o riso ainda morria, o veneno já se fazia sentir. "Espero ver você de novo", diziam, mas a mão úmida e bamba que estendiam desmentia as palavras.

Persona non grata! Nossa, como me parece claro agora! Não havia escolha: eu tinha de aceitar o que havia e aprender a gostar daquilo. Tinha de aprender a viver com a escumalha, a nadar feito um rato de esgoto ou me afogar. Se a gente prefere juntar-se ao rebanho, está imune. Para ser aceito e apreciado, é preciso se anular, fazer-se indistinguível do rebanho. Pode sonhar, se sonha igual, mas se sonha alguma coisa diferente, não está nos Estados Unidos, dos americanos da América, não é senão um hotentote na África, ou um calmuco, ou um chimpanzé. Assim que a gente tem uma idéia "diferente", deixa de ser americano. Assim que a gente se torna uma coisa diferente, a gente se vê no Alasca ou na Ilha de Páscoa ou na Islândia.

Digo isso com rancor, com inveja, com malícia? Talvez. Talvez lamente não haver podido tornar-me americano. *Talvez*. Em meu zelo, hoje, que mais uma vez é *americano*, estou para dar à luz um monstruoso edifício, um arranha-céu que, sem dúvida, irá durar muito depois de outros arranha-céus haverem desaparecido, mas que também desaparecerá quando o que o produziu desaparecer. Tudo que é americano desaparecerá um dia, mais completamente do que o que era grego, romano ou egípcio. É *uma* das idéias que me empurraram para fora da quente e confortável corrente sangüínea onde nós, todos búfalos, um dia pastamos em paz. Uma idéia que me causou infinita mágoa, pois não pertencer a algo duradouro é a última agonia. Mas eu não sou búfalo nem desejo ser, não sou nem mesmo um búfalo *espiritual*. Afastei-me de novo para voltar a unir-me a um fluxo mais antigo de consciência, um antecedente racial dos búfalos, uma raça que sobreviverá aos búfalos.

Todas as coisas, todos os objetos animados e inanimados que são *diferentes* têm veios com traços inerradicáveis. O que sou eu é inerradicável porque é diferente. Este é um arranha-céu, como eu disse, mas *diferente* do arranha-céu comum, *à l'americaine*. Neste não há elevadores, nem janelas no 73º andar para se saltar. Se a gente se cansa de subir, está num azar de merda. Não há painel indicador dos escritórios no saguão principal. Se a gente procura alguém, vai ter de procurar mesmo. Se quer uma bebida, vai ter de sair para pegar; não há máquinas de refrigerantes neste prédio, nem charutaria, nem cabines telefônicas. Todos os outros arranha-céus têm o que a gente quer! Este só tem o que *eu* quero, o que *eu* gosto. E em algum lugar deste arranha-céu existe Valeska, e vamos chegar a ela quando o espírito me mover. Por enquanto ela está bem, Valeska, uma vez que está agora sete palmos abaixo da terra e talvez devorada pelos vermes. Quando existia em carne e osso, também foi devorada pelos vermes humanos, que não respeitam nada de tonalidade diferente, cheiro diferente.

O triste em Valeska era o fato de ter sangue negro nas veias. Uma coisa que deprimia todos à sua volta. Ela nos fazia conscientes disso, quer a gente quisesse ou não. O sangue negro, como digo, e o fato de que a mãe era prostituta. A mãe era branca, claro. Quem era o pai, ninguém sabia, nem mesmo a própria Valeska.

Ia tudo indo muito bem até o dia em que um prestativo judeuzinho do gabinete da vice-presidência a observou por acaso. Ficou horrorizado, segundo me informou em confidência, ao pensar que eu empregara uma pessoa de cor como minha secretária. Falava como se ela pudesse contaminar os mensageiros. No dia seguinte fui chamado às falas. Era exatamente como se houvesse cometido sacrilégio. Claro que fingi que não havia observado nada de excepcional nela, só que era extremamente inteligente e capaz. Por fim, interveio o próprio presidente. Teve uma breve entrevista com Valeska, durante a qual muito diplomaticamente propôs dar-lhe um cargo melhor em Havana. Não se falou de mancha sangüínea. Apenas que os serviços dela haviam sido maravilhosos e gostariam de promovê-la — para Havana. Valeska voltou furiosa para o escritório. Quando furiosa, era magnífica. Disse que não ia se mexer. Steve Romero e Hymie estavam lá na hora e fomos todos jantar juntos. Durante a noite ficamos um bocado bêbados. Valeska falava pelos cotovelos. A caminho de casa, disse-me que ia lutar; queria saber se isso poria meu emprego em perigo. Respondi tranqüilamente que se a despedissem eu também sairia. Ela fingiu não acreditar a princípio. Eu disse que falava sério, que não ligava para o que acontecesse. Ela pareceu excessivamente impressionada; tomou minhas mãos e segurou-as com toda delicadeza, as lágrimas escorrendo pelas faces.

Foi o começo de tudo. Acho que logo no dia seguinte eu lhe passei um bilhete dizendo que estava louco por ela. Valeska o leu sentada diante de mim, e quando acabou me olhou direto nos olhos e disse não acreditar. Mas saímos para jantar de novo nessa noite, bebemos mais, dançamos, e enquanto dançávamos ela se apertou contra mim de forma lasciva. Foi exatamente na época, quis a sorte, em que minha esposa se preparava para fazer outro aborto. Eu falava disso a Valeska enquanto dançávamos. A caminho de casa, ela disse de repente:

— Por que não me deixa emprestar-lhe cem dólares?

Na noite seguinte eu a levei para jantar em minha casa e deixei-a entregar os cem dólares à minha mulher. Fiquei espantado ao ver como as duas se deram bem. Antes que a noite acabasse, ficou combinado que Valeska iria lá no dia do aborto e cuidaria da menina. Chegou o dia e eu lhe dei a tarde de folga. Cerca de uma hora depois que ela saíra, repentinamente também decidi tirar a tarde de folga. Fui ao teatro de revista na Rua 14. Quando estava a uma quadra do teatro, mudei de idéia de repente. Era só o pensamento de que se acontecesse alguma coisa — se a minha mulher batesse as botas — eu não ia achar tão bom assim haver passado a tarde no teatro de revista. Fiquei andando por ali algum tempo, a entrar e a sair de arcadas pobres, e fui para casa.

É estranho como tudo acontece. Tentando divertir a menina, de repente lembrei um truque que meu avô me mostrara quando eu era criança. A gente pega as pedras do dominó e constrói com elas grandes navios de guerra; depois, puxa devagar a toalha da mesa na qual eles flutuam até chegarem à borda, e aí dá um puxão brusco e eles caem no chão. Tentamos isso repetidas vezes, nós três, até a menina ficar com tanto sono que saiu engatinhando para o quarto ao lado e adormeceu. As pedras do dominó espalhavam-se pelo chão, e também a toalha. De repente, Valeska se encostava à mesa, com metade da língua dentro de minha garganta e minha mão entre suas pernas. Quando a deitei na mesa, trançou as pernas ao meu redor. Eu sentia um dos dominós sob os pés — parte da frota que havíamos destruído uma dezena de vezes ou mais. Pensei em meu avô sentado à bancada, em como advertira minha mãe certo dia de que eu era muito jovem para ficar lendo tanto, a expressão pensativa em seus olhos ao apertar o ferro quente na costura úmida de um paletó; pensei no ataque à San Juan Hill, a imagem de Teddy atacando à frente de seus homens no livrão que eu sempre lia ao lado da bancada de trabalho; pensei no couraçado *Maine* que flutuava acima de minha cama no quartinho de janelas com barras de ferro, no almirante Dewey, e em Schley e Sampson; pensei na viagem até o estaleiro da Marinha, que nunca fiz porque no caminho meu pai de repente se lembrou de que tínhamos de ir ao médico naquela tarde, e quando deixei o consultório não tinha mais amígdalas nem fé nos seres humanos… Mal havíamos terminado quando tocou a campainha, e era minha esposa voltando do matadouro. Eu ainda abotoava a braguilha quando atravessei o saguão para abrir o portão. Ela estava branca como farinha. Parecia que jamais poderia passar por outra. Nós a pusemos na cama, recolhemos as pedras do dominó e recolocamos a toalha na mesa. Apenas a noite passada, num *bistrô*, quando me dirigia ao toalete, passei por acaso por dois caras que jogavam dominó. Tive de parar um instante e pegar uma das pedras. A sensação que ela me causou levou imediatamente de volta aos couraçados, o barulho que faziam quando caíam no chão. E com eles o desaparecimento de minhas amígdalas e minha fé nos seres humanos. De modo que toda vez que cruzava a pé a Ponte de Brooklyn e olhava o estaleiro da Marinha embaixo, sentia como se minhas entranhas estivessem caindo. Lá em cima, suspenso entre as duas margens, sempre me sentia como se pendesse sobre um vácuo; lá em cima, tudo que me acontecera parecia irreal, e pior que irreal — *desnecessário*. Em vez de me unir à vida, aos homens, à atividade dos homens, a ponte parecia romper todas as ligações. Se eu andava para uma margem ou outra, não fazia diferença: para qualquer lado era o inferno. De algum modo, conseguira cortar minha ligação com o mundo que mãos e mentes humanas estavam criando. Talvez meu avô tivesse razão, talvez os livros que eu lia me houvessem estragado. Mas faz séculos desde que os livros me atraíam. Já faz muito tempo que praticamente deixei de ler. Mas a mácula continua lá. Agora as pessoas são livros para mim. Eu as leio de capa a capa e atiroas para o lado. Devoro-as, uma após outra. E quanto mais leio, mais insaciável me torno. Não há limite para isso. Não podia haver fim, e não houve, até que dentro de mim começou a formar-se uma ponte que me uniu de novo à corrente da vida da qual fora separado quando criança.

Um terrível senso de desolação pairou sobre mim durante anos. Se acreditasse nos astros, teria de acreditar que vivia inteiramente sob o domínio de Saturno. Tudo que me acontecia, acontecia tarde demais para ter alguma importância. Foi assim até com o meu nascimento. Programado para o Natal, nasci meia hora atrasado. Sempre me pareceu que eu devia ser o tipo de indivíduo que a gente está destinado a ser em virtude de haver nascido no 25 de dezembro. O almirante Dewey nasceu nesse dia, e também Jesus Cristo… talvez também Krishnamurti, pelo que sei. Seja como for, esse é o tipo de cara que eu tinha de ser. Mas devido ao fato de minha mãe ter o útero apertado, de me manter em seu poder como um polvo, saí sob outra configuração — uma má configuração, em outras palavras. Dizem — os astrólogos, quero dizer — que vai ficar cada vez melhor para mim à medida que prossigo; supõe-se, na verdade, que o futuro será inteiramente glorioso. Mas que me importa o futuro? Teria sido melhor que minha mãe houvesse tropeçado na escada na manhã do dia 25 de dezembro e quebrado o pescoço; isso me teria dado um bom começo! Quando tento pensar, onde ocorreu a ruptura, localizo-a cada vez mais para trás, até não haver outro meio de explicá-la senão pela hora tardia do nascimento. Mesmo minha mãe, com sua língua cáustica, parecia entender isso de alguma forma.

— Sempre se arrastando atrás, como rabo de vaca.

Era assim que ela me caracterizava. Mas é culpa minha se ela me trancou dentro dela até a hora passar? O destino havia me preparado para ser uma pessoa assim e assado; os astros estavam na conjunção certa e eu de acordo com eles e esperneando para sair. Mas não tive escolha sobre a mãe que ia me parir. Talvez tenha tido sorte de não haver nascido idiota, em vista de todas as circunstâncias. Uma coisa parece clara, porém — e isso é uma ressaca do 25 —, nasci com um complexo de crucificação. Quer dizer, sendo mais preciso, nasci fanático. *Fanático!* Lembro-me que a palavra me foi lançada desde a primeira infância. Sobretudo por meus pais. O que é um fanático? Alguém que acredita apaixonadamente e age desesperadamente com base naquilo em que acredita. Eu acreditava sempre em alguma coisa, e assim me metia em encrenca. Quanto mais me davam tapas nas mãos, com mais firmeza eu acreditava. *Eu acreditava* — e o resto do mundo não! Se se tratasse apenas de uma questão de suportar o castigo, podia-se seguir acreditando até o fim; mas o mundo é mais insidioso. Em vez de ser castigado, a gente é solapado, esvaziado, o chão é tirado de debaixo dos pés. Não é nem mesmo traição o que tenho em mente. A traição é compreensível e combatível. Não, é uma coisa pior, uma coisa *inferior* à traição. É um negativismo que faz a gente exagerar. Estamos perpetuamente gastando energia no ato de equilibrar-nos. Somos tomados por uma espécie de vertigem espiritual, oscilamos na borda, os cabelos em pé, e não acreditamos que sob nossos pés haja um abismo imensurável. Isso resulta de um excesso de entusiasmo, de um apaixonado desejo de abraçar as pessoas, mostrar-lhes nosso amor. Quanto mais estendemos os braços para o mundo, mais o mundo recua. Ninguém quer verdadeiro amor, verdadeiro ódio. Ninguém quer que a gente ponha as mãos em suas sagradas entranhas — isso é só para o sacerdote na hora do sacrifício. Enquanto se vive, enquanto o sangue ainda está quente, finge-se que não existe sangue nem esqueleto por baixo da cobertura de pele. *Não pise a grama!* É o mote pelo qual vivem as pessoas.

Se continuamos a balançar na beira do abismo por algum tempo, tornamo-nos muito competentes: seja para qual for o lado que nos empurrem, sempre nos endireitamos. Estando em constante forma, desenvolvemos uma alegria feroz, uma alegria não-natural, pode-se dizer. Só dois povos no mundo hoje entendem o significado de tal situação — os judeus e os chineses. Se por acaso a gente não é nenhum deles, a gente se encontra numa estranha situação. Está sempre rindo no momento errado, é considerado cruel e sem coração, quando na verdade é apenas rijo e durável. Mas se rimos quando os outros riem, e choramos quando os outros choram, devemos estar preparados para morrer quando eles morrem e viver quando eles vivem. Isso significa estar certo e receber o pior ao mesmo tempo. Significa estar morto quando se está vivo e vivo apenas quando se está morto. Nesta empresa o mundo sempre apresenta um aspecto normal, mesmo nas condições mais anormais. Nada é certo ou errado, mas o pensamento faz com que seja assim. A gente não mais acredita na realidade, e sim no pensamento. E quando se é empurrado dessa porta sem saída, os pensamentos vão junto com a gente mas já não nos servem.

De certa forma, uma forma profunda, quero dizer, Cristo jamais foi empurrado desse impasse final. No momento em que oscilava e balançava, como por um grande recuo, essa contracorrente negativa ergueu-se e deteve sua morte. Todo o impulso negativo da humanidade pareceu erguer-se numa monstruosa massa inerte para criar a inteireza humana, o número um, uno e indivisível. Houve uma ressurreição inexplicável, a não ser que se aceite o fato de que os homens sempre estiveram dispostos e prontos a negar seu próprio destino. A terra segue girando, os astros seguem girando, mas os homens, o grande corpo de homens que compõe o mundo, vêem-se colhidos na imagem de um e só um.

Se alguém não é crucificado, como Cristo, se consegue sobreviver, seguir vivendo acima e além do senso de desespero e futilidade, acontece outra coisa curiosa. É como se a gente de fato houvesse morrido e de fato ressuscitado de novo; vive-se uma vida sobrenatural, como os chineses. Quer dizer, a gente é alegre de uma forma não-natural, saudável de uma forma não-natural, indiferente de uma forma não-natural. Vai-se o senso trágico: segue-se vivendo como uma flor, uma pedra, uma árvore, uno com a natureza e contra a natureza ao mesmo tempo. Se nosso melhor amigo morre, nem nos damos o trabalho de ir ao funeral; se um homem é atropelado por um bonde diante de nossos olhos, seguimos andando como se nada houvesse acontecido; se eclode uma guerra, deixamos os amigos seguirem para o *front*, mas nós mesmos não nos interessamos pela chacina. E assim por diante. A vida torna-se um espetáculo e, se acontece de sermos artistas, registramos o espetáculo que passa. Abole-se a solidão, porque todos os valores, os nossos incluídos, são destruídos. Só a simpatia floresce, mas não é uma simpatia humana, uma simpatia limitada — é uma coisa monstruosa e má. A gente liga tão pouco que pode se dar o luxo de se sacrificar por qualquer um ou qualquer coisa. Ao mesmo tempo nosso interesse, nossa curiosidade, surge num ritmo revoltante. Também isso é suspeito, pois pode ligar-nos tanto a um botão de colarinho quanto a uma causa. Não há diferença fundamental, inalterável, entre as coisas: tudo é fluxo, tudo é perecível. A superfície do nosso ser vive desmoronando; por dentro, porém, tornamo-nos duros como diamante. E talvez seja esse núcleo duro, magnético, dentro de nós, que atrai outros para nós, querendo ou não. Uma coisa é certa: quando morremos e somos ressuscitados, pertencemos à terra, e o que é da terra é inalienavelmente nosso. Tornamo-nos uma anomalia da natureza, um ser sem sombra; jamais morreremos de novo, apenas passaremos, como os fenômenos à nossa volta.

Eu não sabia nada disto que registro agora na época em que passava pela grande mudança. Tudo que suportei foi assim como uma preparação para aquele momento em que, pondo o chapéu uma noite, saí do escritório, do que até então fora minha vida privada, e procurei a mulher que ia me libertar de uma morte em vida. À luz de tudo isso, relembro agora meus passeios noturnos pelas ruas de Nova York, as noites brancas em que andava dormindo e via a cidade em que nascera como se vêem as coisas numa miragem. Muitas vezes era O'Rourke, o detetive da empresa, que eu acompanhava pelas ruas silenciosas. Muitas vezes havia neve no chão, e o ar estava frio e gelado. E O'Rourke falando interminavelmente de roubos, assassinatos, amor, a natureza humana, a Idade de Ouro. Tinha o hábito, quando embalado num assunto, de parar de repente no meio da rua e plantar o pé pesado entre os meus para que eu não me mexesse. E então, pegando a lapela de meu paletó, aproximava o rosto do meu e falava dentro de meus olhos, cada palavra perfurando como uma broca. Vejo de novo nós dois parados no meio da rua às quatro da manhã, o vento uivando, a neve caindo, e O'Rourke indiferente a tudo, menos à história que tinha de arrancar do peito. Sempre que ele falava, lembro-me que eu dava uma olhada nos arredores pelo canto do olho, consciente não do que ele dizia, mas de nós dois parados em Yorkville ou na Rua Allen ou na Broadway. Isso sempre me pareceu meio louco, a seriedade com que ele contava suas histórias banais de assassinato no meio da maior confusão de arquitetura que o homem já criara. Enquanto ele falava de impressões digitais, eu podia estar avaliando uma cúpula ou uma cornija num prediozinho de tijolos vermelhos atrás de seu chapéu negro; punha-me a pensar no dia em que a cornija fora instalada, quem seria o homem que a desenhara e por que a fizera tão feia, tão igual a todas as outras imundas e podres cornijas pelas quais passáramos desde East Side até o Harlem e além do Harlem, se queríamos seguir em frente, além de Nova York, além do Mississippi, além do Grand Canyon, além do Deserto de Mojave, em toda parte nos Estados Unidos onde há prédios para homem e mulher. Parecia-me absoluta loucura que cada dia de minha vida eu tivesse de ficar sentado escutando histórias de outras pessoas, as tragédias banais da pobreza e do aperto, amor e morte, anseio e desilusão. Se, como acontecia, me vinham cada dia pelo menos cinqüenta homens, cada um despejando sua história de desgraça, e com cada um eu tinha de ficar calado e "receber", era simplesmente natural que em algum ponto ao longo do processo tivesse de fechar os ouvidos, endurecer o coração. O mais ínfimo pedaço me bastava; eu o mastigava e digeria dias e semanas. Mas era obrigado a ficar ali sentado e ser inundado, a sair à noite de novo e receber mais, dormir escutando, sonhar escutando. Eles afluíam de todas as partes do mundo, de todos os estratos da sociedade, falando mil línguas diferentes, adorando diferentes deuses, obedecendo a diferentes leis e costumes. A história do mais pobre deles era um imenso tomo, e no entanto, se cada uma e todas fossem escritas na íntegra, todas poderiam ter sido comprimidas no tamanho dos Dez Mandamentos, todas registradas nas costas de um selo postal, como o pai-nosso. Todo dia eu me esticava tanto que minha pele parecia cobrir o mundo todo; e quando estava sozinho, quando não mais era obrigado a escutar, reduzia-me ao tamanho de uma ponta de alfinete. O maior prazer, e raro, era caminhar sozinho pelas ruas… andar pelas ruas à noite quando ninguém estava fora e refletir sobre o silêncio que me cercava. Milhões jaziam deitados, mortos para o mundo, as bocas escancaradas e nada além de roncos a emanar delas. Andando em meio à mais louca arquitetura já inventada, perguntando-me por que e para quê, se todo dia aqueles desgraçados buracos ou magníficos palácios tinham de despejar um exército de homens coçando-se para desfiar suas histórias de miséria. Num ano, calculando com modéstia, eu recebi 25 mil histórias; em dois, cinqüenta mil; em quatro anos, seriam cem mil; em dez anos, eu ficaria doido. Já conhecia gente suficiente para povoar uma cidade de bom tamanho. Que cidade seria, se se pudesse reuni-los! Quereriam arranha-céus? Quereriam museus? Quereriam bibliotecas? Eles construiriam também esgotos e pontes e trilhos e fábricas? Fariam as mesmas cornijazinhas de lata, uma igual à outra, sempre e sempre, *ad infinitum*, de Battery Park a Golden Bay? Duvido. Só o açoite da fome os fazia mover-se. Empurravam-nos a barriga vazia, a expressão alucinada nos olhos, o medo, o medo do pior. Um atrás do outro, todos iguais, todos levados ao desespero, pela atração e o açoite da fome construindo os mais vistosos arranha-céus, os mais temíveis couraçados, produzindo o melhor dos aços, a mais fina renda, os mais delicados artigos de vidro. Andar com O'Rourke e ouvir falar apenas de assassinato, incêndio criminoso, estupro, homicídio, era como ouvir um *leitmotiv* numa grande sinfonia. E assim como se pode assobiar uma ária de Bach e pensar na mulher com quem se quer dormir, também assim, ouvindo O'Rourke, eu pensava no momento em que ele ia parar e dizer "O que você deseja comer?" No meio do mais hediondo assassinato eu pensava no filé que certamente comeríamos num certo lugar mais adiante, e também imaginava que tipo de legumes haveria para acompanhar, e se eu pediria torta depois ou um pudim de creme. Era o mesmo quando eu dormia com minha mulher de vez em quando; enquanto ela gemia e balbuciava, eu pensava se ela jogara fora os grãos de café da cafeteira, porque tinha o mau hábito de se esquecer das coisas — as coisas *importantes*, quero dizer. O café fresco era importante — e toucinho defumado fresco com ovos. Se ela engravidasse de novo, ia ser ruim, sério de certa forma, porém, mais importante eram o café fresco de manhã e o cheiro de toucinho defumado com ovos. Eu podia agüentar corações partidos, abortos e romances acabados, mas precisava ter alguma coisa na pança para seguir em frente, e queria uma coisa nutritiva, uma coisa apetitosa. Sentia-me exatamente como Jesus se o tivessem baixado da cruz e não lhe permitissem morrer na carne. Tenho certeza de que o choque da crucificação teria sido tão grande que ele sofreria uma completa amnésia em relação à humanidade. Tenho certeza de que, após as feridas se curarem, ele estaria cagando para as tribulações da humanidade, mas cairia com a maior satisfação sobre uma xícara de café fresco e uma torrada, supondo-se que as conseguisse.

Quem, por um grande amor, que é monstruoso afinal, morre de infelicidade, não torna a nascer para conhecer amor nem ódio, mas para desfrutar. E essa alegria de viver, por não ser adquirida de forma natural, é um veneno que acaba por viciar o mundo todo. O que quer que se crie além dos limites normais do sofrimento humano atua como um bumerangue e traz destruição. À noite, as ruas de Nova York refletem a crucificação e morte de Cristo. Quando a neve cobre o chão e faz-se o máximo silêncio, sai dos mais hediondos prédios de Nova York uma música de tão amargo desespero e falência que faz a carne murchar. Nenhuma pedra foi posta sobre outra com amor ou reverência; nenhuma rua foi estendida para a dança ou a alegria. Foi-se acrescentando uma coisa à outra numa louca corrida para encher a pança, e as ruas cheiram a barrigas vazias, barrigas cheias e meio cheias. As ruas cheiram a uma fome que nada tem a ver com amor; cheiram a barriga insaciável e a criações da barriga vazia, que são nulas e ocas.

Nesse nulo e oco, nessa brancura zero, aprendi a desfrutar um sanduíche, ou um botão de colarinho. Podia estudar uma cornija ou uma cúpula com a maior curiosidade, fingindo ao mesmo tempo escutar uma história de desgraça humana. Lembro-me das datas em alguns prédios e dos arquitetos que os projetaram. Lembro-me da temperatura e velocidade do vento, parado numa certa esquina; a história que os acompanhava se foi. Lembro que mesmo então eu me lembrava de outra coisa, e posso dizer o que era, mas de que adianta? Havia em mim um homem que morrera, e tudo que restara eram suas lembranças; havia outro homem que continuava vivo, e supunha-se que esse homem fosse eu, eu mesmo, mas ele estava vivo apenas como uma árvore está viva, ou uma pedra, ou um animal do campo. Assim como a própria cidade se tornara um imenso túmulo em que os homens lutavam para conquistar uma morte decente, também minha vida veio a parecer um túmulo, que eu construía a partir de minha própria morte. Eu vagava por uma floresta de pedra cujo centro era o caos; às vezes, no centro mesmo, no coração mesmo do caos, eu dançava e bebia estupidamente, ou fazia amor, ou amizade com alguém, ou planejava uma nova vida, mas era tudo caos, tudo pedra, e tudo irremediável e desconcertante. Até a hora em que encontrasse uma força vigorosa o bastante para me lançar fora do rodopio daquela louca floresta de pedra, nenhuma vida me seria possível, nem poderia escrever uma página que tivesse sentido. Talvez ao ler isto, alguém ainda tenha a impressão de caos, mas isto é escrito a partir de um centro vivo e o caótico é simplesmente periférico, frangalhos tangenciais, por assim dizer, de um mundo que não mais me interessa. Apenas alguns meses atrás eu estava parado nas ruas de Nova York a olhar em volta como fizera anos antes; mais uma vez, vi-me estudando a arquitetura, os minúsculos detalhes que só os olhos deslocados percebem. Mas dessa vez era como descer de Marte. Que raça de homem é essa, eu me perguntava. Que significa? E não havia lembrança alguma de sofrimento ou da vida arruinada na sarjeta, eu apenas olhava para um mundo estranho e incompreensível, um mundo tão distante de mim que eu tinha a sensação de pertencer a outro planeta. Do alto do Empire State, olhei uma noite para a cidade que conhecia de baixo: lá estavam elas, em verdadeira perspectiva, as formigas humanas com as quais eu rastejara, os piolhos humanos com os quais lutara. Deslocavam-se num passo de lesma, cada um sem dúvida cumprindo seu destino microscópico. Naquele infrutífero desespero, haviam erguido aquele colossal edifício que era seu orgulho e glória. E, do andar mais alto daquele prédio colossal, haviam pendurado uma série de gaiolas nas quais os canários aprisionados gorjeavam em sua língua sem sentido. No cume mesmo de sua ambição, estavam aqueles pequenos pontos de seres gorjeando pela vida. Em cem anos, pensei comigo mesmo, talvez estivessem enjaulando seres humanos vivos, seres alegres e dementes, que cantariam sobre o mundo por vir. Talvez gerassem uma raça de gorjeadores que cantassem enquanto os outros traba- lhavam. Talvez em cada jaula houvesse um poeta ou músico para que a vida embaixo fluísse desimpedida, una com a pedra, com a floresta, um caos on- dulante a ranger de ódio. Em mil anos estariam todos dementes, trabalha- dores e poetas igualmente, e tudo recairia em ruína como acontecera repetidas vezes. Dentro de mais mil anos, ou cinco mil, ou dez mil, exata- mente onde estou agora para examinar o panorama, um menininho talvez abra um livro numa língua ainda desconhecida, sobre esta vida agora pas- sando, uma vida a qual o homem que escreveu o livro jamais viveu, uma vida de forma e ritmo reduzidos, com princípio e fim, e o menino ao fechar o livro pensará consigo mesmo como os americanos foram uma grande raça, que maravilha fora a vida outrora neste continente que ele hoje habita. Mas nenhuma raça futura, a não ser talvez a dos poetas cegos, jamais poderá imaginar o caos fervilhante do qual se compôs essa história futura.

Caos! Um caos uivante! Não é preciso procurar um dia em particular. Qualquer dia de minha vida — naquele tempo — servia. Todo dia de minha vida, minha minúscula, microscópica vida, era um reflexo do caos externo. Deixe-me lembrar... Às sete e meia o despertador tocava. Eu não saltava da cama. Continuava deitado até as oito e meia, tentando ganhar mais um pouco de sono. Sono — como poderia dormir? Tinha no fundo da mente a imagem do escritório onde já devia estar. Via Hymie chegando às oito em ponto, a central telefônica já zumbindo com pedidos de socor- ro, os candidatos subindo a larga escada de madeira, o forte cheiro de cânfora do vestiário. Por que me levantar e repetir a música e a dança do dia anterior? Assim que eu os contratava, eles caíam fora. Gastava os colhões trabalhando e não tinha sequer uma camisa limpa para usar. Às segundas-feiras recebia de minha mulher o dinheiro da semana — di- nheiro da passagem e do almoço. Vivia em débito com ela e ela com o merceeiro, o açougueiro, o senhorio, e assim por diante. Não podia me dar o trabalho de fazer a barba — não havia tempo suficiente. Punha uma camisa rasgada, engolia o desjejum e pedia cinco centavos emprestados para o metrô. Se ela estivesse de mau humor, eu roubava o dinheiro do jornaleiro no metrô. Chegava esboforido ao escritório, uma hora atrasado e com uma dezena de telefonemas para dar antes de sequer conversar com um candidato. Enquanto dou um telefonema, três outros esperam ser atendidos. Uso dois telefones de uma vez. A central zumbe. Hymie aponta os lápis entre chamadas. O porteiro McGovern, parado a meu lado, me dá uma palavra de conselho sobre um dos candidatos, na certa um vigarista que tenta se infiltrar sob nome falso. Atrás de mim, as fichas e livros de registro contendo os nomes de cada candidato que já passou pela máquina. Os maus estão marcados com tinta vermelha; alguns têm seis codinomes após o nome verdadeiro. Enquanto isso, a sala fervilha como uma colméia. Fede a suor, pés sujos, uniformes velhos, cânfora, lisol, mau hálito. A metade deles tem de ser recusada — não que não precisemos, mas porque, mesmo nas piores condições, não vão servir. O homem à frente da minha escrivaninha, parado no parapeito com mãos paralíticas e olhos remelentos, é um ex-prefeito da cidade de Nova York. Já está com setenta anos e ficaria feliz em aceitar qualquer coisa. Tem maravilhosas cartas de recomendação, mas não podemos contratar ninguém com mais de 45 anos. É o limite em Nova York. O telefone toca e é uma secretária melosa da ACM, perguntando se eu não abriria uma exceção para um garoto que acaba de entrar em seu gabinete — um menino que esteve no reformatório por um ano, mais ou menos. *Que foi que ele fez?* Tentou estuprar a irmã. Italiano, claro. O'Mara, meu assistente, submete um candidato a um interrogatório intenso; desconfia que seja epiléptico. Finalmente consegue e, para inteirar a conta, o garoto dá um ataque ali mesmo no escritório. Uma das mulheres desmaia. Uma bela jovem com uma pele elegante em torno do pescoço tenta me convencer a contratá-la. É uma prostituta de ponta a ponta, e sei que se a aceitar vai ser o diabo. Quer trabalhar em certo prédio no norte — porque fica perto de casa, diz. Aproxima-se a hora do almoço e começam a aparecer alguns amigos. Sentam-se por perto olhando-me trabalhar, como se fosse um espetáculo de variedades. Chega Kronski, o estudante de medicina; diz que um dos rapazes que acabo de contratar tem mal de Parkinson. Andei tão ocupado que não tive uma chance de ir ao banheiro. Todos os operadores de telégrafo, todos os gerentes, sofrem de hemorróidas, é o que me diz O'Rourke. Ele andou tomando massagens elétricas nos últimos dois anos, mas nada funciona. É hora de almoço e somos seis à mesa. Alguém vai ter de pagar por mim, como sempre. Engolimos a comida e corremos de volta. Mais telefonemas a dar, mais candidatos a entrevistar. O vice-presidente faz um escarcéu porque não podemos manter a força no número normal. Todos os jornais de Nova York e de um raio de trinta quilômetros da cidade trazem longos anúncios de oferta de emprego. Todas as escolas foram vasculhadas em busca de mensageiros em meio período. Todas as instituições de caridade e sociedades beneficentes invocadas. Eles pulam fora como moscas. Alguns não duram nem uma hora. É um moinho de farinha humana. E o mais triste é que isso é totalmente desnecessário. Mas isso não é da minha conta. A mim cabe fazer ou morrer, como diz Kipling. Continuo a aliciar uma vítima após outra, o telefone tocando feito louco, o lugar com um odor cada vez mais vil, os buracos tornando-se cada vez maiores. Cada um deles é um ser humano pedindo uma migalha de pão; tenho sua altura, peso, cor, religião, educação, experiência etc. Todos os dados entram num livro de registro, catalogados alfabeticamente e depois cronologicamente. Nomes e datas. Impressões digitais também, se tivermos tempo para isso. Para quê? Para que o povo americano desfrute a mais rápida forma de comunicação conhecida pelo homem, para que vendam mais rápido seus produtos, para que assim que a gente caia morto na rua o parente mais próximo seja informado imediatamente, quer dizer, dentro de uma hora, a menos que o mensageiro a quem se confie o telegrama decida jogar o emprego para o alto e atire todo o maço de telegramas na lata de lixo. Vinte milhões de formulários de Natal, todos desejando Feliz Natal e Próspero Ano Novo, dos diretores, presidente e vice-presidente da Companhia Telegráfica Cosmodemônica, e talvez um dos telegramas diga "Mamãe morrendo, venha depressa", mas o funcionário está ocupado demais para notar a mensagem, e se a gente processa por danos, danos espirituais, há um departamento legal expressamente treinado para enfrentar tais emergências, e assim você pode ter certeza de que sua mãe vai morrer e você terá um cartão de Feliz Natal e Próspero Ano Novo do mesmo jeito. O funcionário, claro, será demitido, e após mais ou menos um mês estará de volta pedindo emprego de mensageiro, o pegarão e colocarão no turno da noite perto do cais, onde ninguém o reconhecerá; sua mulher virá com os moleques agradecer ao gerente-geral, ou talvez ao próprio vice-presidente, pela bondade e consideração demonstradas. E aí, um dia, todo mundo ficará sinceramente surpreso porque o dito mensageiro roubou o caixa e O'Rourke receberá ordens de tomar o trem noturno para Cleveland ou Detroit para localizá-lo mesmo que custe dez mil dólares. E então o vice-presidente emitirá uma ordem para que não se contratem mais judeus, mas após três ou quatro dias afrouxará um pouco, porque só judeus vêm pedir emprego. Como está ficando muito difícil e a lenha escassa, estou a ponto de contratar um anão do circo, e provavelmente o teria contratado se ele não desabasse e confessasse que ele era ela. E para piorar, Valeska toma "aquilo" sob sua proteção e o leva para casa à noite, e a pretexto de simpatia, faz-lhe um exame completo, incluindo exploração vaginal com o indicador da mão direita. E a anã se torna muito amorosa e por fim muito ciumenta. É um dia exaustivo, e a caminho de casa dou com a irmã de um de meus amigos e ela insiste em me levar para jantar. Após o jantar, vamos a um cinema e no escuro começamos a brincar um com o outro, e finalmente chega a tal ponto que deixamos o cinema e voltamos para o escritório, onde eu a deito na mesa forrada de zinco do vestiário. Quando chego em casa, pouco depois da meia-noite, recebo um telefonema de Valeska, pedindo que eu pegue o metrô imediatamente e vá à sua casa, pois é muito urgente. É uma hora de viagem e estou morto de cansaço, mas ela disse que é urgente e por isso estou a caminho. E quando chego lá encontro sua prima, uma moça bastante atraente, que, segundo sua própria história, acabava de ter um caso com um estranho porque se cansara de ser virgem. E por que a confusão toda? Ora, porque na avidez esquecera de tomar as precauções habituais e talvez agora estivesse grávida, e daí? Queriam saber o que eu achava que se devia fazer e eu disse:

— *Nada!*

E então Valeska me chama de lado e me pergunta se gostaria de dormir com sua prima, para domá-la, por assim dizer, para que não haja uma repetição desse tipo de coisa.

A coisa toda era maluca e nós ríamos histericamente e então começamos a beber — a única coisa que tinham em casa era *kümmel* e não foi preciso muito para nos anestesiar. E aí ficou mais maluco ainda porque as duas passaram a correr as patas sobre mim e nenhuma queria deixar a outra fazer nada. O resultado foi que despi as duas e as pus na cama e elas adormeceram nos braços uma da outra. Quando saí, lá pelas cinco da manhã, descobri que não tinha um centavo no bolso e tentei arranjar 25 centavos com um chofer de táxi mas nada feito, por isso acabei por tirar meu casaco forrado de pele e dá-lo a ele — por 25 centavos. Quando cheguei em casa, minha mulher estava acordada e magoada pra burro porque eu ficara tanto tempo fora. Tivemos uma baita discussão e finalmente perdi a paciência e dei-lhe um tapa; e ela caiu no chão e se pôs a chorar e soluçar, então a menina acordou e, ouvindo a mãe berrar, ficou assustada e começou a gritar a plenos pulmões. A moça do andar de cima desceu correndo para ver o que se passava. Usava quimono, os cabelos escorrendo pelas costas. Na excitação, aproximou-se de mim e tudo aconteceu sem que nenhum de nós pretendesse. Pusemos minha mulher na cama com uma toalha molhada na testa, e enquanto a moça do andar de cima se curvava sobre ela, eu atrás lhe suspendia o quimono e a penetrava, e ela ficou ali um longo tempo falando de bobagens tolas, tranqüilizantes. Acabei por meter-me na cama com minha mulher e, para meu absoluto pasmo, ela começou a me acariciar e sem dizer uma palavra nos agarramos e ficamos assim até de madrugada. Eu devia estar exausto, mas em vez disso estava totalmente desperto e fiquei ali deitado ao lado dela, planejando tirar o dia dc folga e procurar a prostituta do casaco de pele bonito com quem conversara antes naquele dia. Depois disso comecei a pensar em outra mulher, esposa de um dos meus amigos que sempre me censurava por minha indiferença. E aí comecei a pensar numa após outra — todas aquelas que deixara de lado por um motivo ou outro — até acabar ferrando no sono e no meio dele tive uma poluição noturna. Às sete e meia o despertador tocou como sempre, e como sempre olhei para minha camisa rasgada pendurada na cadeira e disse a mim mesmo de que adianta e me virei para o outro lado. Às oito horas o telefone tocou, e era Hymie. Melhor vir logo, disse, porque temos uma greve por aqui. E era assim, dia após dia, e sem motivo, a não ser o de que todo o país estava maluco, e o que eu relato acontecia em toda parte, em menor ou maior escala, mas a mesma coisa em toda parte, porque era tudo caos e falta de sentido.

E assim prosseguiu, dia após dia, durante quase cinco anos inteiros. O próprio continente perpetuamente devastado por ciclones, tornados, ondas gigantes, inundações, secas, nevascas, ondas de calor, pragas, greves, assaltos, assassinatos, suicídios... uma febre e tormento contínuos, uma erupção, um redemoinho. Eu parecia um homem sentado num farol: abaixo as ondas loucas, os rochedos, os recifes, os destroços de frotas naufragadas. Eu dava o sinal de perigo, mas não podia evitar a catástrofe. Eu *respirava* perigo e catástrofe. Às vezes a sensação era tão forte que minhas narinas pareciam lançar fogo. Eu ansiava por livrar-me daquilo tudo, mas era irresistivelmente atraído. Era violento e fleumático ao mesmo tempo. Parecia o próprio farol — seguro no meio do mar mais turbulento, abaixo de mim a sólida rocha, a mesma plataforma de rocha onde se erguiam os altos arranha-céus. Minhas bases desciam fundo na terra, e a armadura de meu corpo era feita de aço com rebites em brasa. Eu era, acima de tudo, um olho, um imenso farol que girava sem cessar e sem piedade. Esse olho tão desperto parecia haver tornado dormentes todas as minhas outras faculdades; todos os meus poderes eram usados no esforço de ver, de compreender o drama do mundo.

Se eu ansiava por destruição, era apenas para que esse olho fosse extinto. Eu ansiava por um terremoto, por algum cataclismo da natureza que mergulhasse o farol no mar. Queria uma metamorfose, transformar-me em peixe, no leviatã, no destruidor. Queria que a terra se abrisse e engolisse tudo num abrangente bocejo. Queria ver a cidade enterrada quilômetros abaixo no fundo do mar. Queria sentar-me numa gruta e ler à luz de vela. Queria aquele olho extinto para ter uma chance de conhecer meu corpo, meus desejos. Queria ficar só por mil anos para refletir sobre o que vira e ouvira — *e para esquecer*. Queria da terra algo que não fosse feito pelo homem, uma coisa absolutamente divorciada do humano de que me empanturrara. Queria uma coisa puramente terrestre e absolutamente despida de idéia. Queria sentir o sangue correndo de novo em minhas veias, mesmo ao custo da aniquilação. Queria expulsar do meu organismo a pedra e a luz. Queria a escura fecundidade da natureza, o fundo poço do útero, o silêncio, ou então o lamber das águas negras da morte. Queria ser aquela noite que o olho implacável iluminava, uma noite ornada com estrelas e trilhas de cometas. Ser da noite tão assustadoramente silenciosa, tão absolutamente incompreensível e eloqüente ao mesmo tempo. Nunca mais falar, nem ouvir, nem pensar. Ser englobado e abrangido e abranger e englobar ao mesmo tempo. Nada mais de pena, nada mais de ternura. Ser humano apenas de forma terrestre, como uma planta, um verme ou um arroio. Ser decomposto, despido de luz e pedra, variável como a molécula, durável como o átomo, impiedoso como a própria terra.

Foi mais ou menos a uma semana de Valeska suicidar-se que conheci Mara. A semana ou as duas anteriores a esse acontecimento foram um verdadeiro pesadelo. Uma série de mortes súbitas e estranhos encontros com mulheres. Primeiro houve Pauline Janowski, uma judiazinha de dezesseis ou dezessete anos, sem lar e sem amigos ou parentes. Veio ao escritório procurar emprego. Estava perto da hora de fechar e eu não tive coragem de recusá-la friamente. Por um ou outro motivo, meti na cabeça a idéia de levá-la para jantar em casa e, se possível, tentar convencer minha mulher a hospedá-la por algum tempo. O que me atraiu nela foi sua paixão por Balzac. Durante todo o caminho de casa me falou de *Ilusões perdidas*. O bonde ia lotado e nós imprensados com tanta força que não fazia diferença o que falávamos, porque pensávamos os dois numa só coisa. Minha mulher, claro, ficou estupefata ao me ver parado na porta com uma bela mocinha. Foi educada e cortês à sua maneira frígida, mas vi imediatamente que não adiantava lhe pedir para hospedar a moça. Ela mal suportou sentar-se até o fim do jantar conosco. Assim que acabamos, desculpou-se e foi ao cinema. A mocinha começou a chorar. Ainda nos sentávamos à mesa, os pratos empilhados à nossa frente. Aproximei-me e passei o braço ao seu redor. Eu realmente sentia pena dela e não sabia o que fazer. De repente, ela atirou os braços em torno do meu pescoço e me beijou com ardor. Ficamos ali um longo tempo abraçados, e depois pensei comigo mesmo: não, é um crime, e além disso talvez minha mulher não tenha ido ao cinema, talvez volte a qualquer minuto. Disse à mocinha que se recompusesse, que faríamos uma viagem de bonde a alguma parte. Vi o cofrinho da menina em cima do console da lareira, levei-o ao toalete e esvaziei-o em silêncio. Tinha apenas cerca de 75 centavos. Pegamos o bonde e fomos para a praia. Finalmente, encontramos um lugar deserto e nos deitamos na areia. Ela estava histericamente apaixonada e não se podia fazer nada a não ser aquilo mesmo. Pensei que ela ia me reprovar depois, mas não o fez. Ficamos ali deitados algum tempo e ela recomeçou a falar de Balzac. Parece que tinha ambições de ser escritora. Perguntei-lhe o que ia fazer. Ela disse que não tinha a mínima idéia. Quando nos levantamos para ir embora me pediu para deixá-la na auto-estrada. Disse que ia para Cleveland ou qualquer outro lugar. Passava da meia-noite quando a deixei parada em frente a um posto de gasolina. A moça tinha cerca de 35 centavos na carteira. Quando parti para casa, comecei a xingar minha mulher por ser uma megera mesquinha. Desejava em Deus que fosse ela quem eu houvesse deixado parada na estrada sem nenhum lugar para ir. Eu sabia que quando voltasse, ela não iria sequer mencionar o nome da garota.

Voltei e ela me esperava acordada. Achei que ia fazer um escarcéu de novo. Mas não, esperara acordada porque tinha um recado importante de O'Rourke. Devia telefonar-lhe assim que chegasse em casa. Contudo, decidi não telefonar. Decidi me despir e me meter na cama. Assim que me instalei confortavelmente, o telefone tocou. Era O'Rourke. Havia um telegrama para mim no escritório — ele queria saber se devia abri-lo e ler para mim. Eu disse: "claro". O telegrama era assinado por Monica, de Buffalo. Dizia que ia chegar à Grand Central pela manhã com o corpo da mãe. Agradeci e voltei para a cama. Nenhuma pergunta de minha mulher. Fiquei ali deitado imaginando o que fazer. Se atendesse ao pedido, isso significaria começar tudo de novo. Eu vinha agradecendo aos astros por haver me livrado de Monica. E agora ela voltava com o cadáver da mãe. Lágrimas e reconciliação. Não, não me agradava nem um pouco a perspectiva. E se eu não aparecesse? E aí? Sempre havia alguém por perto para cuidar de um cadáver. Sobretudo se a enlutada era uma jovem loura e atraente, de olhos azuis faiscantes. Perguntei-me se ela ia voltar para o emprego no restaurante. Se Monica não soubesse grego ou latim, eu jamais me teria metido com ela. Mas minha curiosidade levou a melhor. E ela era tão lamentavelmente pobre que isso também me pegou. Talvez não houvesse sido tão ruim se as mãos dela não cheirassem a gordura. Era a mosca no ungüento — as mãos gordurosas. Lembro-me da primeira vez que nos encontramos e passeamos no parque. Ela era uma visão arrebatadora, viva e inteligente. Estávamos exatamente na época em que as mulheres usavam saias curtas, e Monica se aproveitava. Eu ia ao restaurante noite após noite apenas para vê-la circulando, vê-la curvando-se para servir ou para pegar um garfo. E com as belas pernas e os olhos feiticeiros, uma maravilhosa frase sobre Homero, com o porco e o *sauerkraut*, um verso de Safo, as declinações latinas, as odes de Píndaro, com a sobremesa, talvez o *Rubaiyat* ou *Cynara*. Mas as mãos gordurosas e a cama desarrumada na pensão diante do mercado — ufa! —, isso eu não agüentava. Quanto mais eu a evitava, mais grudenta ela se tornava. Cartas de dez páginas sobre amor com notas de pé de página de *Assim falou Zaratustra*. E depois, de repente, silêncio, e eu a me congratular de todo coração. Não, eu não podia me obrigar a ir à estação Grand Central de manhã. Rolei para o lado e ferrei no sono. Pela manhã, mandaria a minha mulher telefonar para o escritório e dizer que eu caíra doente. Não caía doente há mais de uma semana — merecia.

Ao meio-dia, encontro Kronski à minha espera na frente do escritório. Quer que eu vá almoçar com ele... quer que eu conheça uma garota egípcia. A garota na realidade é judia, mas veio do Egito e parece egípcia. É coisa quente, e nós dois damos em cima dela ao mesmo tempo. Como devia estar doente, decidi não voltar ao escritório, mas dar um passeio pelo East Side. Kronski voltaria para me dar cobertura. Apertamos a mão da moça e cada um foi para um lado diferente. Eu me dirigi para o rio, onde estava fresco, a moça esquecida quase imediatamente. Sentei-me na beira do cais com as pernas pendendo sobre a prancha de contenção. Passou uma chata com uma carga de tijolos vermelhos. De repente, lembrei-me de Monica. Ela chegando à estação Grand Central com o cadáver. Um cadáver *free on board** para Nova York! Parecia tão incongruente e ridículo que explodi na gargalhada. Que fizera Monica com ele? Embarcara-o ou deixara-o num desvio? Sem dúvida estava me xingando de ponta a ponta. Eu me perguntava o que ela de fato pensaria se pudesse imaginar-me ali no cais com as pernas pendendo sobre a prancha de contenção. Estava quente e abafado, apesar da brisa que vinha do rio. Comecei a cochilar. Enquanto cochilava, pensei em Pauline. Imaginei-a andando pela auto-estrada com a mão erguida. Era uma menina valente, não havia dúvida. O engraçado é que não parecia preocupar-se em ficar grávida. Talvez estivesse tão desesperada que não ligasse. E Balzac! Aquilo também era muitíssimo incongruente. Por que Balzac? Bem, isso era com ela. De qualquer forma, tinha o suficiente para comer, até encontrar outro cara. Mas uma menina daquela pensar em ser escritora! Ora, por que não? Todo mundo tinha um ou outro tipo de ilusão. Também Monica queria ser escritora. Todos estavam virando escritores. Escritor! Nossa, como parecia fútil!

Dei um cochilo... Quando acordei, tinha uma ereção. O sol parecia queimar direto dentro de minha braguilha. Levantei-me, lavei o rosto no bebedouro. Continuava quente e abafado como sempre, o asfalto mole que nem lama, as moscas picavam, o lixo apodrecia na sarjeta. Andei por entre os carrinhos dos ambulantes e olhei tudo com olhos vazios. Ainda tinha uma espécie de ereção delongada, mas nenhum objeto definido em mente. Só quando voltei à Segunda Avenida de repente me lembrei da judia egípcia da hora do almoço. Lembrei-me que ela dissera morar acima do restaurante russo perto da Rua 12. Ainda não tinha idéia definida do que ia fazer. Fiquei só zanzando por ali, matando tempo. Apesar disso, meus pés me arrastavam para o norte, para a Rua 14. Quando cheguei à frente do restaurante russo, parei um instante e subi correndo a escada, de

---

*Free on board: cláusula referente a preço de mercadoria a bordo de navio ou aeronave que exclui frete ou seguro, correndo estes por conta do comprador. (*N. da T.*)

três em três degraus. A porta do saguão estava aberta. Subi mais dois lances olhando os nomes nas portas. Ela morava no último andar e havia o nome de um homem embaixo do dela. Bati baixinho. Não houve resposta. Tornei a bater, um pouco mais forte. Dessa vez ouvi alguém andando lá dentro. Depois uma voz perto da porta, perguntando quem era e ao mesmo tempo girando a maçaneta. Empurrei a porta e entrei cambaleando no quarto escuro. Fui cair direto nos braços dela e a senti nua sob o quimono semi-aberto. Devia ter saído de um sono pesado e só compreendia pela metade quem a segurava nos braços. Quando percebeu quem era, tentou soltar-se, mas eu a apertava e comecei a beijá-la apaixonadamente e ao mesmo tempo a empurrá-la para o sofá perto da janela. Ela murmurou alguma coisa sobre a porta aberta, mas eu não ia correr risco algum deixando-a escapulir de meus braços. Assim, dei uma ligeira volta e pouco a pouco empurrei-a para a porta e a fiz fechá-la com a bunda. Tranquei-a com minha mão livre e com a outra a levei para o centro do quarto, desabotoei a braguilha e pus o pau para fora, em posição. Ela estava tão drogada de sono que era quase como manipular um fantoche. Também pude perceber que gostava da idéia de ser fodida meio adormecida. O único problema era que, toda hora que eu dava uma estocada, ela ficava mais desperta. E cada vez que ficava mais consciente, freava com medo. Era difícil saber como colocá-la para dormir de novo sem me privar de uma boa foda. Consegui derrubá-la no sofá sem perder terreno e ela parecia quente como o inferno agora, retorcendo-se e espremendo-se como uma enguia. Acho que, desde o momento em que comecei a forçá-la, ela não abriu os olhos uma única vez. Eu continuava dizendo a mim mesmo — "uma foda egípcia… uma foda egípcia" — e para não gozar logo, comecei a pensar deliberadamente no cadáver que Monica arrastara até a estação Grand Central e nos 35 centavos que deixara com Pauline na auto-estrada. E então, pam! Uma forte batida na porta, e com isso ela arregala os olhos e me olha no mais absoluto terror. Comecei a recuar rápido, mas para minha surpresa ela me apertou.

— Não se mexa! — sussurrou-me no ouvido. — Espere!

Outra batida forte, e então ouvi a voz de Kronski dizer:

— Sou eu, Thelma… Sou eu, *Izzy*.

Com isso, quase estourei na risada. Tornamos a cair numa posição natural e enquanto ela fechava suavemente os olhos, enfiei nela delicadamente, para não tornar a acordá-la. Foi uma das fodas mais maravilhosas que já tive na minha vida. Pensei que ia durar para sempre. Toda vez que sentia o perigo de gozar, parava de me mexer e pensava — pensava por exemplo onde gostaria de passar as férias, se tirasse, ou nas camisas na gaveta da cômoda, ou no remendo no tapete do quarto, bem ao pé da cama. Kronski continuava parado na porta — eu o ouvia mexendo-se de uma posição para outra. Toda vez que tomava consciência disso, de quebra eu recuava e prolongava um pouco o movimento, e no meio sono ela respondia, bem-humorada, como se entendesse o que eu pretendia com aquela linguagem de tira-e-bota. Eu não ousava pensar no que ela poderia estar pensando, senão gozaria logo. Às vezes chegava perigosamente perto, mas o truque salvador era sempre Monica e o cadáver na estação Grand Central. Aquela lembrança, o humor da coisa, agiam como uma ducha fria.

Quando acabou, ela arregalou os olhos e me fitou, como se me visse pela primeira vez. Eu não tinha uma palavra para dizer-lhe; a única idéia em minha cabeça era sair o mais rápido possível. Enquanto nos lavávamos, notei um bilhete no chão perto da porta. Era de Kronski. A mulher dele acabava de ser levada para o hospital — queria que ela o encontrasse lá. Senti-me aliviado! Significava que podia dar o fora sem desperdiçar palavras.

No dia seguinte, recebi um telefonema de Kronski. Sua mulher morrera na mesa de operação. Naquela noite, fui jantar em casa; ainda estávamos à mesa quando a campainha tocou. Lá estava Kronski parado no portão, parecendo absolutamente arrasado. Sempre achei difícil oferecer palavras de condolências; com ele, foi absolutamente impossível. Ouvi minha mulher murmurando palavras contritas de simpatia e me senti mais que nunca enojado com ela.

— Vamos dar o fora daqui — disse.

Saímos andando em absoluto silêncio por algum tempo. No parque, entramos e nos encaminhamos para o prado. Uma forte neblina tornava impossível ver um metro à frente. De repente, enquanto seguíamos como se estivéssemos nadando, ele se pôs a soluçar. Parei e desviei a cabeça. Quando julguei que acabara, tornei a olhar e lá estava ele me fitando com um estranho sorriso.

— É engraçado — disse —, como é difícil aceitar a morte.

Também sorri, então, e pus a mão em seu ombro.

— Continue — disse —, fale à vontade. Tire isso do peito.

Recomeçamos a caminhar de um lado para outro no prado, como se andássemos sob o mar. A neblina se tornara tão densa que eu mal distinguia suas feições. Kronski falava baixo e feito louco.

— Eu sabia que ia acontecer — disse. — Era bonito demais para durar.

Uma noite antes de ela cair doente, ele tivera um sonho. Sonhara que perdera a identidade.

— Eu cambaleava ao léu no escuro chamando meu nome. Me lembro que cheguei a uma ponte e, olhando a água embaixo, vi a mim mesmo me afogando. Saltei de cabeça e quando emergi vi Yetta flutuando embaixo da ponte. Morta.

E então, de repente, acrescentou:

— Você estava lá ontem quando eu bati na porta, não estava? Eu sabia que você estava lá dentro e não pude ir embora. Também sabia que Yetta estava morrendo e queria estar com ela, mas tinha medo de ir sozinho — eu não disse nada e ele prosseguiu. — A primeira garota que amei morreu da mesma forma. Eu era só um menino e não consegui superar. Toda noite ia ao cemitério e me sentava junto à cova. As pessoas achavam que eu tinha ficado louco. Acho que tinha mesmo. Ontem, quando fiquei parado na porta, tudo me voltou. Eu havia voltado a Trenton, à cova, e a irmã da menina que eu amava estava a meu lado. Disse que aquilo não podia continuar assim por muito mais tempo, que eu ia enlouquecer. Pensei comigo mesmo que na verdade já estava louco, e para provar a mim mesmo decidi fazer uma coisa louca, e por isso disse não é a *ela* que amo, *é a você*, e puxei-a para cima de mim e nos deitamos ali, nos beijando, e acabei comendo ela, bem ali ao lado da cova. E acho que isso me curou, porque nunca mais voltei lá nem pensei mais nela... até ontem, quando fiquei parado atrás daquela porta. Se pudesse ter posto as mãos em vocês dois ontem, eu os teria estrangulado. Não sei por que me senti daquele jeito, mas me parecia que você tinha aberto um túmulo, que estava violando o corpo morto da menina que eu amava. É loucura, não é? E por que vim visitar você esta noite? Talvez porque você me seja absolutamente indiferente... porque não é judeu e posso falar com você... porque está cagando, e tem razão... Já leu *A revolta dos anjos*?

Acabávamos de chegar à ciclovia que contorna o parque. As luzes do bulevar nadavam na neblina. Dei uma boa olhada em meu amigo e vi que ele estava fora de si. Imaginei se poderia fazê-lo rir. Também receava que, uma vez disparado na risada, jamais parasse. Por isso me pus a falar ao acaso, primeiro sobre Anatole France, depois sobre outros escritores, e por fim, quando senti que o estava perdendo, de repente passei para o general Ivolgin, e com isso ele começou a rir, não um riso mesmo, mas um cacarejo, um horroroso cacarejo, como um galo com a cabeça no cepo. A coisa o pegou tão de jeito que teve de deter-se e segurar a barriga, as lágrimas escorrendo dos olhos, e entre os cacarejos soltava os mais terríveis e dilacerantes soluços.

— Eu sabia que você ia me fazer bem — disse, quando por fim a explosão morreu. — Eu sempre disse que você era um filho-da-puta engraçado... É um sacana judeu também, só que não sabe... Agora me diga, seu sacana, como foi ontem? Meteu? Eu não lhe disse que ela era uma boa foda? E sabe com quem ela está vivendo? Nossa, você deu sorte em não ser flagrado. Ela está vivendo com um poeta russo... e você conhece o cara, ainda por cima. Eu o apresentei a você uma vez no Café Royal. Melhor não deixar ele saber... O cara lhe estoura os miolos na porrada... e depois escreve um belo poema a respeito e manda a ela com um buquê de rosas. Claro, eu o conheci em Stelton, na colônia anarquista. O velho dele era niilista. Toda a família é maluca. A propósito, é melhor se cuidar. Eu queria lhe dizer isso ontem, mas não achei que fosse agir tão rápido. Sabe que ela pode ter sífilis? Não estou tentando assustar você. Só estou falando para o seu próprio bem…

A explosão parecia de fato tê-lo aliviado. Tentava dizer-me à sua arrevesada maneira judaica que gostava de mim. Para isso, primeiro tinha de destruir tudo à minha volta — a mulher, o emprego, os amigos, a "negrinha", como chamava Valeska, e por aí vai.

— Acho que um dia você vai ser um grande escritor — disse. — *mas* — acrescentou maliciosamente — primeiro vai ter de sofrer um pouco. Estou falando em sofrer *mesmo*, porque você ainda não sabe o que significa a palavra. Só *pensa* que sofreu. Primeiro tem de se apaixonar. Aquela negrinha mesmo… você não acha que está apaixonado por ela, acha? Já deu uma boa olhada no rabo dela… como está se alargando, quer dizer? Dentro de cinco anos ela vai parecer a Tia Jemima. Vocês dois farão um belo par andando pela avenida com uma fieira de negrinhos atrás. Nossa, eu preferia ver você se casar com uma moça judia. Você não ia dar valor a ela, claro, mas ela seria boa para você. Você precisa de alguma coisa para se firmar. Está dissipando suas energias. Escute, por que fica rodando com todas essas sacanas que pega? Parece ter o dom de pegar as pessoas erradas. Por que não se lança numa coisa útil? Seu lugar não é nesse emprego… podia ser um figurão em outra parte. Talvez um líder trabalhista… não sei exatamente o quê. Mas primeiro precisa se livrar daquela sua mulher de cara amarrada. Eca! Quando eu olho para ela me dá vontade de cuspir na cara dela. Não vejo como um cara como você pôde se casar com uma cadela daquela. Que foi… só um par de ovários exaltados? Escute, esse é o seu problema… só tem sexo na cabeça. Não, também não é isso que quero dizer. Você tem cabeça, e paixão e entusiasmo… mas parece estar cagando para o que faz ou o que lhe acontece. Se não fosse um sacana tão romântico, eu quase jurava que era judeu. Comigo é diferente… jamais tive nada para esperar. Mas você tem alguma coisa aí dentro — só que é preguiçoso demais pra fazer isso sair. Escute, quando ouço você falar, às vezes, penso comigo mesmo: se ao menos esse cara pusesse tudo no papel! Ora, você podia escrever um livro que faria Dreiser baixar a cabeça. Você é diferente dos americanos que eu conheço; de algum modo, não se encaixa, e é muito bom que não. É meio pirado também, acho que sabe disso. Mas no bom sentido. Escute, há pouco tempo, se outra pessoa me falasse desse jeito eu a teria matado. Acho que gosto mais de você, porque não tentou me demonstrar nenhuma simpatia. Sei que não devo esperar simpatia de você. Se tivesse dito uma palavra falsa esta noite, eu teria realmente ficado louco. Sei que teria. Eu estava na beirinha. Quando você começou a falar no general Ivolgin, achei por um minuto que estava tudo acabado para mim. É isso que me faz pensar que você tem alguma coisa aí... foi muita esperteza! E agora me deixe *lhe* dizer uma coisa... se você não se recompuser logo, vai pirar. Alguma coisa aí dentro o está consumindo. Não sei o que é, mas não pode me enrolar. Conheço você de cima a baixo. Sei que alguma coisa o está atazanando... e não é apenas sua mulher, nem seu emprego, nem mesmo aquela negrinha por quem se julga apaixonado. Às vezes acho que você nasceu na época errada. Escute, não quero que pense que o estou transformando num ídolo, mas existe alguma coisa no que estou lhe dizendo... se tivesse só mais um pouquinho de confiança em si mesmo, podia ser o maior homem do mundo hoje. Nem precisaria ser escritor. Podia se tornar outro Jesus Cristo, pelo que sei. Não ria... estou falando sério. Você não faz a mínima idéia de suas possibilidades... é absolutamente cego para tudo que não sejam seus próprios desejos. Não sabe o que quer. Não sabe porque jamais parou para pensar. Você está deixando as pessoas o usarem. É um maldito tolo, um idiota. Se eu tivesse um décimo do que você tem, virava o mundo de cabeça para baixo. Acha isso loucura, hein? Bem, me escute... nunca estive mais são em minha vida. Quando fui procurar você essa noite, achava que estava pronto para me suicidar. Não faz muita diferença se me suicido ou não. Em todo caso, não vejo motivo para fazer isso agora. Não vai trazê-la de volta para mim. Eu nasci azarado. Aonde quer que vá, parece que levo a tragédia. Mas não quero bater as botas ainda... primeiro quero fazer algum bem no mundo. Você pode achar tolice, mas é verdade. Gostaria de fazer alguma coisa pelos outros.

Ele parou de repente e me olhou de novo com aquele estranho sorriso pálido. Era a aparência de um judeu desesperado, em quem, como acontece com toda a sua raça, o instinto vital era tão forte que, embora não houvesse absolutamente nada a esperar, ele era incapaz de se matar. Aquela desesperança era uma coisa inteiramente alheia a mim. Eu pensava comigo mesmo — se ao menos pudéssemos trocar de lugar! Ora, eu podia me matar por uma bagatela! E o que mais me irritava era a idéia de que ele nem sequer desfrutaria do funeral — o funeral da própria mulher! Deus sabe que os funerais a que fôramos haviam sido bastante lamentáveis, mas sempre haveria alguma comida e bebida depois, e umas boas piadas obscenas e gostosas gargalhadas. Talvez eu fosse jovem demais para apreciar os aspectos dolorosos, embora visse claramente como uivavam e choravam. Mas isso jamais significou grande coisa para mim, porque depois do funeral, sentados numa cervejaria ao lado do cemitério, sempre havia um clima alegre, apesar dos trajes negros, crepes e coroas de flores. Parecia-me, criança que eu era então, que na verdade tentavam estabelecer algum tipo de comunhão com a pessoa morta. Uma coisa quase egípcia, quando lembro. De vez em quando eu os achava apenas um bando de hipócritas. Mas não eram. Eram só alemães estúpidos e saudáveis com sede de viver. A morte era uma coisa fora do seu alcance, o que é estranho dizer, porque se seguisse apenas o que eles diziam, eu imaginaria que ela ocupava boa parte de seus pensamentos. Mas na verdade não a entendiam em absoluto — não como os judeus, por exemplo. Falavam sobre a outra vida, mas na verdade jamais acreditaram nela. E se alguém estivesse tão enlutado que definhasse, olhavam essa pessoa com desconfiança, como se olharia um insano. Havia limites para a tristeza, como para a alegria, era a impressão que me davam. E nos limites extremos sempre havia a barriga a encher — com sanduíches de Limburg, cerveja, *kümmel* e coxa de peru, se houvesse alguma dessas coisas. Choravam sobre a cerveja, como crianças. E no minuto seguinte estavam rindo, rindo de alguma esquisitice no caráter do morto. Mesmo a maneira como usavam o pretérito tinha um efeito curioso sobre mim. Uma hora depois de jogarmos as pás de terra diziam do defunto — "tinha um temperamento sempre tão bom" — como se a pessoa em questão tivesse morrido mil anos antes, fosse um personagem histórico, ou saído da *Canção dos Nibelurgos*. O negócio era que o cara morrera, estava definitivamente morto para sempre, e eles, os vivos, estavam isolados dele para sempre, e devia-se viver aquele dia como o seguinte, lavar as roupas, preparar o jantar, e quando o próximo fosse abatido haveria um caixão a escolher e uma briga pelo testamento, mas seria tudo numa rotina diária, e tirar tempo para sofrer e chorar era pecado porque Deus, se havia um Deus, assim ordenara, e nós na terra não tínhamos voz no caso. Ir além dos limites ordenados de alegria ou tristeza era mau. Ameaçar loucura era o grande pecado. Eles tinham um terrível senso animal de adaptação, maravilhoso de ver se fosse realmente animal, horrível quando se compreendia que não passava de torpor alemão, insensibilidade. E no entanto, de algum modo, eu preferia aquelas barrigas animadas à tristeza da perda com cabeça de hidra dos judeus. No fundo, não podia sentir pena de Kronski — teria de sentir pena de toda a sua tribo. A morte da mulher dele era apenas um ponto, uma bobagem, na história de suas calamidades. Como ele próprio dissera, nascera azarado. Nascera para ver tudo dar errado — porque durante cinco mil anos tudo vinha dando errado no sangue da raça. Eles vinham ao mundo com aquele escárnio murcho e sem esperança no rosto, e iam deixar o mundo do mesmo jeito. Deixavam atrás um mau cheiro — um veneno, um vômito de dor. O fedor que tentavam tirar do mundo era o que eles próprios haviam trazido para o mundo. Eu refletia em tudo isso enquanto o escutava. Sentia-me tão bem e limpo por dentro quando nos despedimos que, ao dobrar uma rua lateral, pus-me a assobiar e cantarolar. E então me veio uma terrível sede e eu disse a mim mesmo em minha melhor linguagem irlandesa — claro, é um drinque o que você devia estar tomando agora, meu rapaz — e dizendo isso dei com um bar modesto e pedi um grande caneco de cerveja espumante e um hambúrguer reforçado, com bastante cebola. Tomei outro caneco de cerveja, uma dose do conhaque e pensei comigo mesmo, do meu jeito insensível — se o pobre sacana não tem miolo suficiente para desfrutar o funeral da própria mulher, vou desfrutá-lo por ele. E quanto mais pensava nisso, mais feliz ficava, e se havia a menor dor ou inveja, era apenas pelo fato de não poder trocar de lugar com ela, pobre alma judia morta, porque a morte era uma coisa absolutamente além da compreensão e entendimento de um *gói* burro que nem eu, e era pena desperdiçá-la em gente como eles, que sabiam tudo a respeito e não precisavam dela afinal. Fiquei tão intoxicado com a idéia de morrer que, em meu estupor de bêbado, murmurava a Deus lá em cima que me matasse naquela noite, me mate, Deus, e me deixe saber o que é tudo isso. Fiz o melhor que pude para imaginar como era aquilo, entregar a alma, mas não adiantou. O melhor que consegui foi imitar o estertor da morte, mas com isso quase sufoquei, e depois fiquei com tanto medo que quase caguei nas calças. De qualquer modo, isso não era a morte. Era apenas sufocar. A morte era mais o que a gente havia passado no parque: duas pessoas andando lado a lado na neblina, roçando-se nas árvores e arbustos, sem dizer uma palavra. Era uma coisa mais vazia que o próprio nome, mas correta e pacífica, digna, se quiserem. Não era uma continuação da vida, mas um salto no escuro sem possibilidade de voltar algum dia, nem mesmo como um grão de poeira. E isso era certo e belo, disse a mim mesmo, pois por qual motivo alguém ia querer voltar? Provar uma vez era provar para sempre — vida *ou* morte. De qualquer lado que a moeda caia está certo, desde que não se façam apostas. Claro, é duro sufocar com a própria saliva — mais desagradável que qualquer outra coisa. E além disso, a gente nem sempre morre sufocado. Às vezes se vai no sono, pacífico e calado como um cordeiro. O Senhor vem recolher-nos ao aprisco, como dizem. De qualquer modo, pára-se de respirar. E por que diabos alguém iria querer seguir respirando para sempre? Qualquer coisa que tem de ser feita interminavelmente é tortura. Pobres sacanas humanos que somos, deveríamos ficar felizes por alguém inventar uma saída. Não discutimos por termos de ir dormir. Passamos um terço de nossas vidas roncando como ratos bêbados. E daí? Isso

é trágico? Bem, digamos três terços de sono de rato bêbado. Nossa, se tivéssemos algum juízo estaríamos dançando de alegria ao pensar nisso!
Podíamos todos morrer na cama amanhã, sem dor, sem sofrimento — se
tivéssemos juízo para aproveitar nossos remédios. Nosso problema é que
não queremos morrer. Eis o porquê de Deus e tudo o mais se digladiarem
em nossa cachola maluca. General Ivolgin! Isso arrancou dele um cacarejo... e alguns soluços secos. Eu também poderia ter dito queijo limburguês.
Mas o general Ivolgin significa alguma coisa para ele... alguma coisa louca.
O queijo limburguês seria demasiado sóbrio, demasiado banal. É tudo
queijo limburguês, porém, incluindo o general Ivolgin, pobre coitado bê-
bedo. O general Ivolgin evoluiu do queijo limburguês de Dostoiévski,
marca dele próprio. Isso significa um certo sabor, um certo rótulo. Assim
as pessoas o reconhecem quando o cheiram, quando o provam. Mas de
que era feito esse queijo limburguês do general Ivolgin? Ora, a mesma
coisa de que era feito o queijo limburguês, que é x e portanto incog-
noscível. E daí? Daí nada... absolutamente nada. Ponto final — ou então
um salto no escuro, sem volta.

Quando tirava as calças, de repente me lembrei do que o sacana me
dissera. Olhei para o meu pau, que parecia inocente como sempre.

— Não me diga que você pegou sífilis — eu disse, segurando-o na
mão e apertando-o um pouco como se pudesse ver um pouco de pus
esguichar.

Não, não achava que havia muita chance de estar com sífilis. Não nasci
sob esse tipo de estrela. Uma gonorréia, sim, era possível. Todo mundo
tinha gonorréia uma vez ou outra. Mas sífilis não! Eu sabia que ele me
desejava isso, só para me fazer entender o que era o sofrimento. Mas não
podia me dar o luxo de satisfazê-lo. Nascera um *gói* burro, mas com sorte.
Bocejei. Era tudo tão queijo limburguês que, com sífilis ou sem sífilis, pensei comigo mesmo, se ela estiver querendo, arranco outro pedaço e encer-
ro o expediente. Mas evidentemente ela não estava querendo. Estava a fim
de ficar com o rabo virado para mim. Por isso fiquei ali deitado de pau
duro contra o rabo dela e a enrabei por telepatia. E, por Deus, ela deve ter

recebido a mensagem ferrada no sono como estava, porque não foi nenhum problema entrar pela porta dos fundos e, além disso, eu não tinha
de olhar a sua cara, o que era um alívio dos diabos. Pensei com meus
botões, enquanto lhe dava o último apertão e sussurrava: "meu rapaz, é
queijo limburguês, e agora você pode se virar para o lado e roncar..."

Pareceu que duraria para sempre, o sexo e o canto fúnebre. Logo na
tarde seguinte no escritório, recebi um telefonema de minha mulher dizendo que sua amiga Arline acabara de ser levada para o asilo de loucos.
Eram amigas da escola do convento no Canadá, onde estudaram música e
a arte da masturbação. Eu conhecera o rebanho todo aos poucos, incluindo irmã Antolina, que usava uma faixa e aparentemente era a suma sacer-
dotisa do culto do onanismo. Todas tiveram uma paixonite por irmã
Antolina num momento ou outro. E Arline, com cara de bomba de chocolate, não era a primeira do grupo a ir para o asilo. Não digo que foi a
masturbação que as levou a isso, mas sem dúvida a atmosfera do convento
teve alguma coisa a ver. Eram todas estragadas desde cedo.

Antes que a tarde acabasse, entrou meu amigo MacGregor. Chegou
macambúzio, como sempre, e se queixando do advento da velhice, embora mal houvesse passado dos trinta. Quando lhe falei de Arline, pareceu se
animar um pouco. Disse que sempre soube que havia algum problema
com ela. Por quê? Porque quando tentara forçá-la uma noite, ela começara
a chorar histericamente. Não era tanto o choro quanto o que ela dissera.
Que pecara contra o Espírito Santo e por isso ia viver uma vida de conti-
nência. Lembrando o incidente, ele começou a rir à sua maneira sem graça. Eu disse a ela: — Bem, não precisa fazer se não quer... basta segurar na
mão. Nossa, quando eu disse isso, achei que ela ia pirar de vez. Disse que eu
estava tentando macular sua inocência, foi o que ela disse. E ao mesmo
tempo, tomou o troço na mão e apertou com tanta força que quase des-
maiei, porra. E chorando o tempo todo, ainda por cima. E ainda insistin-
do no Espírito Santo e em sua "inocência". Eu me lembrei do que você me
disse uma vez e dei-lhe um tapa na cara. Funcionou como magia. Ela se
aquietou após algum tempo, o bastante para me deixar meter, e aí começou

a verdadeira diversão. Escute, você já comeu uma doida? É uma coisa para se experimentar. Assim que meti, ela começou a falar sem parar. Não sei descrever exatamente, mas era quase como se não soubesse que estava sendo fodida. Escute, não sei se você já trepou com uma mulher que está comendo uma maçã enquanto você a fode... bem, pode imaginar como isso afeta a gente. Pois foi mil vezes pior. Me deu tanto nos nervos que comecei a pensar que eu mesmo era meio estranho... E agora uma coisa em que você mal vai acreditar, mas lhe digo que é verdade. Sabe o que ela fez quando acabamos? Me abraçou e me agradeceu... Espere, não é só isso. Saltou da cama, ajoelhou-se e fez uma prece por minha alma. Nossa, eu me lembro tão bem. "Por favor, faça de Mac um cristão melhor", disse. E eu ali deitado de pau mole escutando. Não sabia se estava sonhando ou o quê. "Por favor, faça de Mac um cristão melhor." Dá para entender uma coisa dessa?

— Que vai fazer hoje à noite? — perguntou, animado.

— Nada especial — eu disse.

— Então venha comigo. Quero que conheça uma garota... *Paula*. Peguei no Roseland algumas noites atrás. Ela não é louca... só ninfomaníaca. Quero ver você dançar com ela. Vai ser um prazer... só ver você. Escute, se você não esporrar nas calças quando ela começar a mexer, bem, então eu sou um filho-da-puta. Vamos, feche a espelunca. De que adianta ficar peidando aqui neste lugar?

Havia muito tempo para matar antes de ir ao Roseland, por isso fomos a uma espelunca perto da Sétima Avenida. Antes da guerra era um lixo francês; agora era um bar clandestino de dois carcamanos. Havia um minúsculo balcão perto da porta e, nos fundos, um quartinho com pó de serra no chão e uma vitrola caça-níquel. A idéia era tomar uns goles e depois comer. Essa era a *idéia*. Conhecendo-o como conhecia, porém, eu não tinha muita certeza de que iríamos juntos ao Roseland. Se aparecesse uma mulher que o interessasse — e para isso não precisava ser bonita, nem ter bom hálito ou pernas firmes — eu sabia que ele me deixaria na mão e se mandaria. A única coisa que me preocupava, quando estava com ele, era verificar de antemão se ele tinha dinheiro suficiente para pagar as bebidas que pedíamos. E, claro, jamais deixá-lo fora de minhas vistas até os drinques serem pagos.

O primeiro ou o segundo drinque sempre o mergulhavam em reminiscências. Reminiscências de buceta, claro. Suas reminiscências evocavam uma história que uma vez me contou e que me deixou uma impressão indelével. Era sobre um escocês no leito de morte. Exatamente quando vai morrer, a mulher, vendo-o naquela luta para dizer alguma coisa, curva-se sobre ele com todo carinho e diz: "Que é, Jock, que está tentando dizer?" E Jock, num último esforço, ergue-se cansado e diz: "Só buceta... buceta... buceta."

Esse era sempre o tema de abertura e de encerramento, com McGregor. Era sua maneira de dizer — *futilidade*. O *leitmotiv* era doença, porque entre fodas, por assim dizer, ele torrava a cabeça, ou melhor, torrava a cabeça do pau. Era a coisa mais natural do mundo, num fim de noite, ele dizer: "Suba um minuto, quero lhe mostrar meu pau." Por viver tirando-o, olhando-o, lavando-o e esfregando-o uma dúzia de vezes por dia, naturalmente o pau vivia inchado e inflamado. De vez em quando ia ao médico e pedia que o examinasse. Ou, apenas para aliviá-lo, o médico dava-lhe uma latinha de pomada e dizia-lhe para não beber demais. Isso causava um debate interminável, porque, como ele me dizia: "Se a pomada serve para alguma coisa, por que tenho de parar de beber?" Ou: "Se eu parasse inteiramente de beber, você acha que eu precisaria usar a pomada?" Claro, o que quer que eu recomendasse entrava por um ouvido e saía pelo outro. Ele tinha de se preocupar com alguma coisa, e o pênis certamente era um bom motivo de preocupação. Às vezes ele se preocupava com o couro cabeludo. Tinha caspa, como quase todo mundo, e quando o pau estava em boa condição, ele o esquecia e se preocupava com o couro cabeludo. Ou então o peito. Assim que pensava no peito, começava a tossir. E que tosse! Como se estivesse nos últimos estágios da tuberculose. E quando corria atrás de uma mulher, ficava irritado e nervoso como um gato. Toda pressa para pegá-la era pouca. Assim que a agarrava, preocupava-se em se livrar dela. Todas tinham algum problema, alguma coisinha trivial em geral, que lhe tirava o apetite.

Ele repassavava tudo isso quando nos sentávamos na escuridão do quartinho dos fundos. Após dois drinques, levantou-se, como sempre, para ir ao toalete, no caminho pôs uma moeda na vitrola automática, que começou a chocalhar, e com isso ele se ergueu e, apontando para os copos, disse:

— Peça outra rodada.

Voltou do toalete com uma aparência extraordinariamente complacente, se por ter aliviado a bexiga ou encontrado uma garota no corredor, não sei. De qualquer modo, ao sentar-se, atacou outro ponto — muito composto, agora, e muito sereno, quase como um filósofo:

— Sabe, Henry, estamos ficando velhos. Você e eu não devíamos desperdiçar nosso tempo desse jeito. Se queremos chegar a alguma coisa, é mais que hora de começarmos…

Eu vinha ouvindo esse papo durante anos, e sabia qual seria o final. Era apenas um pequeno parêntese enquanto ele calmamente olhava a sala em volta e decidia que garota parecia menos tola. Enquanto discursava sobre o miserável fracasso de nossas vidas, os pés dançavam e os olhos ficavam cada vez mais brilhantes. Ia acontecer, como sempre, que no momento em que dizia "Veja Woodruff, por exemplo. Ele jamais irá para frente porque é um filho-da-puta mesquinho por natureza…" — exatamente nesse momento, como digo, aconteceria que alguma vaca bêbada, ao passar pela mesa, chamava a sua atenção e, sem a mínima pausa, ele interrompia a narrativa para dizer: "Alô, garota, por que não se senta e toma um drinque com a gente?" E como uma vaca bêbeda jamais anda só, mas sempre aos pares, ela respondia: "Ora, claro, posso trazer minha amiga?" E McGregor, como se fosse o cara mais galante do mundo, dizia: "Ora, claro, por que não? Como é o nome dela?" E então, puxando minha manga, curvava-se e sussurrava: "Não me deixe na mão, está ouvindo? A gente paga um drinque e se livra delas."

E, como sempre, um drinque levava a outro, a conta ia ficando alta demais e ele não via por que deveria gastar seu dinheiro com duas vagabundas, então dizia, você vai embora primeiro, Henry, e finge que vai comprar uns remédios, e eu saio dentro de poucos minutos... mas me espere, seu filho-da-puta, não me deixe na mão, como da última vez.

E como sempre fazia, quando saía, afastava-me o mais rápido que me levavam as pernas, sorrindo comigo mesmo e agradecendo à minha boa estrela por ter-me livrado dele tão fácil. Com todos aqueles drinques no bucho, não importava muito para onde meus pés me arrastariam. A Broadway tão loucamente iluminada como sempre e a multidão densa como melado. Era me jogar nela como mosca e deixar-me levar. Todos fazendo o mesmo, alguns por um bom motivo, outros sem motivo nenhum. Toda aquela pressão e movimento significando ação, sucesso, progresso. Parar e olhar sapatos e camisas vistosas, o novo capote de outono, alianças de casamento a 98 centavos cada. Uma em cada duas espeluncas, um empório de comida.

Toda vez que eu pegava aquela rua por volta da hora do jantar, tomava-me uma febre de expectativa. Eram apenas algumas quadras, da Times Square à Rua 50, e quando se diz Broadway, é só o que quer dizer, e não é nada, apenas uma corrida de boiola, e péssima ainda por cima, mas às sete da noite, quando todo mundo corre para pegar uma mesa, há uma espécie de estalo elétrico no ar e os cabelos da gente ficam em pé como antenas, e se se é receptivo, não apenas se capta todo lampejo e vibração, mas também a coceira estatística, o *quid pro quo* do *quantum* interativo, intersticial, ectoplasmático de corpos esbarrando-se no espaço, como as estrelas que compõem a Via Láctea, só que esta é a Alegre Via Branca, o topo do mundo, sem teto acima, e nem mesmo uma fenda ou buraco sob os pés para cair por ele e dizer que é mentira. A absoluta impessoalidade de tudo nos leva a um pique de quente delírio humano que nos faz avançar correndo como um cavalo cego e balançar nossas delirantes orelhas. Todo mundo é tão completa e confusamente diferente de si mesmo que você se torna automaticamente a personificação de toda a raça humana, apertando mil mãos humanas, cacarejando mil diferentes línguas humanas, xingando, aplaudindo, assoviando, cantarolando, pensando alto, discursando, gesticulando, urinando, fecundando, lisonjeando, enganando, bajulando, choramingando, permutando, alcovitando, miando, e assim por diante. Você é todos os homens que já viveram desde Moisés, e depois disso uma mulher comprando um chapéu, ou uma gaiola de passarinho, ou apenas uma ratoeira. Podemos deitar-nos à espera numa vitrine, como um anel de ouro de quatorze quilates, ou escalar o lado de um prédio como uma mosca humana, mas nada parará o desfile, nem mesmo guarda-chuvas voando à velocidade da luz, nem morsas enormes marchando com toda calma para bancos de ostras. A Broadway, como a vejo agora e tenho visto há 25 anos, é uma rampa concebida por São Tomás de Aquino quando ainda no útero. Devia originalmente ser usada apenas por cobras e lagartos, pelo sapo de chifre e a garça vermelha, mas quando a grande armada espanhola foi afundada, a espécie humana saiu espremendo-se do casco e foi em frente, criando, por uma espécie de torção suja e ignominiosa, a fenda em forma de buceta que vai de Battery, ao sul, até aos campos de golfe ao norte, pelo centro morto e sinuoso da ilha de Manhattan. De Times Square à Rua 50, tudo que São Tomás de Aquino esqueceu de incluir em sua *magnum opus* está incluído, o que quer dizer, entre outras coisas, hambúrgueres, botões de colarinho, *poodles*, vitrolas caça-níqueis, chapéus-coco cinzentos, fitas de máquina de escrever, pauzinhos de laranjeira, toaletes grátis, papel higiênico, jujuba de hortelã, bolas de bilhar, cebola picada, guardanapos amassados, bueiros, goma de mascar, *sidecars* e pirulitos, celofane, pneus, ímãs, linimento de cavalo, gotas para tosse, pastilhas de hortelã e aquela felina opacidade do eunuco histericamente dotado que vai à máquina de refrigerante com uma escopeta de cano serrado entre as pernas. O clima antes do jantar, a mistura de patchuli, pechblenda quente, eletricidade gelada, suor açucarado e urina em pó nos leva a uma febre de delirante expectativa. Cristo nunca mais baixará à terra nem haverá qualquer legislador, nem acabará o assassinato, o roubo, o estupro, e no entanto... e no entanto a gente espera alguma coisa, alguma coisa terrivelmente maravilhosa e absurda, talvez uma lagosta fria com maionese servida de graça, talvez uma invenção, como a luz elétrica, a televisão, só que mais devastadora, mais dilacerante, uma invenção impensável que traga uma despedaçadora calma e vazio, não a calma e o vazio da morte, mas da vida como a sonhavam os monges, como ainda se sonha nos Himalaias, no Tibete, em Lahore, nas ilhas Aleutas, na Polinésia, na ilha de Páscoa, o sonho dos homens antes do dilúvio, antes da palavra escrita, o sonho dos homens das cavernas e dos antropófagos, dos de duplo sexo e caudas curtas, dos que a gente chama de loucos e que não têm como defender-se porque são em número menor do que os que não são. Fria energia presa por brutos astutos e depois liberada como foguetes explosivos, rodas intricadamente engatadas para dar a ilusão de força e velocidade, algumas para luz, algumas para força, algumas para movimento, palavras telegrafadas por maníacos e montadas como dentes falsos, perfeitas e repulsivas como leprosos, bajuladoras, moles, escorregadias, movimento sem sentido, verticais, horizontais, circulares, entre paredes e através de paredes, para o prazer, a barganha, o crime, o sexo; toda luz, movimento, poderes impessoalmente concebidos, gerados e distribuídos por uma fenda apertada, tipo buceta, destinada a deslumbrar e atemorizar o selvagem, o matuto, o estrangeiro, mas não deslumbrando nem atemorizando ninguém, este aqui faminto, aquele ali lascivo, todos uma e a mesma coisa e não diferentes do selvagem, do matuto, do estrangeiro, a não ser por pequenos detalhes, quinquilharias, espuma do pensamento, pó de serra da mente. Na mesma fenda bucetal, presos e não-deslumbrados, milhões passaram antes de mim, entre eles um, Blaise Cendrars, que depois voou à lua, e de lá voltou à terra e subiu o Orinoco fazendo-se de louco, mas na verdade muito do são, embora não mais vulnerável, não mais mortal, uma esplendorosa casca de poema dedicado ao arquipélago da insônia. Dos febris, poucos desabrocharam, entre eles, eu, ainda não-desabrochado, mas permeável e maculado, conhecendo com muda ferocidade o tédio da incessante deriva e movimento. Antes do jantar, o resquício de luz celeste, coando-se suave pela limitada cúpula cinzenta, os hemisférios errantes pontilhados de núcleos de ovos azuis coagulando, ramificando-se, numa cesta de lagostas, noutro a germinação de um mundo antissepticamente pessoal e absoluto. Dos bueiros, cinzentos de vida subterrânea, homens do mundo futuro saturados de merda, a eletricidade gelada roendo-os como ratos, o dia acabado e a escuridão baixando como as sombras frias e refrescantes dos esgotos. Como um pau mole saindo de uma buceta superaquecida, eu, o ainda não-desabrochado, com alguns movimentos abortivos, mas ou não morto e mole o bastante, ou livre de esperma e deslizando *ad astra*, pois ainda não é hora do jantar e um frenesi peristáltico se apodera do cólon superior, da região hipogástrica, dos lobos umbilical e pospineal. Cozidas vivas, as lagostas nadam em gelo, não dando nem pedindo quartel, simplesmente imóveis e imotivadas no tédio gelado e aguado da morte, a vida passando à deriva pela vitrine abafada em desolação, um lamentável escorbuto roído pela ptomaína, o vidro gelado da vitrine cortando como um canivete, limpo e sem resto.

A vida passando à deriva pela vitrine... Eu também tão parte da vida quanto a lagosta, o anel de quatorze quilates, o linimento de cavalo, mas é muito difícil estabelecer esse fato, o fato de que a vida é mercadoria com um recibo de transporte pregado, sendo o que eu escolho comer mais importante que eu, o comedor, cada um comendo o outro e por conseguinte comendo, *o verbo*, rei do galinheiro. No ato de comer, o anfitrião é violado e a justiça temporariamente derrotada. O prato e o que ele contém, pelo poder predatório do aparelho intestinal, exigem atenção e unificam o espírito, primeiro hipnotizando-o, depois lentamente engolindo-o, depois mastigando-o, depois absorvendo-o. A parte espiritual do ser passa como escuma, não deixa traço algum de sua passagem, desaparece, desaparece ainda mais completamente que um ponto no espaço após um discurso matemático. A febre, que pode voltar amanhã, tem com a vida a mesma relação que o mercúrio, num termômetro, tem com o calor. A febre não faz a vida aquecer-se, que é o que se deveria provar, e assim consagra almôndegas e espaguete. Mastigar quando milhares mastigam, cada mordida um ato de assassinato, dá o molde social necessário do qual olhamos pela janela e vemos que mesmo a espécie humana pode ser justamente chacinada, estropiada, morta de fome, ou torturada porque, enquanto mastigamos, a simples vantagem de sentarmo-nos numa cadeira vestidos, limpando a boca com um guardanapo, nos possibilita compreender o que os mais sábios homens jamais puderam compreender, ou seja, que não há outro estilo de vida possível, os ditos sábios, muitas vezes recusando-se a usar cadeira, roupa ou guardanapo. Assim, os homens que passam corren-do pela fenda bucetal de uma rua chamada Broadway todo dia, a horas certas, em busca disso ou daquilo, tendem a estabelecer isso e aquilo, que é exatamente o método dos matemáticos, lógicos, físicos, astrônomos e quejandos. A prova é o fato, e o fato não tem sentido, a não ser o que lhe é dado pelos que estabelecem os fatos.

Tendo devorado as almôndegas, jogado cuidadosamente no chão o guardanapo de papel, arrotado um pouco e sem saber por que ou para onde, saio para o brilho ofuscante e junto-me à turma do teatro. Dessa vez, vagueio pelas ruas laterais acompanhando um cego com um acor-deão. De vez em quando me sento no degrau de uma porta e escuto uma ária. Na ópera, a música não tem sentido; ali na rua, tem exatamente o toque demente que lhe dá pungência. A mulher que acompanha o cego segura uma caneca de lata; ele também é parte da vida, como a caneca de lata, como a música de Verdi, como o Metropolitan Opera. Todo mundo e tudo fazem parte da vida, mas somados, de certa forma ainda não são a vida. *Quando é vida*, eu me pergunto, e *por que não agora?* O cego continua a vagar e permaneço sentado no degrau. As almôndegas estavam es-tragadas, o café uma merda, a manteiga rançosa. Tudo que olho está estra-gado, uma merda, rançoso. A rua parece um mau hálito; a seguinte é a mesma coisa, e a seguinte e a seguinte. Na esquina, o cego pára de novo e toca *Home to Our Montains*. Encontro um pedaço de goma de mascar no bolso — mastigo-o. Mastigo por mastigar. Não há absolutamente nada melhor a fazer, a não ser tomar uma decisão, o que é impossível. O degrau é confortável e ninguém me incomoda. Sou parte do mundo, da vida, como dizem, e pertenço e não pertenço.

Fico sentado no degrau mais ou menos uma hora, devaneando. Chego às mesmas conclusões a que sempre chego quando tenho um minuto para pensar por mim mesmo. Preciso ir para casa imediatamente e começar a escrever ou devo fugir e começar uma vida inteiramente nova. A idéia de começar um livro me aterroriza: é tanta coisa a dizer que não sei por onde ou como começar. A idéia de fugir e começar tudo de novo é igualmente aterrorizante: significa trabalhar como escravo para manter corpo e alma juntos. Para um homem de meu temperamento, sendo o mundo o que é, não há absolutamente esperança nem solução. Mesmo que eu *pudesse* escrever o livro que quero escrever, ninguém o aceitaria — conheço bem demais meus compatriotas. Mesmo que *pudesse* começar de novo, não adiantaria, porque não desejo trabalhar e não tenho desejo algum de me tornar um membro útil da sociedade. Fico ali sentado olhando a casa defronte. Parece não apenas feia e sem sentido, como todas as outras casas da rua, mas por olhá-la com tanta atenção de repente se tornou absurda. A idéia de construir um abrigo daquele jeito me parece absolutamente insana. A própria cidade me parece um exemplo da mais alta insanidade, tudo nela, esgotos, viadutos, vitrolas caça-níqueis, jornais, telefones, tiras, maçanetas, cortiços, telas, papel higiênico, tudo. Era melhor que nada existisse, e não apenas nada se perderia com isso, mas todo o universo sairia ganhando. Olho as pessoas que passam roçando por mim para ver se por acaso uma delas concordaria comigo. E se eu interceptasse uma e lhe fizesse apenas uma pergunta simples? E se eu apenas perguntasse de repente: "*Por que você continua vivendo como vive?*" O cara provavelmente chamaria um tira. Pergunto a mim mesmo — alguém algum dia já falou consigo como eu falo comigo? Pergunto-me se tenho algum problema. A única conclusão a que consigo chegar é que *eu sou diferente*. E trata-se de um problema muito grave, encare-se como quiser. Henry, digo a mim mesmo, levantando-me devagar do degrau, espreguiçando-me, espanando as calças e cuspindo fora a goma de mascar, Henry, digo a mim mesmo, você ainda é jovem, ainda é um frangote, e se deixar que o peguem pelos colhões é um idiota, porque você é melhor do que qualquer um deles, só que precisa se livrar de suas falsas idéias sobre a humanidade. Tem de perceber, meu rapaz, que está tratando com assassinos, canibais, só que bem vestidos, barbeados, perfumados, mas é só o que são — assassinos, canibais. O melhor que tem a fazer agora, Henry, é ir tomar um chocolate gelado, e quando se sentar na loja de refrigerantes, manter os olhos abertos e esquecer o destino do homem, porque talvez ainda encontre uma bela foda e uma boa foda limpará suas engrenagens e deixará um gosto bom em sua boca, ao passo que isso só traz dispepsia, caspa, halitose, encefalite. E enquanto assim me consolo, um cara se aproxima e pede dez centavos e de quebra lhe dou uma moeda de 25, pensando comigo mesmo que se tivesse mais um pouco de juízo comeria uma suculenta costeleta de porco com aquilo em vez das péssimas almôndegas, mas que diferença faz se é tudo comida e a comida produz energia, e a energia é o que faz o mundo girar? Em vez de chocolate gelado, continuo andando e logo estou exatamente onde pretendia ir o tempo todo, defronte à bilheteria do Roseland. E agora, Henry, digo a mim mesmo, se estiver com sorte, o seu velho chapa McGregor vai estar aí, e primeiro gritará com você por ter dado o fora, depois lhe emprestará cinco paus, e se você prender a respiração ao subir a escada, talvez também veja a ninfomaníaca e dê uma foda a seco. Entre com toda calma, Henry, e fique de olho aberto! E entro seguindo as instruções com pés de veludo, entregando o chapéu na chapelaria e urinando um pouco, por força do hábito, depois tornando a descer a escada e avaliando as *taxi girls* diafanamente vestidas, empoadas, perfumadas, parecendo frescas e alertas, mas na certa entediadas como o diabo e com as pernas cansadas. Para cada uma delas, ao passar, jogo uma foda imaginária. O lugar está simplesmente coalhado de bucetas e fodas, e é por isso que tenho razoável certeza de encontrar meu amigo McGregor. A forma como não penso mais na condição do mundo é maravilhosa. Falo isso porque, por um instante, quando examinava um suculento rabo, tive uma recaída. Quase entrei em transe de novo. Estava pensando, que Deus me ajude, que talvez pudesse dar o fora e ir para casa e começar o livro. Uma idéia aterrorizante! Uma vez passei a noite toda sentado numa cadeira sem ver nem ouvir nada. Devo ter escrito um livro de bom tamanho antes de acordar. Melhor não me sentar. Melhor continuar circulando. Henry, o que você deve fazer é vir aqui uma hora com muita grana e simplesmente ver até onde a grana o leva. Quero dizer, cem ou duzentos paus, e gastá-los todos como água e dizer sim a tudo. A figura de aparência altiva e estatuesca, aposto que se espremeria feito uma enguia se tivesse a palma da mão bem molhada. Suponhamos que ela dissesse — *vinte paus!* e a gente pudesse dizer: *Claro!* Suponhamos que a gente pudesse dizer: "Escute, tenho um carro aí embaixo... vamos fugir para Atlantic City por alguns dias." Henry, não existe carro nenhum e nem vinte paus. *Não se sente... continue circulando.*

Fico em pé no parapeito que cerca a pista, vendo-as passar. Não é um passatempo inofensivo... é coisa séria. Em cada extremidade da pista um aviso diz: "É proibido dançar de forma imprópria." Muito bem. Não faz mal pôr um aviso em cada ponta da pista. Em Pompéia, provavelmente penduravam um falo. Esse é o estilo americano. Quer dizer a mesma coisa. Não devo pensar em Pompéia, senão vou me sentar e escrever um livro de novo. *Continue circulando, Henry. Continue com a cabeça na música.* Continuo lutando para imaginar como me divertiria se pudesse pagar uma cartela de tíquetes, mas quanto mais luto, mais escorrego de volta. Finalmente me vejo enterrado até os joelhos em leitos de lava e o gás me sufoca. Não foi a lava que matou os pompeianos, foi o gás venenoso que precipitou a erupção. Por isso a lava os pegou em poses tão esquisitas, com as calças nas mãos, por assim dizer. Se de repente toda Nova York fosse apanhada desse jeito — que museu não daria! Meu amigo McGregor em pé diante da pia esfregando o pau... os aborteiros do East End apanhados em flagrante... as freiras deitadas na cama masturbando umas às outras... o leiloeiro com um despertador na mão... as telefonistas na central telefônica... J. P. Morganana sentado no toalete placidamente limpando o rabo... tiras com cacetes de borracha interrogando suspeitos... as dançarinas de *strip-tease* soltando a última peça...

Ali parado, enterrado até o joelho em leitos de lava e os olhos inundados de esperma: J. P. Morganana limpa placidamente o rabo, enquanto as telefonistas plugam as centrais, enquanto tiras com cacetes de borracha interrogam suspeitos, enquanto meu amigo McGregor esfrega os germes do pau e o estica, examinando-o sob o microscópio. Todos apanhados de calças na mão, incluindo as dançarinas de *strip-tease* que não usam calças, nem barba, nem bigode, só um trapinho para cobrir as reluzentes bucetinhas. Irmã Antolina deitada na cama do convento, as tripas enfaixadas, as mãos na cintura esperando a Ressurreição, esperando, esperando uma vida sem hérnia, sem sexo, sem pecado, sem mal, enquanto mordisca algumas bolachas de bichinhos, uma pimenta da Jamaica, algumas belas azeitonas, um pouco de lingüiça. Os judeuzinhos no East Side, no Harlem, no Bronx, Canarsie, Brownsville, abrindo e fechando os alçapões, afastando braços e pernas, ligando a máquina de lingüiça, entupindo os canos, trabalhando com fúria para faturar, e se a gente soltar um pio cai fora. Com 1.100 tíquetes no bolso e um Rolls Royce à espera embaixo, eu poderia me divertir da forma mais excruciante, foder cada uma e todas respectivamente, independente de idade, sexo, raça, religião, nacionalidade, nascimento ou educação. Um homem como eu não tem solução, sendo o que sou e o mundo o que é. O mundo se divide em três partes, das quais duas são almôndegas e espaguete e a outra um imenso cancro sifilítico. A altiva de corpo estatuesco na certa é uma foda fria, uma espécie de *buceta anônima* folheada a ouro e estanho. Além do desespero e da desilusão, há sempre a ausência de coisas piores e os emolumentos do *tédio*. Nada é pior e mais vazio que o centro de uma brilhante alegria flagrada pelo olho mecânico de uma época mecânica, a vida amadurecendo numa caixa preta, um negativo ativado por ácido e produzindo um momentâneo simulacro do nada. No limite máximo desse momentâneo nada, chega meu amigo McGregor e fica de pé a meu lado, e com ele aquela de quem ele falava, a ninfomaníaca chamada Paula. Ela tem o balanço e a pose lânguidos e vistosos do sexo ambíguo, todos os movimentos irradiando-se das virilhas, sempre em equilíbrio, sempre pronta para fluir, torcer-se, retorcer-se e agarrar, os olhos fazendo tique-taque, os dedos dos pés inquietos e cintilantes, a carne ondulando como um lago encrespado pela brisa. É a encarnação da alucinação do sexo, a ninfa marinha estorcendo-se nos braços do maníaco. Observo os dois à medida que se movem palmo a palmo em espasmos pelo chão; movimentam-se como um polvo formando uma cabana. Entre os tentáculos soltos a música reluz e lampeja, quebra-se em cascatas de esperma e água de rosas, forma-se de novo num jorro oleoso, uma coluna ereta sem pé, cai novamente como giz, deixando a parte superior da perna fosforescente, uma zebra parada num lago de *marshmallow* dourado, uma perna listrada, a outra derretida. Um polvo dourado de *marshmallow* com dobradiças de borracha e cascos derretidos, o sexo desfeito e enroscado num nó. No leito marinho as ostras fazem a dança de São Vito, algumas com tetania, outras com joelhos bem flexíveis. A música é salpicada de veneno de rato, veneno de cascavel, o fétido bafio da gardênia, a saliva do iaque sagrado, o suor do rato almiscarado, a nostalgia açucarada do leproso. A música é uma diarréia, um lago de gasolina, estagnado com baratas e mijo azedo de cavalo. As notas engroladas são a espuma e a baba do epilético, o suor noturno do negro fornicador enrabado pelo judeu. Todos os Estados Unidos estão na lascívia do trombone, o gasto gemido alquebrado das vacas marinhas gangrenadas ao largo de Point Loma, Pawtucket, Cape Hatteras, Labrador, Canarsie e pontos intermediários. O polvo dança como um pau de borracha — a rumba de Spuyten Duyvil *inédit*. A ninfômana Laura dança a rumba, o sexo desfolhado e contorcido como um rabo de vaca. Na barriga do trombone a alma americana peida seu contentamento. Nada se perde — nem o mínimo fiapo de peido. No sonho de felicidade em *marshmallow* dourado, na dança encharcada do mijo e gasolina, a grande alma do continente americano galopa como um polvo, todas as velas abertas, as escotilhas fechadas, a máquina zumbindo feito dínamo. A grande alma dinâmica colhida no clique do olho da câmera, no calor do cio, exangue como um peixe, escorregadia como muco, a alma do povo miscigenando-se no leito do mar, olhos saltados de anseio, angustiados de luxúria. A dança de sábado à noite, de melões apodrecendo na lata de lixo, de ranho verde fresco e ungüentos viscosos para as parte tenras. A dança da vitrola caça-níqueis e os monstros que a inventaram. A dança do revólver e dos vermes que o usam. A dança do cassetete e dos idiotas que rebentam crânios reduzindo-os a polpa poliposa. A dança do mundo ímã, da faísca que desfaísca, do macio zumbido do mecanismo perfeito, da corrida de fundo num prato giratório, do dólar ao par e das florestas mortas e mutiladas. A noite de sábado da dança vazia da alma, cada dançarino que salta uma unidade funcional na dança de São Vito do sonho do verme. A ninfômana Laura brandindo sua buceta, os doces lábios de pétalas de rosa denteados com engrenagens de rodízio, o rabo arredondado e apertado. Palmo a palmo, centímetro a centímetro, empurram de um lado para outro o cadáver copulador. E então, o baque! Como ao toque de um interruptor, a música pára de repente, e com a parada os casais se separam, braços e pernas inta-tos, como folhas de chá caindo no fundo da xícara. Agora o ar é azul de palavras, um lento chiado como de peixe na frigideira. O refugo da alma vazia erguendo-se como conversa de macaco nos galhos mais altos das árvores. O ar azul de palavras passa pelos ventiladores, volta de novo em sono pelos funis e chaminés de ferro corrugado, alado como o antílope, listrado como a zebra, ora jazendo imóvel como o molusco, ora cuspindo chama. A ninfômana Laura, fria como uma estátua, as partes comidas, os cabelos musicalmente extasiados. À beira do sono, Laura está parada com lábios mudos, as palavras caindo como pólen em meio à neblina. A Laura de Petrarca sentada num táxi, cada palavra soando na caixa registradora, depois esterilizada, depois cauterizada. O basilisco Laura feito inteiramen-te de amianto, caminhando para a estaca em chamas com a boca cheia de goma. Satisfação é a palavra nos lábios. Os grossos lábios aflautados da concha marinha, os lábios de Laura, os lábios do perdido amor uraniano. Tudo flutua para as sombras em meio à neblina sinuosa. Os últimos fiapos murmurados de lábios de concha deslizando ao largo da costa do Labrador, vazando para leste com as marés de lama, inclinando-se em di-reção às estrelas no fluxo iodado. Perdida Laura, última dos Petrarca, lentamente desvanecendo à beira do sono. Não cinzento o mundo, mas baço, o leve sono de bambu da inocência amparada.

E isso, no frenético e negro nada do vazio da ausência, deixa uma sensação sombria de depressão saturada, não diferente do auge do desespero que é apenas o alegre verme juvenil da delicada ruptura da morte com a vida. Desse invertido cone de êxtase surgirá de novo a vida na prosaica eminência do arranha-céu, arrastando-me pelos cabelos e dentes, nojenta de uivante alegria vazia, feto animado do verme não-nascido da morte, jazendo à espera da decomposição e putrefação.

Na manhã de domingo o telefone me acorda. É meu amigo Maxie Schnadig anunciando a morte de nosso amigo Luke Ralston. Maxie assume-me um tom de voz realmente sentido, que me afeta da maneira errada. Diz que Luke era um cara muito bacana. Isso também dá a nota errada, porque embora Luke fosse bom, era apenas mais ou menos, não exatamente o que se chamaria um cara bacana. Era uma bicha enrustida, e finalmente, quando passei a conhecê-lo na intimidade, um grande pé no saco. Eu disse isso a Maxie pelo telefone; pude perceber, pelo modo como respondeu, que não gostou muito. Disse que Luke sempre fora meu amigo. Era verdade, mas não bastava. A verdade era que eu estava realmente alegre por Luke haver batido as botas no momento oportuno: significava que podia esquecer os 150 dólares que lhe devia. Na verdade, quando desliguei o telefone, sentia-me de fato alegre. Era um tremendo alívio não ter de pagar aquela dívida. Quanto à morte de Luke, não me perturbava nem um pouco. Pelo contrário, ia possibilitar-me fazer uma visita à irmã dele, Lottie, que eu sempre quisera comer mas jamais pude, por um motivo ou outro. Agora me via indo até lá no meio do dia e oferecendo condolências. O marido estaria no escritório e não haveria nada para interferir. Eu me via passando os braços em torno dela e consolando-a; nada como atacar uma mulher quando ela está sofrendo. Eu a via arregalando os olhos — tinha grandes e bonitos olhos cinzentos — enquanto a levava para o sofá.

Era o tipo de mulher que treparia fingindo falar de música ou qualquer outra coisa. Não gostava da realidade nua, dos fatos nus, por assim dizer. Ao mesmo tempo, teria presença de espírito suficiente para estender uma toalha embaixo do corpo a fim de não manchar o sofá. Eu a conhecia de dentro para fora. Sabia que a melhor hora de pegá-la era agora, agora que sentia um pouco da febre de emoção pelo querido Luke morto — de quem não gostava muito, a propósito. Infelizmente era domingo e o marido certamente estaria em casa. Voltei para a cama e fiquei lá deitado pensando primeiro em Luke e em tudo que ele fizera por mim, e depois nela, Lottie. Chamava-se Lottie Somers — sempre me pareceu um belo nome. Combinava perfeitamente com ela. Luke era rígido como um atiçador, com uma espécie de cara de caveira, impecável e além das palavras. Ela era exatamente o oposto — macia, redonda, fala meio arrastada, acariciava as palavras, movia-se com languidez, usava os olhos com eficácia. Ninguém jamais os tomaria por irmão e irmã. Fiquei tão excitado pensando nela que tentei atacar minha mulher. Mas a pobre sacana, com seu complexo puritano, fingiu-se horrorizada. Gostava de Luke. Não diria que era um cara bacana, porque não era disso, mas insistiu que era autêntico, leal, um verdadeiro amigo etc. Eu tinha tantos amigos leais, autênticos, verdadeiros, que isso para mim era tudo papo furado. Finalmente, armamos uma tal discussão por causa de Luke que ela teve um ataque histérico e começou a chorar e soluçar — na cama, veja bem. Isso me deixou com fome. A idéia de chorar antes do desjejum me pareceu monstruosa. Desci e preparei para mim um maravilhoso café-da-manhã, e enquanto comia, ria comigo mesmo, de Luke, dos 150 dólares que sua morte súbita apagara da lousa, de Lottie e a maneira como me olharia quando chegasse a hora... e finalmente, o mais absurdo de tudo, pensei em Maxie, Maxie Schnadig, o amigo fiel de Luke, de pé à beira da cova com uma grande coroa de flores e talvez lançando um punhado de terra no caixão enquanto o baixavam. De algum modo isso me pareceu demasiado idiota para descrever com palavras. Não sei por que parecia tão ridículo, mas parecia. Maxie era um simplório. Eu só o tolerava porque era bom para uma facada de vez em quando. E também havia sua Rita. Eu o deixava me convidar à sua casa de vez em quando, fingindo-me interessado em seu irmão demente. Era sempre uma boa refeição, e o irmão lelé era realmente divertido. Parecia um chimpanzé e falava como tal. Maxie era simplório demais para desconfiar que eu apenas me divertia; achava que eu tinha um verdadeiro interesse pelo irmão.

Era um belo domingo, e como sempre, eu tinha uma moeda de 25 centavos no bolso. Saí andando a perguntar-me aonde ir para dar uma facada em alguém. Não que fosse difícil raspar algum, mas o negócio era pegar a grana e dar o fora sem morrer de tédio. Eu me lembrava de uma dúzia de caras bem ali no bairro, caras que morreriam na grana sem um murmúrio, mas isso significava uma longa conversa depois — sobre arte, religião, política. Outra coisa que podia fazer, que já fizera repetidas vezes num aperto, era visitar as agências telegráficas, fingir uma amistosa visita de inspeção e aí, no último instante, sugerir que metessem a mão no caixa e pegassem um ou dois paus até o dia seguinte. Isso envolveria tempo e mais conversa ainda. Pensando na coisa com frieza e cálculo, concluí que a melhor aposta era meu amigo Curley, no Harlem. Se ele não tivesse a grana, roubaria da bolsa da mãe. Sabia que podia contar com ele. Ia querer me acompanhar, claro, mas eu sempre podia encontrar um meio de descartá-lo antes do fim da noite. Era apenas um garoto, e eu não precisava ser delicado com ele.

O que eu gostava em Curley era que, embora fosse apenas um rapaz de dezessete anos, não tinha absolutamente nenhum senso moral, escrúpulos, vergonha. Procurara-me quando tinha quatorze anos, em busca de emprego como mensageiro. Os pais, então na América do Sul, haviam-no embarcado para Nova York aos cuidados de uma tia, que o seduzira quase imediatamente. Ele jamais fora à escola, porque os pais viviam viajando; eram gente de parque de diversões e "davam um duro danado", como dizia Curley. O pai estivera várias vezes na prisão. A propósito, ele não era seu verdadeiro pai. Seja como for, Curley me procurou como um simples menino precisando de ajuda, mais de um amigo que de qualquer outra coisa.

A princípio pensei que podia fazer alguma coisa por ele. Todo mundo gostava dele na hora, sobretudo as mulheres. Tornou-se o bichinho de estimação do departamento. Não demorou muito, porém, para eu perceber que era incorrigível, que na melhor das hipóteses tinha o talento de um astuto criminoso. Mas gostei dele e continuei a ajudá-lo, embora nunca confiasse nele fora de minhas vistas. Acho que gostei dele sobretudo porque não tinha absolutamente nenhum senso de honra. Faria qualquer coisa no mundo por mim, e ao mesmo tempo me trairia. Eu não podia censurá-lo por isso… achava divertido. Tanto mais porque ele era franco a respeito. Simplesmente não podia evitar. Sua tia Sophie, por exemplo. Contou que ela o seduzira. É verdade, mas o curioso era que ele se deixara seduzir enquanto liam juntos a Bíblia. Apesar de jovem, parecera perceber que a tia Sophie necessitava dele daquele jeito. Por isso se deixou seduzir, como disse, e então, depois que eu já o conhecia havia algum tempo, propôs que eu fosse o próximo com ela. Chegou a chantageá-la. Quando precisava desesperadamente de dinheiro, ia até a tia e o conseguia — com torpes ameaças de denúncia. E com cara de inocente, claro. Parecia-se espantosamente com um anjo, tinha grandes olhos aguados de aparência muito franca e sincera. Sempre disposto a fazer tudo por nós — quase como um cão fiel. E depois bastante astuto, uma vez conseguido o nosso favor, para nos fazer satisfazer seus caprichos. Além disso, era extremamente inteligente. A sonsa inteligência da raposa — a absoluta crueldade do chacal.

Não me surpreendeu de modo algum, portanto, saber naquela tarde que ele andara mexendo com Valeska. Depois dela, atacara a prima já deflorada e precisando de um macho com quem pudesse contar. E dela passara finalmente para a anã, que se aninhara confortavelmente na casa de Valeska. A anã o interessara por ter uma buceta perfeitamente normal. Não pretendia fazer nada com ela porque, como dizia, era uma lesbicazinha nojenta, mas um dia, por acaso, surpreendeu-a no banho, e esse foi o começo de tudo. Confessou-me que aquilo exigia demasiado dele, pois as três não largavam a sua cola. Gostava mais da prima, porque tinha alguma grana e não relutava em dá-la. Valeska era reservada demais, e além disso tinha um cecê muito forte. Na verdade, estava ficando cheio de mulheres. Culpa da tia Sophie, dizia. Proporcionara-lhe um mau começo. Enquanto conta isso, ocupa-se em revistar as gavetas da mesa. O pai é um filho-da-puta mesquinho que devia ser enforcado, diz, não encontrando nada imediatamente. Mostra-me um revólver com cabo de madrepérola... quanto daria? Uma arma era boa demais para usar no velho... gostaria de dinamitá-lo. Tentando descobrir *por que* o odeia tanto, seguiu-se que o garoto era de fato amarrado na mãe. Não suportava a idéia de o velho ir para a cama com ela. Você não está querendo dizer que tem ciúme do seu velho?, pergunto. É, tem ciúme, sim. Se eu queria saber a verdade, ele gostaria de dormir com a mãe. Por que não? Por isso deixara a tia Sophie seduzi-lo... pensava na mãe o tempo todo. Mas você não se sente mal quando mexe na carteira dela?, perguntei. Ele deu uma risada. O dinheiro não é *dela*, disse, é *dele*. E que fizeram eles por mim? Estavam sempre me confiando a outras pessoas. A primeira coisa que me ensinaram foi tapear os outros. É uma maneira dos diabos de educar uma criança...

Não há um mísero centavo na casa. A idéia de Curley é ir comigo ao escritório onde trabalha e, enquanto puxo conversa com o gerente, revistar o vestiário e limpar todos os trocados. Ou, se eu não tiver medo de correr o risco, irá à caixa registradora. Nunca vão desconfiar de *nós*, diz. Já fizera isso antes?, pergunto. Claro... uma dezena de vezes ou mais, bem debaixo do nariz do gerente. E não houve nenhuma confusão? Claro... haviam demitido alguns escriturários. Por que não toma alguma coisa emprestada à tia Sophie?, sugiro. Isso é fácil demais, só precisa uma trepadinha e ele não quer trepar mais com ela. Ela fede, a tia Sophie. O que você quer dizer com *ela fede*? Só isso... ela não se lava regularmente. Por que, que é que há com ela? Nada, só religião. E está ficando gorda e sebosa ao mesmo tempo. Mas gosta de ser fodida mesmo assim? *Se gosta?* Está cada vez mais doida por isso. É nojento. É como ir para a cama com uma porca. Que pensa sua mãe sobre ela? *Minha mãe?* Fica danada da vida com a irmã. Acha que tia Sophie está tentando seduzir o velho. Bem, talvez esteja! Não, o velho tem outra coisa. Eu o peguei em flagrante uma noite, no cinema, aos amassos com uma garotinha. É uma manicure do Astor Hotel. Na certa está tentando arrancar uma graninha dela. É o único motivo para ele dar em cima de uma mulher. É um filho-da-puta indecente e mesquinho; gostaria de ver o sacana na cadeira elétrica um dia! Você mesmo irá para a cadeira se não se cuidar. *Quem, eu? Eu, não! Sou esperto demais.* Você é esperto demais, mas tem a língua solta. Eu seria mais boca-de-siri se fosse você. Sabe, acrescentei, para lhe dar mais uma sacudida, O'Rourke está de olho em você; se algum dia brigar com ele, é com você... Ora, por que ele não diz alguma coisa se sabe tanto? Não acredito em você.

Explico-lhe demoradamente que O'Rourke é uma dessas pessoas, e há muitíssimo poucas delas no mundo, que preferem *não* armar encrenca para os outros se puder evitar. Digo que O'Rourke tem o instinto do detetive apenas por gostar de *saber* o que se passa em volta; esquematiza o caráter das pessoas na cabeça, e ali os armazena de forma permanente, como os comandantes de exércitos têm o terreno inimigo fixo na mente. As pessoas acham que O'Rourke anda por aí xeretando e espionando, que tem prazer especial em fazer esse trabalho sujo para a empresa. Nada disso. É um estudioso nato da natureza humana. Pega tudo sem esforço, devido, claro, à sua maneira peculiar de ver o mundo. Agora, quanto a você... Não tenho dúvida que ele sabe tudo sobre você. Jamais lhe perguntei, admito, mas imagino isso pelas perguntas que faz de vez em quando. Talvez só esteja lhe dando corda suficiente. Uma noite dessas dará com você por acaso e talvez lhe peça para ir a algum lugar e comer alguma coisa com ele. E sem mais aquela, perguntará de repente:

— Lembra, Curley, quando você trabalhava no escritório da América do Sul, na época em que aquele judeuzinho escriturário foi demitido por roubar o caixa? Acho que você trabalhou além do horário naquela noite, não foi? Caso interessante, esse. Sabe, jamais descobriram se o escriturário roubou o dinheiro ou não. Tiveram de despedi-lo, claro, por negligência, mas não podemos dizer com certeza que ele realmente roubou o dinheiro.

Já venho pensando nesse casinho por algum tempo. Tenho um palpite sobre quem pegou aquele dinheiro, mas não estou absolutamente certo...

E aí ele com certeza lhe dará uma olhada penetrante e mudará de assunto de repente. Provavelmente lhe contará uma historinha de um vigarista que conheceu e que se julgava muito esperto e se safava de tudo. Estenderá essa história até você se sentir como se estivesse sentado em brasas. A essa altura você vai estar querendo dar o fora, mas, no momento em que se prepara para isso, ele de repente se lembra de outro caso muito interessante e lhe pede que espere só mais um pouco, enquanto manda vir outra sobremesa. E vai continuar assim durante três ou quatro horas seguidas, jamais fazendo sequer uma insinuação direta, mas o tempo todo estudando você de perto, e por fim, quando você pensa que está livre, no momento mesmo em que aperta a mão dele e dá um suspiro de alívio, ele pára na sua frente e, plantando o pesão quadrado entre suas pernas, o pegará pela lapela, olhando direto através de você como se não o visse, e dirá em voz baixa e cativante:

"*Agora escute aqui, meu rapaz, não acha que é melhor abrir o jogo?*" E se pensa que ele está apenas tentando intimidá-lo, e que você pode fingir inocência e se mandar, está enganado. Porque nesse ponto, quando ele lhe pedir para abrir o jogo, está falando sério, e nada na terra vai detê-lo. Quando chegar a esse ponto, recomendo que você abra o jogo direitinho, até o último centavo. Ele não me pedirá para demitir você, nem o ameaçará com cadeia — apenas lhe sugerirá calmamente que economize um pouco toda semana e entregue a ele. Ninguém vai ficar sabendo. Na certa não contará nem a mim. Não, é delicado demais com essas coisas, você vai ver.

— E se — diz Curley de repente, — eu disser a ele que roubei o dinheiro para ajudar você? E aí?

Pôs-se a rir histericamente.

— Acho que O'Rourke não vai acreditar nisso — eu disse, muito calmo. — Você pode tentar, claro, se acha que vai ajudar a limpar sua barra.

Mas acho que vai ter um mau efeito. O'Rourke me conhece... sabe que eu não deixaria você fazer uma coisa dessas.

— Mas deixou!

— Eu não mandei você fazer isso. Você fez sem meu conhecimento. É muito diferente. Além disso, pode provar que eu aceitei dinheiro de você? Não vai parecer meio ridículo me acusar, o cara que o ajudou, de mandar você fazer um serviço desse? Quem vai acreditar? O'Rourke não. Além disso, ele ainda não lhe deu a prensa. Por que se preocupar de antemão? Talvez você possa começar a devolver o dinheiro aos poucos antes que ele o pegue. Faça isso anonimamente.

A essa altura, Curley estava inteiramente exausto. Havia na cômoda um pouco de *schnapps* que o velho guardava de reserva, e sugeri que tomássemos um pouco para nos revigorar. Quando bebíamos o *schnapps*, de repente me ocorreu que Maxie dissera que estaria na casa de Luke para prestar seus respeitos. Era exatamente o momento de pegá-lo. Ele ia estar cheio de sentimentos melosos e eu podia lhe contar qualquer tipo de história absurda. Podia dizer que o motivo de assumir uma atitude tão durona no telefone era estar chateado por não saber onde obter os dez dólares de que precisava tão desesperadamente. Ao mesmo tempo, talvez pudesse marcar um encontro com Lottie. Comecei a sorrir ao pensar nisso. Se ao menos Luke visse que amigo tinha em mim! O mais difícil seria ir até o caixão e lançar um olhar de dor em Luke. *Não rir!*

Expliquei a idéia a Curley. Ele riu com tanto gosto que as lágrimas lhe rolavam pelas faces. O que me convenceu, a propósito, de que seria mais seguro deixá-lo embaixo enquanto dava a facada. De qualquer forma, estava decidido.

Eles acabavam de sentar-se para o jantar quando entrei, com a aparência mais triste que podia me obrigar a assumir. Maxie lá estava e quase se engasgou com a minha súbita aparição. Lottie já se fora. Isso me ajudou a manter a expressão triste. Pedi para ficar a sós com Luke alguns instantes, mas Maxie insistiu em me acompanhar. Os outros ficaram aliviados, imagino, pois vinham levando os enlutados até o caixão a tarde toda. E como bons alemães que eram, não gostavam que interrompessem o seu jantar. Enquanto olhava para Luke, ainda com aquela expressão de dor que adotara, tomei consciência dos olhos fixos e inquisidores de Maxi sobre mim. Ergui os meus e sorri-lhe do meu jeito de sempre. Ele pareceu absolutamente perplexo.

— Escute, Maxie — eu disse —, tem certeza de que não vão ouvir a gente? — Ele pareceu ainda mais intrigado e magoado, mas balançou a cabeça, tranqüilizando-me. — É o seguinte, Maxie... Eu vim aqui propositalmente para ver você... tomar alguns paus emprestados. Sei que parece nojento, mas você pode imaginar como estou desesperado para fazer uma coisa dessa. — Ele balançava a cabeça com ar solene enquanto eu cuspia isso, a boca formando um grande O, como se ele tentasse espantar espíritos. — Escute, Maxie — apressei-me a prosseguir, tentando manter a voz triste e baixa —, esta não é a hora de me passar sermão. Se quer fazer alguma coisa por mim, me empreste dez paus agora, agora mesmo... me passe o dinheiro aqui mesmo enquanto eu olho o Luke. Você sabe, eu realmente gostava dele. Não quis dizer nada daquilo que disse ao telefone. Você me pegou numa má hora. Minha mulher estava arrancando os cabelos. Estamos numa bagunça, Maxie, e estou contando com você para fazer alguma coisa. Saia comigo se puder e eu lhe falo mais a respeito... — Ele, como eu esperava, não podia sair comigo. Não pensaria em abandoná-los numa tal hora... — Bem, me dê o dinheiro agora — eu disse, de forma quase selvagem. — Explico a coisa toda a você amanhã. Almoço com você no Centro.

— Escute, Henry — diz Maxie, remexendo no bolso, embaraçado com a idéia de ser apanhado com um maço de dinheiro na mão numa hora daquelas —, escute — disse —, eu não me importo de lhe dar o dinheiro, mas não podia encontrar outra maneira de me procurar? Não é por causa de Luke... é... — Começou a pigarrear, sem saber realmente o que queria dizer.

— Pelo amor de Deus — sussurrei, curvando-me mais sobre Luke, para que ninguém, ao entrar, desconfiasse do que eu fazia — ... pelo amor de Deus, não discuta agora… me entregue o dinheiro e acabe com isso. Eu estou desesperado, não está ouvindo?

Maxie parecia tão confuso e afogueado que não pôde soltar uma cédula sem puxar o maço do bolso. Curvando-me reverentemente sobre o caixão, eu tirei a de cima, que despontava do bolso. Não sabia se era de um ou dez dólares. Não parei para examiná-la, guardei-a tão rápido quanto possível e me endireitei. Depois peguei Maxie pelo braço e levei-o de volta à cozinha, onde a família comia solenemente, mas com muito gosto. Queriam que eu ficasse um pouco, e era desagradável recusar, mas recusei da melhor maneira possível e caí fora, o rosto retorcendo-se agora num riso histérico.

Na esquina, à luz do poste, Curley me esperava. A essa altura eu não pude mais me conter. Agarrei-o pelo braço e empurrando-o rua abaixo comecei a rir, a rir como raras vezes ri em minha vida. Achei que não ia parar nunca. Toda vez que abria a boca para começar a explicar o incidente, tinha um ataque. Acabei me assustando. Pensei que talvez morresse de rir. Depois que consegui me acalmar um pouco, no meio de um longo silêncio, Curley de repente diz:

— *Conseguiu?*

Isso precipitou outro ataque, mais violento ainda do que antes. Tive de me encostar numa grade e segurar o estômago. Sentia uma terrível dor ali, mas uma dor prazerosa.

O que mais me aliviou foi a visão da cédula que tirara do maço de Maxie. Era uma nota de vinte dólares! Isso me acalmou na hora. E ao mesmo tempo me enfureceu um pouco. Enfureceu-me pensar que no bolso daquele idiota, Maxie, havia ainda mais notas, provavelmente outras de vinte, de dez, de cinco. Se houvesse saído comigo, como sugeri, e eu tivesse dado uma boa olhada no maço, não teria sentido remorso em assaltá-lo. Não sei por que isso me fez ficar tão furioso, mas fez. A idéia mais imediata era me livrar de Curley o mais rápido possível — uma de cinco daria um jeito nele — e depois fazer uma farrinha. O que desejava em particular era encontrar uma puta sórdida, imunda, sem uma gota de decência. Onde encontrar uma assim... *exatamente assim*? Bem, livrar-me de Curley primeiro. Ele, claro, está magoado. Esperava grudar-se em mim. Finge não querer os cinco paus, mas quando vê que estou disposto a recebê-los de volta, apressa-se a guardar a nota.

Mais uma vez a noite, a incalculavelmente estéril, fria e mecânica noite de Nova York, em que não há paz, refúgio ou intimidade. A imensa e congelada solidão da multidão de um milhão de pés, o fogo frio e supérfluo da exibição elétrica, a esmagadora falta de sentido da perfeição da fêmea que, pela perfeição, cruzou a fronteira do sexo e passou para o sinal de menos, para o vermelho, como a eletricidade, como a energia neutra dos machos, como planetas sem aspecto, como programas de paz, como amor transmitido pelo rádio. Ter dinheiro no bolso no meio da energia branca, neutra, andar ao léu e infecundo por entre o brilho das ruas calcinadas, pensar em voz alta em total solidão à beira da loucura, pertencer a uma cidade, uma grande cidade, pertencer àquele último momento na maior cidade do mundo e não se sentir parte dela, é tornarmo-nos nós mesmos uma cidade, um mundo de pedra morta, de luz desperdiçada, de movimento ininteligível, de imponderáveis e incalculáveis, da secreta perfeição de tudo que é menos. Andar com dinheiro pela multidão noturna, protegido pelo dinheiro, embalado pelo dinheiro, embotado pelo dinheiro, a própria multidão dinheiro, a respiração dinheiro, nenhum único objeto em parte alguma que não seja dinheiro, dinheiro, dinheiro em toda parte e ainda assim não o bastante, e depois nenhum dinheiro, ou pouco dinheiro, ou menos dinheiro, ou mais dinheiro, porém dinheiro, sempre dinheiro, e se a gente tem dinheiro ou não tem dinheiro, é o dinheiro que conta e dinheiro faz dinheiro, *mas o que leva o dinheiro a fazer dinheiro?*

De novo o salão de dança, o ritmo do dinheiro, o amor que vem pelo rádio, o toque impessoal e sem asas da multidão. Um desespero que baixa às solas mesmas das botas, um tédio, uma desesperação. No meio da mais alta perfeição mecânica, dançar sem alegria, estar desesperadamente só, ser quase inumano porque humano. Se houvesse vida na lua, que outra prova quase perfeita, sem alegria, poderia haver dela? Se viajar para longe do sol é alcançar a fria idiotia da lua, então chegamos à nossa meta e a vida é apenas a fria incandescência lunar do sol. É a dança da vida gelada no vazio do átomo, e quanto mais dançamos, mais frio fica.

E assim dançamos, num ritmo frenético e gelado, em ondas curtas e longas, uma dança no interior da taça do nada, cada centímetro de luxúria chegando a dólares e centavos. Passamos de uma fêmea perfeita a outra em busca do defeito vulnerável, mas elas são imaculadas e impermeáveis em sua impermeável consistência lunar. É a gelada virgindade branca da lógica do amor, a teia da maré refluída, a orla da absoluta vacuidade. E nessa orla da lógica virginal da perfeição eu danço a dança da alma de branco desespero, o último homem branco a puxar o gatilho sobre a última emoção, o gorila do desespero batendo no peito com imaculadas patas enluvadas. Eu sou o gorila que sente as asas crescendo, um gorila estonteado no centro de um vazio de cetim; também a noite brota como uma planta elétrica, disparando botões em brasa no espaço de veludo negro. Sou o espaço negro da noite em que os brotos irrompem com angústia, uma estrela-do-mar nadando no orvalho gelado da lua. Sou o germe de uma nova insanidade, uma aberração expressa em linguagem inteligível, um soluço enterrado como uma farpa no miolo da alma. Danço a dança muito sadia e amável do angélico gorila. Esses são meus irmãos e irmãs dementes e impuros. Dançamos no vazio da taça do nada. Somos a mesma carne, mas separados como estrelas.

No momento, tudo fica claro para mim, claro que nessa lógica não há redenção, sendo a própria cidade a mais alta forma de loucura, e cada uma e todas as suas partes, orgânicas ou inorgânicas, expressão dessa mesma loucura. Sinto-me absurda e humildemente grande, não como megalomaníaco, mas como esporo humano, a esponja morta da vida inchada até a saturação. Não mais olho dentro dos olhos da mulher que tenho nos braços, mas nado dentro dela, cabeça, braços e pernas, e vejo que por trás das órbitas oculares há uma região inexplorada, o mundo da futuridade, e aí não há qualquer lógica, só a imóvel germinação de fatos não interrompidos por noite e dia, ontem e amanhã. O olho, acostumado a concentrar-se em pontos no espaço, agora se concentra em pontos no tempo; vê para a frente e para trás à vontade. O olho que era o eu do ego não mais existe; esse olho altruísta nada revela nem ilumina. Viaja pela linha do horizonte, viajante incessante, desinformado. Tentando reter o corpo perdido, cresci em lógica como a cidade, um dígito depois da vírgula na anatomia da perfeição. Cresci além de minha própria morte, espiritualmente brilhante e duro. Fui dividido em intermináveis ontens, intermináveis amanhãs, repousando apenas no vértice do acontecimento, uma parede de muitas janelas, mas a casa desaparecida. Tenho de despedaçar as paredes e janelas, a última concha do corpo perdido, se quero tornar a juntar-me ao presente. É por isso que não mais olho *dentro* dos olhos, ou *através* dos olhos, mas pelo passe de mágica da vontade nado pelos olhos, cabeça, braços e pernas, para explorar a curva da visão. Vejo em torno de mim como a mãe que me pariu um dia viu depois das esquinas do tempo. Rompi a parede criada pelo parto e a linha de viagem é arredondada e ininterrupta, consistente como o umbigo. Nenhuma forma, imagem, arquitetura, apenas vôos concêntricos de pura loucura. Sou a flecha da substancialidade do sonho. Confiro pelo vôo. Anulo baixando à terra.

Assim passam os momentos, momentos verídicos de tempo sem espaço nos quais sei tudo e, sabendo tudo, desabo sob a abóbada do sonho altruísta.

Entre esses momentos, nos interstícios do sonho, a vida tenta inutilmente construir, mas o andaime da louca lógica da cidade não é apoio. Como indivíduo, como carne e osso, sou demolido todo dia para fazer a cidade sem carne e sem osso cuja perfeição é a soma de toda lógica e morte para o sonho. Luto contra a morte oceânica na qual a minha própria é apenas uma gota d'água a evaporar-se. Para elevar minha vida individual alguns centímetros acima desse penetrante mar de morte, devo ter uma fé maior que a de Cristo, uma sabedoria mais profunda que a do maior visionário. Devo ter a capacidade e a paciência para formular o que não está contido na linguagem de nosso tempo, pois o que é agora inteligível não tem sentido. Meus olhos são inúteis, pois devolvem apenas a imagem do conhecido. Todo o meu corpo deve tornar-se um constante feixe de luz, movendo-se a uma velocidade ainda maior, jamais detido, jamais olhando para trás, jamais definhando. A cidade cresce como um câncer; devo crescer como um sol. A cidade rói cada vez mais fundo no vermelho; é um insaciável piolho branco que deve acabar por morrer de inanição. Vou matar de fome o piolho branco que me come. Vou morrer como cidade para me tornar homem de novo. Portanto fecho os ouvidos, os olhos, a boca.

Antes de me tornar homem por inteiro de novo, provavelmente existirei como parque, uma espécie de parque natural aonde as pessoas vão descansar, passar o tempo. O que dizem ou fazem será de pouco interesse, pois trarão apenas sua fadiga, seu tédio, sua desesperança. Serei um amortecedor entre o piolho branco e o corpúsculo vermelho. Serei um ventilador para afastar os venenos acumulados pelo esforço de aperfeiçoar o que é imperfectível. Serei lei e ordem como existem na natureza, como se projeta no sonho. Serei o parque selvagem no meio do pesadelo de perfeição, o sonho imóvel e inabalável no meio da frenética atividade, a tacada aleatória na branca mesa de bilhar da lógica, não saberei nem chorar nem protestar, mas estarei sempre lá, em absoluto silêncio, para receber e restaurar. Nada direi até chegar de novo a hora de ser homem. Não farei esforço algum para preservar nem para destruir. Não emitirei julgamentos nem críticas. Os que já passaram por muitas coisas me procurarão em busca de reflexão e meditação; os que não passaram por muitas coisas morrerão como viveram, na desordem, no desespero, na ignorância da verdade da redenção. Se alguém me disser: você tem de ser religioso, não responderei. Se alguém me disser: não tenho tempo agora, há uma buceta à minha espera, não responderei. Ou mesmo que haja uma revolução fermentando, não responderei. Sempre haverá uma buceta ou revolução depois da esquina, mas a mãe que me pariu dobrou muita esquina e não deu resposta, e finalmente se virou pelo avesso, *e a resposta sou eu.*

Dessa louca mania de perfeição, claro, ninguém esperaria uma evolução para um parque selvagem, nem mesmo eu, mas é infinitamente melhor, enquanto se espera a morte, viver em estado de graça e natural perplexidade. Infinitamente melhor, enquanto a vida se encaminha para uma mortal perfeição, ser apenas um pedaço de espaço para respirar, um trecho de verde, um pouco de ar fresco, uma poça d'água. Melhor também receber homens em silêncio e envolvê-los, pois não há resposta a dar enquanto eles correm freneticamente para dobrar a esquina.

Lembro-me agora da briga a pedradas numa tarde de verão, há muito tempo, quando eu me hospedava com minha tia Caroline perto de Hell Gate. Meu primo Gene e eu tínhamos sido encurralados por um bando de meninos quando brincávamos no parque. Não sabíamos com que lado brigávamos, mas brigávamos a sério entre a pilha de pedras à beira do rio. Tínhamos de mostrar ainda mais coragem que os outros, porque desconfiavam que fôssemos mariquinhas. Foi como aconteceu de matarmos um da gangue rival. No momento em que eles atacavam, meu primo Gene acertou o líder do bando na barriga com uma pedra de bom tamanho. Atirei outra quase na mesma hora e minha pedra o acertou na têmpora; quando ele caiu ficou lá para sempre, sem dar sequer um gemido. Poucos minutos depois, os tiras chegaram e encontraram o menino morto. Tinha oito ou nove anos, mais ou menos a mesma idade que a gente. O que teriam feito conosco se nos pegassem, eu não sei. De qualquer modo, para não despertar suspeitas, corremos para casa; lavamo-os um pouco no caminho e penteamos os cabelos. Entramos parecendo quase tão imaculados como quando saíramos. Tia Caroline nos deu as duas grandes fatias de pão de centeio com a manteiga fresca de sempre, com um pouco de açúcar por cima, e nos sentamos à mesa da cozinha escutando-a com um sorriso angelical. Era um dia extremamente quente e ela achou melhor ficarmos em casa, na grande sala da frente, com as persianas baixadas, e jogarmos bola de gude com nosso amigo Joey Kesselbaun. Joey tinha a fama de ser meio retardado e em geral o surrávamos, mas naquela tarde, por uma espécie de silencioso entendimento, deixamos que ganhasse tudo que tínhamos. Joey ficou tão feliz que mais tarde nos levou para o porão de sua casa e fez a irmã suspender o vestido e mostrar-nos o que havia embaixo. Ela se chamava Weesie, e lembro que grudou em mim na hora. Eu vinha de outra parte da cidade, tão distante para eles que era quase como vir de outro país. Pareciam pensar até que eu falava diferente deles. Enquanto os outros moleques pagavam para fazer Weesie suspender o vestido, para nós ela fez por amor. Após algum tempo, nós a convencemos a não fazer mais aquilo para os outros meninos — estávamos apaixonados por ela e queríamos que se endireitasse.

Quando deixei meu primo, no fim do verão, não tornei a vê-lo durante vinte anos ou mais. Ao nos encontrarmos de novo, o que me impressionou profundamente foi seu ar de inocência — a mesma expressão do dia da briga a pedradas. Quando lhe falei da briga, fiquei ainda mais espantado ao descobrir que se esquecera de que matáramos o menino; lembrava-se da morte do garoto, mas falava como se nenhum de nós tivesse tomado qualquer parte nela. Quando mencionei o nome de Weesie, teve dificuldade de localizá-la. Não se lembra do porão na casa ao lado... *Joey Kesselbaun*? A isso, um leve sorriso cruzou seu rosto. Achava extraordinário eu me lembrar dessas coisas. Já se casara, era pai e trabalhava numa fábrica que produzia estojos especiais para cachimbos. Considerava extraordinário lembrar acontecimentos tão distantes no passado.

Ao deixá-lo naquela noite, senti-me terrivelmente abatido. Era como se ele tentasse erradicar uma preciosa parte de minha vida, e a si mesmo com ela. Parecia mais ligado nos peixinhos tropicais que colecionava que no maravilhoso passado. Quanto a mim, lembro-me de tudo, tudo que aconteceu naquele verão, sobretudo o dia das pedradas. Há momentos, na verdade, em que o gosto daquela fatia de pão de centeio azedo que a mãe dele me passou naquela tarde é mais forte em minha boca que a comida que estou de fato comendo. E a visão do botãozinho de Weesie é quase mais forte que a verdadeira sensação do que tenho na mão. A maneira como o menino ficou lá caído depois que o derrubamos é muito mais impressionante que a história da Guerra Mundial. Todo aquele longo verão, na verdade, parece um idílio saído das lendas arturianas. Muitas vezes me pergunto o que, naquele verão em particular, o torna tão vívido em minha memória. Só preciso fechar os olhos um instante para reviver cada dia. A morte do menino sem dúvida não me causou angústia — foi esquecida menos de uma semana depois. A visão de Weesie parada na penumbra do porão com o vestido levantado, também isso passou logo. Muito estranhamente, a grossa fatia de pão de centeio que a mãe dele me dava todo dia parece ter mais força que qualquer outra imagem daquela época. Fico pensando nisso... pensando a fundo. Talvez seja porque, sempre que ela me passava a fatia de pão, era com uma ternura e simpatia que eu jamais conhecera. Era uma mulher muito sem graça, minha tia Caroline. Tinha o rosto marcado por bexigas, mas um rosto bondoso, cativante, que nenhuma deformação podia estragar. Era enorme de gorda, e tinha uma voz muito baixa, acariciante. Quando se dirigia a mim, parecia me dar ainda mais atenção, mais consideração, do que ao próprio filho. Eu gostaria de ter ficado sempre com ela; eu a teria escolhido como mãe se pudesse. Lembro-me claramente que, quando minha mãe foi nos visitar, pareceu enciumada por eu estar tão satisfeito com minha nova vida. Chamou-me até de ingrato, uma observação que jamais esqueci, porque então compreendi pela primeira vez que ser ingrato talvez fosse necessário e bom. Se fecho os olhos agora e penso nisso, na fatia de pão, penso imediatamente naquela casa onde eu jamais soube o que era levar um carão. Acho que se houvesse dito a tia Caroline que matara o menino no terreno baldio, se lhe contasse como aconteceu, ela me teria abraçado e perdoado — na hora. Talvez por isso aquele verão seja tão precioso para mim. Foi um verão de tácita e completa absolvição. É também por isso que não esqueço Weesie. Tinha uma grande bondade natural, era apaixonada por mim e não me reprovava. Foi a primeira do outro sexo a me admirar por ser *diferente*. Depois de Weesie, deu-se o contrário. Fui amado, mas também odiado por ser o que era. Weesie se esforçou para entender. O fato mesmo de eu vir de um país estranho, de falar outro idioma, a atraiu para mim. A maneira como os olhos dela brilhavam quando me apresentava aos amiguinhos é uma coisa que jamais vou esquecer. Seus olhos pareciam explodir de amor e admiração. Às vezes nós três andávamos até a beira do rio à noite e, sentados na margem, conversávamos como fazem as crianças quando longe das vistas dos adultos. Conversávamos então, sei hoje muito bem, de forma bem mais sã e profunda que nossos pais. Para nos dar aquela grossa fatia de pão todo dia, os pais tinham de pagar uma penalidade. A pior penalidade era tornarem-se estranhos para nós. Pois com cada fatia que nos davam, tornávamo-nos não apenas mais indiferentes a eles, mas cada vez mais superiores a eles. Em nossa ingratidão residiam nossa força e beleza. Não sendo dedicados, éramos inocentes de todo crime. O menino que vi cair morto, que lá ficou imóvel, sem emitir o menor som ou gemido, o assassinato daquele menino parece quase uma atuação limpa e saudável. A luta pela comida, por outro lado, parece suja e degradante, e quando estávamos em presença de nossos pais, sentíamos que eles nos vinham impuros, e por isso jamais poderíamos perdoá-los. A grossa fatia de pão à tarde, precisamente por não ser ganha, tinha um gosto delicioso para nós. Nunca mais o pão terá esse sabor. Nunca mais será dado assim. No dia do assassinato, foi ainda mais gostoso que nunca. Tinha um leve gosto de terror que tem faltado desde então. E foi recebido com a tácita e completa absolvição de tia Caroline.

Existe algo no gosto do pão de centeio que estou tentando descobrir — algo vagamente delicioso, aterrorizante e libertador, algo ligada às primeiras descobertas. Penso em outra fatia de pão de centeio ligada a uma época ainda mais antiga, quando meu amiguinho Stanley e eu costumávamos assaltar a geladeira. Aquele era pão *roubado*, e por conseguinte, ainda mais maravilhoso ao paladar que o que nos davam por amor. Mas era no ato de comer o pão de centeio, andar com ele e falar ao mesmo tempo, que ocorria uma coisa assim como uma revelação. Era como um estado de graça, um estado de completa ignorância, de auto-abnegação. O que me tenha sido transmitido nesses momentos, parece ter sido retido intacto, e não há receio de que eu perca o conhecimento assim adquirido. Talvez fosse apenas o fato de não ser o conhecimento como em geral o concebemos. Era quase como receber uma verdade, embora verdade talvez seja uma palavra exata demais. O importante nas discussões do centeio azedo é que sempre ocorriam longe de casa, longe dos olhos de nossos pais, a quem temíamos mas nunca respeitamos. Entregues a nós mesmos, não havia limites ao que podíamos imaginar. Os fatos tinham pouca importância para nós; o que exigíamos de um tema era que nos desse oportunidade de nos expandir. O que me espanta, quando olho para trás, é como entendíamos bem uns aos outros, como penetrávamos bem o caráter de cada um e todos, jovens ou velhos. Aos sete anos de idade, sabíamos com absoluta certeza, por exemplo, que tal sujeito ia acabar na prisão, que outro trabalharia como escravo, que outro seria um inútil, e assim por diante. Estávamos absolutamente corretos nesses diagnósticos, muito mais, por exemplo, do que nossos pais ou professores, mais corretos na verdade do que os chamados psicólogos. Alfie Betcha revelou-se um perfeito vagabundo; Johnny Gerhardt foi para a penitenciária; Bob Kunst tornou-se um trabalhador incansável. Previsões infalíveis. O aprendizado que recebíamos tendia apenas a obscurecer nossa visão. Do dia em que fomos para a escola em diante, não aprendemos nada; pelo contrário, tornamo-nos mais obtusos, envolveram-nos num nevoeiro de palavras e abstrações.

Com o centeio azedo, o mundo era o que essencialmente é, um mundo primitivo governado por magia, um mundo no qual o medo desempenha o papel mais importante. O menino que inspirava mais medo era o líder, e respeitado enquanto mantivesse o poder. Outros meninos eram rebeldes e admirados, mas nunca se tornavam líderes. A maioria não passava de barro nas mãos dos destemidos; com alguns se podia contar, mas com a maioria não. O ar vivia cheio de tensão — nada se podia prever para o amanhã. Esse frouxo e primitivo núcleo de sociedade criava apetites aguçados, emoções aguçadas, curiosidade aguçada. Nada era fato consumado; cada dia exigia um novo teste de poder, um novo senso de força ou de fracasso. E assim, até os nove ou dez anos, sentíamos o gosto real da vida — estávamos por conta própria. Quer dizer, aqueles dentre nós felizardos o bastante para não serem estragados pelos pais, os que eram livres para vagar pelas ruas à noite e descobrir coisas com os próprios olhos.

O que penso, com certo pesar e saudade, é que aquela vida inteiramente restrita da primeira infância parece um universo ilimitado, e a que se seguiu depois, a vida de adulto, um reino em constante redução. A partir do momento em que nos põem na escola, estamos perdidos; ficamos com a sensação de nos haverem posto uma rédea no pescoço. O pão perde o gosto, como o perde a vida. Ganhar o pão se torna mais importante do que comê-lo. Tudo é calculado e tudo tem preço.

Meu primo Gene tornou-se uma absoluta nulidade; Stanley, um fracasso de primeira. Além desses dois meninos, por quem eu nutria profunda afeição, havia outro, Joey, que se tornou carteiro. Sinto vontade de chorar quando penso no que a vida fez deles. Como meninos, eram perfeitos, Stanley menos que todos por ser temperamental. Tinha violentos ataques de raiva de vez em quando e não havia como saber em que pé se estava com ele de um dia para outro. Mas Joey e Gene eram a essência da bondade; amigos no velho sentido da palavra. Penso muitas vezes em Joey quando vou para o interior, porque ele era o que se chama um menino da roça. Isso significava, em primeiro lugar, que ele era mais leal, mais sincero, mais carinhoso que os meninos que conhecíamos. Vejo-o agora vindo ao meu encontro; sempre correndo de braços abertos e pronto para me abraçar, sempre sem fôlego das aventuras que planejava para minha participação, sempre carregado de presentes que guardara para minha vinda. Joey me recebia como os monarcas de outrora recebiam seus convidados. Tudo que eu via era meu. Tínhamos inúmeras coisas para contar um ao outro, e nada era estúpido ou chato. Era enorme a diferença entre nossos respectivos mundos. Embora eu fosse da cidade também, quando visitava o primo Gene tomava consciência de uma cidade ainda maior, uma cidade de Nova York propriamente dita, na qual minha sofisticação era insignificante. Stanley não conhecia excursões fora do bairro, mas viera de uma terra estranha além dos mares, a Polônia, e havia sempre entre nós a marca da viagem. O fato de falar outra língua também aumentava nossa admiração por ele. Cada um de nós era cercado por uma aura distintiva, por uma bem definida identidade que se mantinha inviolada. Com a entrada na vida, essas características de diferença desapareceram, e todos nos tornamos mais ou menos iguais, e, claro, mais diferentes de nós mesmos. É a perda do eu singular, da identidade quiçá sem importância, o que me entristece e faz o pão de centeio destacar-se de forma esplêndida. O maravilhoso pão de centeio entrou na composição de nosso ego individual; era como o pão da comunhão, em que todos participamos, mas do qual cada um só recebe segundo seu peculiar estado de graça. Agora comemos o mesmo pão, mas sem a vantagem da comunhão, sem a graça. Comemos para encher a barriga, os corações frios e vazios. Estamos separados, mas não somos indivíduos.

Outra coisa no pão de centeio era que muitas vezes comíamos uma cebola crua junto. Lembro-me de que ficava parado com Stanley nos fins das tardes, sanduíche na mão, diante da casa do veterinário, bem defronte da minha. Sempre parecia ser fim de tarde quando o dr. McKinney decidia castrar um garanhão, operação feita em público e que sempre reunia uma pequena multidão. Lembro-me do cheiro do ferro quente e do tremor nas pernas do animal, da barbicha do dr. McKinney, do gosto da cebola crua e o cheiro do gás da sarjeta logo atrás, onde instalavam a nova tubulação. Era um espetáculo olfativo do começo ao fim, e, como tão bem descreve Abelardo, praticamente indolor. Sem saber o motivo da operação, tínhamos longas discussões depois, que em geral terminavam em briga. Ninguém gostava do dr. McKinney tampouco; havia nele um cheiro de iodofórmio e mijo azedo de cavalo. Às vezes a sarjeta diante do seu consultório se enchia de sangue, e no inverno o sangue congelava e dava uma estranha aparência à calçada. De vez em quando, vinha a grande carroça de duas rodas, aberta, fedendo feito o diabo, e punham nela um cavalo morto. A carcaça era içada por uma longa corrente, que fazia um barulho rangente como o do lançamento de uma âncora. O cheiro do cavalo morto inchado é ruim, e nossa rua era cheia de maus cheiros. Na esquina ficava a casa de Paul Sauer, onde o couro cru e o couro curtido se empilhavam na rua; também fediam que era um horror. E depois o cheiro acre que vinha da fábrica atrás da casa — como o cheiro do progresso moderno. O cheiro de cavalo morto, quase insuportável, é ainda mil vezes melhor que o da queima de produtos químicos. E a visão de um cavalo morto com um buraco de bala na têmpora, a cabeça pendendo numa poça de sangue e o cu estourando com a última evacuação espasmódica, é ainda melhor que a de um grupo de homens de avental azul saindo da porta arqueada da fábrica com um carrinho de mão carregado de fardos de latas recém-fabricadas. Felizmente para nós, havia uma padaria defronte da fábrica e, dos fundos da padaria, que era apenas uma grade, víamos os padeiros trabalhando e sentíamos o cheiro gostoso e irresistível de pão e bolo. E quando os encanamentos de gás eram instalados, havia outra estranha mistura de cheiros — de terra recém-revolvida, de velhos canos podres, de gás de esgoto e dos sanduíches de cebola que os trabalhadores italianos comiam, recostados nos montes de terra revirada. Havia outros cheiros também, claro, mas menos impressionantes; como, por exemplo, o da alfaiataria de Silverstein, onde sempre se passava muita roupa. Era um odor quente e fétido, que se pode melhor apreender imaginando que Silverstein, ele próprio um judeu magro e fedorento, estivesse limpando os peidos que os fregueses haviam deixado nas calças. Na porta ao lado ficava a loja de doces e papelaria, de duas solteironas religiosas malucas; ali predominava o cheiro quase enjoativo de quebra-queixo, amendoim espanhol, jujuba, Sen-Sen e cigarros Sweet Caporal. A papelaria parecia uma bela gruta, sempre fresca, sempre cheia de objetos intrigantes; onde ficavam as torneiras de refrigerantes, que exalavam outro cheiro distinto, corria uma grossa laje de mármore que azedava no verão, mas mesmo assim o azedume e o cheiro meio irritante e seco da água gasosa misturavam-se de forma agradável quando esta era esguichada na taça de sorvete.

Com os refinamentos que vêm com a maturidade, os cheiros desapareceram, substituídos por apenas um outro distintamente memorável, distintamente agradável — o cheiro de buceta. Mais particularmente aquele odor que fica nos dedos após mexer numa mulher, pois, se ninguém notou isso antes, esse cheiro é ainda mais gostoso, talvez por já trazer consigo mais o perfume do tempo passado do que o da própria buceta.

Mas esse odor, que pertence à maturidade, é apenas um fraco cheiro comparado com os ligados à infância. É um odor que se evapora quase tão rápido na imaginação quanto na realidade. A gente lembra muitas coisas sobre a mulher que amou, mas é difícil lembrar o cheiro de sua buceta — com qualquer coisa próxima da certeza. O cheiro de cabelo molhado, por outro lado, dos cabelos molhados de uma mulher, é muito mais poderoso e duradouro — por quê, eu não sei. Lembro, mesmo agora, após quase quarenta anos, do cheiro dos cabelos de tia Tillie depois que ela os lavava com xampu. Essa lavagem era feita na cozinha, sempre superaquecida. Em geral era nos fins de tarde de sábado, preparando-se para um baile, o que significava outra coisa singular — que chegaria um sargento de cavalaria, com divisas amarelas muito bonitas, um sargento singularmente bonitão, que mesmo a meus olhos era gracioso demais, varonil e inteligente demais para uma imbecil como a tia Tillie. Seja como for, ela se sentava num pequeno tamborete à mesa da cozinha, secando os cabelos com uma toalha. Tinha ao lado um candeeiro com o vidro embaçado pela fumaça, e, ao lado do candeeiro, dois ferros de cachear, cuja visão me enchia de inexplicável nojo. Em geral, ela apoiava um espelhinho na mesa; vejo-a agora fazendo caretas para si mesma ao espremer os cravos do nariz. Era uma criatura magrela, feia, imbecil, com dois enormes dentes projetados que lhe davam uma aparência cavalar sempre que abria os lábios num sorriso. Cheirava a suor também, mesmo após o banho. Mas o cheiro dos cabelos — aquele cheiro jamais vou esquecer, porque de algum modo se associou ao meu ódio e desprezo por ela. Aquele cheiro, quando os cabelos estavam secando, era como o que sobe do fundo de um pântano. Havia dois cheiros — um dos cabelos molhados e outro dos mesmos cabelos quando ela os jogava no fogão e explodiam em chamas. Sempre se soltavam do pente nós de cabelos enrolados, que se misturavam com a caspa e o suor do couro cabeludo gorduroso e sujo. Eu ficava ao lado dela observando-a, imaginando como seria o baile e como ela se comportaria lá. Quando acabava de se emperiquitar, ela me perguntava se não parecia linda e se eu não a amava, e claro que eu respondia sim. Mas no banheiro, depois, no corredor junto à cozinha, eu me sentava à luz trêmula da vela colocada no batente da janela e dizia a mim mesmo que ela parecia louca. Depois que ela saía, eu pegava os ferros de cachear, cheirava-os e apertava-os. Eram repulsivos e fascinantes — como aranhas. Tudo naquela cozinha me fascinava. Por mais familiarizado que eu estivesse com ela, jamais a conquistava. Era ao mesmo tempo tão pública e tão íntima. Ali me davam banho aos sábados, na grande banheira de estanho. Ali as três irmãs se lavavam e se arrumavam. Ali meu avô ficava de pé na pia, lavava-se até a cintura e depois me dava seus sapatos para serem engraxados. Ali eu ficava parado à janela no inverno e via a neve cair, olhava-a de forma entediada, vagamente, como se estivesse no útero e escutasse a água a correr enquanto minha mãe se sentava no toalete. Era na cozinha que se realizavam as confabulações secretas, sessões assustadoras e odiosas, das quais eles sempre reapareciam com caras compridas, graves, ou olhos vermelhos de chorar. Não sei por que eles corriam para a cozinha. Muitas vezes, porém, quando se achavam assim em conferência secreta, discutindo um testamento ou como dispensar algum parente pobre, a porta se abria de repente e chegava um visitante, ao que a atmosfera logo mudava. Mudava violentamente, quer dizer, como se se sentissem aliviados por aquela força externa haver interferido e os poupado dos horrores de uma prolongada sessão secreta. Lembro agora que, vendo aquela porta aberta e o rosto de um inesperado visitante olhando para dentro, meu coração dava um salto de alegria. Logo me dariam uma grande jarra de vidro e pediriam que corresse ao bar da esquina, onde eu entregava a jarra, pela janelinha da entrada da família, e esperava até que a devolvessem transbordante de cerveja espumosa. Essa corridinha à esquina para buscar uma jarra de cerveja era uma expedição de proporções absolutamente incalculáveis. Antes de mais nada, havia a barbearia logo abaixo de nós, onde o pai de Stanley exercia seu ofício. Repetidas vezes, exatamente quando eu corria para ir buscar alguma coisa, via o pai dando uma surra em Stanley com a correia de afiar navalha, um espetáculo que fazia meu sangue ferver. Stanley era meu melhor amigo e o pai não passava de um polaco bêbado. Uma noite, porém, quando saí correndo com a jarra, tive o imenso prazer de ver outro polaco partir para cima do pai de Stanley com uma navalha. Vi o velho dele sair de costas pela porta, o sangue a escorrer do pescoço, o rosto branco feito um lençol. Caiu na calçada diante da barbearia, contorcendo-se e gemendo, e lembro que o olhei por um ou dois minutos e segui em frente me sentindo absolutamente satisfeito e feliz. Stanley esgueirara-se para fora durante a briga e me acompanhou até a porta do bar. Estava contente também, ainda que um pouco assustado. Quando voltamos, a ambulância lá estava, diante da porta, e punham o velho na padiola, o rosto e o pescoço cobertos por um lençol. Algumas vezes acontecia de o garoto do coro, queridinho do padre Carroll, passar diante de casa justamente quando eu saía. Era um acontecimento de importância fundamental. O menino era mais velho que qualquer um de nós e viado, uma bichona em formação. Até seu jeito de andar nos enfurecia. Assim que o avistavam, a notícia corria para todos os lados, e antes que chegasse à esquina, já estava cercado por um bando de meninos, todos muito menores, que o provocavam e imitavam até ele explodir em pranto. Então lhe caíamos em cima, como uma alcatéia de lobos, o derrubávamos no chão e lhe arrancávamos as roupas. Era uma coisa vergonhosa, mas nos fazia sentir bem. Ninguém sabia ainda o que era um viado, mas fosse o que fosse, éramos contra. Da mesma forma, éramos contra os chineses. Havia um chinês, da lavanderia rua acima, que passava muitas vezes e, como a bichinha da igreja do padre Carroll, tinha de enfrentar nossa investida. Parecia exatamente a imagem do peão, que a gente vê nos livros didáticos. Usava uma espécie de paletó de alpaca preta com as casas dos botões trançadas, sandálias sem salto e um rabicho. Em geral andava com as mãos enfiadas nas mangas. O andar é do que mais me lembro, uma espécie de passinho sonso, afetado, feminino, para nós absolutamente estranho e ameaçador. Tínhamos um medo mortal dele e o odiávamos porque ele era absolutamente indiferente aos nossos gracejos. Nós o julgávamos ignorante demais para notar nossos insultos. Então, um dia, quando entramos na lavanderia, ele nos fez uma pequena surpresa. Primeiro nos entregou o embrulho de roupa limpa;

depois enfiou a mão embaixo do balcão e pegou um punhado de grãos de lichi num grande saco. Sorria ao sair de trás do balcão e abrir a porta. Ainda sorria quando agarrou Alfie Betcha e puxou-lhe as orelhas; pegou-nos um de cada vez e puxou nossas orelhas, ainda sorrindo. Depois fez uma careta feroz e, rápido feito um gato, correu para trás do balcão, de onde retirou uma faca longa e feia, que brandiu em nossa direção. Atropelamo-nos para sair da casa. Quando chegamos à esquina e olhamos para trás, vimo-lo parado à porta com um ferro na mão, muito calmo e pacífico. Depois desse incidente, ninguém mais ia à lavanderia; tínhamos de pagar ao pequeno Louis Pirossa cinco centavos toda semana para pegar a roupa lavada. O pai de Louis era o dono da banca de frutas na esquina. Dava-nos bananas podres como sinal de afeto. Stanley gostava muito delas, pois a tia as fritava para ele. As bananas fritas eram consideradas um pitéu na casa de Stanley. Uma vez, em seu aniversário, deram uma festa para ele e convidaram todo o bairro. Tudo correu muito bem até chegarem as bananas fritas. De algum modo, ninguém quis tocá-las, pois era um prato conhecido apenas de polacos como o pai de Stanley. Considerava-se nojento comer banana frita. No meio do constrangimento, um jovem esperto sugeriu que dessem as bananas ao maluco Willie Maine, mais velho que qualquer um de nós, porém incapaz de falar. Dizia apenas *Bjork! Bjork!* Dizia isso para tudo. Assim, quando lhe passaram as bananas, ele disse *Bjork!* e estendeu as mãos para elas. Mas seu irmão George estava lá e sentiu-se insultado por terem empurrado as bananas podres ao irmão maluco. Assim, começou uma briga e Willie, vendo o irmão atacado, também entrou no rolo, gritando *Bjork! Bjork!* Não apenas bateu em todos os meninos, mas nas meninas também, o que criou um pandemônio. Finalmente, o velho de Stanley, ouvindo o barulho, saiu da barbearia com a correia de afiar navalha na mão. Pegou o maluco Willie Maine pelo cangote e começou a açoitá-lo. Enquanto isso, o irmão George se esgueirara para ir chamar o sr. Maine pai. Este, que também era meio bebum, chegou em mangas de camisa e, vendo o pobre Willie sendo surrado pelo barbeiro bêbado, partiu para cima dele com os dois punhos vigorosos e espancou-o sem piedade. Willie, que enquanto isso se libertara, pusera-se de quatro, devorando as bananas fritas que haviam caído no chão. Enfia-va-as na boca como um bode, tão rápido quanto as encontrava. Quando o velho o viu ali mastigando como um bode, ficou furioso e, pegando a correia, correu atrás dele com tudo. Então Willie se pôs a uivar — *Bjork! Bjork!* — e de repente todo mundo começou a rir. Isso acabou com o gás do sr. Maine, que se acalmou. Terminou por sentar-se, e a tia de Stanley lhe trouxe uma taça de vinho. Ouvindo o barulho, alguns outros vizinhos en-traram e correu mais vinho, depois cerveja e aguardente, e logo todos esta-vam alegres, cantando e assobiando. Até as crianças se embebedaram. Então Willie maluco se embriagou e de novo caiu no chão como um bode, berrando *Bjork! Bjork!* Alfie Betcha, muito bêbado, embora com apenas oito anos, mordeu a bunda do maluco do Willie Maine, que o mordeu de volta, e todos começamos a morder uns aos outros; os pais ficaram de lado, rindo e gritando de alegria, e foi muitíssimo alegre. Mais bananas fritas foram servidas e todos as comeram desta vez, e depois vieram os discursos e mais canecas emborcadas, e o louco Willie Maine tentou can-tar para nós, mas só conseguia cantar *Bjork! Bjork!* Foi um tremendo su-cesso, a festa de aniversário, e durante uma semana ou mais todo mundo só falou da festa e de como o pessoal de Stanley eram bons polacos. As bananas fritas também fizeram sucesso, e por algum tempo foi difícil con-seguir bananas podres com o velho de Louis Pirossa, de tanta que era a demanda. Então ocorreu um fato que entristeceu todo o bairro — a der-rota de Joe Gerhardt nas mãos de Joey Silverstein. Este era o filho do alfaia-te; um garoto de quinze a dezesseis anos, um tanto calado e estudioso, evitado pelos meninos mais velhos por ser judeu. Um dia, quando entre-gava umas calças na Fillmore Place, foi abordado por Joey Gerhardt, mais ou menos da sua idade e que se considerava um ser particularmente supe-rior. Seguiu-se uma troca de palavras e Gerhadt arrancou as calças das mãos de Silverstein e jogou-as na sarjeta. Ninguém jamais imaginara que o jovem Silverstein reagisse a tal insulto recorrendo aos punhos, e assim, quando atacou Joe Gerhardt e atingiu-o em cheio no queixo, todos ficaram pasinos, mais que todos o próprio Joe Gerhardt. A luta durou cerca de vinte minutos, e no fim Joe Gerhardt jazia na calçada incapaz de levantar-se. Ao que o jovem Silverstein pegou as calças e voltou calma e orgulhosamente para a loja do pai. Ninguém lhe disse uma palavra. O caso foi considerado uma calamidade. Quem jamais ouvira falar de um judeu batendo num gentio? Era uma coisa inconcebível, mas acontecera, bem diante dos olhos de todos. Noite após noite, sentados no meio-fio como sempre fazíamos, discutimos a situação sob todos os ângulos, mas sem qualquer solução até... bem, até o irmão caçula de Joe Gerhardt, Johnny, ficar tão invocado que decidiu resolver a questão ele mesmo. Embora mais novo e menor que o irmão, Johnny parecia rijo e invencível como um jovem puma. Era um típico exemplar do irlandês pobre que vivia no bairro. Sua idéia de ir à forra com o jovem Silverstein era esperar que ele saísse da loja uma noite e dar-lhe uma rasteira. Ao fazer isso naquela noite, munira-se de antemão com duas pequenas pedras que ocultara nos punhos, e quando o jovem Silverstein caiu, atacou-o e, com as duas belas pedrinhas, acertou-lhe as têmporas. Para seu espanto, Silverstein não ofereceu resistência; mesmo quando levantou e lhe deu uma chance de ficar de pé, o judeu sequer se mexeu. Então Johnny assustou-se e correu. Deve ter ficado muito assustado, porque jamais voltou: a próxima coisa que se soube dele era que fora apanhado em algum lugar do Oeste e mandado para um reformatório. A mãe, uma cadela irlandesa desleixada e alegre, disse que ele merecera e pedia a Deus para jamais pôr os olhos nele de novo. Quando o menino Silverstein se recuperou, não era mais o mesmo; as pessoas diziam que a surra lhe afetara o cérebro, que ele ficara meio lelé. Joe Gerhardt, por outro lado, tornou a elevar-se à proeminência. Parece que foi ver o garoto Silverstein enquanto este estava de cama e pediu-lhe muitas desculpas. Isso também era uma coisa estranha, de que jamais ouvíramos falar. Tão estranha, tão incomum, que Joe Gerhardt foi considerado quase um cavaleiro errante. Ninguém aprovava o comportamento de Johnny, mas ninguém pensaria em ir ao jovem Silverstein para pedir desculpas. Era um ato de tal delicadeza, tal elegância, que o viam como um verdadeiro cavalheiro

— o primeiro e único no bairro. Esta era uma palavra jamais usada entre nós, agora nos lábios de todo mundo, e considerava-se uma distinção ser um cavalheiro. Essa súbita transformação do derrotado Joe Gerhardt num cavalheiro me causou uma profunda impressão. Alguns anos depois, quando me mudei para outro bairro e conheci Claude de Lorraine, um menino francês, estava preparado para compreender e aceitar "um cavalheiro". Esse Claude era um menino como eu nunca vira. No velho bairro, seria encarado como bicha; para princípio de conversa, falava bem demais, correta e educadamente, e além disso tinha muita consideração, muita gentileza, muita galanteria. Quando brincávamos com ele, ouvi-lo de repente falar francês com o pai ou a mãe nos causava assim uma espécie de choque. Alemão já tínhamos ouvido, e falá-lo era uma transgressão permissível, mas francês! Ora, falar ou mesmo entender francês era ser inteiramente estrangeiro, aristocrata, decadente, *distingué*. E no entanto Claude era um de nós, tão bom quanto nós em todos os aspectos, até um pouco melhor, tínhamos de admitir em segredo. Mas havia uma mácula — seu francês! Aquilo nos contrariava. Ele não tinha o direito de morar em nosso bairro, de ser tão capaz e másculo como era. Muitas vezes, quando a mãe o chamava para dentro e nos despedíamos dele, reuníamo-nos no terreno baldio e discutíamos a família Lorraine de trás para frente e de frente para trás. Imaginávamos o que comiam, por exemplo, porque, sendo franceses, deviam ter costumes diferentes dos nossos. Ninguém jamais pusera os pés na casa de Claude Lorraine, tampouco — outro fato suspeito e repugnante. Por quê? Que escondiam eles? Mas quando passavam por nós na rua eram sempre muito cordiais, sempre sorriam, sempre falavam em inglês, e um inglês excelente, ainda por cima. Faziam-nos sentir envergonhados de nós mesmos — eram superiores, isso sim. Havia ainda outra coisa intrigante — com os outros meninos, uma pergunta direta provocava uma resposta direta, mas com Claude Lorraine jamais havia resposta direta. Ele sempre sorria de forma encantadora antes de responder, e ficava muito calmo, composto, empregando uma ironia e um sarcasmo que não compreendíamos. Claude Lorraine era uma pedra em nosso sapato, e quando finalmente se mudou do bairro, todos suspiramos de alívio. Quanto a mim, só dez ou quinze anos depois pensei nesse menino e seu estranho e elegante comportamento. Só então senti que cometera um erro grave. Pois de repente, um dia, compreendi que Claude Lorraine me procurara certa ocasião obviamente para conquistar minha amizade, e eu o tratara de forma um tanto grosseira. Na época em que me lembrei desse incidente, de repente me ocorreu que ele devia ter visto alguma coisa diferente em mim, e que pretendia me honrar estendendo a mão da amizade. Mas naquele tempo eu tinha um código de honra, que era andar com o rebanho. Houvesse eu me tornado amigo do peito de Claude Lorraine, estaria traindo os outros meninos. Por mais vantagens que existissem na esteira de uma tal amizade, não eram para mim; eu fazia parte do bando e era meu dever permanecer distante de gente como Claude Lorraine. Lembrei o incidente mais uma vez, devo dizer, após um intervalo ainda maior — depois de estar alguns meses na França e a palavra *raisonnable* haver adquirido todo um novo significado para mim. De repente, um dia, escutando-a, lembrei-me das tentativas de diálogo de Claude Lorraine na rua em frente à sua casa. Lembrei-me vividamente que ele usara a palavra *raisonnable.* Na certa me pediu para ser *raisonnable*, palavra que até então jamais cruzara meus lábios, pois não havia necessidade dela em meu vocabulário. Era uma palavra como *cavalheiro*, raramente trazida à baila, e mesmo assim só com muita discrição e circunspecção. Era uma palavra que podia fazer os outros rirem da gente. Havia muitas assim — *realmente*, por exemplo. Ninguém que eu conhecia jamais usara a palavra *realmente* — até Jack Lawson aparecer. Ele a usava porque seus pais eram ingleses e, embora o gozássemos, nós o perdoávamos. *Realmente* era uma palavra que me lembrava logo o pequeno Carl Ragner, do velho bairro. Era filho único de um político que vivia numa ruazinha distinta chamada Fillmore Place. Morava quase no fim da rua, em uma casinha de tijolos vermelhos muito bem conservada. Lembro-me da casa porque, passando por ela a caminho da escola, costumava observar as maçanetas de latão na porta lindamente polidas. Na verdade, ninguém mais tinha maçanetas de

latão nas portas. De qualquer modo, o pequeno Carl Ragner era um daqueles meninos que não podiam se associar com outros meninos. Raramente o víamos, para falar a verdade. Em geral, era nos domingos que o víamos de relance andando com o pai. Não fosse o pai uma figura poderosa no bairro, Carl teria sido apedrejado até a morte. Seus trajes de domingo eram inacreditáveis. Não apenas usava calças compridas e sapatos de verniz, como exibia uma cartola e uma bengala. Um menino que se deixava vestir dessa forma aos seis anos tinha de ser um bobalhão — era a opinião geral. Alguns diziam que era meio adoentado, como se isso fosse desculpa para tão excêntrico traje. O estranho é que não o ouvi falar uma vez sequer. Era tão elegante, tão refinado, que talvez julgasse falta de educação falar em público. De qualquer modo, eu ficava à espera dele nas manhãs de domingo apenas para vê-lo passar com seu velho. Observava-o com a mesma curiosidade ávida com que olhava os bombeiros limpando as máquinas na corporação. Às vezes, a caminho de casa, ele levava uma caixinha de sorvete, a menor que havia, na certa só o bastante para si, para a sobremesa. Aliás, esta era outra palavra que de alguma forma se tornara familiar para nós, e que usávamos pejorativamene quando se referia a pessoas como o pequeno Carl Ragner e sua família. Passávamos horas imaginando o que aquela gente comia de *sobremesa*, e nosso prazer consistia sobretudo em repetir a palavra recém-descoberta, *sobremesa*, na certa contrabandeada para fora da família Ragner. Também deve ter sido por volta dessa época que Santos Dumont ganhou fama. Para nós, havia alguma coisa de grotesco no nome Santos Dumont. Não nos interessavam muito os seus feitos — só o nome. Para a maioria de nós, cheirava a açúcar, a fazendas cubanas, à estranha bandeira cubana que tinha uma estrela numa quina e era sempre muito valorizada pelos que guardavam os pequenos cartões distribuídos com os cigarros Sweet Caporal, e nos quais se representavam as bandeiras dos diferentes países, as principais *soubrettes**
do palco ou pugilistas famosos. Santos Dumont, pois, era algo deliciosa-

---

*Criada que figura nas comédias. (*N. da E.*)

mente estrangeiro, em oposição às pessoas e aos objetos estrangeiros normais, como a lavanderia chinesa ou a altiva família francesa de Claude Lorraine. Santos Dumont era uma palavra mágica que sugeria um belo e cheio bigode, um *sombrero*, esporas, algo etéreo, delicado, gracioso, quixotesco. Às vezes trazia o aroma de grãos de café e esteiras de palha, ou, por ser tão completamente exótico e quixotesco, implicava uma digressão sobre a vida dos hotentotes. Pois entre nós havia meninos mais velhos que começavam a ler e que nos entretinham durante horas com as histórias fantásticas de livros como *Ayesha* ou *Sob duas bandeiras*, de Ouida. O verdadeiro sabor do conhecimento está mais definitivamente ligado em minha mente ao terreno baldio na esquina do novo bairro para onde fui transplantado por volta dos dez anos. Ali, quando chegavam os dias de outono e ficávamos de pé em volta das fogueiras assando batatas fatiadas e cruas nas latinhas que levávamos, seguia-se um novo tipo de discussão que diferia das velhas discussões que eu conhecera, pelo fato de as origens serem sempre livrescas. Alguém acabara de ler um livro de aventuras ou de ciência, e logo toda a rua se animava com a introdução de um tema até então desconhecido. Podia se dar que um dos meninos houvesse descoberto a existência de uma coisa como a corrente japonesa, e tentava explicar-nos como isso surgira e qual era seu propósito. Era a única forma pela qual aprendíamos coisas — encostados na cerca, por assim dizer, a assar batatas em fatias. Essas porções de conhecimento penetravam fundo — tão fundo, na verdade, que mais tarde, diante de um conhecimento mais preciso, muitas vezes era difícil desalojar o antigo. Assim nos foi explicado um dia, por um menino mais velho, que os egípcios haviam conhecido a circulação do sangue, coisa que nos pareceu tão natural que foi difícil depois engolir a história da sua descoberta por um inglês chamado Harvey. Tampouco me parece estranho hoje que naquele tempo a maior parte de nossas conversas fosse sobre lugares remotos como a China, Peru, Egito, África, Islândia, Groelândia. Falávamos de almas do outro mundo, de Deus, da transmigração das almas, do inferno, astronomia, pássaros e peixes estranhos, da formação das pedras preciosas, das fazendas de borracha, métodos de tortura, dos astecas e incas, da vida marinha, de vulcões e terremotos, de ritos fúnebres e matrimoniais em várias partes da terra, de idiomas, da origem do índio americano, dos búfalos em extinção, de doenças estranhas, canibalismo, magia, viagens à lua e como seria por lá, dos assassinos e salteadores de estrada, dos milagres da Bíblia, da manufatura de cerâmicas, sobre mil outras coisas jamais mencionadas em casa ou na escola, e vitais para nós porque tínhamos fome e o mundo estava cheio de maravilha e mistério, e só quando ficávamos tremendo à beira da fogueira no terreno baldio conversávamos a sério e sentíamos uma necessidade de comunicação ao mesmo tempo prazerosa e aterrorizante.

A maravilha e o mistério da vida — que são sufocados em nós quando nos tornamos membros responsáveis da sociedade! Até sermos empurrados para o trabalho lá fora, o mundo era pequeno e vivíamos em sua periferia, na fronteira, por assim dizer, do desconhecido. Um pequeno mundo grego, no entanto profundo o bastante para oferecer toda forma de variação, aventura e especulação. Mas não tão pequeno assim, pois tinha em reserva as mais ilimitadas possibilidades. Não ganhei nada com o alargamento de meu mundo; pelo contrário, perdi. Quero me tornar cada vez mais infantil e ultrapassar a infância na direção oposta. Quero ir exatamente contra a linha normal de desenvolvimento, passar para o reino infantil do ser, absolutamente louco e caótico, mas não louco e caótico como o mundo à minha volta. Tenho sido adulto, pai e membro responsável da sociedade. Ganhei meu pão de cada dia. Adaptei-me a um mundo que jamais foi meu. Quero abrir caminho através desse mundo ampliado e voltar à fronteira de um mundo desconhecido, que jogue nas sombras esse mundo pálido e unilateral. Quero ir além da responsabilidade da paternidade até a irresponsabilidade do homem anárquico que não pode ser coagido, chantageado, bajulado, subornado ou difamado. Quero tomar como guia o cavaleiro noturno Oberon, que, sob a envergadura de suas asas negras, elimina tanto a beleza quanto o horror do passado; quero fugir para uma aurora perpétua com uma rapidez e implacabilidade que não deixem espaço para remorso, pesar ou arrependimento. Quero deixar para trás o homem inventivo que é uma praga para a terra, para erguer-me mais uma vez diante de um abismo intransponível que nem as mais fortes asas me possibilitarão cruzar. Mesmo que precise me tornar um parque selvagem e natural, habitado apenas por sonhadores ociosos, não devo parar para descansar ali, na fatuidade ordenada da responsável vida adulta. Tenho de fazer isso em memória de uma vida além de toda comparação com a que me prometeram, em memória da vida de uma criança estrangulada e sufocada pelo mútuo consentimento dos que se renderam. Renego tudo que os pais e mães criaram. Volto a um mundo ainda menor que o velho mundo helênico, a um mundo que sempre poderei tocar com os braços estendidos, o mundo do que sei, vejo e reconheço de momento a momento. Qualquer outro não tem sentido para mim, é estranho e hostil. Ao cruzar de novo o primeiro e luminoso mundo que conheci quando criança, não desejo repousar ali, mas voltar à força a um mundo ainda mais luminoso do qual devo ter escapado. Como é esse mundo, não sei, nem ao menos tenho certeza de que o encontrarei, mas é o meu mundo e nada mais me fascina.

O primeiro vislumbre, a primeira compreensão do brilhante mundo novo, surgiu através de meu encontro com Roy Hamilton. Eu tinha 21 anos, provavelmente o pior ano de toda a minha vida. Encontrava-me num tal estado de desespero que decidira sair de casa. Só pensava e falava na Califórnia, para onde planejara ir a fim de começar vida nova. Tão violentamente sonhava com essa nova terra prometida que, mais tarde, quando voltei de lá, mal me lembrava da Califórnia que vira, mas só pensava e falava da que conhecera em sonhos. Foi pouco antes de meu bota-fora que conheci Hamilton. Era um dúbio meio-irmão de meu velho amigo McGregor; os dois se haviam conhecido recentemente, pois Roy, que passara a maior parte da vida na Califórnia, sempre pensara que seu verdadeiro pai era o sr. Hamilton e não o sr. McGregor. Na verdade, fora para desenredar o mistério em torno de sua paternidade que ele viera ao Leste. A vida com os McGregor aparentemente não o aproximara da solução do mistério. Na verdade, parecia mais perplexo que nunca, após conhecer o homem que concluíra ser seu pai legítimo. Ficara perplexo, como depois me admitiu, porque em nenhum dos dois encontrava qualquer semelhança com o homem que se julgava ser. Na certa foi esse irritante problema de decidir a quem tomar como pai que estimulara o desenvolvimento de seu próprio caráter. Digo isso porque, imediatamente após ser apresentado a ele senti que estava em presença de um ser como jamais conhecera. Eu estava preparado, pela descrição que McGregor fizera dele, para conhecer um indivíduo bastante "estranho", o que em sua boca significava meio pirado. Era de fato estranho, mas tão agudamente são que logo me senti exaltado. Pela primeira vez conversava com um homem que se apoiava no sentido das palavras e ia à essência mesma das coisas. Achei que falava com um filósofo, não daqueles que encontrara nos livros, mas um homem que vivia filosofando — *e vivia a filosofia que expunha*. Quer dizer, não tinha teoria alguma, a não ser penetrar na própria essência de tudo e, à luz de cada nova revelação, viver sua vida de forma que houvesse um mínimo de discórdia entre as verdades a ele reveladas e a exemplificação delas em ação. Naturalmente, esse comportamento era estranho para os que o cercavam. Não o era porém para os que o conheciam na Costa, onde, dizia, achava-se em seu elemento. Lá, ao que parece, era encarado como um ser superior, e ouvido com o máximo respeito, até mesmo com reverência.

Encontrei-o no meio de uma luta que só vim a valorizar muitos anos depois. Na época, não podia ver a importância que ele dava à descoberta de seu verdadeiro pai; na verdade, eu costumava brincar a esse respeito, porque o papel de pai pouco significava para mim, assim como o de mãe, aliás. Vi em Roy Hamilton a irônica luta de um homem que já se emancipara, mas buscava estabelecer um sólido laço biológico do qual não tinha a mínima necessidade. Esse conflito sobre o pai verdadeiro, paradoxalmente, tornara-o um superpai. Era um professor exemplar; bastava abrir a boca para que eu percebesse que estava ouvindo uma sabedoria absolutamente diferente de qualquer coisa que até então associara a essa palavra. Seria fácil descartá-lo como místico, pois era místico sem dúvida alguma, mas o primeiro que eu já encontrara que também sabia manter os pés no chão. Era um místico que sabia inventar coisas práticas, entre elas uma broca desesperadamente necessária à indústria do petróleo e com a qual depois fez fortuna. Devido à sua estranha conversa metafísica, porém, ninguém na época deu muita atenção a essa invenção prática. Foi encarada como mais uma de suas idéias malucas.

Vivia falando de si mesmo e de sua relação com o mundo em volta, uma qualidade que causava a infeliz impressão de que era apenas um flagrante egoísta. Dizia-se até, o que era bem legítimo, que parecia mais preocupado com a verdade da paternidade do sr. McGregor que com o sr. McGregor, o pai. A insinuação era que não sentia verdadeiro amor pelo pai recém-descoberto, mas simplesmente extraía forte satisfação pessoal da verdade da descoberta, que explorava a descoberta ao seu jeito habitual de auto-engrandecimento. Era profundamente verdadeiro, claro, porque o sr. McGregor em carne e osso era infinitamente menos que o sr. McGregor como símbolo do pai perdido. Mas os McGregor nada sabiam de símbolos e jamais haveriam entendido, mesmo que lhes explicassem. Faziam um esforço contraditório para aceitar o filho havia muito perdido, e ao mesmo tempo reduzi-lo a um nível compreensível, em que pudessem avaliá-lo não como o "havia muito perdido", mas apenas como o filho. Embora fosse óbvio para qualquer um com um mínimo de inteligência que tal filho não era de forma alguma um filho, mas uma espécie de pai espiritual, uma espécie de Cristo, eu diria, que fazia o mais valente esforço para aceitar como carne e osso aquilo de que muito claramente já se libertara.

Fiquei, pois, surpreso e lisonjeado que aquele indivíduo estranho, a quem encarava com a mais cálida admiração, me elegesse para suas confidências. Em comparação, eu era demasiado livresco, intelectual e mundano da maneira errada. Mas quase na mesma hora descartei esse lado de minha natureza e refestelei-me na luz cálida e imediata criada por sua intuição profunda e natural. Estar em sua presença dava-me a sensação de ser despido, ou antes pelado, pois era muito mais que mera nudez o que ele exigia da pessoa com quem conversava. Ao falar comigo, dirigia-se a um eu de cuja existência eu só vagamente suspeitava, o eu, por exemplo, que surgia quando, de repente, lendo um livro, percebia que andara sonhando. Poucos livros tinham essa faculdade de me pôr em transe, aquele transe de absoluta lucidez em que, sem que se saiba, tomam-se as mais profundas decisões. A conversa de Roy Hamilton transmitia essa qualidade. Deixava-me mais que nunca alerta, excepcionalmente alerta, sem ao mesmo tempo desfazer o tecido do sonho. Apelava, em outras palavras, ao germe do eu, ao ser que acabaria por crescer mais que a personalidade nua, a individualidade sintética, e me deixaria realmente isolado e solitário a fim de estabelecer meu próprio e singular destino.

Nossa conversa era como uma linguagem secreta no meio da qual os outros iam dormir ou desfaziam-se como fantasmas. Para meu amigo McGregor era intrigante e irritante; conhecia-me mais intimamente que qualquer dos outros colegas, mas jamais descobrira nada em mim que correspondesse ao caráter que eu agora lhe apresentava. Falava de Roy Hamilton como uma má influência, o que mais uma vez era uma profunda verdade, pois aquele inesperado encontro com seu meio-irmão serviria mais que qualquer coisa para nos afastar. Hamilton abriu meus olhos e me deu novos valores, e embora mais tarde eu fosse perder a visão que me legara, ainda assim jamais pude ver de novo o mundo, ou meus amigos, como os via antes de sua chegada. Ele me alterou profundamente, como só um livro raro, uma rara personalidade, uma rara experiência, podem nos alterar. Pela primeira vez na vida compreendi o que era sentir uma amizade vital e ainda assim não me sentir escravizado ou amarrado pela experiência. Nunca, depois que nos separamos, senti necessidade de sua presença efetiva; ele se entregara completamente e eu o possuía sem ser possuído. Foi minha primeira experiência limpa e integral de amizade, jamais repetida com qualquer outro amigo. Hamilton era a própria amizade, em vez de um amigo. Era o símbolo personificado e portanto inteiramente satisfatório. daí em diante não mais necessário para mim. Ele próprio entendeu isso perfeitamente. Talvez fosse o fato de não ter pai que o empurrasse pela estrada rumo à descoberta do eu, que é o processo final de identificação com o mundo e a conseqüente compreensão da inutilidade dos laços. Sem dúvida, como estava então, em toda a plenitude da auto-realização, ninguém lhe era necessário, menos ainda o pai de carne e osso que em vão buscou no sr. McGregor. Deve ter sido uma espécie de último teste para ele, vir para o Leste em busca do verdadeiro pai, pois quando se despediu, quando renunciou ao sr. McGregor e também ao sr. Hamilton, parecia um homem que se purificara de toda escória. Jamais vi alguém parecer tão único, tão absolutamente só, vivo e confiante no futuro quanto Roy Hamilton ao se despedir. E jamais vi tanta confusão e mal-entendido como os que deixou para trás na família McGregor. Era como se houvesse morrido no meio deles, e ressuscitado, e se despedisse deles do mesmo modo que um indivíduo absolutamente novo e desconhecido. Vejo-os agora parados na entrada do prédio, as mãos meio bobas, irremediavelmente vazias, chorando sem saber por quê, a não ser por terem sido privados de uma coisa que jamais tiveram. Gosto de pensar nisso exatamente assim. Estavam perplexos e desolados, e vagamente, muito vagamente conscientes de que uma grande oportunidade lhes fora oferecida e de algum modo não haviam tido a força nem a imaginação para agarrá-la. Era isso que o tolo e vazio adejo de mãos me indicava; um gesto mais doloroso de testemunhar que qualquer coisa que eu possa imaginar. Deu-me a sensação da horrível inadequação do mundo quando face a face com a verdade. A sensação da estupidez do laço de sangue e do amor não espiritualmente embuído.

Olho rápido para trás e vejo-me de novo na Califórnia. Estou sozinho e trabalho como escravo no laranjal de Chula Vista. Estou realizando meu potencial? Acho que não. Sou uma pessoa muito infeliz, perdida, desolada. Pareço ter perdido tudo. Na verdade, mal sou uma pessoa — estou mais perto de um animal. Durante todo o dia fico de pé ou caminho atrás dos dois jegues presos ao meu arado. Não tenho pensamentos, sonhos, desejos. Sou inteiramente saudável e vazio. Sou uma nulidade. Sou tão completamente vivo e saudável que pareço o enganoso fruto exuberante que pende das árvores californianas. Mais um raio de sol e apodreço. "*Pourri avant d'être mûri.*"

Sou realmente eu que apodreço neste resplandecente sol da Califórnia? Não restou nada de mim, de tudo que fui até este momento? Deixe-me pensar um pouco... Houve o Arizona. Lembro-me agora que já era noite quando pus os pés pela primeira vez no solo do Arizona. Só havia luz suficiente para ter um último vislumbre de uma meseta que desaparecia na penumbra. Cruzo a rua principal de uma cidadezinha cujo nome se perdeu. Que faço aqui nesta rua, nesta cidade? Ora, estou apaixonado pelo Arizona, um Arizona imaginário que busco em vão com meus dois bons olhos. No trem, ainda tinha comigo o Arizona que trouxera de Nova York — mesmo depois de cruzarmos a fronteira do estado. Não havia uma ponte sobre um desfiladeiro que me acordou de meu devaneio? Uma ponte como eu jamais vira antes, uma ponte natural criada por uma erupção cataclísmica milhares de anos atrás? E sobre essa ponte vira um homem atravessando, um homem que parecia índio, montado num cavalo e com um longo alforje pendurado do estribo. Uma ponte milenar natural que, ao sol poente e com o ar muito límpido, parecia a mais jovem e nova ponte imaginável. E sobre aquela ponte tão forte, tão durável, passavam, louvado seja Deus, apenas um homem e um cavalo, nada mais. Isso pois era o Arizona, e o Arizona *não* era uma criação da imaginação, mas a própria imaginação vestida como cavalo e cavaleiro. E era ainda mais que a própria imaginação porque não havia aura de ambigüidade, mas apenas a coisa em si decisivamente isolada que era o sonho e o próprio sonhador sentado no cavalo. E quando o trem pára eu baixo o pé e o pé abriu um fundo buraco no sonho; estou numa cidadezinha do Arizona relacionada na tabela de horários e é apenas o Arizona geográfico que qualquer um com dinheiro pode visitar. Caminho pela rua principal com uma mala e vejo hambúrgueres e imobiliárias. Sinto-me tão terrivelmente tapeado que me ponho a chorar. Já escureceu e estou parado no fim da rua onde começa o deserto, e choro feito um idiota. Qual eu chora? Ora, é o novo e pequeno eu que começou a germinar no Brooklyn e agora está no meio de um vasto deserto e condenado a perecer. *Agora, Roy Hamilton, eu preciso de você!* Preciso de você por um instante, só um instantinho, enquanto me desintegro. Preciso de você porque não estava muito preparado para fazer o que fiz. E me lembro de você dizendo que não era necessário fazer a viagem, mas que a fizesse se tinha de fazer. Por que não me convenceu a não partir? Ah, convencer jamais foi com ele. E pedir conselho jamais foi comigo. Por isso, aqui estou, falido no deserto, e a ponte que era real ficou para trás e o que é irreal está à minha frente, e só Cristo sabe que estou tão confuso e desnorteado que se pudesse afundar no chão e desaparecer, eu o faria.

Olho rápido para trás e vejo outro homem, abandonado para perecer quieto no seio da família — *meu pai*. Entendo melhor o que aconteceu com ele se volto muito, muito atrás, e penso em ruas como Maujer, Conselyea, Humboldt... esta última em particular. Essas ruas pertenciam a um bairro não distante do nosso, porém diferente, mais glamouroso, mais misterioso. Eu só estivera uma vez na rua Humboldt, quando criança, e não lembro mais o motivo dessa excursão, a menos que fosse para visitar um parente doente que definhava num hospital alemão. Mas a rua em si me causou uma duradoura impressão; por quê, não tenho a menor idéia. Permanece em minha memória como a mais misteriosa e promissora rua que já vi. Talvez, quando nos aprontávamos para sair, minha mãe, como sempre, tivesse prometido alguma coisa espetacular como recompensa por acompanhá-la. Sempre me prometiam coisas que nunca se materializaram. Talvez então, quando cheguei à rua Humboldt e vi aquele novo mundo com espanto, talvez tenha esquecido completamente o que me haviam prometido e a própria rua se tornou a recompensa. Lembro que era muito larga e tinha varandas altas, como eu nunca vira antes, dos dois lados. Lembro também que numa oficina de costura, no primeiro andar de uma daquelas estranhas casas, havia um busto na janela com uma fita métrica pendurada no pescoço, e sei que fiquei muito impressionado com a cena. A neve cobria o chão, mas o sol estava forte e me lembro vividamente que ao redor da base dos barris de cinza congelados havia uma pequena poça d'água deixada pela neve derretida. Toda a rua parecia derreter-se sob o radiante sol de inverno. Nos parapeitos das altas varandas, os montes de neve que haviam formado lindas almofadas brancas já começavam a deslizar, a desintegrar-se, deixando manchas escuras na pedra parda, então muito em voga. As pequenas placas de vidro dos dentistas e médicos, enfiadas nos cantos das janelas, fulgiam brilhantes ao sol do meio-dia e me davam pela primeira vez a sensação de que talvez aqueles consultórios não fossem as câmaras de tortura que eu sabia serem. Imaginei, à minha maneira infantil, que ali naquele bairro, naquela rua em particular, as pessoas fossem mais simpáticas, mais expansivas, e, claro, infinitamente mais ricas. Devo ter-me expandido muito, embora fosse apenas um pirralho, porque pela primeira vez via uma rua que parecia despida de terror. Era ampla, luxuosa, brilhante e derretia-se de tal modo que, mais tarde, quando comecei a ler Dostoiévski, associei-a aos degelos de São Petersburgo. Até as igrejas ali tinham um estilo diferente de arquitetura; havia nelas alguma coisa de semi-oriental, alguma coisa grandiosa e quente ao mesmo tempo, que me assustava e intrigava. Na rua larga, espaçosa, vi que as casas eram bem recuadas da calçada, repousando em silêncio e dignidade, não prejudicadas pela intercalação de lojas, fábricas e estábulos de veterinário. Vi uma rua composta por nada além de residências e senti um grande respeito e admiração. Lembro-me de tudo isso, e isso sem dúvida me influenciou muito, mas não é suficiente para justificar o estranho poder e atração que a simples menção da rua Humboldt ainda evoca em mim. Alguns anos depois, voltei à noite para olhar a rua de novo, e fiquei ainda mais impressionado que da primeira vez. O aspecto, claro, mudara, mas era noite e a noite é sempre menos cruel que o dia. Mais uma vez senti o estranho prazer da amplidão, daquele luxo que então estava um tanto desbotado, mas que era ainda sugestivo, ainda inconsistentemente afirmativo como outrora os parapeitos de pedra parda impunham-se através da neve derretida. Mais nítida que tudo, porém, era a quase voluptuosa sensação de estar à beira de uma descoberta. De novo tive uma forte consciência da presença de minha mãe, das grandes mangas bufantes de seu casaco de pele, da cruel rapidez com que me arrastara pela rua anos atrás e da obstinada tenacidade com que eu banqueteava meus olhos com tudo que era novo e estranho. Na ocasião dessa segunda visita, pareceu-me recordar vagamente outra personagem de minha infância, a velha caseira a quem chamavam pelo exótico nome de sra. Kicking. Eu não me lembrava de ela ter caído doente, mas parece que lhe fizemos uma visita no hospital onde agonizava, e que esse hospital devia ficar perto da rua Humboldt, que não agonizava, mas estava radiante na neve derretida de um meio-dia de inverno. Que fora, pois, que minha mãe me prometera e que jamais consegui lembrar? Capaz como era de prometer qualquer coisa, talvez naquele dia, num ataque de abstração, prometesse alguma coisa tão absurda que nem eu, com toda a minha credulidade infantil, pudera engolir. E no entanto, se me houvesse prometido a lua, embora soubesse que estava fora de questão, eu teria lutado para dar à sua promessa uma migalha de fé. Queria desesperadamente tudo que me prometiam, e se, pensando bem, compreendesse que era impossível, ainda assim tentava à minha maneira arranjar um meio de tornar tais promessas realizáveis. Que as pessoas fizessem promessas sem ter a mínima intenção de cumpri-las, era uma coisa inimaginável para mim. Mesmo quando me enganavam da forma mais cruel, ainda acreditava; acreditava que alguma coisa extraordinária e inteiramente além do poder da outra pessoa interviera para tornar a promessa nula e sem efeito.

Essa questão da crença, essa antiga promessa nunca cumprida, é que me faz lembrar de meu pai que foi abandonado na hora de maior necessidade. Até a época de sua doença, nem ele nem minha mãe jamais haviam mostrado quaisquer tendências religiosas. Embora sempre defendendo a igreja diante dos outros, eles próprios jamais puseram os pés em uma desde o dia em que se casaram. Encaravam os que iam à igreja com muita regularidade como meio lelés. Até a maneira como diziam isso — "fulano é religioso" — já bastava para transmitir o desdém e desprezo, ou então a pena, que sentiam por tais indivíduos. Se de vez em quando, talvez por causa de nós, crianças, o pastor visitava inesperadamente nossa casa, era tratado como alguém a quem eram obrigados a dispensar mais que a polidez habitual, mas com quem nada tinham em comum, de quem tinham certa desconfiança, na verdade, como representante de uma espécie a meio caminho entre o idiota e o charlatão. A nós, por exemplo, diziam que era um "homem simpático", mas quando seus amigos apareciam e começavam a voar os mexericos, ouvia-se um tipo inteiramente diferente de comentário, em geral acompanhado de risadas de desprezo e de arremedos dissimulados.

Meu pai caiu mortalmente doente em conseqüência de uma abstinência abrupta. Durante toda a vida foi um sujeito alegre e expansivo: criara uma bela pança, as bochechas eram cheias e vermelhas como beterraba, os modos muito descontraídos e indolentes, e parecia destinado a viver até a idade madura, forte e saudável como um touro. Mas por baixo desse exterior suave e alegre, as coisas não iam nada bem. Os negócios iam mal, as dívidas se empilhavam, e alguns de seus velhos amigos já começavam a abandoná-lo. A atitude de minha mãe era o que mais o preocupava. Ela via tudo sob uma ótica pessimista e não se dava o trabalho de esconder isso. De vez em quando ficava histérica e caía de pau em cima dele, xingando-o com a mais grosseira das linguagens, quebrando pratos e ameaçando fugir para sempre. O resultado disso foi que ele acordou uma manhã decidido a jamais tocar numa gota de bebida. Ninguém acreditou que falasse a sério; outros na família haviam jurado parar de beber e ficado a seco, como diziam, mas rapidamente acabavam tendo recaídas. Ninguém na família, e todos haviam tentado várias vezes, jamais se tornara um total abstêmio. Mas meu velho era diferente. Onde ou como conseguiu a força para manter a decisão, só Deus sabe. Parece-me incrível, porque em seu lugar, eu teria bebido até a morte. Mas o velho, não. Era a primeira vez na vida que ele mostrava-se decidido a respeito de alguma coisa. Minha mãe ficou tão pasma que, idiota que era, começou a zombar, fazer gozação com sua força de vontade, tão lamentavelmente fraca até aquele momento. Ainda assim ele se manteve firme. Os companheiros de bebida desapareceram subitamente. Em suma, logo se viu quase totalmente isolado. Isso deve tê-lo ferido até os ossos, pois em poucas semanas caiu mortalmente doente e foi convocada uma junta médica. Meu pai recuperou-se um pouco, o bastante para deixar a cama e andar pela casa, mas ainda muito enfermo. Supunha-se que sofresse de úlceras no estômago, embora ninguém soubesse ao certo o que na verdade o afligia. Todos entendiam, porém, que cometera um erro ao largar a bebida de forma tão abrupta. Mas era tarde demais para retornar a um modo de vida moderado. Tinha o estômago tão debilitado que não segurava nem um prato de sopa. Em dois meses era quase um esqueleto. E velho. Parecia Lázaro ressuscitado da cova.

Um dia minha mãe me chamou de lado e com lágrimas nos olhos me pediu para ir visitar o médico e saber a verdade sobre o estado de meu pai. O dr. Rausch era o médico da família havia anos. Era o típico "holandês" da velha escola, bastante esgotado e rabugento na ocasião, após anos de prática, e ainda assim incapaz de afastar-se completamente dos pacientes. Naquele seu estúpido jeitão teutônico, tentava espantar os clientes em estado menos grave, tentava trazê-los à saúde na base da argumentação, por assim dizer. Quando a gente entrava em seu consultório ele nem se dava o trabalho de erguer os olhos, mas continuava escrevendo ou o que quer que estivesse fazendo, enquanto disparava perguntas ocasionais de maneira descuidada e insultante. Comportava-se com tamanha rudeza, com tanta desconfiança que, por mais ridículo que pareça, quase parecia esperar que os pacientes trouxessem consigo não apenas seus males, mas a *prova* de seus males. Fazia-nos sentir que havia alguma coisa errada não apenas fisicamente, mas mentalmente também. "Você está só imaginando coisas" era sua frase favorita, que lançava com desprezo desagradável e malicioso. Conhecendo-o como conhecia e detestando-o de todo coração, fui preparado, quer dizer, com a análise de laboratório das fezes de meu pai. Eu também tinha uma análise de sua urina no bolso de meu casaco, se ele exigisse mais provas.

Quando eu era menino, o dr. Rausch mostrara certo afeto por mim, mas desde o dia em que o procurei com gonorréia, perdeu muito da confiança que me depositara, e sempre exibia uma cara azeda quando eu enfiava a cabeça pela porta. Tal pai, tal filho era o seu lema, e portanto não fiquei nem um pouco surpreso quando, em vez de me dar a informação que eu pedia, ele começou a me pregar um sermão, a mim e ao meu velho ao mesmo tempo, por nosso estilo de vida.

— Não se pode ir contra a natureza — disse com expressão irônica, solene, sem olhar para mim ao proferir as palavras, mas fazendo alguma inútil anotação em seu grande livro de contabilidade.

Aproximei-me tranqüilo da escrivaninha, parei ao lado dele um instante sem emitir um som e então, quando ele ergueu os olhos com a expressão ofendida e irritada de hábito, eu disse:

— Não vim aqui atrás de instrução moral... Quero saber o que é que há com meu pai.

Ao ouvir isso ele saltou e, voltando-se para mim com seu olhar mais severo, disse, como o holandês estúpido e grosso que era:

— Seu pai não tem a mínima chance de se recuperar; vai morrer em menos de seis meses.

Eu disse:

— Obrigado, era só isso que eu queria saber.

E encaminhei-me para a porta. Então, como se sentisse que havia cometido um erro, o dr. Rausch caminhou pesadamente atrás de mim e, pondo a mão em meu ombro, tentou modificar a declaração, rodeando-me, gaguejando e dizendo, "Eu não quis dizer que seja totalmente certa a morte de seu pai" etc., o que logo cortei abrindo a porta e berrando com ele, a plenos pulmões, para que seus pacientes na ante-sala ouvissem:

— Acho o senhor um velho maldito, e espero que bata as botas. Boa noite!

Quando cheguei em casa, modifiquei um pouco a informação do médico, dizendo que o estado de meu pai era muito sério, mas que sem dúvida ficaria bom se se cuidasse. Isso pareceu animar consideravelmente o velho. Por conta própria, adotou uma dieta de leite e torradas que, se era ou não o melhor, certamente não lhe fez mal. Permaneceu uma espécie de semi-inválido por cerca de um ano, tornando-se cada vez mais calmo internamente à medida que o tempo passava e, ao que parece, decidido a não deixar que nada perturbasse sua paz de espírito, absolutamente nada, mesmo que tudo fosse para o inferno. Ao ficar mais forte, passou a dar uma caminhada diária até o cemitério próximo. Sentava-se num banco ao sol e observava os velhos andando em torno dos túmulos. A proximidade do túmulo, em vez de torná-lo mórbido, parecia animá-lo. Era como se, no mínimo, tivesse se reconciliado com a idéia da morte futura, fato que sem dúvida até então se recusara a encarar de frente. Muitas vezes voltava para casa com flores colhidas no cemitério, o rosto radiante de muda e serena alegria e, sentando-se na poltrona, contava a conversa que tivera naquela manhã com um dos outros doentes que freqüentavam o cemitério. Tornou-se óbvio, após algum tempo, que na verdade estava gostando de seu isolamento, ou melhor, não apenas gostando, mas beneficiando-se a fundo da experiência, de uma forma além da capacidade de compreensão de minha mãe. Estava ficando preguiçoso, era o que ela dizia. Às vezes expressava-se de forma ainda mais radical, batendo com o indicador na cabeça ao falar, mas sem dizê-lo abertamente por causa de minha irmã, que com certeza era meio pancada.

E então, um dia, por cortesia de uma velha viúva que visitava diariamente o túmulo do filho e era, como diria minha mãe, "religiosa", ele conheceu um pastor de uma das igrejas vizinhas. Foi um fato momentoso na vida do velho. De repente, desabrochou, e a esponjinha que era sua alma, e que já quase se atrofiara por falta de alimento, assumiu tão espantosas proporções que ele se tornou quase irreconhecível. O homem responsável por essa extraordinária mudança no velho não era de modo algum extraordinário, mas um pastor congregacionista de uma modesta paróquia vizinha do nosso bairro. Sua única virtude era manter sua religião em segundo plano. O velho logo caiu numa espécie de idolatria infantil; só falava desse pastor, que considerava seu amigo. Como nunca lera a Bíblia na vida, nem qualquer outro livro, aliás, foi no mínimo um tanto espantoso ouvi-lo fazer uma pequena prece antes de comer. Realizava essa pequena

cerimônia de modo estranho, mais ou menos como alguém toma um tônico, por exemplo. Se me recomendava ler um certo capítulo da Bíblia,
acrescentava, muito sério: "vai-lhe fazer bem". Era um novo remédio que
descobrira, uma espécie de droga de charlatão com garantia de curar todos os males e que se devia tomar, mesmo não tendo doença alguma, porque de qualquer modo, sem dúvida não faria mal. Ele freqüentava todos
os ofícios, todas as funções realizadas na igreja e, nos intervalos, quando
saía para um passeio, por exemplo, parava na casa do pastor e batia um
papinho com ele. Se o pastor dizia que o presidente era uma boa alma e
devia ser reeleito, o velho repetia a todo mundo exatamente o que o pastor
dissera e exortava-os a votar pela reeleição do presidente. O que quer que
o ministro dissesse era certo e justo, e ninguém podia contradizê-lo. Não
há dúvida de que foi instrutivo para o velho. Se o pastor mencionava as
pirâmides do Egito durante seu sermão, o velho imediatamente começava
a informar-se sobre as pirâmides. Falava delas como se fosse obrigação de
todos conhecer o assunto. O pastor dissera que as pirâmides eram uma
das glórias culminantes do homem, logo, não saber sobre elas tinha de ser
vergonhosa ignorância, quase pecado. Felizmente, o pastor não se demorava muito no tema do pecado; era o tipo de pregador moderno, que se
impunha ao rebanho mais por despertar a curiosidade que por apelos à
consciência. Seus sermões eram mais como um curso noturno de extensão, e para gente como o velho, portanto, muitíssimo divertido e estimulante. De vez em quando, homens da congregação eram convidados para
uma festinha, destinada a demonstrar que o bom pastor era apenas um
homem comum como eles próprios, e podia, de vez em quando, desfrutar
de uma farta refeição e até um copo de cerveja. Além disso, observou-se
que ele até cantava — não hinos religiosos, mas cantiguinhas alegres do
tipo popular. Somando dois e dois, podia-se deduzir de um comportamento tão alegre que vez por outra ele gostava de um belo traseiro —
sempre com moderação, claro. Essa era a palavra bálsamo para a lacerada
alma do velho — "moderação". Era como descobrir um novo signo do
zodíaco. E embora ele ainda estivesse doente demais para tentar voltar a

um estilo mesmo moderado de vida, aquilo fez bem à sua alma. E assim, quando tio Ned, que vivia entrando em períodos de abstinência e recaindo, apareceu lá em casa uma noite, o velho lhe pregou um sermão sobre a virtude da moderação. Na ocasião, tio Ned *estava* em abstinência, e assim, quando o velho, levado por suas próprias palavras, de repente foi à cômoda pegar uma jarra de vinho, todos ficaram chocados. Ninguém jamais ousara convidar o tio Ned a beber quando ele jurara não fazê-lo; arriscar uma coisa dessas constituía uma séria quebra de lealdade. Mas o velho o fez com tal convicção que ninguém se ofendeu, e o resultado foi que o tio tomou um copinho de vinho e foi para casa naquela noite sem parar num bar para matar a sede. Foi um fato extraordinário, e muito se falou a respeito durante dias depois. Na verdade, tio Ned passou a agir de forma meio esquisita a partir daquele dia. Parece que no dia seguinte foi a uma loja de vinhos e comprou uma garrafa de xerez, que despejou em uma jarra. Pôs a jarra na cômoda, como vira fazer o velho e, em vez de enxugá-la de uma virada, contentava-se com um copo de cada vez — "só um golinho", como dizia. Esse comportamento era tão admirável que minha tia, incapaz de acreditar nos próprios olhos, foi um dia lá em casa e teve uma longa conversa com o velho. Pediu-lhe, entre outras coisas, que convidasse o pastor à casa deles para que tio Ned tivesse a oportunidade de cair sob sua benéfica influência. Em resumo, tio Ned logo foi colhido no rebanho e, como o velho, pareceu desenvolver-se com a experiência. Tudo correu bem até o dia do piquenique. Esse dia, infelizmente, foi muito quente e, com os jogos, a excitação e a hilaridade, tio Ned sentiu verdadeira sede. Só depois de entornar muitos copos alguém observou a regularidade e freqüência com que ele corria ao barril de cerveja. Mas então já era tarde demais. Em tais condições, ele era incontrolável. Nem o pastor pôde fazer nada. Ned deixou o piquenique discretamente e caiu numa farra que durou três dias e três noites. Talvez houvesse durado mais se ele não se metesse numa briga no cais, onde o vigia noturno o encontrou inconsciente. Levaram-no para o hospital com uma concussão cerebral da qual jamais se recuperou. Ao voltar do funeral, o velho disse de olhos secos:

— Ned não sabia o que era ser moderado. Foi culpa dele próprio. Seja como for, está melhor agora...

E como para provar ao pastor que não era feito do mesmo material que tio Ned, tornou-se ainda mais assíduo em seus deveres na igreja. Fora promovido à posição de "veterano", uma posição de que muito se orgulhava e graças à qual lhe permitiam, nos sermões de domingo, ajudar a fazer a coleta. Pensar no velho percorrendo a nave de uma igreja congregacionalista com uma caixa de coleta na mão, pensar nele de pé com reverência diante do altar com sua caixa de coleta enquanto o pastor abençoava a oferenda, parece-me agora tão incrível que nem sei o que dizer. Agrada-me pensar, em contraste, no homem que ele era quando eu não passava de um guri e ia encontrá-lo na estação das barcas ao meio-dia de sábado. Em volta da entrada da estação havia três bares que ao meio-dia de sábado ficavam lotados de homens que paravam para fazer uma boquinha no balcão de comida grátis e tomar um copão de cerveja. Vejo o velho, como era aos trinta anos, uma alma saudável e jovial com um sorriso para todos e uma tirada agradável para passar o tempo, vejo-o com o braço recostado no balcão, o chapéu de palha jogado para trás na cabeça, a mão esquerda erguida para fazer a espuma da cerveja baixar. Meu olho ficava então no nível de sua grossa corrente de ouro estendida de um lado a outro do colete; lembro-me do terno xadrez que ele usava em meados do verão e a distinção que lhe dava entre os outros homens do bar, que não tinham tido a sorte de serem alfaiates natos. Lembro a maneira como mergulhava a mão na grande tigela de vidro no balcão de comida grátis e me dava alguns pasteizinhos, dizendo ao mesmo tempo que eu devia ir dar uma olhada no placar na vitrine do *Brooklyn Times* ao lado. E às vezes, quando eu saía correndo do bar para ver quem estava ganhando, uma fila de ciclistas passava perto do meio-fio, mantendo-se na estreita tira de asfalto construída expressamente para eles. Às vezes a balsa estava chegando ao cais e eu parava um instante para ver os homens de uniforme puxando as grande rodas de madeira às quais se prendiam as correntes. Quando os portões se abriam e as pranchas eram baixadas, uma multidão se precipitava pelo abrigo e dirigia-se aos bares que adornavam as esquinas mais próximas. Esses eram os dias em que o velho não conhecia o significado de "moderação", em que bebia por estar realmente sedento, e emborcar um copázio de cerveja ao lado da estação das barcas era uma prerrogativa de homem. Então, era como tão bem disse Melville: "Dai a todas as coisas o alimento que lhes convenha — quer dizer, se houver alimento. O alimento de vossa alma é luz e espaço; alimentai-a pois com luz e espaço. Mas o alimento do corpo é champanha e ostras; alimentai-o pois com champanha e ostras; e que assim ele mereça uma jubilosa ressurreição, se alguma houver." É, na ocasião, a alma do velho ainda não parecia ter encolhido, parecia infinitamente cercada de luz e espaço, e seu corpo, indiferente à ressurreição, alimentava-se de tudo que era conveniente e alcançável — se não champanha e ostras, pelo menos boa cerveja e pastéis. Então seu corpo não fora condenado, nem seu estilo de vida, nem sua falta de fé. Tampouco fora ainda cercado por abutres, mas apenas por bons camaradas, mortais comuns como ele próprio, que não olhavam para cima nem para baixo, mas direto em frente, o olho sempre fixo no horizonte e contente com o panorama.

E agora, arruinado e despedaçado, ele se tornou um veterano da igreja e fica de pé diante do altar, grisalho, curvado e murcho, enquanto o pastor dá a bênção à magra coleta destinada à construção da nova pista de boliche. Talvez lhe fosse necessário sentir o nascimento da alma, alimentar da luz e espaço oferecidos pela igreja congregacional esse tumor esponjoso. Mas que pobre substituto para um homem que conhecera as alegrias daquele alimento pelo qual o corpo ansiava, e que, sem dores de consciência, havia mesmo inundado sua alma esponjosa de luz e espaço profanos, mas radiantes e terrenos. Penso mais uma vez em sua aparentemente escassa "constituição", sobre a qual pendia a grossa corrente de ouro, e penso que com a morte de sua pança restou para sobreviver apenas a esponja de uma alma, uma espécie de apêndice de sua morte física. Lembro-me do pastor que o devorou como uma espécie de desumano comedor de esponja, guardião de uma tenda coberta de escalpos espirituais. Penso no que se seguiu como uma espécie de tragédia em esponjas, pois embora ele prometesse luz e espaço, tão logo saiu da vida de meu pai, todo o ilusório edifício desmoronou.

Tudo aconteceu da maneira mais comum e natural. Uma noite, após o costumeiro encontro dos homens, o velho voltou para casa com uma expressão triste. Haviam sido informados naquela noite que o pastor ia deixá-los. Fora-lhe oferecida uma posição mais vantajosa na cidade de Nova Rochelle, e apesar da grande relutância em deixar o rebanho, ele decidira aceitar a oferta. Claro que só a aceitara após muita meditação — em outras palavras, como um dever. Ia significar uma renda melhor, claro, mas isso não era nada comparado com as graves responsabilidades que teria de assumir. Precisavam dele em Nova Rochelle, e ele obedecia à voz de sua consciência. O velho contou tudo isso com a mesma untuosidade que o pastor dera às palavras. Mas logo ficou claro que estava magoado. Não via por que Nova Rochelle não poderia encontrar outro pastor. Disse que não era justo tentarem o ministro com um salário maior. *Nós precisamos dele aqui*, disse desolado, com tamanha tristeza que quase me deu vontade de chorar. Acrescentou que ia ter uma conversa sincera com o pastor, que se alguém poderia convencê-lo a ficar, era ele. Nos dias seguintes certamente fez o melhor que pôde, sem dúvida para grande desconforto do ministro. Era angustiante ver a expressão vazia em seu rosto quando voltava dessas conferências. Tinha o semblante de alguém que tentava agarrar-se a uma palha para não se afogar. Naturalmente, o pastor permaneceu irredutível. Mesmo quando o velho cedeu e chorou diante dele, não conseguiu fazê-lo mudar de idéia. Foi a virada. A partir desse instante, meu pai passou por uma mudança radical. Pareceu tornar-se amargo e ranzinza. Não apenas se esquecia de dar graças à mesa, mas abstinha-se de ir à igreja. Retomou o velho hábito de ir ao cemitério tomar banho de sol sentado a um banco. Tornou-se rabugento, depois melancólico e por fim surgiu em seu rosto uma expressão de permanente tristeza, uma tristeza incrustada de desilusão, de desespero, de futilidade. Jamais voltou a falar no nome do homem, nem na igreja, nem em qualquer dos velhos com os quais antes se associava. Se passava por acaso por eles na rua, cumprimentava-os sem parar para apertos de mão. Lia diligentemente os jornais, de trás para a frente, sem comentários. Lia até os anúncios, todos, como se tentasse tapar um imenso buraco constantemente diante de seus olhos. Nunca mais o ouvi rir. No máximo, dava-nos uma espécie de sorriso cansado e desesperançado, um sorriso que desbotava na mesma hora e deixava-nos com o espetáculo de uma vida extinta. Estava morto como uma cratera, além de toda esperança de ressurreição. E nem mesmo se lhe tivessem dado um novo estômago, ou um trato intestinal novo e rijo teria sido possível devolvê-lo à vida. Ultrapassara a inclinação por champanha e ostras, a necessidade de luz e espaço. Era como o dodô, que enterra a cabeça na areia e assobia pelo cu. Quando dormia na poltrona, seu queixo caía como dobradiça solta; sempre fora um bom roncador, mas agora roncava mais alto que nunca, como um homem realmente morto para o mundo. Na verdade, seus roncos pareciam o estertor da morte, só que interrompidos por um longo e intermitente assobio arrastado do tipo que soltavam nas barracas de amendoim. Parecia, ao roncar, estar reduzindo o universo inteiro a pedaços, para que nós, seus sucessores, tivéssemos lenha suficiente para uma vida inteira. Era o mais horrível e fascinante ronco que já ouvi: estertoroso e retumbante, mórbido e grotesco; às vezes parecia um acordeão desabando, outras uma rã coaxando no pântano; após um prolongado assobio, às vezes seguia-se um pavoroso suspiro, como se ele estivesse entregando a alma, depois recaía no regular sobe e desce, um golpear firme e oco, como se estivesse nu da cintura para cima, com um machado na mão, diante da loucura acumulada de todo o bricabraque deste mundo. O que dava a esses desempenhos um tom ligeiramente maluco era a expressão de múmia do rosto, em que só os grandes lábios inchados ganhavam vida; pareciam as guelras de um tubarão dormitando na superfície do mar calmo. Roncava beatificante no seio do abismo, jamais perturbado por um sonho ou corrente de ar, jamais inquieto, jamais perseguido por um desejo insatisfeito; quando fechava os olhos e desabava, a luz do mundo se apagava e ele ficava só como antes do nascimento, um cosmo rangendo os dentes e reduzindo-se a pedaços. Sentava-se em sua poltrona como Jonas deve ter-se sentado no corpo da baleia, seguro no último refúgio de um buraco negro, nada esperando, nada desejando, não morto mas enterrado vivo, engolido inteiro e intacto, os grandes lábios inchados adejando com o fluxo e refluxo do branco alento do vazio. Estava na terra de Nod em busca de Caim e Abel, mas sem encontrar vivalma, palavra, sinal. Viajava com a baleia e raspava o fundo negro gelado; cobria centenas de quilômetros em velocidade máxima, guiado apenas pelas felpudas crinas das feras marinhas. Era a fumaça que saía enroscada das chaminés, as densas camadas de nuvens que obscureciam a lua, o grosso limo que formava o escorregadio chão de linóleo do fundo do oceano. Estava mais morto que os mortos, porque vivo e vazio, além de toda esperança de ressurreição por viajar além dos limites de luz e espaço, e seguramente aninhado no buraco negro do nada. Era mais digno de inveja que de pena, pois seu sono não era uma pausa ou intervalo, mas o próprio sono que é a profundeza e portanto o dormir sempre mais profundo, mais profundo, mais profundo em sono entorpecente, o sono da profundeza no mais profundo sono, no mais fundo da profundeza do completo adormecimento, o mais profundo e mais entorpecente sono do doce sono do sono. Ele dormia. Dorme. *Dormirá.* Sono. Sono. *Pai, durma, eu lhe imploro, pois nós que estamos acordados fervemos de horror...*

Com o mundo esvoaçando para longe nas últimas asas de um ronco cavernoso, vejo a porta abrir-se e dar passagem a Grover Watrous.

— Cristo esteja convosco — ele diz, arrastando o pé aleijado.

É um homem bastante jovem agora e encontrou Deus. Existe apenas um Deus e Grover Watrous O encontrou, portanto nada há mais a dizer, a não ser que tudo tem de ser dito de novo na nova linguagem divina de Grover Watrous. Essa linguagem nova e brilhante que Deus inventou especialmente para Grover Watrous me intriga enormemente, primeiro porque sempre o considerei um irremediável idiota, segundo porque noto que não há mais manchas de tabaco em seus dedos ágeis. Quando éramos meninos, Grover morava na casa vizinha à nossa. Visitava-me de vez em quando para praticar um dueto comigo. Embora tivesse apenas quatorze ou quinze anos, fumava feito um soldado. A mãe nada podia fazer, porque ele era um gênio e um gênio precisa de certa liberdade, sobretudo quando teve a infelicidade de nascer com um pé aleijado. Grover era o tipo de gênio que viceja na sujeira. Não apenas tinha manchas de nicotina nos dedos, mas unhas pretas obscenas que se partiam durante as horas de exercícios, impondo ao jovem Grover a encantadora obrigação de roê-las. Ele cuspia as unhas quebradas junto com pedaços de fumo que ficavam grudados em seus dentes. Era delicioso e estimulante. Os cigarros abriam buracos no piano e, como observava criticamente minha mãe, também *manchavam* as teclas. Quando Grover se despedia, a sala fedia como o quarto dos fundos de uma funerária. Fedia a cigarro apagado, suor, roupa suja, às suas pragas e ao calor seco deixado pelas notas agonizantes de Weber, Berlioz, Liszt & Cia. Fedia também a ouvido purulento de Grover e a seus dentes podres. Fedia a mimos e choramingos de sua mãe. A casa era um estábulo divinamente adequado ao seu gênio, mas a nossa sala parecia a sala de espera de um papa-defuntos, e ele um bronco que sequer sabia limpar os pés. No inverno, seu nariz escorria como um esgoto e, estando Grover demasiado absorvido na música para se dar o trabalho de limpá-lo, deixava a meleca gelada escorrer até chegar ao lábio, onde era sugada por uma língua muito comprida e branca. À música flatulenta de Weber, Berlioz, Liszt & Cia., aquilo acrescentava um molho picante que tornava palatáveis tais demônios vazios. Uma em cada duas palavras nos lábios de Grover era um xingamento, sendo sua expressão favorita "Não consigo fazer esta porra direito!" Às vezes se irritava tanto que socava o piano feito um louco. Era seu gênio manifestando-se do modo errado. Sua mãe, na verdade, dava muita importância a esses ataques de cólera; convenciam-na de que ele tinha alguma coisa. Os outros simplesmente diziam que Grover era impossível. Muito se perdoava, porém, por causa do pé aleijado. Grover era suficientemente esperto para explorar esse aleijão: sempre que queria muito alguma coisa, criava uma dor no pé. Só o piano parecia não ter respeito pelo membro estropiado. Portanto, o piano era um objeto a ser xingado, chutado e reduzido a pedaços. Quando estava em boa forma, por outro lado, Grover passava horas seguidas ao piano; na verdade, não se podia arrastá-lo de lá. Em tais ocasiões, a mãe ia postar-se no gramado, na frente da casa, e tocaiava os vizinhos para extorquir-lhes algumas palavras de louvor. Ficava tão arrebatada com a interpretação "divina" do filho que esquecia de preparar a refeição da noite. O velho, que trabalhava nos esgotos, em geral voltava para casa de mau humor e faminto. Às vezes marchava direto para a sala no andar de cima e puxava Grover do banquinho do piano. Tinha um vocabulário meio sujo, e quando desembestava em cima do filho gênio não restava muita coisa para Grover dizer. Na opinião do velho, ele era apenas um filho-da-puta preguiçoso que fazia uma zoada dos diabos. De vez em quando ameaçava jogar a porra do piano pela janela — e Grover com ele. Se a mãe tivesse a coragem de intervir durante essas cenas, o velho lhe dava um bofetão e mandava-a se foder. Também tinha seus momentos de fraqueza, claro, e nesse estado de espírito perguntava a Grover que diabo estava batucando, e se o filho respondia, por exemplo, ora, a Sonata *Pathétique*, o velho urubu dizia: "Que diabo significa isso? Por que, em nome de Cristo, simplesmente não escrevem isso em inglês?" A ignorância do velho era ainda mais difícil de Grover suportar que a brutalidade. Tinha uma sincera vergonha do pai, e quando ele estava longe das vistas, ridicularizava-o sem piedade. Ao ficar um pouco mais velho, insinuava que não haveria nascido com o pé aleijado se o velho não fosse tão sacana. Dizia que o pai devia ter chutado a barriga da mãe quando grávida. Esse suposto chute na barriga teria afetado Grover de várias formas, pois quando se tornou um rapaz feito, como eu disse, de repente agarrou-se a Deus com tal paixão que a gente não podia assoar o nariz em sua presença sem que ele primeiro pedisse permissão ao Senhor.

A conversão de Grover veio logo atrás da crise do meu velho, motivo pelo qual me lembrei dele. Ninguém vira os Watrous por vários anos, e então, bem no meio de um maldito ronco, pode se dizer, lá entra Grover saltitando e espalhando bênçãos, apelando para Deus como testemunha, a arregaçar as mangas para livrar-nos do mal. O que notei primeiro foi a mudança em sua aparência pessoal; lavara-se completamente no sangue do Cordeiro. Tão imaculado parecia, na verdade, que quase se sentia um perfume a emanar dele. Também a fala fora purificada; em vez do bárbaro praguejar, agora só bênçãos e invocações. Não era uma conversa o que mantinha com a gente, mas um monólogo no qual, se houvesse alguma pergunta, ele próprio respondia. Ao aceitar a cadeira que lhe ofereceram, disse com a agilidade de um coelho que Deus dera Seu único amado Filho para que gozássemos da vida eterna. Desejávamos de fato essa vida eterna — ou iríamos simplesmente chafurdar nos prazeres da carne e morrer sem conhecer a salvação? A incongruência de falar em "prazeres da carne" a um casal de velhos, um dos quais roncava no sono profundo, jamais lhe ocorreu, claro. Estava tão vivo e jubiloso no primeiro calor da misericordiosa graça de Deus que deve ter esquecido que minha irmã era tantã, pois, sem sequer perguntar como passara ela, começou a arengar com a pobre em seu recém-descoberto palavreado espiritual, ao qual ela era inteiramente imune, porque, como digo, tinha tantos parafusos a menos que se ele falasse de espinafre picado talvez fizesse o mesmo sentido para ela. Uma expressão como "os prazeres da carne" significava para minha irmã o mesmo que um dia bonito com uma sombrinha vermelha. Eu via, pelo modo como se sentava na beirada da cadeira e balançava a cabeça, que ela apenas esperava que ele parasse para recuperar o fôlego para informar-lhe que o pastor — o pastor *dela*, episcopal — acabara de retornar da Europa e iam fazer uma feira no porão da igreja, onde ela teria uma tendinha guarnecida com bonecas da loja de cinco e dez centavos. Na verdade, tão logo ele fez uma pausa, ela disparou — sobre os canais de Veneza, a neve nos Alpes, os carros de cachorros em Bruxelas, o belo chouriço de Munique. Era não só religiosa, minha irmã, mas louca varrida. Grover acabara de dizer que vira um novo céu e uma nova terra… *pois o primeiro céu e a primeira terra passaram*, disse, embolando as palavras numa espécie de glissando histérico para descarregar uma mensagem oracular sobre a Nova Jerusalém que Deus estabelecera na terra e na qual, ele, Grover Watrous, antes desbocado e prejudicado por um pé aleijado, encontrara a paz e a calma dos justos. "*Não haverá mais morte…*" começou a gritar, quando minha irmã se curvou para a frente e perguntou-lhe com toda inocência se gostava de boliche, porque o pastor acabara de instalar uma nova e linda pista no porão da igreja e ela sabia que ele ficaria feliz em ver Grover, pois era um belo homem e bondoso com os pobres. Grover disse que era pecado jogar boliche e que não pertencia a igreja nenhuma, porque as igrejas eram ímpias; até mesmo de tocar piano porque Deus precisava dele para coisas mais elevadas. *"Aquele que vencer herdará todas as coisas"*, acrescentou, *"e eu serei seu Deus e ele será meu filho."* Fez uma pausa de novo para assoar o nariz num belo lenço branco, e minha irmã aproveitou a ocasião para lembrar-lhe que nos velhos tempos ele vivia com o nariz escorrendo, mas nunca o limpava. Grover ouviu-a muito solene e depois observou que fora curado de muitos maus costumes. Nesse ponto o velho acordou e, vendo-o sentado a seu lado em tamanho natural, ficou muito espantado; ao que parece, por um ou dois segundos não teve muita certeza se Grover era um fenômeno mórbido do sonho ou uma alucinação, mas a visão do lenço limpo o trouxe rapidamente de volta ao seu juízo.

— Oh, é você! — exclamou. — O menino Watrous, hein? Bem. Que faz aqui, em nome de tudo o que é sagrado?

— Venho em nome do Santo dos Santos — disse Grover, desinibido. — Fui purificado pela morte no Calvário e estou aqui em nome de Cristo para que sejais redimido e andeis na luz, no poder e na glória.

O velho pareceu perplexo.

— Bem, que foi que deu em você? — perguntou, lançando a Grover um débil sorriso consolador.

Minha mãe acabara de chegar da cozinha e postara-se atrás da cadeira de Grover. Com um irônico trejeito na boca, tentava dizer ao velho que o rapaz era maluco. Até minha irmã pareceu perceber que ele tinha algum problema, sobretudo quando se recusara a visitar a nova pista de boliche que seu adorável pastor instalara expressamente para jovens como Grover.

Que havia com Grover? Nada, só que tinha os pés solidamente plantados na quinta fundação do grande muro da cidade santa de Jerusalém, a quinta fundação toda feita de sardônica, de onde descortinava a visão do puro rio das águas da vida, que fluía do trono de Deus. E a visão desse rio de vida era para ele como a picada de mil pulgas no cólon inferior. Só depois de contornar pelo menos sete vezes a terra poderia sentar-se quieto sobre o rabo e observar a cegueira e indiferença dos homens com alguma coisa semelhante à equanimidade. Estava vivo e purgado, e embora aos olhos dos espíritos morosos e negligentes fosse um "louco", a mim parecia infinitamente melhor assim do que antes. Era uma praga que não nos podia fazer mal. Se o escutássemos por tempo suficiente, de algum modo estaríamos purgados, embora talvez não convencidos. A nova e brilhante linguagem de Grover sempre me atingia no estômago, e por meio de uma desbragada risada me limpava da escória acumulada pela morosa sanida-de à minha volta. Ele estava vivo como Ponce de León esperara estar vivo; vivo como só uns poucos homens já haviam estado. E estando não natu-ralmente vivo, não dava a mínima se a gente risse em sua cara, nem have-ria ligado a mínima se roubássemos suas poucas posses. Estava vivo e vazio, o que se aproxima tanto da divindade que chega a ser loucura.

Com os pés solidamente plantados no grande muro da Nova Jerusalém, Grover conhecia uma alegria incomensurável. Talvez, se não tivesse nascido com o pé aleijado, não chegasse a conhecer essa incrível alegria. Talvez tenha sido bom o pai ter chutado a barriga da mãe quando Grover ainda se encon-trava no útero. Talvez tenha sido esse chute na barriga que o mandara para as alturas, que o tornara tão completamente vivo e desperto que, mesmo no sono, entregava mensagens de Deus. Quanto mais duro labutava, menos se cansava. Não tinha mais preocupações, arrependimentos, lembranças dilacerantes. Não reconhecia deveres nem obrigações, a não ser para com Deus. E que esperava Deus dele? Nada, nada... a não ser que cantasse Seus louvores. Deus só pedia a Grover Watrous que se revelasse vivo em carne e osso. Só lhe pedia que fosse cada vez mais vivo. E quando plenamente vivo, Grover era uma voz, e essa voz que era uma torrente transformava tudo que era morto num caos, e esse caos por sua vez se tornava a boca do mundo em cujo centro mesmo estava o verbo *ser*. *No princípio era o Verbo, e o Verbo estava com Deus, e o Verbo era Deus.* Portanto, Deus era esse estranho infinitivozinho que é tudo que existe — e não basta? Para Grover, mais que bastava: era tudo. Partindo desse Verbo, que diferença fazia a estrada que ele tomava? Deixar o Verbo era afastar-se do centro, erigir uma Babel. Talvez Deus tivesse deliberadamente estropiado Grover Watrous para mantê-lo no centro, no Verbo. Por meio de uma invisível corda, Deus mantinha Grover Watrous preso à sua estaca, que varava o coração do mundo, e ele se tornava a gorda gansa que punha um ovo de ouro todo dia...

Por que escrevo sobre Grover Watrous? Porque conheci milhares de pessoas e nenhuma delas era viva como Grover. A maioria era mais inteligente, muitas eram brilhantes, algumas até famosas, mas nenhuma viva e vazia como ele. Grover era inexaurível. Parecia um pedaço de rádio, que mesmo enterrado sob uma montanha, não perde o poder de emitir energia. Eu já vira muitas das pessoas chamadas *enérgicas* — não estão os Estados Unidos cheios delas? — mas nunca, em forma de ser humano, um reservatório de energia. Uma iluminação. Sim, acontecera num piscar de olhos, que é a única forma de alguma coisa importante acontecer. Da noite para o dia, todos os valores preconcebidos de Grover foram lançados ao mar. De repente, não mais que de repente, ele deixou de mover-se como os outros se movem. Apertou os freios e manteve o motor ligado. Se antes, como outras pessoas, julgara necessário chegar a alguma parte, agora sabia que alguma parte era qualquer parte, e portanto, aqui mesmo, logo, por que se mexer? Por que não estacionar o carro e manter o motor ligado? Enquanto isso, a terra gira e ele sabia que girava, e que ele girava com ela. A Terra está indo a algum lugar? Grover sem dúvida deve ter se feito essa pergunta e sem dúvida se convenceu de que a Terra *não* ia a parte alguma. Quem, pois, tinha dito que temos de ir a alguma parte? Grover faria essa pergunta e também para onde as pessoas estavam indo, e o estranho era que embora todos se dirigissem para seus destinos individuais, ninguém jamais parava para refletir que o único destino inevitável para todos igualmente era a cova. Isso o intrigava porque ninguém conseguia convencê-lo de que a morte não era uma certeza, ao passo que todos podiam convencer todos os demais de que qualquer outro destino era incerto.

Convencido da fatal certeza da morte, Grover de repente se tornou tremenda e esmagadoramente vivo. Pela primeira vez na vida começou a viver, e ao mesmo tempo o aleijão saiu completamente de sua consciência. Isso é uma coisa estranha, também, quando se pensa a respeito, porque o pé aleijado, como a morte, era outro fato inelutável. Mesmo assim, o pé aleijado saiu de sua mente, ou, o que é mais importante, tudo que estava ligado ao aleijão. Do mesmo modo, após aceitar a morte, também ela deixou sua mente. Tendo aceitado a certeza única da morte, desapareceram todas as incertezas. O resto do mundo agora capengava com incertezas de pé aleijado, e só Grover Watrous estava livre e desimpedido. Grover Watrous era a personificação da certeza. Podia estar errado, mas estava certo. *E de que adianta estar certo se temos de andar por aí capengando com um pé aleijado?* Só uns poucos homens compreenderam a verdade disso e seus nomes se tornaram muito grandes. Grover Watrous provavelmente nunca será conhecido, mas ainda assim é muito grande. Na certa é por isso que escrevo sobre ele — só pelo fato de ter tido juízo suficiente para perceber que Grover alcançara a grandeza, mesmo que ninguém mais o admitisse. Na época, eu simplesmente pensava que Grover era um fanático inofensivo, sim, meio "pirado", como insinuava minha mãe. Mas todos os homens que alcançaram a verdade da certeza eram meio pirados, e só eles realizaram alguma coisa para o mundo. Outros homens, outros *grandes* homens, destruíram um pouco aqui e ali, mas esses poucos de quem falo, e entre os quais incluo Grover Watrous, foram capazes de destruir tudo para que a verdade vivesse. Em geral, nasceram com uma limitação, um pé aleijado, por assim dizer, e por estranha ironia, é só do pé aleijado que as pessoas se lembram. Se um homem como Grover é desapossado do pé aleijado, o mundo diz que ele ficou "possesso". Essa é a lógica da incerteza, e seu fruto, a infelicidade. Grover foi o único ser de fato alegre que já conheci em minha vida, e este, pois, é um pequeno monumento que erijo à sua memória, à memória de sua alegre certeza. É pena que tivesse de usar Cristo como muleta, mas afinal, que importa como chegamos à verdade, desde que a encontremos e vivamos por ela?

INTERLÚDIO

Confusão é uma palavra que inventamos para uma ordem que não compreendemos. Gosto de demorar-me nesse período em que as coisas tomavam forma porque a ordem, se fosse entendida, seria deslumbrante. Para começar havia Hymie, Hymie, a rã, e também os ovários da mulher dele, que vinham apodrecendo havia bastante tempo. Hymie estava inteiramente envolvido nos ovários podres dela. Era o tema diário de conversa; tinha precedência agora sobre os laxantes e a língua branca. Hymie lidava com "provérbios sexuais", como os chamava. Tudo que dizia começava com os ovários ou levava a eles. Apesar disso, ainda trepava com a mulher — cópulas prolongadas e serpenteantes nas quais ele fumava um cigarro ou dois antes de se desencaixar. Tentava explicar-me que o pus dos ovários podres a deixavam no cio. Sempre fora uma boa foda, mas agora estava melhor que nunca. Assim que lhe removessem os ovários, não havia como saber como ela iria reagir. Ela também parecia perceber isso. Logo, vamos foder! Toda noite, depois de guardados os pratos, despiam-se no minúsculo apartamento e deitavam-se juntos como um casal de cobras. Ele tentou me descrever isso em várias ocasiões — a maneira como a mulher fodia. Era como uma ostra por dentro, uma ostra de dentes macios, que o mordiscavam. Às vezes era como se estivesse bem dentro do útero dela, tão fofo e macio parecia, e os dentes suaves mordendo-lhe o pau e deixando-o em delírio. Deitavam-se como tesouras e ficavam olhando para o teto. Para impedir-se de gozar, ele pensava no escritório, nas pequenas preocupações que o perseguiam e mantinham as entranhas atadas num nó. Entre os orgasmos, deixava a mente parar em alguma outra pessoa, para que, quando ela recomeçasse os trabalhos, ele imaginasse que estava tendo uma foda novinha em folha numa buceta novinha em folha. Dava um jeito de ficar olhando pela janela enquanto transavam. Estava ficando tão perito nisso que podia despir uma mulher no bulevar embaixo de sua janela e transportá-la para a cama; e não só isso, mas podia mesmo fazê-la trocar de lugar com a esposa, tudo sem se desengatar. Às vezes seguia fodendo desse jeito por duas horas e nem sequer se preocupava em esporrar. Por que desperdiçar?, dizia.

Steve Romero, por outro lado, tinha uma dificuldade dos diabos para se agüentar. Tinha a constituição de um touro e espalhava sua semente à vontade. Às vezes comparávamos anotações sentados no restaurante chinês depois da esquina do escritório. Era uma atmosfera estranha. Talvez por não haver vinho. Talvez fossem os cogumelozinhos negros esquisitos que nos serviam. De qualquer modo, não era difícil iniciar o tema. Quando nos encontrava, Steve já fizera ginástica, tomara banho e recebera uma massagem. Estava limpo por dentro e por fora. Quase um espécime perfeito de homem. Não muito inteligente, claro, mas boa praça, um companheiro. Hymie, por outro lado, parecia um sapo. Era como se viesse para a mesa direto dos pântanos onde passara um dia nojento. A obscenidade escorria de seus lábios como mel. Na verdade, não se podia chamar aquilo de obscenidade, no caso dele, porque não havia qualquer outro ingrediente com que se pudesse comparar. Era tudo um fluido só, uma substância escorregadia, viscosa, inteiramente feita de sexo. Quando olhava para a comida, via-a como esperma em potencial; se fazia calor, dizia que era bom para os colhões; se numa viagem de bonde, sabia de antemão que o movimento rimado ia abrir seu apetite, lhe daria uma lenta ereção "pessoal", como dizia. Por que "pessoal", eu nunca descobri, mas era a sua expressão. Gostava de sair conosco porque sempre tínhamos razoável certeza de pegar alguma coisa decente. Sozinho, nem sempre se dava tão bem. Conosco, conseguia uma mudança de carne — buceta gentia, como dizia. Gostava de buceta gentia. Tinha um cheiro mais gostoso, dizia. E ria mais fácil também... Às vezes até no meio do ato. A única coisa que não tolerava era carne escura. Espantava-o e enojava-o ver-me circulando com Valeska. Uma vez me perguntou se ela não cheirava assim meio mais forte. Respondi que gostava desse jeito — forte e fedorenta, com muito molho em volta. Ele quase corou. Espantoso como era delicado com certas coisas. Comida, por exemplo. Muito exigente com o que comia. Talvez um traço racial. Imaculado em sua pessoa, também. Não suportava ver uma mancha nos punhos limpos da camisa. Constantemente se escovando, constantemente tirando o espelhinho de bolso para ver se tinha alguma comida nos dentes. Se encontrava uma migalha, escondia o rosto atrás do guardanapo e extraía-a com o palito de dentes de cabo de madrepérola. Os ovários, claro, não podia ver. Nem cheirá-los tampouco, porque sua mulher também era uma megera imaculada. Duchava-se o dia inteiro preparando-se para as núpcias da noite. Era trágica, a importância que ela dava a seus ovários.

Até o dia em que a levaram para o hospital foi uma máquina de foder pontual. A idéia de nunca mais poder foder a deixava louca. Hymie, claro, dizia-lhe que para ele não faria diferença alguma de uma forma ou de outra. Grudado nela como uma cobra, um cigarro na boca, as garotas passando embaixo no bulevar, era-lhe difícil imaginar uma mulher que não pudesse mais foder. Tinha certeza de que a operação seria um sucesso. *Um sucesso!* Isso quer dizer que ela foderia ainda melhor que antes. Costumava dizer isso a ela, deitado de costas a olhar o teto.

— Você sabe que eu sempre vou amar você — dizia. — Vire-se um pouquinho, sim... aí, assim, é isso. O que eu estava dizendo? Ah, sim... ora, por que você iria se preocupar com uma coisa dessa? Claro que vou ser fiel a você. Escute, chegue só um pouquinho para lá... ééé, é isso aí... está ótimo.

Contava-nos isso no restaurante chinês. Steve ria pra burro. Não podia fazer uma coisa dessa. Era honesto demais — sobretudo com mulheres. Por isso nunca teve sorte. O pequeno Curley, por exemplo — Steve o odiava —, sempre conseguia o que queria... Era um mentiroso nato, um enganador nato. Hymie não gostava muito dele tampouco. Dizia que era desonesto, querendo dizer, claro, desonesto em questões de dinheiro. Nessas coisas Hymie era escrupuloso. O que mais o repugnava era a maneira como Curley falava da tia. Já era muito ruim, na opinião de Hymie, que ele andasse fodendo a irmã da própria mãe, mas fazer dela nada mais que um pedaço de queijo rançoso era demais para Hymie. Era preciso ter um pouco de respeito por uma mulher, desde que não fosse uma puta. Se fosse puta, aí era diferente. Putas não são mulheres. Putas são putas. Era como Hymie via as coisas.

O verdadeiro motivo dessa antipatia, porém, era que sempre que saíam juntos Curley levava a melhor. E não apenas isso, mas em geral com o dinheiro de Hymie. Até a forma como Curley pedia dinheiro irritava Hymie — parecia extorsão, dizia. Achava que em parte era culpa minha, que eu era tolerante demais com o garoto.

— Ele não tem caráter moral — dizia Hymie.

— E *você*, onde está seu caráter moral? — eu perguntava.

— Oh, *eu!* Merda, eu estou velho demais para ter qualquer caráter moral. Mas Curley é só um garoto.

— Você está com ciúmes, é só isso — dizia Steve.

— *Eu? Eu com ciúmes dele?* — E tentava abafar a idéia com uma risadinha de desprezo. Uma investida como essa o fazia recuar. — Escute — dizia, voltando-se para mim —, eu algum dia tive ciúmes de você? Não lhe passava sempre a garota, se você pedisse? E aquela ruiva no departamento da União Soviética... lembra... a das tetas grandes? Era uma foda que se passasse a um amigo? Mas eu passei, não passei? Passei porque você disse que gostava de tetas grandes. Mas não faria isso por Curley. Ele é um vigaristazinho. Que se vire sozinho.

Na verdade, Curley se virava com muito afinco. Devia ter cinco ou seis em fila de cada vez, pelo que eu podia perceber. Havia Valeska, por exemplo — ele ficara bastante firme com ela, que se sentira tão contente por alguém fodê-la sem enrubescer que, quando se tratou de dividi-lo com a prima e depois a anã, não fez a mínima objeção. O que ela mais gostava era se meter na banheira e deixá-lo fodê-la embaixo d'água. Foi ótimo até a anã ficar sabendo. Houve uma bela briga, finalmente resolvida no chão da sala. A dar ouvidos ao que Curley dizia, ele fazia de tudo, menos escalar os lustres. E sempre com muito dinheiro para gastar. Valeska era generosa, mas a prima não passava de uma molenga. Se chegasse a um palmo de um pau duro, se derretia toda. Uma braguilha aberta bastava para deixá-la em transe. Eram quase vergonhosas as coisas que Curley a obrigava a fazer.

Tinha prazer em degradá-la. Eu mal o culpava por isso, tão afetada e exigente era a megera empertigada e pedante. Quase se jurava que nem tinha buceta, pelo modo como se comportava na rua. Naturalmente, quando ele a pegava sozinha, fazia-a pagar por seus modos pretensiosos. Caía-lhe em cima a sangue-frio.

— Bote para fora — dizia, abrindo um pouco a braguilha. — Bote para fora com a língua!

(Tinha bronca do bando todo, porque, como dizia, elas chupavam umas às outras às escondidas.) Seja como for, assim que ela sentia o gosto do negócio na boca, podia-se fazer qualquer coisa com ela. Às vezes ele a punha de cabeça para baixo, com as mãos no chão, e fazia-a circular pelo quarto desse jeito, como um carrinho de mão. Ou então fazia cachorrinho, e enquanto ela gemia e se retorcia, ele acendia um cigarro na maior indiferença e soprava a fumaça entre suas pernas. Uma vez pregou-lhe uma peça suja enquanto a comia dessa forma. Excitara-a até levá-la a um estado tal que a deixara fora de si. De qualquer modo, após quase haver-lhe lustrado o rabo de tanto enfiar por trás, tirou o pau por um segundo, como para esfriá-lo, e então, muito devagar, muito delicadamente, enfiou-lhe uma grande cenoura na buceta.

— Isto, srta. Abercrombie — disse —, é uma espécie de duplo do meu pau normal.

E com isso, desengata e suspende as calças. A prima Abercrombie ficou tão pasma que soltou um tremendo peido e lá se foi a cenoura. Pelo menos, foi como Curley contou. Era um mentiroso revoltante, claro, e talvez não houvesse um grão de verdade na história, mas não há como negar que tinha talento para pregar esse tipo de peça. Quanto à srta. Abercrombie e suas maneiras altivas, bem, com uma buceta daquelas sempre se pode imaginar o pior. Em comparação, Hymie era um purista. De algum modo, ele e seu gordo pau circuncidado eram duas coisas diferentes. Quando tinha uma ereção pessoal, como dizia, na verdade queria dizer que não era responsável. Queria dizer que a natureza estava se afirmando — por meio do gordo pau circuncidado dele, Hymie Laubscher. O mesmo se dava com a buceta de sua mulher. Era uma coisa que ela usava entre as pernas, como um adorno. Era uma parte da sra. Laubscher, mas não a sra. Laubscher pessoalmente, se entendem o que quero dizer.

Bem, tudo isso é simplesmente uma forma de chegar à generalizada confusão sexual que predominava na época. Era como alugar um apartamento na Terra da Foda. A garota do andar de cima, por exemplo... descia vez por outra, quando minha mulher estava dando um recital, para cuidar da menina. Era tão obviamente simplória que não lhe dei a mínima atenção a princípio. Mas, como todas as outras, também era dona de uma buceta, uma espécie de buceta impessoal da qual tinha uma consciência inconsciente. Quanto mais vezes descia, mais consciente ficava, à sua maneira inconsciente. Uma noite, quando ela estava no banheiro, e após ficar por lá tanto tempo que dava para desconfiar, pus-me a pensar em coisas. Decidi dar uma espiada pelo buraco da fechadura e ver por mim mesmo o que estava acontecendo. E vejam só, se a danada não está diante do espelho esfregando e brincando com a bucetinha. Quase conversando com ela, a danada. Eu fiquei tão excitado que não soube o que fazer a princípio. Voltei para a sala grande, apaguei as luzes e fiquei lá deitado no sofá, à espera de que ela saísse. Ali estendido, ainda via sua buceta peluda e os dedos assim como que a dedilhando. Abri a braguilha e deixei o pau agitar-se na fria escuridão. Tentava hipnotizá-la do sofá, ou pelo menos tentava deixar que meu pau o fizesse. "Venha cá, sua puta", dizia a mim mesmo, "venha cá e abre essa buceta em cima de mim." Ela deve ter captado logo a mensagem, pois num instante abriu a porta do banheiro e tateava no escuro em busca do sofá. Eu não falei uma palavra, não fiz um movimento. Simplesmente mantive a mente pregada naquela buceta que se movia devagar no escuro feito um caranguejo. Finalmente ela parou ao lado do sofá. Também não disse nada. Apenas ficou ali calada, e quando fiz minha mão abrir por entre suas pernas afastou ligeiramente um dos pés para abrir mais um pouco as virilhas. Acho que jamais pus a mão numa virilha mais suculenta em minha vida. Era como cola escorrendo pernas abaixo, e se houvesse cartazes à mão eu poderia ter pregado uma dúzia ou mais. Após alguns instantes, com a mesma naturalidade de uma vaca baixando a cabeça para pastar, ela se curvou e o pôs na boca. Eu tinha quatro dedos dentro dela, batendo até fazer espuma. Quanto a ela, estava de boca cheia e o suco escorrendo pernas abaixo. Nenhuma palavra entre nós, como digo. Só um casal de maníacos mudos trabalhando no escuro feito coveiros. Era um paraíso de foda e eu sabia, e estava pronto e disposto a seguir fodendo até meus miolos voarem pelos ares, se necessário. Foi provavelmente a melhor foda que já tive. Nem uma vez ela abriu a matraca — nem naquela noite, nem na seguinte, nem em qualquer outra. Esgueirava-se no escuro, assim que me farejava ali sozinho, e emplastava a buceta sobre todo o meu corpo. E era uma buceta enorme, quando recordo. Um escuro labirinto subterrâneo equipado com divãs, cantos aconchegantes, dentes de borracha, seringas, ninhos macios, edredões e folhas de amora. Eu fuçava lá dentro como verme solitário e enterrava-me numa pequena fenda onde o silêncio era absoluto, e tudo tão macio e repousante que eu jazia feito um golfinho num banco de ostras. Um ligeiro movimento, e eu estava num vagão-leito lendo o jornal, ou então num beco sem saída com pedras redondas cobertas de musgo e pequenos portões de vime que se abriam e fechavam automaticamente. Às vezes era como andar de montanha-russa, um profundo mergulho e um jorro de caranguejos formigantes, os juncos ondulando febris e as guelras dos peixinhos batendo em mim como teclas de harmônica. Na imensa gruta negra um órgão suave tocava uma voraz música negra. Quando ela se lançava para o alto, quando fazia jorrar todo o suco, formava um roxo violáceo, uma mancha cor de amora escura, como o crepúsculo, um crepúsculo ventríloquo como têm as cretinas e anãs quando menstruam. Fazia-me lembrar canibais mastigando flores, bantos enlouquecidos, unicórnios selvagens copulando em leitos de rododendros. Tudo era anônimo e não-formulado, zé-ninguém e sua esposa maria-ninguém; acima de nós, tanques de gás e abaixo, a vida marinha. Acima da cintura, como digo, ela era pirada. É, absolutamente lelé, embora ainda funcional. Talvez por isso sua buceta fosse tão maravilhosamente impessoal. Era uma buceta em um milhão, uma verdadeira Pérola das Antilhas, como descobriu Dick Osborn quando lia Joseph

Conrad. No vasto Pacífico de sexo jazia ela, um reluzente recife de prata cercado de anêmonas humanas, estrelas-do-mar humanas, madrepérolas humanas. Só um Osborn poderia tê-la descoberto e dado a latitude e longitude corretas da buceta. Encontrá-la à luz do dia, vê-la flutuar vagarosamente, era como emboscar uma fuinha quando anoitecia. Eu só precisava ficar deitado no escuro de braguilha aberta e esperar. Ela era como Ofélia subitamente ressuscitada entre os cafres. Não lembrava nem uma palavra de qualquer língua, sobretudo inglês. Era uma surda-muda que perdera a memória, e com a perda da memória perdera a geladeira, os ferros de cachear cabelo, as pinças, a bolsa. Era mais nua até que um peixe, a não ser pelo tufo de pêlos entre as pernas. E era mais escorregadia ainda que um peixe porque afinal o peixe tem escamas e ela não. Às vezes eu tinha dúvidas se estava dentro dela ou ela dentro de mim. Era guerra declarada, o pancrácio modernoso, com cada um mordendo o próprio rabo. Amor entre salamandras e o disjuntor completamente ligado. Amor sem gênero e sem lisol. Amor de incubação, como praticam os carcajus acima da linha das árvores. De um lado, o oceano Ártico, do outro o golfo do México. E embora nunca nos referíssemos abertamente a ele, King Kong estava sempre conosco, King Kong adormecido no casco naufragado do *Titanic*, entre os ossos fosforescentes de milionários e lampreias. Nenhuma lógica o espantaria. Era o gigantesco pontalete que sustenta a angústia passageira da alma. Era o bolo de noiva de pernas cabeludas e braços de um quilômetro e meio de comprimento. Era a tela rotativa na qual as notícias passavam. Era a boca do cano do revólver que nunca disparou, o leproso armado com gonococos de cano serrado.

Foi ali, no vazio de hérnia, que realizei toda a minha reflexão serena via pênis. Havia, para começar, o teorema biomial, uma expressão que sempre me intrigou: e o pus sob a lente de aumento e examinei-o de X a Z. Havia o Logos, que de algum modo sempre identifiquei com a respiração: descobri que, ao contrário, era uma espécie de êxtase obsessiva, uma máquina que continuava a moer milho muito depois de cheios os celeiros e expulsos os judeus do Egito. Havia Bucéfalo, mais fascinante para mim talvez que qualquer palavra em todo o meu vocabulário: eu o fazia sair trotando sempre que me via num dilema, e com ele, claro, Alexandre e todo o seu séquito pomposo. Que cavalo! Gerado no oceano Índico, o último da linhagem e jamais acasalado, a não ser com a rainha das Amazonas durante a aventura mesopotâmica. Havia o Gambito Escocês! Uma surpreendente expressão que nada tinha a ver com xadrez. Sempre me ocorria em forma de um homem com pernas de pau, página 2.498 do Dicionário Completo de Funk e Wagnall. O gambito era uma espécie de salto no escuro com pernas mecânicas. Um salto sem qualquer motivo — *logo gambito!* Claro como água e perfeitamente simples, assim que se entendia. Depois vinha Andrômeda, e a Górgona Medusa, e Castor e Pólux, de origem celeste, gêmeos mitológicos, eternamente fixos na efêmera poeira de estrelas. Havia lucubração, palavra claramente sexual mas sugerindo tantas conotações cerebrais que me deixavam nervoso. Sempre "lucubrações da meia-noite", tendo a meia-noite um significado sinistro. E depois, arrás. Alguém, num momento ou noutro, fora esfaqueado "atrás do arrás". Eu via uma toalha de altar feita de amianto, com um rasgão deplorável que o próprio César poderia ter feito.

Era uma reflexão muito tranqüila, como digo, assim como aquela à qual os homens do Paleolítico devem ter se entregado. As coisas não eram nem absurdas nem explicáveis. Era um quebra-cabeças que, quando a gente se cansava, podia afastar com os pés. Podia-se afastar qualquer coisa com facilidade, até as montanhas do Himalaia. Era exatamente o oposto do pensamento de Maomé. Não levava absolutamente a parte alguma e portanto era prazeroso. O grande edifício que se construía durante uma longa foda derrubava-se num piscar de olhos. Era a foda que contava, não o trabalho de construção. Era como viver na Arca durante o Dilúvio, com tudo providenciado, até mesmo a chave de fenda. Qual a necessidade de assassinar, estuprar ou praticar incesto quando tudo que se pedia da gente era matar o tempo? Chuva, chuva, chuva, mas dentro da Arca tudo seco e gostoso, um par de cada espécie, e na despensa ótimos presuntos da Westfália, ovos frescos, azeitonas, cebolas em conserva, molho inglês e outros acepipes. Deus escolhera a mim, Noé, para estabelecer um novo céu e uma nova terra. Dera-me um barco forte com todas as fendas calafetadas e adequadamente seco. Também me dera o conhecimento para velejar em mares tempestuosos. Talvez quando parasse de chover houvesse outros tipos de conhecimento a adquirir, mas por enquanto bastava o conhecimento náutico. O resto era xadrez no Café Royal, Segunda Avenida, só que eu tinha de imaginar um parceiro, uma esperta mente judia que fizesse o jogo durar até cessarem as chuvas. Mas, como já disse antes, eu não tinha tempo para me entediar; tinha meus velhos amigos, Logos, Bucéfalo, arrás, lucubração, e assim por diante. Por que jogar xadrez?

Assim trancado durante dias e noites seguidas comecei a compreender que o ato de pensar, quando não masturbatório, é lenitivo, curativo, prazeroso. O ato de pensar que não nos leva a parte alguma nos leva a toda parte; todo outro pensamento se faz sobre trilhos, e por mais longa que seja a extensão, no fim há sempre a estação ou o pátio de manobras. No fim há sempre uma lanterna vermelha que diz PARE! Mas quando o pênis se põe a pensar, não há como parar ou soltar: é um perpétuo feriado, a isca fresca e o peixe sempre mordendo a linha. O que me faz lembrar de outra buceta, Veronica qualquer coisa, que sempre me fazia pensar da forma errada. Com ela, era sempre uma briga no vestíbulo. Na pista de dança, pensaríamos que nos faria dos ovários um permanente presente, mas assim que saía ao ar livre ela se punha a pensar, pensar no chapéu, na bolsa, na tia que a esperava, na carta que esquecera de enviar, no emprego que ia perder — todo tipo de idéias malucas e irrelevantes que nada tinham a ver com a coisa imediata. Era como se de repente transferisse o cérebro para a buceta — a buceta mais alerta e astuta imaginável. Quase uma buceta metafísica, por assim dizer. Uma buceta que resolvia problemas, e não apenas isso, mas uma espécie de pensamento especial, com um metrônomo funcionando. Para essa espécie de lucubração rítmica deslocada, uma espécie de luz fraca era essencial. Tinha de estar exatamente escuro o suficiente para um morcego, mas claro o suficiente para encontrar um botão se se soltasse e rolasse no chão do vestíbulo. Vocês entendem o que quero dizer. Uma vaga mas meticulosa precisão, uma consciência férrea, que simulava a distração. E oscilante e incerta ao mesmo tempo, de modo que jamais se podia decidir se era peixe ou ave. *Que é que tenho na mão? Fino ou superfino?* A resposta era sempre sopa de pato. Se a gente a agarrasse pelos peitos, ela guinchava feito um papagaio; se se enfiasse debaixo de seu vestido, ela se retorcia como uma enguia; se a apertasse muito, ela mordia como um furão. Demorava, demorava e demorava. Por quê? Que buscava? Cederia após uma ou duas horas? Nem uma chance em um milhão. Era como um pombo tentando voar com as pernas presas numa armadilha. Fingia que não tinha pernas. Mas se se fazia um movimento para libertá-la, ela ameaçava soltar as penas nas mãos da gente.

Como tinha um rabo maravilhoso e sempre inacessível, eu pensava nela como a Pons Asinorum. Todo colegial sabe que só dois jegues brancos conduzidos por um cego podem cruzar a Pons Asinorum. Não sei por quê, só que é assim, mas essa é a regra e foi estabelecida pelo velho Euclides. Tinha tanto conhecido, o velho abutre, que um dia — creio que apenas para se divertir — construiu uma ponte que nenhum mortal poderia jamais cruzar. Chamou-a de Pons Asinorum, porque tinha dois belos jegues brancos, e tão apegado era a eles que não os cedia a ninguém. Então invocou um sonho em que ele mesmo, o cego, um dia conduziria os animais pela ponte até os felizes campos de caça para jegues. Bem, Veronica estava mais ou menos no mesmo barco. Fazia um tal conceito de seu belo rabo branco que não o cederia a ninguém. Queria levá-lo para o paraíso quando chegasse a hora. Quanto à buceta — à qual, diga-se de passagem, jamais se referia de modo algum —, quanto à buceta, bem, esse era apenas um acessório a levar consigo. Na penumbra do vestíbulo, sem jamais se referir abertamente a seus dois problemas, ela de algum modo nos deixava com uma desconfortável consciência deles. Quer dizer, deixava-nos conscientes como um prestidigitador. Devíamos dar uma olhada ou apalpada só para facilmente nos sentir enganados, só para ficar sabendo que não víramos nem apalpáramos nada. Era uma álgebra sexual muito sutil, a lucubração à meia-noite que podia nos valer uma boa nota no dia seguinte, e nada mais. A gente passava nas provas, recebia o diploma, e depois estava livre. Enquanto isso, usava o rabo para se sentar e a buceta para fazer xixi. Entre o livro didático e o banheiro havia uma zona intermediária na qual jamais se devia entrar, porque tinha a placa "foder". Podia-se manusear e mijar, mas não foder. A luz jamais era de todo apagada, o sol jamais entrava. Sempre claro ou escuro o suficiente para distinguir um morcego. E era apenas aquela centelha de luz estranha o que mantinha a mente alerta, de tocaia, por assim dizer, para ver mochilas, lápis, botões, chaves etc. Na verdade não se podia pensar, porque a mente já estava ocupada. Era mantida de prontidão, como no teatro o assento vazio em que o dono deixou seu chapéu.

Veronica, como disse, tinha uma buceta falante, o que era ruim porque sua única função parecia ser conversar para nos convencer a não foder. Evelyn, por outro lado, tinha uma buceta risonha. Também morava no alto, só que em outro prédio. Vivia entrando na hora das refeições para nos contar uma nova piada. Uma *comedienne* da melhor qualidade, a única mulher de fato engraçada que conheci em minha vida. Tudo era piada, inclusive a foda. Podia fazer rir até um pau duro, o que não é pouca coisa. Dizem que pau duro não tem juízo, mas um pau duro que também ri é fenomenal. A única maneira de descrever isso é dizendo que, quando ela, Evelyn, se esquentava e irritava, fazia um número de ventriloquismo com a própria buceta. A gente já estava pronto para meter, quando de repente o boneco entre suas pernas soltava uma gargalhada. Ao mesmo tempo, estendia o braço e dava-lhe um alegre puxão e um apertão. Também cantava, a tal buceta. Na verdade, agia como uma foca amestrada.

Nada é mais difícil do que fazer amor num circo. Executar o número da foca amestrada o tempo todo tornava-a mais inacessível do que se ela houvesse sido presa com barras de ferro. Conseguia estragar a mais "pessoal" ereção do mundo. Desfazia-a com risadas. Ao mesmo tempo, isso não era tão humilhante quanto a gente tende a imaginar. Havia alguma coisa de simpático naquela risada vaginal. O mundo todo parecia desen-

rolar-se como um filme pornográfico cujo tema trágico fosse a impotência. A gente se via como um cachorro, uma fuinha, ou um coelho branco.
O amor era uma coisa à parte, um prato de caviar, digamos, ou um
heliotrópio de cera. A gente via o ventríloquo em si mesmo falando de
caviar ou heliotrópios, mas a verdadeira pessoa era sempre uma fuinha ou
um coelho branco. Evelyn vivia deitada na plantação de repolhos, de pernas abertas, oferecendo uma folha bem verde ao primeiro a chegar. Mas se
a gente fazia um movimento para mordê-la, toda a plantação explodia na
risada, uma risada vaginal brilhante, orvalhada, uma risada como Jesus H.
Cristo e Emanuel Pé de Buceta Kant jamais sonharam, porque se tivessem
sonhado o mundo não seria o que é hoje, e além disso não haveria Kant
nem Cristo Todo-Poderoso. A fêmea raramente ri, mas quando ri, é vulcâ-
nica. Quando a fêmea ri, é melhor o macho correr para o abrigo antici-
clone. Nada fica de pé diante daquela gargalhada vaginal, nem mesmo o
concreto armado. A fêmea, uma vez despertada sua hilaridade, faz calar
o riso da hiena, do chacal ou do gato-do-mato. De vez em quando, a
gente ouve isso num linchamento, por exemplo. Significa que a tampa
voou, que tudo salta para fora. Significa que ela vai sair explorando por si
mesma — e cuidado para não ter os colhões cortados! Significa que se vier
a praga ELA virá primeiro, e com correias dentadas que nos arrancarão a
pele. Significa que vai se deitar não apenas com Manuel, Joaquim e Francisco, mas com Cólera, Meningite, Lepra; significa que vai se deitar sobre o
altar como uma égua no cio e acolher quem chegar, incluindo o Espírito
Santo. Significa que o que o pobre macho levou, com sua astúcia logarít-
mica, cinco mil, dez mil, vinte mil anos para construir, ela porá abaixo
numa noite. Porá abaixo e mijará em cima, e ninguém a deterá assim
que ela comece a rir para valer. E quando digo sobre Veronica que ela
desfaria a ereção mais "pessoal" que se possa imaginar, estou falando
sério: ela desfazia a ereção *pessoal* e devolvia uma impessoal que parecia
ferro em brasa. A gente podia não ir muito adiante com a própria
Veronica, mas o que ela tinha a dar ia longe, sem erro. Assim que ela
chegava ao alcance do ouvido, era como se se tomasse uma dose de

cantárida. Nada no mundo baixava o pau de novo, a não ser que se o pusesse embaixo de um martelo mecânico.

Era assim o tempo todo, mesmo que toda palavra que eu diga seja uma mentira. Era uma viagem pessoal ao mundo impessoal, um homem com uma minúscula colher de pedreiro na mão cavando um túnel na terra para chegar ao outro lado. A idéia era abrir um túnel e achar por fim o Paso de La Culebra, o *ne plus ultra*, da lua-de-mel de carne. E claro que não havia fim à cavação. O melhor que eu podia esperar era ficar entalado no centro exato da terra, onde fosse mais forte a pressão e mais uniforme em todas as direções, e ficar lá entalado para sempre. Isso me daria a impressão de ser Ixion sobre a roda, uma espécie de salvação que não deve ser inteiramente desprezada. Por outro lado, eu era um metafísico do tipo instintivo: era impossível para mim ficar entalado em qualquer lugar, mesmo no centro exato da terra. Tinha de encontrar e gozar a foda metafísica, e para isso seria obrigado a sair para um planalto inteiramente novo, uma meseta de alfafa gostosa e monólitos polidos, onde as águias e abutres voavam a esmo.

Às vezes, sentado num parque à noite, sobretudo um parque juncado de papéis e restos de comida, eu via passar uma mulher, uma mulher que parecia a caminho do Tibete, e seguia-a de olho arregalado, esperando que de repente ela começasse a voar, pois se o fizesse, se começasse a voar, eu saberia que também poderia, e isso significaria o fim da cavação e chafurdice. Às vezes, na certa por causa do crepúsculo ou outras perturbações, parecia que ela realmente voava ao dobrar uma esquina. Quer dizer, de repente erguia-se do chão alguns palmos, como um avião com excesso de peso; mas só essa subida repentina e involuntária, não importa que fosse real ou imaginária, já me dava esperança, dava-me coragem de manter o olho ainda arregalado pregado no lugar.

Megafones dentro de mim berravam: "Vá, continue, agüente", e toda essa bobagem. Mas por quê? Para quê? De onde? Para onde? Eu acertava o despertador para me levantar a certa hora, *mas por que levantar?* Por quê, afinal? Com aquela colherinha de pedreiro na mão, trabalhava feito um escravo de galé sem a mínima esperança de recompensa. Se continuasse reto, cavaria o mais profundo buraco que alguém já cavou. Por outro lado, se realmente quisesse chegar ao outro lado da terra, não seria muito mais simples jogar fora a colher de pedreiro e simplesmente tomar um avião para a China? Mas o corpo segue *depois* da mente. O mais simples para o corpo nem sempre é fácil para a mente. Particularmente difícil e embaraçoso é o momento em que os dois começam a seguir em direções opostas.

Mourejar com a colher de pedreiro era a felicidade: deixava a mente completamente livre e com isso não havia nunca o menor perigo de os dois se separarem. Se o animal fêmea de repente se punha a gemer de prazer, se de repente começava a ter deliciosos ataques de fúria, os maxilares movendo-se como cadarços velhos, o peito ofegando e as costelas estalando, se a descarada de repente começava a desmontar-se no chão, no colapso do prazer e excesso de exasperação, bem no momento, não um segundo antes ou depois, o planalto prometido surgia à vista como um navio a sair de um nevoeiro, e não havia nada a fazer a não ser plantar nele a bandeira americana e reclamá-la em nome do Tio Sam e tudo que é sagrado. Essas desventuras aconteciam com tanta freqüência que era impossível não acreditar na realidade de um reino chamado Foda, porque esse era o único nome que se lhe poderia dar, e no entanto, era mais que foda, e fodendo só se podia começar a chegar a ele. Todos, num ou noutro momento, plantaram a bandeira nesse território, mas ninguém pôde reclamá-lo permanentemente. Desaparecia da noite para o dia — às vezes num piscar de olhos. Era a Terra de Ninguém e fedia como os restos de mortes invisíveis. Se se declarasse uma trégua, a gente se encontrava nesse terreno e apertavam-se as mãos ou trocava-se tabaco. Mas as tréguas nunca duravam muito. A única coisa que parecia ter permanência era a idéia da "zona intermediária". Ali as balas voavam e os cadáveres empilhavam-se; depois chovia, e finalmente nada restava além do fedor.

É uma forma figurativa de falar do que não se pode mencionar. O que é indizível é pura foda e pura buceta: só se deve mencionar em edições de luxo, fora isso o mundo desmorona. O que mantém o mundo unido, como aprendi por amarga experiência, é o intercurso sexual. Mas a *foda*, a verdadeira, *buceta*, a verdadeira, parecem conter um elemento não-identificado muito mais perigoso do que nitroglicerina. Para se ter uma idéia da coisa de fato, deve-se consultar um catálogo da Sears Roebuck endossado pela Igreja Anglicana. Na página 23, encontramos uma foto de Príapo equilibrando um saca-rolhas na ponta do seu pauzinho; está à sombra do Panteão por engano; e nu, a não ser pela colhoneira perfurada tomada de empréstimo para a ocasião aos Holly Rollers do Oregon e Saskatchewan. Um interurbano exige saber se devem vender a curto ou a longo prazo. Ele diz *vai-te foder* e põe o telefone no gancho. No fundo, Rembrandt estuda a anatomia de nosso Senhor Jesus Cristo que, como vocês devem se lembrar, foi crucificado pelos judeus e depois levado para a Abissínia, para ser espancado com golpes de malha e outros objetos. O tempo parece estar bom e quente, como sempre, a não ser por uma leve neblina que sobe do mar Jônico; é o suor dos colhões de Netuno, que foi castrado pelos primeiros monges, ou talvez pelos maniqueístas no tempo da praga pentecostal. Longas tiras de carne de cavalo pendem para secar e há moscas por toda parte, exatamente como Homero descreve no tempo antigo. Perto, vê-se uma debulhadora McCormick, uma ceifeira e uma enfardadeira com um motor de 36 cavalos e sem interruptor. A colheita vai a pleno vapor e os trabalhadores contam os salários nos campos distantes. É o rubor da aurora no primeiro dia de intercurso sexual no velho mundo helênico, agora fielmente reproduzido para nós em cores graças aos irmãos Zeiss e outros pacientes fanáticos da indústria. Mas não é assim que parecia aos homens do tempo de Homero que estavam no local. Ninguém sabe a aparência do deus Príapo quando reduzido à ignomínia de equilibrar um saca-rolhas na ponta do seu pauzinho. Parado assim à sombra do Panteão, sem dúvida se pôs a sonhar com uma buceta distante; deve ter perdido a consciência do saca-rolhas, e das máquinas de debulhar e ceifar; deve ter ficado muito calado dentro de si mesmo, e por fim perdido até o desejo de sonhar. Eu acho, e claro que estou disposto a ser corrigido se estiver errado, que assim parado na neblina a levantar-se, ouviu de repente o toque do Angelus e, vejam só, lá apareceu diante de seus olhos um belíssimo pântano verde no qual os *choctaws* se divertiam com os navajos; no ar acima, pairavam condores brancos, as plumas enfeitadas com cravos-de-defuntos. Viu também uma enorme lousa na qual estavam escritos o corpo de Cristo, de Absalão e o mal que é a luxúria. Viu a esponja encharcada de sangue de rã, os olhos que Agostinho costurou em sua pele, a veste não era grande o bastante para cobrir nossas iniqüidades. Viu essas coisas no momento mais antigo, quando os navajos se divertiam com os *choctaws* e ficou tão surpreso que de repente uma voz saiu de entre suas pernas, do longo junco pensante que ele perdera ao sonhar, e foi a mais inspirada, a mais aguda e penetrante, a mais jubilosa, feroz e gargalhante espécie de voz que já subira das profundezas. Ele se pôs a cantar através daquele seu longo pau com tão divina graça e elegância que os condores brancos desceram do céu e caga-ram imensos ovos roxos por todo o verde pântano. Nosso Senhor Cristo levantou-se de seu leito de pedra e, mesmo marcado pela malha, dançou como uma cabra montesa. Os felás saíram do Egito acorrentados, segui-dos pelos guerreiros igorrotes e comedores de lesmas de Zanzibar.

Era assim que estavam as coisas no primeiro dia de intercurso sexual no antigo mundo helênico. Desde então, tudo mudou um bocado. Não é mais educado cantar pelo pau, nem se permite mesmo a condores cagar ovos roxos por toda parte. Tudo isso é escatológico, escatológico e ecumênico. Proibido. *Verboten*. E assim a Terra da Foda recua cada vez mais: torna-se mitológica. Portanto, sou obrigado a falar mitologicamen-te. Falo com extrema unção, e com preciosos ungüentos também. Guardo os ruidosos címbalos, as tubas, os cravos-de-defuntos brancos, os loendros e rododendros. Viva com os espinhos e os grilhões! Cristo está morto e estropiado por golpes de malha. Os felás embranquecem nas areias do Egito, os pulsos levemente agrilhoados. Os abutres comeram cada fiapo de carne em decomposição. Tudo é silêncio, um milhão de ca-mundongos dourados roendo um queijo invisível. A lua subiu e o Nilo rumina em seus destroços ribeirinhos. A terra arrota em silêncio, as estre-las se contorcem e balem, os rios escorrem pelas margens. É assim... Há bucetas que riem e bucetas que falam; há bucetas loucas, histéricas, em forma de ocarina, e bucetas abundantes, sismográficas, que registram o sobe e desce da seiva; bucetas canibais que se arreganham como as mandíbulas da baleia e engolem tudo vivo; e também bucetas masoquistas, que se fecham feito uma ostra, têm conchas duras e talvez uma ou duas pérolas dentro; há bucetas ditirâmbicas, que dançam à mera aproximação do pênis e se molham todas em êxtase; há as bucetas porco-espinho, que soltam seus espinhos e acenam bandeirinhas na época do Natal; há bucetas telegráficas que praticam o código Morse e deixam a mente cheia de pontos e traços; há as bucetas políticas, saturadas de ideologia e que negam até mesmo a menopausa; há bucetas vegetativas, que só respondem se a gente as arranca pelas raízes; há as bucetas religiosas, que cheiram a Adventistas do Sétimo Dia e vivem cheias de contas, minhocas, conchas de mariscos, cocô de carneiro e, de vez em quando, migalhas de pão; há as bucetas mamíferas, forradas com pele de lontra e que hibernam durante o longo inverno; há as bucetas navegantes, equipadas como iates, boas para os solitários e epilépticos; há as bucetas glaciais, nas quais a gente pode jogar estrelas cadentes sem provocar uma única centelha; há as bucetas sortidas, que desafiam categorização ou descrição, que a gente encontra uma vez na vida e nos deixam lanhados e marcados a fogo; há bucetas feitas de puro prazer, que não têm nome nem antecedentes e são as melhores de todas, mas para onde voaram?

E depois há uma buceta que é tudo, e a essa chamaremos de superbuceta, que não é absolutamente desta terra, mas daquele país brilhante ao qual há muito tempo fomos convidados a voar. Ali o orvalho faísca sempre e os altos juncos curvam-se com o vento. Ali mora o grande pai da fornicação, pai Ápis, o mântico touro que abriu caminho a chifradas para o céu e destronou as castradas divindades do certo e errado. De Ápis brotou a raça dos unicórnios, esse ridículo animal dos textos antigos cuja culta testa prolongou-se num reluzente falo, e do unicórnio, em etapas graduais, derivou o homem da última cidade da qual fala Oswald Spengler. E do pau morto desse triste espécime surgiu o gigantesco arranha-céu com seus elevadores expressos e mirantes. Somos o último ponto decimal do cálculo sexual; o mundo gira como um ovo podre em sua caixa de palha. Agora encaminhemo-nos às asas de alumínio com as quais voar para esse lugar distante, o país brilhante onde mora Ápis, o pai da fornicação. Tudo vai para a frente como relógios lubrificados; para cada minuto do mostrador, um milhão de relógios silenciosos descascam a crosta do tempo. Viajamos mais rápido que a calculadora da luz, que a luz das estrelas, mais rápido do que pensa o mágico. Cada segundo é um universo de tempo. E cada universo de tempo é apenas um pestanejar de sono na cosmogonia da velocidade. Quando a velocidade chegar ao fim, nós estaremos lá, pontuais como sempre e beatificamente inominados. Largaremos nossas asas, nossos relógios e os consoles de lareira onde nos apoiamos. Ascenderemos leves e jubilosos, como uma coluna de sangue, e não haverá lembranças que nos arrastem para baixo de novo. Chamo esse tempo de reino da superbuceta, pois desafia velocidade, cálculo ou imagística. Tampouco tem o próprio pênis tamanho ou peso conhecidos. Há apenas a constante sensação de foda, o fugitivo em plena fuga, o pesadelo fumando seu tranqüilo charuto. O pequeno Nemo passeia com sua ereção de sete dias e um maravilhoso par de colhões azuis legado pela senhora Abundância. É manhã de domingo depois da esquina do Cemitério Sempre-verde.

É manhã de domingo e estou beatificamente deitado, morto para o mundo, em meu leito de concreto armado. Na esquina fica o cemitério, o que vale dizer — *o mundo de intercurso sexual*. Meus colhões doem com a foda em andamento, mas tudo se passa debaixo de minha janela, no bulevar onde Hymie tem seu ninho de cópula. Penso numa só mulher e o resto é um borrão. Digo que penso nela, mas a verdade é que morro uma morte estelar. Estou aqui deitado como uma estrela doente à espera de que a luz se apague. Anos atrás me deitei nesta mesma cama e esperei e esperei para nascer. Nada aconteceu. Só que minha mãe, em sua raiva luterana, me jogou um balde d'água. Minha mãe, pobre imbecil, achou que eu era preguiçoso. Não sabia que eu fora colhido na corrente estelar, que estava sendo pulverizado numa negra extinção lá na mais remota borda do universo. Achou que era pura preguiça que me mantinha pregado no leito. Jogou o balde d'água em cima de mim: eu me retorci e tremi um pouco, mas continuei deitado em meu leito de concreto armado. Estava imóvel. Era um meteoro consumido pelo fogo à deriva em algum ponto na vizinhança de Vega.

E agora estou no mesmo leito e a luz em mim se recusa a ser extinta. O mundo de homens e mulheres se diverte nos terrenos do cemitério. Têm um intercurso sexual, Deus os abençoe, e eu sozinho na Terra da Foda. Parece-me que ouço o estrépito de uma grande máquina, os braços da linotipo passando pelo espremedor de sexo. Hymie e sua esposa ninfomaníaca deitam-se no mesmo nível que eu, só que do outro lado do rio. O rio se chama Morte e tem um gosto amargo. Atravessei-o muitas vezes, com água até os quadris, mas de alguma forma nunca fui petrificado nem imortalizado. Ainda ardo brilhante por dentro, embora por fora esteja morto como um planeta. Deste leito, levantei-me para dançar, não uma, mas centenas, milhares de vezes. Cada vez que saía, tinha a convicção de que fizera a dança do esqueleto num *terrain vague*. Talvez houvesse desperdiçado demasiado de minha substância em sofrimento; talvez tivesse a louca idéia de que seria a primeira flor metalúrgica da espécie humana; talvez estivesse imbuído da idéia de que era ao mesmo tempo um subgorila e um superdeus. Neste leito de concreto armado lembro-me de tudo, e tudo está em cristal de rocha. Nunca há animais, apenas milhares e milhares de seres humanos, todos falando ao mesmo tempo, e para cada palavra que dizem tenho uma resposta imediata, às vezes antes que a palavra saia de suas bocas. Há muita matança, mas não sangue. Os assassinatos são perpetrados com limpeza e sempre em silêncio. Mas mesmo que todos fossem mortos, ainda haveria conversa, a conversa seria ao mesmo tempo intricada e fácil de seguir. Porque sou eu quem o cria! Eu a conheço, e é por isso que nunca me enfurece. Tenho conversas que só devem ocorrer daqui a vinte anos, quando encontrar a pessoa certa, que eu próprio criarei, digamos, quando chegar a hora certa. E essas conversas ocorrem num terreno baldio, pregado ao meu leito como um colchão. Uma vez lhe dei um nome, a esse *terrain vague*: chamei-o de Ubiguchi, mas de algum modo Ubiguchi nunca me satisfez, era demasiado ininteligível, demasiado cheio de significado. Seria melhor manter *terrain vague*, que é o que pretendo fazer. As pessoas acham que a vacuidade é o nada, mas não é. A vacuidade é uma plenitude discordante, um mundo espectral apinhado, no qual a alma sai em reconhecimento. Lembro que, quando menino, permanecia no terreno baldio como se fosse uma alma muito viva e nua com um par de sapatos. O corpo me fora roubado porque eu não tinha particular necessidade dele. Podia existir com ou sem corpo então. Se matasse um passarinho e o assasse num braseiro e comesse, não era por estar com fome, mas porque queria conhecer Timbuctu ou a Tierra del Fuego. Tinha de ficar de pé no terreno baldio e comer pássaros mortos para criar um desejo por aquela terra brilhante que depois habitaria sozinho e povoaria de nostalgia. Esperava coisas definitivas daquele lugar, mas fui deploravelmente enganado. Cheguei tão longe quanto podia em estado de completa morte, e depois por uma lei, que deve ser a lei da criação, suponho, de repente chamejei e comecei a viver de forma inexaurível, como uma estrela de luz inextinguível. Ali começara as verdadeiras excursões canibalísticas que tanto significaram para mim: não mais batatas fritas mortas tiradas da fogueira, mas carne humana viva, tenra, carne humana suculenta, segredos como fígados sangrentos frescos, confidências como tumores inchados conservados no gelo. Aprendi a não esperar que minha vítima morresse, mas a comê-la enquanto conversava comigo. Muitas vezes, quando me afastava de uma refeição inacabada, descobria que não passava de um velho amigo sem um braço ou perna. Às vezes deixava-o ali de pé — um tronco cheio de intestinos fedorentos.

Sendo da cidade, da única cidade no mundo, e não há em parte alguma lugar como a Broadway, eu costumava andar para cima e para baixo olhando os presuntos iluminados e outros petiscos. Era *schizerino* da sola das botas às pontas dos cabelos. Vivia exclusivamente no gerúndio, que entendia apenas em latim. Muito antes de haver lido sobre ela no *Livro negro*, já coabitava com Hilda, a gigantesca couve-flor de meus sonhos. Atravessamos juntos todas as doenças morganáticas e algumas *ex cathedra*. Morávamos na carcaça dos instintos e éramos alimentados por lembranças ganglionares. Jamais houve *um* universo, mas milhões e bilhões de universos, todos juntos não sendo maiores que uma cabeça de alfinete. Era um sono vegetal no agreste da mente. Era o passado, que abrange por si só a eternidade. Em meio à flora e a fauna de meus sonhos, eu ouvia chamados interurbanos. Mensagens eram atiradas sobre minha mesa pelos deformados e epiléticos. Hans Castorp às vezes ligava, e juntos cometíamos crimes inocentes. Ou, se era um dia luminoso e gelado, eu dava uma volta no velódromo em minha bicicleta Presto, de Chemnitz, Boêmia.

O melhor mesmo era a dança do esqueleto. Primeiro eu lavava todas as minhas partes na pia, mudava a roupa de baixo, barbeava-me, empoava-me, penteava os cabelos, punha os sapatos de festa. Sentindo-me anormalmente leve por dentro e por fora, entrava e saía da multidão por algum tempo, para pegar o ritmo humano certo, o peso e substância da carne. Depois seguia direto para a pista de dança, pegava um naco de carne estonteante e iniciava a pirueta outonal. Foi assim que entrei uma noite na boate do grego peludo e dei de cara com ela. Parecia preto-azulada, branca que nem giz, sem idade. Não era apenas o fluxo e o reflexo, mas a queda interminável, a voluptuosidade do nervosismo intrínseco. Ela parecia mercurial, e ao mesmo tempo de um peso saboroso. Tinha o olhar marmóreo de um fauno preso em lava. Chegara a hora, pensei, de voltar da periferia. Dei um passo em direção ao centro, apenas para descobrir que o chão movia-se sob meus pés. A terra deslizava rapidamente sob meus pasmos pés. Dei outro passo para fora do cinturão da terra e, vejam só, tinha as mãos cheias de flores meteóricas. Estendi para ela duas mãos em chamas, mas ela era mais fugidia que areia. Lembrei-me de meus pesadelos favoritos, mas ela era diferente de qualquer coisa que já me fizera suar e balbuciar. Em meu delírio, comecei a empinar e relinchar. Comprei rãs e acasalei-as com sapos. Pensei na coisa mais fácil a fazer, morrer, mas nada fiz. Fiquei parado e comecei a me petrificar nas extremidades. Era tão maravilhoso, tão curativo, tão eminentemente sensível, que me pus a rir bem lá dentro das vísceras, como uma hiena enlouquecida pelo cio. Talvez virasse uma *pedra de Roseta*! Fiquei ali parado e esperei. Veio a primavera, o outono e então o inverno. Renovei automaticamente minha apólice de seguro. Comi capim e raízes de árvores caducas. Sentei-me dias a fio vendo o mesmo filme. De vez em quando escovava os dentes. Se disparavam uma metralhadora contra mim, as balas resvalavam e faziam um estranho tá-tá-tá, ricocheteando, nas paredes. Uma vez, subindo uma rua escura, derrubado por um arruaceiro, senti uma faca me atravessar totalmente. Parecia um banho de pulverizador. Estranho dizer, mas a faca não me deixou buracos na pele. A experiência era tão nova que voltei para casa e enfiei facas em todas as partes do corpo. Mais banho de agulhas. Sentei-me, puxei todas as facas, e mais uma vez maravilhei-me por não ver traços de sangue, buracos, dor. Já ia morder meu braço quando o telefone tocou. Era um interurbano. Eu jamais soube quem fazia as chamadas, porque ninguém jamais falava ao telefone. Contudo, a dança do esqueleto...

A vida passa na vitrine. Fico ali deitado como um presunto iluminado à espera de que caia o machado. Na verdade, nada há a temer, porque tudo é cuidadosamente cortado em finas fatiazinhas e embrulhado em celofane. De repente, todas as luzes da cidade se apagam e as sirenes dão o aviso. A cidade está envolta em gás venenoso, bombas explodem, corpos multilados cortam os ares. Há eletricidade por toda parte, e sangue, estilhaços e alto-falantes. Os homens no ar estão cheios de alegria; os de baixo gritam e berram. Quando o gás e as chamas comem toda a carne, começa a dança do esqueleto. Vejo da vitrine agora escura. É melhor que o saque de Roma, porque há mais coisas a destruir.

Por que dançam os esqueletos de forma tão extática?, pergunto-me. É a queda do mundo? É a dança da morte tantas vezes anunciada? Ver milhões de esqueletos dançando na neve enquanto a cidade afunda é uma visão apavorante. Alguma coisa tornará a brotar? Sairão os bebês dos úteros? Haverá comida e vinho? Há homens no ar, claro. Vão descer para saquear. Haverá cólera e disenteria, e os que estavam acima e triunfantes perecerão como o resto. Tenho a forte sensação de que serei o último homem na terra. Sairei da vitrine quando tudo acabar e caminharei calmamente entre as ruínas. Terei a terra toda para mim.

Interurbano! Para informar-me que não estou inteiramente só. Então não foi completa a destruição? É desanimador. O homem não consegue sequer destruir a si mesmo; só consegue destruir os outros. Estou enojado. Que maldoso aleijado! Que cruéis ilusões! Assim, há outros da espécie por aí, e vão arrumar a bagunça e recomeçar. Deus tornará a baixar em carne e osso e assumirá o ônus da culpa. Farão música, construirão coisas de pedra e anotarão tudo em livrinhos. Pfii! Que cega tenacidade, que canhestras ambições!

Estou na cama de novo. O antigo mundo grego, a aurora do intercurso sexual — e Hymie! Hymie Laubscher sempre no mesmo nível, olhando o bulevar embaixo, do outro lado do rio. Há uma pausa no banquete nupcial e trazem fritadas de mariscos. *Afaste-se um pouco*, ele diz. *Aí, assim está bom!* Ouço rãs coaxando no pântano diante de minha janela. Grandes rãs de cemitério alimentadas pelos mortos. Todas se amontoam em intercurso sexual; coaxam de alegria sexual.

Percebo agora como Hymie foi concebido e ganhou existência. Hymie, a rã! A mãe estava no leito do rio com seu bando e Hymie, então embrião, escondia-se em sua bolsa. Foi nos primeiros dias de intercurso sexual e não havia interferência das leis do marquês de Queensbury. Era foder e ser fodido — e o diabo que levasse o último. Sempre foi assim desde os gregos — uma foda cega na lama, depois uma rápida desova e então a morte. As pessoas estão fodendo em diferentes níveis, mas sempre num pântano e a ninhada está sempre destinada ao mesmo fim. Quando a casa é destruída a cama fica de pé: o altar cosmossexual.

Eu poluía a cama com sonhos. Esticado e teso sobre o concreto armado, minha alma deixava o corpo e corria de um lugar para outro num carrinho como os usados nas lojas de departamentos para fazer mudanças. Eu fazia mudanças e excursões ideológicas; era um vagabundo no país do cérebro. Tudo me parecia absolutamente claro porque feito em cristal de rocha; em toda saída via-se escrito em letras grandes: ANIQUILAÇÃO. O pavor da extinção me solidificava; o próprio corpo tornava-se um pedaço de concreto armado. Era ornamentado por uma permanente ereção do melhor sabor. Eu atingira aquele estado de vacuidade tão avidamente desejado por certos membros devotos de cultos esotéricos. Não mais existia. *Nem sequer era uma ereção pessoal.*

Foi por essa época que, adotando o pseudônimo de Samson Lackawanna, comecei minhas depredações. O instinto criminoso em mim levou a melhor. Enquanto até então eu fora apenas uma alma errante, uma espécie de *dibuk* gentio, agora me tornava um fantasma recheado de carne. Adotara o nome que me agradava e tinha apenas de agir instintivamente. Em Hong Kong, por exemplo, entrei como agente literário. Levava uma bolsa de couro cheia de dólares mexicanos e visitava religiosamente todos os chineses que precisavam de mais educação. No hotel, eu ligava para pedir mulheres como se liga para pedir uísque com soda. Pelas manhãs, estudava tibetano preparando-me para a viagem a Lhasa. Já falava iídiche fluentemente e também hebraico. Conseguia contar duas fileiras de números ao mesmo tempo. Era tão fácil tapear os chineses que voltei para Manila enojado. Ali peguei um certo sr. Rico e ensinei-lhe a arte de vender livros sem taxas de entrega. Todo o lucro vinha das tarifas de frete oceânico, mas bastou para manter-me no luxo enquanto durou.

A respiração tornara-se um truque igual a respirar. As coisas não eram apenas duplas, mas múltiplas. Eu me tornara uma gaiola de espelhos a refletir o vazio. Mas uma vez firmemente estabelecido o vazio, eu estava em casa e a chamada criação não passava de um trabalho de tapar buracos. O bonde levava-me convenientemente de um lugar para outro, e em cada bolsinho do grande vácuo eu largava uma tonelada de poemas para varrer a idéia de aniquilação. Sempre tinha diante de mim paisagens ilimitadas. Comecei a viver na paisagem, como um cisco microscópico na lente de um telescópio gigante. Não havia noite para repousar. Era a perpétua luz das estrelas na árida superfície de planetas mortos. De vez em quando, um lago negro como mármore em que me via caminhando em meio a brilhantes orbes de luz. Tão baixas pairavam as estrelas e tão deslumbrante era a luz que lançavam, que o universo parecia simplesmente a ponto de nascer. O que tornava a impressão mais forte era que eu estava só; não apenas não havia animais, árvores, outros seres, mas nem mesmo uma folha de grama, uma raiz morta. Naquela luz violeta incandescente, nem sequer sugestão de sombra, o próprio movimento parecia ausente. Era como uma chama de pura consciência, o pensamento transformado em Deus. E Deus, pela primeira vez em meu conhecimento, se barbeara. Eu também estava barbeado, imaculado, mortalmente perfeito. Vi minha imagem nos negros lagos de mármore e ela estava repleta de estrelas. Estrelas, estrelas... como um golpe entre os olhos dispersando todas as lembranças. Era Sansão, eu era Lackawanna, e estava morrendo como um ser no êxtase da plena consciência.

E agora eis-me aqui, descendo o rio numa pequena canoa. Qualquer coisa que desejem de mim eu farei para vocês — de graça. Esta é a Terra da Foda, onde não há animais, árvores, estrelas, problemas. Aqui o espermatozóide reina supremo. Nada é determinado de antemão, o futuro é absolutamente incerto, o passado inexistente. Para cada milhão nascido, 999.999 estão condenados a morrer e jamais renascer. Mas aquele que marca um tento tem garantida a vida eterna. A vida é comprimida numa semente, que é uma alma. Tudo tem alma, incluindo minérios, plantas, lagos, montanhas, pedras. Tudo é sensível, mesmo no mais baixo nível de consciência.

Uma vez que se compreenda esse fato, não pode haver mais desespero. Ao pé mesmo da escada, *chez* espermatozóides, existe a mesma condição de felicidade que no topo, *chez* Deus. Deus é a soma de todos os espermatozóides que atingiram a plena consciência. Entre o pé e o topo não há parada, estação intermediária. O rio começa em algum ponto das montanhas e corre para o mar. Nesse rio que leva a Deus a canoa é tão útil quanto o couraçado. Desde o início, a viagem é de regresso à casa.

Descendo o rio... Lento como a minhoca, mas minúsculo o suficiente para fazer todas as curvas. E além disso, escorregadio como uma enguia. Qual é seu nome?, grita alguém. *Meu nome? Ora, basta me chamar de Deus — Deus, o embrião*. Sigo navegando. Alguém gostaria de me comprar um chapéu. Que tamanho você usa, imbecil?, ele grita. *Tamanho? Ora, tamanho X!* (E por que sempre gritam comigo? Acham que sou surdo?) O chapéu se perde na próxima catarata. *Tant pis* — para o chapéu. Precisa Deus de chapéu? Deus precisa apenas tornar-se Deus, mais e mais Deus. Todo esse viajar, todas essas armadilhas, o tempo que passa, o cenário, e contra o cenário o *homem*, trilhões e trilhões de coisas chamadas homem, como sementes de mostarda. Mesmo em embrião Deus não tem memória. O pano de fundo de consciência compõe-se de gânglios infinitamente miúdos, uma cobertura de cabelos macios como lã. A cabra montesa fica a sós em meio aos Himalaias; não se pergunta como chegou ao topo. Pasta tranqüilamente em meio ao *décor*; quando chegar a hora, descerá de novo. Mantém o focinho no chão, procurando o escasso alimento que os picos de montanha fornecem. Nessa estranha condição capricorniana de embriose, Deus, o bode, rumina em impassível beatitude entre os picos de montanhas. As grandes altitudes alimentam o germe da separação que um dia o separará completamente da alma do homem, o que o tornará um pai desolado, como uma rocha, morando para sempre à parte num vazio inconcebível. Mas primeiro vêm as doenças morganáticas, das quais precisamos falar agora...

Há uma condição de miséria irremediável — porque sua origem se perdeu na obscuridade. A Bloomingdale's, por exemplo, pode causar essa condição. Todas as lojas de departamentos são símbolos de doença e vazio, mas a Bloomingdale's é minha doença especial, minha obscura doença incurável. No caos da Bloomingdale's há uma ordem, mas uma ordem absolutamente maluca para mim: é a ordem que eu encontraria na cabeça de um alfinete se o pusessem sob o microscópio. É a ordem de uma série acidental de acidentes acidentalmente concebidos. Essa ordem tem, acima de tudo, um cheiro — e é o cheiro da Bloomingdale's que enche de terror meu coração. Na Bloomingdale's eu me desmonto completamente: desabo no chão, uma irremediável sujeira de tripas, ossos e cartilagem. É o cheiro não de decomposição, mas de mistura errada. O homem, miserável alquimista, fundiu, num milhão de formas e modelos, substâncias e essências que nada têm em comum. Porque em sua mente um tumor o devora insaciavelmente; ele deixou a pequena canoa que o levava em beatitude rio abaixo para construir um barco maior e mais seguro, no qual talvez haja espaço para todos. Seus esforços o levam tão longe que ele perdeu toda lembrança do motivo pelo qual abandona a pequena canoa. A arca está tão cheia de quinquilharias que se tornou um prédio estacionário acima de um metrô em que o cheiro de linóleo se impõe e predomina. Reúna todo o significado oculto na miscelânea intersticial da Bloomingdale's e ponha-a na cabeça de um alfinete, e lhe restará um universo em que as grandes constelações se movimentam sem o menor perigo de colisão. É esse caos microscópico que provoca meus males morganáticos. Na rua, punha-me a esfaquear cavalos ao acaso, ou levantava uma saia aqui e ali em busca de uma caixa de correspondência, ou grudava um selo postal numa boca, num olho, numa vagina. Ou decidia de repente subir num alto prédio, como uma mosca, e uma vez no topo, vôo com asas de verdade e sigo a voar, cobrindo cidades como Weehawken, Hoboken, Hackensack, Canarsie, Bergen Beach num piscar de olhos. Assim que a gente se torna um verdadeiro *schizerino*, voar é a coisa mais fácil do mundo; o segredo é fazê-lo com o corpo etéreo, deixar para trás na Bloomingdale's o saco de ossos, tripas, sangue e cartilagem; voar apenas com o eu imutável que, se se pára um momento para refletir, está sempre equipado com asas. Voar assim, em plena luz do dia, tem vantagens sobre o vôo noturno normal que todo mundo faz. Pode-se parar de um momento para outro, de forma tão rápida e decisiva como pisar num freio; não há dificuldade em encontrar o outro eu, porque assim que alguém pára já *é* o outro eu, vale dizer, o chamado eu integral. Só que, como prova a experiência da

Bloomingdale's, esse eu integral, do qual as pessoas tanto se jactam, se desfaz com muita facilidade. O cheiro de linóleo, por algum estranho motivo, sempre me desmontará e desabarei no chão. É o cheiro de todas as coisas não naturais grudadas em mim, reunidas, por assim dizer, por consentimento negativo.

Só após a terceira refeição os dons da manhã, legados pela falsa aliança dos ancestrais, começam a cair e a verdadeira rocha do eu, a feliz rocha, se ergue da lama da alma. Com o anoitecer o universo de cabeça de alfinete começa a expandir-se. Expande-se organicamente, a partir de um cisco nuclear infinitesimal, como se formam os grupos de minérios e de estrelas. Rói o caos em torno como um rato que perfura um queijo guardado. Pode-se juntar todo o caos na cabeça de um alfinete, mas o eu, microscópico no início, desenvolve-se até se tornar um universo a partir de qualquer ponto no espaço. Esse não é o eu sobre o qual se escrevem livros, mas o eu sem idade distribuído por eras milenares a homens com nomes e datas, o eu que começa e termina como verme, que é o verme no queijo chamado mundo. Assim como a mais leve brisa põe em movimento uma vasta floresta, também assim, por algum insondável impulso interno, o eu pétreo começa a crescer, e nesse crescimento nada prevalece contra ele. É como um frio mortal atuando, e todo o mundo uma vidraça. Nenhum sinal de trabalho, nenhum barulho, luta, repouso; implacável, impiedoso, incessante, o crescimento do eu prossegue. Só dois itens no cardápio: o eu e o não-eu. E uma eternidade para trabalhá-lo. Nessa eternidade, que nada tem a ver com tempo ou espaço, há interlúdios em que se instala alguma coisa semelhante a um degelo. A forma do eu se decompõe, mas o eu, como o clima, permanece. À noite, a amorfa matéria do eu assume as formas mais fugidias; o erro infiltra-se pelas vigias e o itinerante é liberado por sua porta. Essa porta que o corpo usa, se aberta para o mundo, leva à aniquilação. É a porta em toda fábula pela qual sai o mágico; ninguém jamais leu sobre sua volta à casa pela mesma porta. Se aberta para dentro, há infinitas portas, todas semelhantes a alçapões: não se vêem horizontes, empresas aéreas, rios, mapas, passagens. Cada *couche* é uma parada apenas para a noite, seja ela de cinco minutos ou dez mil anos. As portas não têm maçanetas e nunca se desgastam. Mais importante a observar — não há fim à vista. Todas essas paradas para pernoite, por assim dizer, são como abortivas explorações de um mito. Tateia-se o caminho, procura-se orientação, observam-se os fenômenos que passam; a pessoa pode até se sentir em casa. Mas não há como enraizar-se. Assim que a gente começa a sentir-se "estabelecido", todo o terreno afunda, o solo sob os pés flutua, as constelações se soltam das amarras, todo o universo conhecido, incluindo o imperecível eu, começa a movimentar-se em silêncio, de forma sinistra, tremulamente sereno e despreocupado, rumo a um destino desconhecido e invisível. Todas as portas parecem abrir-se ao mesmo tempo; a pressão é tão grande que ocorre uma implosão e no rápido mergulho o esqueleto faz-se em pedaços. Foi um desses gigantescos colapsos que Dante deve ter sentido quando se situou no Inferno; não foi um fundo o que ele tocou, mas um núcleo, um centro morto a partir do qual se calcula o próprio tempo. Ali começa a comédia, dali é vista como divina.

Tudo isso à guisa de dizer que ao cruzar a porta do Amarillo Dance Hall uma noite, cerca de doze ou quatorze anos atrás, ocorreu o grande acontecimento. O interlúdio que lembro como a Terra da Foda, um reino mais de tempo que de espaço, equivale para mim ao Purgatório que Dante descreveu em belos detalhes. Quando pus a mão no corrimão de metal na porta giratória para sair do Amarillo Dance Hall, tudo o que eu fora antes, era e estava para ser afundou. Não houve nisso nada de irreal; o próprio tempo em que nasci passou, levado por um caudal mais forte. Assim como fora antes expulso do útero, agora eu era lançado de volta num vetor atemporal onde o processo de crescimento é mantido em suspenso. Passei para o mundo dos efeitos. Não havia medo, apenas senso de fatalidade. Minha espinha foi encaixada no nódulo; eu me encostava no cóccix de um implacável mundo novo. No mergulho o esqueleto fez-se em pedaços, deixando o imutável ego impotente como um piolho esmagado.

Se não começo a partir desse ponto, é porque não há começo. Se não vôo imediatamente para a terra luminosa, é porque as asas de nada servem. É a hora zero e a lua está no nadir...

Não sei por que lembro de Max Schnadig, a menos que seja por causa de Dostoiévski. A noite em que me sentei para ler Dostoiévski pela primeira vez foi um importantíssimo acontecimento em minha vida, mais até que meu primeiro amor. Foi o primeiro ato deliberado, consciente, que teve significado para mim; mudou toda a face do mundo. Se é verdade que o relógio parou naquele instante em que ergui o olhar após a primeira engolida a seco, já não sei. Mas o mundo parou por um momento, isso eu sei. Era meu primeiro vislumbre da alma de um homem, ou devo dizer simplesmente que Dostoiévski foi o primeiro homem a revelar-me sua alma? Talvez eu fosse meio esquisito antes disso, sem o perceber, mas a partir do momento em que mergulhei em Dostoiévski me tornei definitiva, inequívoca e alegremente esquisito. O mundo comum, desperto e rotineiro, acabou para mim. Qualquer ambição ou desejo de escrever também morreu — por muito tempo. Eu era como um daqueles homens que estiveram tempo demais nas trincheiras, tempo demais sob fogo. O sofrimento humano comum, a inveja humana comum, as ambições humanas comuns — não passavam de um monte de merda para mim.

Visualizo melhor minha condição quando me lembro de minhas relações com Maxie e sua irmã Rita. Na época, ele e eu nadávamos um bocado juntos, disso me lembro bem. Muitas vezes passávamos todo o dia e a noite na praia. Eu só encontrara sua irmã uma ou duas vezes; sempre que falava no nome dela, Maxie começava freneticamente a falar de outra coisa. Isso me irritava, porque a companhia de Maxie na verdade me dava um tédio mortal, e eu só o tolerava porque ele me emprestava dinheiro na hora e me pagava coisas de que eu precisava. Toda vez que saíamos para a praia, eu esperava que a irmã aparecesse de repente. Mas não, ele sempre dava um jeito de mantê-la fora de alcance. Bem, um dia, quando nos despíamos no banheiro público e ele me mostrava seu belo e rijo escroto, eu lhe disse sem rodeios:

— Escute, Maxie, tudo bem com seus colhões, eles são ótimos e legais, e não há nada com que se preocupar, mas onde diabos está Rita o tempo todo, por que não traz ela junto uma hora dessas e me deixa dar uma boa olhada na cona dela... é, *cona*, você sabe do que estou falando.

Max, judeu de Odessa, jamais ouvira a palavra cona. Ficou profundamente chocado com minhas palavras, e ao mesmo tempo intrigado com o novo termo. Meio desorientado, disse:

— Nossa, Henry, você não devia dizer uma coisa dessas a mim!

— Por que não? — perguntei.

— Sua irmã tem buceta, não tem?

Ia acrescentar mais alguma coisa, mas ele explodiu num ataque de riso. Isso salvou a situação, naquele momento. Mas Maxie no fundo não gostou da idéia, que o preocupou o dia todo, embora não voltasse a se referir à nossa conversa. Não, ficou muito calado naquele dia. A única forma de vingança em que conseguiu pensar foi me exortar a nadar até muito além da zona segura, na esperança de me cansar e afogar. Vi tão claramente o que ele tinha em mente que fui possuído pela força de dez homens. Ao diabo se ia me afogar apenas porque a irmã dele, como todas as mulheres, tinha uma buceta.

Isso ocorreu em Far Rockaway. Depois de nos vestirmos e comermos, de repente decidi que queria ficar só, e assim, sem aviso, na esquina de uma rua, apertei a mão dele e me despedi. E lá estava eu. Quase na mesma hora me senti sozinho no mundo, sozinho como a gente se sente apenas em momentos de extrema angústia. Acho que palitava os dentes meio ausente quando essa onda de solidão me atingiu em cheio, como um furacão. Fiquei ali parado na esquina e meio que me apalpei todo para ver se fora atingido por alguma coisa. Era inexplicável e, ao mesmo tempo, muito maravilhoso, muito excitante, como um tônico duplo, eu diria. Quando digo que estava em Far Rockaway, quero dizer que estava no fim da terra, num lugar chamado Xanthos, se é que existe tal lugar, e sem dúvida deveria haver uma palavra assim para expressar lugar nenhum. Se Rita aparecesse então, não creio que a tivesse reconhecido. Tornara-me um absoluto estranho ali, parado no meio de minha própria gente. Todos me pareciam loucos, a minha gente, com os rostos recém-bronzeados de sol, e as calças de flanela e as meias compridas. Haviam-se banhado como eu porque era uma recreação agradável, saudável, e agora, como eu, estavam cheios de sol e comida e um pouco pesados de fadiga. Até me bater aquela solidão, eu também estava um pouco cansado, mas de repente, parado ali completamente isolado do mundo, despertei com um susto. Fiquei tão eletrificado que não ousava mexer-me, por medo de atacar como um touro ou começar a subir pela parede de um prédio, ou dançar e gritar. De repente, percebi que tudo aquilo acontecia porque na verdade eu era irmão de Dostoiévski, que talvez fosse o único homem nos Estados Unidos que sabia o que ele queria dizer ao escrever aqueles livros. Não apenas isso, mas senti todos os livros que eu mesmo escreveria um dia germinando dentro de mim: explodiam lá dentro como casulos maduros. E como até aquela época não escrevera nada além de cartas perversamente longas sobre tudo e nada, foi difícil perceber que chegaria um tempo em que eu começaria, em que poria no papel a primeira palavra, *a primeira palavra verdadeira*. E esse tempo era agora! Foi o que comecei a compreender.

Há pouco usei a palavra Xanthos. Não sei se existe um Xanthos ou não, e na verdade pouco estou ligando de uma forma ou de outra, mas deve haver um lugar no mundo, talvez nas ilhas gregas, onde se chega ao fim do mundo conhecido e se está completamente só e sem medo, mas jubiloso, porque nesse lugar de entrega pode-se sentir o velho mundo ancestral eternamente novo, jovem e fecundante. A gente fica lá, onde quer que seja o lugar, como um pinto recém-nascido ao lado da casca. O lugar é Xanthos, ou, como aconteceu em meu caso, Far Rockaway.

Lá estava eu! Escureceu, começou a ventar, as ruas ficaram desertas, e finalmente começou a chover a cântaros. Nossa, isso acabou comigo! Quando a chuva despencou e bateu em minha cara voltada para o céu, de repente me pus a berrar de alegria. Ria e ria e ria, exatamente como um insano. Tampouco sabia do que ria. Não pensava em nada, estava simplesmente inundado de alegria, louco de prazer por ver-me absolutamente só. Se ali, naquela ocasião, me oferecessem de bandeja uma suculenta xoxota, se me oferecessem todas as bucetas do mundo para escolher, eu não teria piscado um olho. Tinha o que nenhuma xoxota podia me dar. E exatamente nesse ponto, inteiramente encharcado mas ainda exultante, pensei na coisa mais irrelevante do mundo — *dinheiro para a condução!* Nossa, o sacana do Maxie se mandara sem me deixar um tostão. Lá estava eu com meu belo mundo antigo em formação e sem um centavo no jeans. *Herr* Dostoiévski Júnior agora tinha de se pôr a andar de um lado para outro, para ver se descolava uma moeda. Andei de um extremo a outro da Far Rockaway, mas todos pareciam estar cagando para dar dinheiro para uma passagem de trem na chuva. Caminhando naquele pesado estupor animal que vem com a mendicância, pus-me a pensar em Maxie, o decorador de vitrine, e em como na primeira vez que o vira ele estava de pé numa vitrina vestindo um manequim. E disso, em alguns minutos, passei para Dostoiévski, e aí o mundo parou, e depois, como uma grande roseira desabrochando na noite, pensei na carne quente e veludosa de sua irmã Rita.

Ora, isso é que é muito estranho... Poucos minutos depois de pensar em Rita, em sua particular e extraordinária cona, estava no trem, rumo a Nova York, cochilando com uma maravilhosa e lânguida ereção. E mais estranho ainda, quando saltei do trem, depois de andar apenas uma ou duas quadras da estação, com quem dou de cara ao dobrar uma esquina senão com a própria Rita? E como se houvesse sido telepaticamente informada do que se passava em meu cérebro, Rita também vinha quente lá por baixo dos pêlos. Logo nos sentávamos num restaurante chinês, lado a lado no reservado, agindo exatamente como um par de coelhos no cio. Na pista de dança, mal nos mexíamos. Estávamos firmemente colados um no outro e assim ficamos, deixando que as pessoas nos empurrassem e acotovelassem o quanto pudessem. Eu podia tê-la levado para minha casa, pois estava sozinho na época, mas não, tive a idéia de levá-la para sua casa, pô-la de pé no vestíbulo e dar-lhe uma bela trepada bem debaixo das fuças de Maxie — o que fiz. No meio da trepada tornei a lembrar-me do manequim na vitrine e como ele rira naquela tarde quando eu soltara a palavra cona. Estava a ponto de rir alto quando de repente senti que ela ia gozar, um daqueles orgasmos longos e arrastados como se consegue de vez em quando numa buceta judia. Eu tinha as mãos sob suas nádegas, as pontas dos dedos meio enfiadas na buceta, na mucosa, por assim dizer; quando ela começou a estremecer, ergui-a do chão e a fiz subir e descer delicadamente na ponta do meu pau. Achei que a menina ia pirar completamente, pela forma como prosseguiu. Deve ter tido quatro ou cinco orgasmos desses em pleno ar, antes de eu voltar a pôr seus pés no chão. Tirei o pau sem deixar pingar uma gota e a fiz deitar-se no vestíbulo. Seu chapéu voara para um canto e a bolsa se abrira e despejara algumas moedas. Faço essa observação porque pouco antes de pegá-la de jeito anotei na mente que ia embolsar algumas moedas para a viagem de volta à minha casa. Seja como for, haviam se passado apenas algumas horas desde que eu dissera a Maxie no banheiro público que gostaria de dar uma olhada na cona de sua irmã, e agora a tinha encaixada em mim, encharcando-se e soltando um esguicho atrás do outro. Se fora fodida antes, jamais o fora direito, isso era certo. E eu mesmo jamais em minha vida me achara num estado de espírito tão agradável, calmo, controlado e científico como naquele momento, deitado no chão do vestíbulo bem debaixo das fuças de Maxie, bombeando dentro da cona particular, sagrada e extraordinária de sua irmã Rita. Podia ter ficado lá dentro indefinidamente — era incrível como estava desligado e ao mesmo tempo inteiramente consciente de cada estremecimento e sacolejo que ela dava. Mas alguém tinha de pagar por me fazerem andar debaixo da chuva mendigando dez centavos. Alguém tinha de pagar pelo êxtase produzido pela germinação de todos aqueles livros não escritos dentro de mim. Alguém tinha de conferir a autencidade daquela buceta particular e oculta que me vinha atormentando havia semanas e meses. Quem mais qualificado que eu? Pensei tanto e tão rapidamente durante os

orgasmos que meu pau deve ter crescido mais uns quatro ou cinco centímetros. Finalmente decidi acabar com aquilo virando-a e enrabando-a.
Ela refugou a princípio, mas quando sentiu a coisa escorregando para fora
quase ficou louca.

— Ah, sim, ah, sim, faça isso! —, balbuciava.

E com isso fiquei realmente excitado, mal deslizara para dentro dela
quando senti o gozo chegando, um daqueles longos e agônicos esguichos
que vêm da ponta da coluna espinhal. Enterrei tão fundo que senti como
se alguma coisa se houvesse rompido. Caímos os dois, exaustos, arquejantes feito cães. Ao mesmo tempo, porém, tive a presença de espírito de
tatear o chão em busca de algumas moedas. Não que fosse necessário, porque ela já me emprestara alguns dólares, mas para compensar o dinheiro
da condução que me faltara em Far Rockaway. Mesmo então, por Jesus,
não acabara. Em breve a senti tateando, primeiro com as mãos, depois
com a boca. Eu ainda tinha uma espécie de semi-ereção. Ela o enfiou na
boca e começou a acariciá-lo com a língua. Vi estrelas. A próxima coisa de
que tive consciência foi dos pés dela em torno de meu pescoço e minha
língua em sua buceta. E então tive de montar nela de novo e enfiar até o
cabo. Ela se retorcia feito uma enguia, que Deus me ajude. E então começou a gozar outra vez, orgasmos longos, arrastados, agônicos, gemendo e
balbuciando alucinadamente. Por fim tive de sair de dentro dela e mandá-
la parar. Que cona! E eu só havia pedido para dar uma olhadinha!

Com sua conversa de Odessa, Maxie revivera uma coisa que eu perdera quando criança. Embora jamais tivesse uma imagem precisa da cidade,
sua aura era semelhante à do pequeno bairro do Brooklyn, que significava
muito para mim e do qual eu fora arrancado cedo demais. Tenho uma
impressão bem definida da cidade toda vez que vejo um quadro italiano
sem perspectiva; se é a pintura de um cortejo fúnebre, por exemplo, é exatamente o tipo de experiência que tive quando criança, de intenso
imediatismo. Se é a pintura de uma rua ampla, as mulheres sentadas às
janelas sentam-se *na* rua, e não acima e distante dela. Tudo que acontece é

imediatamente conhecido por todo mundo, como entre os povos primitivos. O assassinato está no ar, reina o acaso.

Assim como falta essa perspectiva nos primitivos italianos, também no velho bairro do qual me arrancaram em criança havia aqueles planos verticais paralelos em que tudo ocorria e pelos quais, de camada em camada, tudo se comunicava como que por osmose. As fronteiras eram nítidas, claramente definidas, mas não intransponíveis. Eu morava então, quando menino, perto do limite entre os lados norte e sul. Vivia um pouco mais para o lado norte, a apenas alguns passos de uma larga avenida chamada North Second, para mim a verdadeira linha limítrofe entre os lados norte e sul. O limite de fato era a rua Grand, que levava à Broadway Ferry, mas essa nada significava para mim, a não ser pelo fato de que já começava a encher-se de judeus. Não, a North Second era a rua do mistério, a fronteira entre dois mundos. Eu morava, portanto, entre duas fronteiras, uma verdadeira, outra imaginária — como tenho morado a vida toda. Havia uma ruazinha, de apenas uma quadra de comprimento, que ficava entre a Grand e a North Second, chamada Fillmore Place.* Formava uma diagonal com a casa de meu avô, na qual nós morávamos. Era a rua mais encantadora que já vi em toda a minha vida. A rua ideal para meninos, amantes, maníacos, bêbados, trapaceiros, devassos, arruaceiros, astrônomos, músicos, poetas, alfaiates, sapateiros, políticos. Na verdade, era exatamente esse tipo de rua, contendo exatamente esses representantes da raça humana, cada um deles um mundo em si, e todos vivendo juntos com harmonia ou sem ela, *mas juntos*, uma sólida corporação, um esporo humano compacto que não podia desintegrar-se a menos que a própria rua se desintegrasse.

Pelo menos, era o que parecia. Até que inauguraram a ponte Williamsburg, ao que se seguiu a invasão dos judeus da rua Delancey, Nova York. Isso trouxe a desintegração de nosso pequeno mundo, da ruazinha chamada Fillmore Place que, como o próprio nome, era uma rua de valor,

---

*Referência a Millard Fillmore (1800-1874), 13º presidente dos EUA (1850-1853). (*N. da T.*)

dignidade, luz, surpresas. Os judeus vieram, como digo, e tal qual traças começaram a comer o tecido de nossas vidas até não restar nada além dessa presença de traça que eles levam consigo para toda parte. Logo a rua começou a cheirar mal, logo as pessoas de verdade se mudaram, logo as casas começaram a deteriorar-se e até mesmo as varandas caíram, assim como a pintura. Logo a rua parecia uma boca suja, com todos os dentes visíveis ausentes, com feios tocos calcinados despontando aqui e ali, os lábios podres, o palato desaparecido. Logo o lixo chegava à altura dos joelhos nas sarjetas e as escadas de incêndio encheram-se de roupas de cama estendidas, de baratas, de sangue seco. Logo a inscrição *kosher* apareceu nas vitrines e havia galinhas por toda parte, salmão defumado, picles e enormes bisnagas de pão. Logo surgiram carrinhos de bebê em todos os pátios e nas varandas, nos pequenos quintais e na frente das lojas. E com a mudança, também desapareceu a língua inglesa; só se ouvia iídiche, nada além dessa língua chiante, sufocante, sibilante, na qual Deus e legume podre soam igual e querem dizer a mesma coisa.

Fomos das primeiras famílias a mudar após a invasão. Duas ou três vezes por ano eu voltava ao antigo bairro, para um aniversário, o Natal ou o dia de Ação de Graças. A cada visita assinalavam a perda de alguma coisa que amara ou valorizara. Era como um pesadelo. E foi piorando. A casa em que meus parentes ainda moravam parecia uma fortaleza em ruínas; eles estavam encalhados numa das alas da fortaleza, levando uma vida desolada e solitária, e começavam eles próprios a parecer envergonhados, acossados, degradados. Começaram até a fazer distinções entre os vizinhos judeus, achando alguns deles bem humanos, decentes, limpos, bondosos, simpáticos, caridosos etc. etc. Para mim, era de cortar o coração. Tinha vontade de pegar uma metralhadora e abater todo o bairro, judeus e não-judeus juntos.

Foi mais ou menos na época da invasão que as autoridades decidiram mudar o nome da Second North para avenida Metropolitan. Essa rua, que para os não-judeus fora o caminho para os cemitérios, tornou-se então o que se chama artéria de tráfego, uma ligação entre dois guetos. Do lado de

Nova York, a margem do rio transformava-se rápido, devido à construção de arranha-céus. Do nosso lado, o lado do Brooklyn, os armazéns amontoavam-se e os acessos a várias novas pontes criavam praças, banheiros públicos, salães de bilhar, papelarias, sorveterias, restaurantes, lojas de roupas, casas de penhor etc. Em suma, tudo se tornava *metropolitano*, no sentido odioso da palavra.

Enquanto moramos no velho bairro, jamais nos referimos à avenida Metropolitan; era sempre rua Second North, apesar da mudança oficial de nome. Talvez tenha sido oito ou dez anos depois, quando estava parado num dia de inverno na esquina da rua de frente para o rio e notei pela primeira vez a grande torre do Metropolitan Life Insurance Building, que percebi que a North Second não mais existia. A fronteira imaginária de meu mundo mudara. Meu olhar estendia-se agora muito além dos cemitérios, dos rios, muito além da cidade de Nova York ou do estado de Nova York, de fato além de todos os Estados Unidos. Em Point Loma, Califórnia, eu havia olhado para o vasto Pacífico e sentira algo que mantivera meu rosto permanentemente grudado em outra direção. Lembro que voltei uma noite ao velho bairro com meu amigo Stanley, que acabara de dar baixa do exército, e andamos pelas ruas tristes e desoladas. Dificilmente um europeu pode saber o que é esse sentimento. Mesmo quando uma cidade se moderniza, na Europa, restam vestígios da antiga. Nos Estados Unidos, embora haja vestígios, são apagados, varridos da consciência, pisoteados, obliterados, anulados pelo novo. O novo é, dia a dia, a traça que devora o tecido da vida, nada deixando no fim além de um grande buraco. Stanley e eu atravessávamos esse aterrorizante buraco. Nem mesmo uma guerra causa esse tipo de desolação e destruição. Numa guerra uma cidade pode ser reduzida a cinzas e toda a população dizimada, mas o que torna a brotar se assemelha ao antigo. A morte é fecundante, tanto para o solo quanto para o espírito. Nos Estados Unidos, a destruição é completa, aniquiladora. Não há renascimento, só um tumor canceroso, camada sobre camada de tecido novo e venenoso, cada uma mais feia que a anterior.

Atravessávamos o enorme buraco, como digo, e era uma noite de inverno, límpida, gelada, cintilante, e quando cruzamos o lado sul em direção à fronteira, saudamos todas as antigas relíquias ou os lugares onde outrora as coisas se situavam e onde houvera algo de nós mesmos. E quando nos aproximamos da Second North, entre elas a Fillmore Place — uma distância de apenas alguns metros, mas uma área rica e plena do globo — defronte da barraca da sra. O'Melio, parei e ergui o olhar para a casa onde soubera o que era realmente ter uma existência. Tudo se reduzira agora a minúsculas proporções, incluindo o mundo que havia além da linha limítrofe, o mundo que fora tão misterioso para mim e tão aterrorizantemente grande, tão delimitado. Ali parado em transe, de repente me lembrei de um sonho que tenho tido repetidas vezes, que ainda tenho de vez em quando, e que espero ter enquanto viver. O sonho consistia em cruzar a linha de fronteira. Como em todos os sonhos, o notável é a nitidez da realidade, o fato de que *a gente existe na realidade*, e não em sonho. Do outro lado da linha sou desconhecido e estou absolutamente sozinho. Até a língua mudou. Na verdade, sou sempre encarado como estranho, estrangeiro. Tenho tempo ilimitado nas mãos e estou absolutamente satisfeito em perambular pelas ruas. Só há *uma* rua, devo dizer — a continuação daquela onde eu morava. Chego por fim a uma ponte de ferro sobre os pátios de manobra da ferrovia. É sempre ao anoitecer que alcanço a ponte, embora fique apenas a curta distância da linha limítrofe. Ali olho para baixo, para os trilhos emaranhados, as estações de carga, os tênderes, os barracões de depósito, e enquanto olho esse conjunto de estranhas substâncias móveis, ocorre um processo de metamorfose, *exatamente como num sonho*. Com a transformação e deformação, tomo consciência de que se trata do velho sonho que tenho com tanta freqüência. Sinto um medo louco de acordar, e na verdade sei que vou acordar em breve, exatamente no momento em que, no meio de um grande espaço aberto, vou entrar na casa que contém algo da maior importância para mim. No momento exato em que me dirijo a essa casa, as bordas do terreno onde estou começam a se tornar indistintas, a dissolver-se, a desaparecer.

O espaço rola sobre mim como um tapete e me engole, e com ele, claro, a casa em que nunca consigo entrar.

Não há absolutamente transição alguma entre isso, o sonho mais agradável que conheço, e a essência do livro intitulado *Evolução criadora*. Nesse livro de Henri Bergson, ao qual cheguei tão naturalmente quanto ao sonho da terra além da fronteira, estou de novo completamente só, sou de novo um estrangeiro, um homem de idade indeterminada de pé numa ponte de ferro, observando uma estranha metamorfose por fora e por dentro. Se o livro não houvesse caído em minhas mãos no momento preciso em que caiu, talvez eu tivesse ficado louco. Chegou no momento em que outro enorme mundo desmoronava em minhas mãos. Se eu jamais houvesse entendido nada do que está escrito nesse livro, se tivesse conservado apenas a lembrança de uma palavra, *criadora*, já seria o suficiente. Essa palavra foi meu talismã. Com ela pude desafiar o mundo inteiro, sobretudo meus amigos.

Há momentos em que a gente deve romper com os amigos para compreender o significado da amizade. Pode parecer estranho dizer isso, mas a descoberta desse livro foi o equivalente à descoberta de uma arma, um implemento com o qual eu poderia afastar todos os amigos que me cercavam e nada mais significavam para mim. Esse livro se tornou meu amigo porque me ensinou que eu não precisava de amigos. Deu-me a coragem de ficar só e me possibilitou valorizar a solidão. Jamais entendi o livro; às vezes julgava-me a ponto de entendê-lo, mas nunca na verdade o entendi. Era mais importante para mim não entender. Com esse livro nas mãos, lendo alto para meus amigos, questionando-os, explicando-lhes, fui claramente obrigado a entender que não tinha amigos, que estava sozinho no mundo. Por não entender o significado das palavras, nem eu nem meus amigos, uma coisa ficou muito clara: há várias formas de não entender e a diferença entre o não entendimento de um indivíduo e o de outro cria um mundo de terra firme ainda mais sólido que as diferenças de entendimento. Tudo que antes eu julgava haver entendido desmoronou, e fiquei com uma lousa limpa. Meus amigos, por outro lado, entrincheiraram-se mais firmemente na pequena vala de entendimento que haviam cavado para si. Morreram com todo conforto em seu pequeno leito de entendimento, para tornarem-se úteis cidadãos do mundo. Tive pena deles, e em pouco tempo os abandonei um por um, sem o menor arrependimento.

Que havia pois no livro, capaz de significar tanto para mim e no entanto permanecer obscuro? Retorno à palavra *criadora*. Tenho certeza de que todo o mistério reside na compreensão do significado dessa palavra. Quando penso no livro agora, e na forma como o abordei, penso num homem passando pelos ritos de iniciação. A desorientação e a reorientação que acompanham a iniciação em qualquer mistério constituem a mais maravilhosa experiência que se pode ter. Tudo em que o cérebro trabalhou uma vida inteira para assimilar, categorizar e sintetizar tem de ser desmontado e reordenado. Dia de mudança para a alma! E é claro que isso não dura um dia, mas semanas e meses. A gente encontra um amigo na rua por acaso, um amigo a quem não vê há semanas, e ele se tornou um absoluto estranho. A gente lhe faz alguns sinais da nova posição, e se ele não retribui, a gente o abandona — *para sempre*. É como limpar um campo de batalha: todos os irremediavelmente incapacitados e agonizantes a gente despacha com uma rápida cacetada. Segue-se em frente, rumo a novos campos de batalha, a novos triunfos ou derrotas. Mas segue-se! E quando a gente se move o mundo se move com a gente, com aterrorizante exatidão. Buscam-se novos campos de operação, novos espécimes da raça humana a quem pacientemente se instrui e equipa com os novos símbolos. Escolhem-se às vezes aqueles aos quais jamais se haveria olhado antes. Testa-se tudo e todo mundo ao alcance, desde que ignorem a revelação.

Foi assim que me vi na sala de conserto de roupas do estabelecimento de meu pai, lendo em voz alta para os judeus que ali trabalhavam. Lendo trechos daquela nova Bíblia, como Paulo devia ter falado aos seus discípulos. Com a desvantagem adicional, claro, de que aqueles pobres sacanas judeus não sabiam ler inglês. Dirigia-me, principalmente, ao cortador Bunchek, que tinha uma mente rabínica. Abrindo o livro, escolhia um trecho ao acaso e lia-o num inglês adaptado, quase tão primitivo quanto o pidgin*. Depois tentava explicar, escolhendo para exemplo e analogia as coisas que eles conheciam. Era espantoso como entendiam bem, como entendiam muito melhor, permitam-me dizer, que um professor universitário, um literato ou qualquer pessoa instruída. Naturalmente, o que entendiam nada tinha a ver, ao final, com o livro de Bergson como livro, mas não era esse o objetivo de um livro desses? Minha compreensão do significado de um livro é que o próprio livro desaparece de vista, é mastigado vivo, digerido e incorporado ao organismo como carne e osso, que por sua vez criam novo espírito e remodelam o mundo. Era um grande banquete comunitário que partilhávamos na leitura daquele livro, sendo a principal atração o capítulo sobre Desordem, que, depois de me haver penetrado completamente, me dotara de tão maravilhoso senso de ordem que se um cometa de repente caísse na terra e tirasse tudo do lugar, virasse tudo de cabeça para baixo, pelo avesso, eu me orientaria para a nova ordem num piscar de olhos. Não tenho mais medo ou ilusões sobre a desordem que sobre a morte. O labirinto é meu alegre campo de caça, e quanto mais fundo penetro no emaranhado, mais orientado fico.

Com *Evolução criadora* debaixo do braço, tomo o trem elevado na ponte de Brooklyn após o trabalho e inicio a viagem de volta para o cemitério. Às vezes embarco na rua Delancey, o coração mesmo do gueto, após uma longa caminhada pelas ruas apinhadas. Entro na linha elevada abaixo do solo, como um verme empurrado pelos intestinos. Toda vez que tomo meu lugar na multidão na plataforma, sei que sou o indivíduo mais singular ali. Vejo tudo que se passa à minha volta como um espectador de outro planeta. Minha linguagem, meu mundo estão debaixo do braço. Sou o guardião de um grande segredo; se abrisse a boca e falasse, pararia o trânsito. O que tenho a dizer, e o que guardo comigo todas as noites de minha vida nessa viagem da ida e volta da repartição, é absoluta dinamite. Ainda não estou pronto para jogar minha banana de dinamite. Mordisco-a

---

*Pidgin: língua composta, nascida do contato entre falantes de inglês, francês, espanhol, português etc. com falantes dos idiomas da Índia, da África e das Américas, servindo apenas como segunda língua para fins limitados, especialmente comerciais. (*N. da E.*)

meditativa, ruminativa, compulsoriamente. Mais cinco anos, talvez dez, e exterminarei completamente essas pessoas. Se o trem, ao fazer uma curva, dá um sacolejo violento, digo a mim mesmo *"ótimo! salte dos trilhos, aniquile-os!"* Jamais penso que eu mesmo correria perigo se o trem descarrilasse. Estamos comprimidos feito sardinhas e toda a carne quente apertada contra mim desvia meus pensamentos. Tomo consciência de um par de pernas enroscado nas minhas. Baixo o olhar para a garota sentada à minha frente, olho-a bem nos olhos e aperto mais os joelhos em sua virilha. Ela fica nervosa, mexe-se no assento e finalmente se volta para a garota ao seu lado e se queixa que a estou molestando. As pessoas em volta me encaram com ar hostil. Olho tranqüilamente pela janela e finjo que não ouvi nada. Mesmo que quisesse, não poderia tirar as pernas. Aos poucos, porém, a moça, com um violento empurrão e uma torção de corpo, consegue desengatar as pernas das minhas. Vejo-me quase na mesma situação com a garota a seu lado, aquela a quem se queixou. Quase imediatamente sinto um toque simpático e então, para minha surpresa, vejo-a dizer à primeira que não se pode evitar essas coisas, que na verdade não é culpa do cara, mas da empresa por nos amontoar desse jeito como carneiros. E mais uma vez sinto o tremor de suas pernas contra as minhas, uma pressão quente, humana, como um aperto de mão. Com a única mão livre consigo abrir o livro. Tenho um duplo objetivo: primeiro quero que ela veja o tipo de livro que leio; segundo, poder continuar com a linguagem das pernas sem chamar atenção. Funciona lindamente. Quando o trem esvazia um pouco, posso sentar-me junto dela e conversar — sobre o livro, naturalmente. É uma judia voluptuosa, com enormes olhos líquidos e a franqueza que acompanha a sensualidade. Na hora de saltar, saímos de braços dados pelas ruas, rumo à sua casa. Estou quase nos confins do velho bairro. Tudo me é familiar e, no entanto, repulsivamente estranho. Não passo por essas ruas há anos, e agora estou caminhando com uma judia do gueto, uma bonita garota, com um forte sotaque judeu. Pareço incongruente andando ao lado dela. Sinto que as pessoas nos olham pelas costas. Sou o intruso, o *gói* que baixou no bairro para colher uma bela buceta madura. Ela, por outro lado, parece orgulhosa de sua conquista; exibe-me aos amigos. Eis o que eu peguei no trem, um *gói* educado, um *gói* refinado! Quase a ouço pensando isso. Andando devagar, faço o levantamento do terreno, observando todos os detalhes práticos que decidirão se ligo ou não para ela depois do jantar. Não penso em convidá-la para jantar. É uma questão de saber a que hora e onde nos encontraremos, e como vamos tratar da questão, porque, como ela solta pouco antes de chegarmos à porta, tem marido caixeiro-viajante e precisa ter cuidado. Concordo em voltar e encontrá-la na esquina, diante da loja de doces, a certa hora. Se eu quiser trazer um amigo, ela trará uma amiga. Não, decido vê-la sozinho. Fica combinado. Ela aperta minha mão e entra num sujo saguão. Dou o fora rápido para a estação do elevado e corro até em casa a fim de engolir a refeição.

É uma noite de verão e está tudo aberto. Na viagem de volta para o encontro, todo o passado se precipita como um caleidoscópio. Desta vez deixei o livro em casa. É de buceta que estou atrás agora, e não penso em livro algum. Estou de volta a este lado da linha fronteiriça, e cada estação que passa zumbindo por mim torna meu mundo ainda mais diminuto. Sou quase uma criança quando chego ao destino. Sou uma criança horrorizada pela metamorfose ocorrida. Que aconteceu comigo, um homem do Décimo Quarto Distrito, para estar saltando nesta estação em busca de uma buceta judia? E se eu lhe desse uma trepada, e daí? Que tenho a dizer a uma garota como essa? Que é uma foda quando o que quero é amor? É, de repente me ocorre como um furacão... Una, a garota que eu amava, a garota que morava aqui neste bairro, Una, dos grandes olhos azuis e cabelos louros, Una que me fazia tremer só de olhar para ela, Una que eu temia beijar ou mesmo tocar a mão. *Onde está Una?* Sim, de repente, esta é a pergunta pungente: *onde está Una?* Em dois segundos, fico inteiramente desanimado, perdido, desolado, na mais horrível angústia e desespero. Como pude deixá-la ir embora? Por quê? Que aconteceu? *Quando* aconteceu? Eu pensava nela como um maníaco, dia e noite, entrava ano saía ano, e então, sem que eu sequer notasse, ela sai de minha mente, assim sem

mais, como uma moeda que cai por um buraco no bolso. Incrível, monstruoso, louco. Ora, tudo que eu tinha a fazer era lhe pedir que se casasse
comigo, pedir sua mão — só isso. Se tivesse feito isso, ela teria dito ·sim na
mesma hora. Amava-me, amava-me desesperadamente. Sim, eu me lembro agora, lembro como me olhou a última vez em que nos encontramos.
Eu estava me despedindo porque ia partir naquela noite para a Califórnia,
deixando tudo para iniciar nova vida. E jamais tive qualquer intenção de
levar uma vida nova. Pretendia lhe pedir que se casasse comigo, mas a
história que criara como um idiota saiu de meus lábios tão naturalmente
que eu próprio acreditei, e assim disse adeus e me afastei; e ela ficou ali me
olhando e senti seus olhos varando-me de um lado a outro, ouvi-a gemendo por dentro, mas como um autômato continuei andando, finalmente
dobrei a esquina e esse foi o fim. Adeus! Assim. Feito um coma. E eu pretendia dizer *Venha para mim! Venha para mim porque não posso mais viver
sem você!*

  Estou tão fraco, tão abalado, que mal consigo subir os degraus do Elevado. Agora sei o que aconteceu — cruzei a linha de fronteira! Esta Bíblia
que carrego comigo é para me instruir, iniciar-me num novo estilo de
vida. O mundo que conheci não existe mais, está morto, acabado, varrido.
E tudo que eu era foi varrido com ele. Sou uma carcaça recebendo uma
injeção de vida nova. Brilho e reluzo, ávido por novas descobertas, mas o
centro ainda pesa, nele ainda há escória. Ponho-me a chorar — bem ali, na
escada do Elevado. Soluço alto, feito uma criança. Agora me ocorre com
toda clareza: *Você está sozinho no mundo!* Está sozinho… sozinho… sozinho… É amargo ficar só… amargo, amargo, amargo, amargo. Isso não
tem fim, é insondável, e é o destino de todo homem na terra, sobretudo o
meu… sobretudo o meu. Mais uma vez a metamorfose. Mais uma vez
tudo oscila e tomba. Estou de novo no sonho, o sonho doloroso, delirante,
prazeroso e enlouquecedor de além fronteira. Estou de pé no meio do terreno baldio, mas não vejo minha casa. Não tenho casa. O sonho era uma
miragem. Jamais houve casa no meio do terreno baldio. Por isso nunca
pude entrar nela. Minha casa não está neste mundo, nem no próximo.

Sou um homem sem lar, sem amigo, sem esposa. Sou um monstro que pertence a uma realidade ainda inexistente. Ah, mas ela existe, vai existir, tenho certeza. Ando rápido agora, de cabeça baixa, murmurando comigo mesmo. Esqueci tão completamente o encontro que nem noto se passei por ela ou não. Na certa passei. Na certa olhei direto para ela e não a reconheci. Na certa ela tampouco me reconheceu. Estou louco, louco de dor, louco de angústia. Estou desesperado. Mas não perdido. Não; *existe* uma realidade à qual pertenço. Está longe, muito longe. Posso andar de agora até o dia do Juízo Final de cabeça baixa e jamais encontrá-la. Mas ela está lá, tenho certeza. Olho as pessoas com um ar assassino. Se pudesse jogar uma bomba e explodir todo o bairro, eu o faria. Ficaria feliz vendo-os voar pelos ares, estropiados, gritando, despedaçados, aniquilados. Quero aniquilar a Terra inteira. Não sou parte dela. É insana do princípio ao fim. Uma competição de tiro ao alvo. Uma imensa porção de queijo rançoso com vermes fervilhando dentro. Foda-se! Exploda-a e mande-a para o inferno. Mate, mate, mate. Mate-os todos, judeus e gentios, jovens e velhos, bons e maus...

Fico leve, leve como uma pluma, e meu passo se torna mais firme, mais calmo, mais uniforme. Que bela noite! As estrelas têm um brilho tão forte, tão sereno, tão remoto. Não exatamente caçoam de mim, mas lembram-me da futilidade disso tudo. Quem é você, rapaz, para estar falando da Terra, de explodir tudo? Rapaz, pairamos aqui há milhões e bilhões de anos. Vimos tudo, todas as coisas, e ainda assim brilhamos pacificamente toda noite, iluminamos o caminho, tranqüilizamos o coração. Olhe à sua volta, rapaz, veja como tudo ainda está quieto e belo. Está vendo, até o lixo na sarjeta parece belo à esta luz. Pegue a pequena folha de repolho, segure-a delicadamente na mão. Eu me curvo e pego a folha de repolho caída na sarjeta. Parece-me absolutamente nova, todo um universo em si. Quebro um pequeno pedaço e examino-o. Ainda um universo. Ainda indizivelmente belo e misterioso. Quase tenho vergonha de jogá-lo de volta na sarjeta. Curvo-me e deposito-o delicadamente com o resto do lixo. Fico muito pensativo, muito, muito calmo. Amo a todos no mundo. Sei que em alguma parte neste mesmo instante uma mulher espera por mim, e se eu seguir muito calmamente, muito delicadamente, muito vagarosamente chegarei a ela. Estará parada numa esquina talvez, e quando eu aparecer me reconhecerá — de imediato. Acredito nisso, portanto que Deus me ajude! Creio que tudo é justo e ordenado. Minha casa? Ora, é o mundo — o mundo todo! Estou em casa em toda parte, só que não sabia disso antes. Mas agora sei. Não há mais linha limítrofe. Jamais houve linha limítrofe: fui eu que a criei. Ando lenta e beatificamente pelas ruas. Ruas queridas. Onde todos caminham e sofrem sem demonstrar. Quando paro e me encosto num poste de luz para acender o cigarro, até o poste parece amistoso. Não é uma coisa de ferro — é uma criação da mente humana, moldada de uma certa forma, torcida e formada por mãos humanas, soprada com o alento humano, colocada por mãos e pés humanos. Volto-me e corro a mão pela superfície de ferro. Quase parece falar-me. É um poste de luz humano. Está *em seu lugar*, como a folha de repolho, como as meias rasgadas, o colchão, a pia da cozinha. Tudo se mantém de uma certa forma e num certo lugar, como nossa mente em relação a Deus. O mundo, em sua substância visível, tangível, é um mapa de nosso amor. Não Deus, mas a *vida* é amor. Amor, amor, amor. E no meio mesmo dela caminha este rapaz, eu próprio, que não é outro senão Gottlieb Leberecht Müller.

Gottlieb Leberecht Müller! É o nome de um homem que perdeu a identidade. Ninguém sabia dizer-lhe quem era, de onde vinha ou o que lhe acontecera. No cinema, onde pela primeira vez conheci esse indivíduo, supunha-se que sofrera um acidente na guerra. Mas quando me reconheci na tela, sabendo que jamais estivera na guerra, percebi que o autor inventara essa pequena obra de ficção para não me denunciar. Muitas vezes esqueço qual é o verdadeiro eu. Muitas vezes, em meus sonhos, tomo a poção do esquecimento, como se chama, e vagueio desolado e desesperado, em busca do corpo e do nome que são meus. E às vezes, entre o sonho e a realidade, há apenas a mais tênue linha. Às vezes, quando uma pessoa fala comigo, saio de mim mesmo e, como uma planta vagando com a corrente, começo a viagem de meu eu sem raízes. Nessa condição, sou inteiramente capaz de satisfazer as exigências comuns da vida — encontrar uma esposa, tornar-me pai, sustentar a casa, receber amigos, ler livros, pagar impostos, prestar o serviço militar, e assim por diante. Nessa condição, sou capaz, se necessário, de matar a sangue-frio, por minha família, para proteger meu país, ou o que seja. Sou o cidadão comum e rotineiro, que atende por um nome e recebe um número no passaporte. Sou inteiramente irresponsável por meu destino.

Então um dia, sem o menor aviso, acordo e, olhando em volta, não compreendo absolutamente nada do que se passa, nem meu próprio comportamento, nem o dos vizinhos, nem entendo por que os governos estão em guerra ou em paz, qualquer que seja o caso. Em tais momentos nasço de novo, nasço e sou batizado com meu nome correto: Gottlieb Leberecht Müller! Tudo que faço com meu nome certo é encarado como louco. As pessoas fazem sinais furtivos às minhas costas, às vezes até em minha cara. Sou obrigado a romper com amigos, família e entes queridos. Sou obrigado a levantar acampamento. E assim, naturalmente como num sonho, vejo-me mais uma vez a vagar com a corrente, em geral andando por uma auto-estrada, o rosto voltado para o sol poente. Então todas as minhas faculdades se tornam alertas. Sou o mais suave, insinuante e astuto animal — e ao mesmo tempo o que se poderia chamar de homem santo. Sei me virar. Sei como evitar trabalho, como evitar estabelecer relações, como evitar piedade, simpatia, bravura e todas as outras armadilhas. Permaneço num lugar ou com uma pessoa apenas o tempo suficiente para obter o que preciso, e depois torno a partir. Não tenho meta: perambular sem rumo é suficiente. Sou livre como um pássaro, seguro como um equilibrista. O maná cai do céu: só tenho de estender as mãos e receber. E por toda parte deixo atrás de mim o mais agradável sentimento, como se, ao aceitar os presentes que se derramam sobre mim, estivesse fazendo um verdadeiro favor aos outros. Até minha roupa-branca suja é cuidada por mãos amorosas. Porque todos amam um homem de vida justa. Gottlieb! Que lindo

nome! Gottlieb! Digo e repito-o para mim mesmo vezes e vezes. Gottlieb
Leberecht Müller!

Nessa condição, sempre me juntei a ladrões, patifes e assassinos, e
como têm sido bondosos e gentis comigo! Como se fossem meus irmãos.
E não são, de fato? Não fui culpado de todo crime, e não sofri por isso? E
não é exatamente por meus crimes que estou tão estreitamente unido a
meus semelhantes? Sempre que vejo uma luz de reconhecimento nos
olhos de outro, tenho consciência desse laço secreto. Só os olhos dos justos
jamais se iluminam. São os justos que jamais conheceram o sentido da
comunhão humana. São os justos que cometem os crimes contra o homem, os justos que são os verdadeiros monstros. São os justos que exigem
nossas impressões digitais, que nos provam que morremos mesmo quando estamos diante deles em carne e osso. São os justos que nos impõem
nomes arbitrários, falsos nomes, que põem datas falsas no registro e nos
enterram vivos. Prefiro os ladrões, os patifes, os assassinos, a não ser que
encontre um homem de minha própria estatura, de minha própria
qualidade.

Jamais encontrei um homem assim! Jamais encontrei um homem generoso como eu, misericordioso, tolerante, descuidado, irresponsável,
puro de coração. Perdôo-me por todo crime que cometi. Faço isso em
nome da humanidade. Sei o que significa ser humano, a fraqueza e força
da condição. Sofro com esse conhecimento e também me regozijo. Se tivesse uma chance de ser Deus, eu a rejeitaria. Se tivesse a chance de ser
uma estrela, eu a rejeitaria. A mais maravilhosa oportunidade que a vida
oferece é ser humano. Isso abarca todo o universo e inclui o conhecimento
da morte, o qual nem mesmo Deus desfruta.

No ponto a partir do qual este livro é escrito, eu sou o homem que se
batizou de novo. Faz muitos anos que isso aconteceu, e houve tanta coisa
nesse meio tempo que é difícil retornar àquele momento e refazer a jornada
de Gottlieb Leberecht Müller. Contudo, talvez eu possa fornecer uma pista
se disser que o homem que agora sou nasceu de uma ferida. A ferida atingiu o coração. Por toda lógica humana, eu devia estar morto. Na verdade,

todos os que um dia me conheceram me deram por morto; eu andava como um fantasma no meio deles. Usavam o verbo no pretérito para se referir a mim, tinham pena de mim, enterravam-me cada vez mais fundo. Mas eu me lembro de como ria então, como sempre, como fazia amor com outras mulheres, como desfrutava minha comida e bebida, e da cama macia a que me aferrava como um demônio. Alguma coisa me matara, e no entanto eu estava vivo. Mas vivo sem memória, sem nome; privado de esperança, assim como de remorso ou arrependimento. Não tinha passado e na certa não teria futuro; fora enterrado vivo num vazio que era a ferida que me haviam feito. *Eu era a própria ferida.*

Tenho um amigo que fala comigo de vez em quando sobre o milagre do Gólgota, do qual nada entendo. Mais sei alguma coisa sobre a milagrosa ferida que recebi, a ferida que me matou aos olhos do mundo e da qual nasci de novo e fui rebatizado. Sei alguma coisa sobre o milagre dessa ferida que vivi e se curou com minha morte. Falo dela como de uma coisa há muito passada, mas está sempre comigo. Tudo pertence a um passado muito antigo e aparentemente invisível, como uma constelação que afundou para sempre abaixo do horizonte.

O que me fascina é que qualquer coisa tão morta e enterrada quanto eu pudesse ser ressuscitada, e não apenas uma, mas inúmeras vezes. E não apenas isso, mas toda vez que eu desaparecia, mergulhava mais fundo que nunca no vazio, de modo que com cada ressurreição se tornava maior o milagre. E nunca qualquer estigma! O homem que renasce é sempre o mesmo, mais ele mesmo a cada renascimento. Só está soltando a velha pele a cada vez, e com ela seus pecados. O homem a quem Deus ama é realmente um homem de vida justa. O homem a quem Deus ama é a cebola com milhões de peles. Soltar a primeira camada é indescritivelmente doloroso; a camada seguinte é menos dolorosa, a próxima menos ainda, até que por fim a dor torna-se prazerosa, cada vez mais, uma delícia, um êxtase. E depois não há mais nem prazer nem dor, apenas a escuridão que cede diante da luz. E quando a escuridão se vai, a ferida sai de seu esconderijo: a ferida que é o homem, o amor do homem, banha-se em luz.

Recupera-se a identidade perdida. O homem avança de sua ferida aberta, da sepultura que carregou consigo por tanto tempo.

No túmulo que é minha memória, vejo-a enterrada agora, aquela a quem amei mais que a qualquer outra, mais que ao mundo, mais que a Deus, mais que à minha própria carne e osso. Vejo-a apodrecendo ali naquela sangrenta ferida de amor, tão perto de mim que não consigo distingui-la da própria ferida. Vejo-a lutando para libertar-se, limpar-se da dor do amor, e a cada esforço afundando de volta na ferida, atolada, sufocada, retorcendo-se em sangue. Vejo a terrível expressão em seus olhos, a muda e penosa agonia, o ar de animal encurralado. Vejo-a abrindo as pernas para a entrega, e cada orgasmo é um gemido de angústia. Ouço as paredes caindo, as paredes desabando sobre nós e a casa explodindo em chamas. Ouço-os chamando-nos da rua, a convocação ao trabalho, o apelo às armas, mas estamos pregados no chão e os ratos nos roem. A cova e o útero do amor sepultando-nos, a noite enchendo nossas entranhas e as estrelas luzindo acima do negro lago sem fundo. Perco a memória das palavras, até do nome dela, que pronuncio como um monomaníaco. Esqueci sua aparência, a sensação que experimentava ao tocá-la, seu cheiro, como fodia, penetrando cada vez mais fundo na noite da caverna insondável. Segui-a até o mais fundo buraco de seu ser, até o cemitério de sua alma, o alento que ainda não saíra de seus lábios. Procurei sem descanso aquela cujo nome não estava escrito em parte alguma, penetrei no próprio altar e encontrei nada. Envolvi-me nessa concha de nada como uma serpente de anéis ardentes; permaneci inerte durante séculos sem respirar enquanto os acontecimentos mundiais escoavam até o fundo e formavam um escorregadio leito de muco. Vi as constelações girando em torno do imenso buraco no teto do universo; vi os planetas distantes e a estrela negra que ia libertar-me. Vi o Dragão sacudindo-se para se livrar do darma e do carma, vi a nova raça de homens cozinhando na gema do futuro. Vi até o último sinal e símbolo, *mas não pude ler seu rosto*. Via apenas os olhos brilhando em meio a imensos e fartos seios luminosos, como se nadasse atrás deles nos eflúvios elétricos de sua visão incandescente.

Como conseguira ela expandir-se assim além de todo controle da consciência? Por qual monstruosa lei se espalhara assim sobre a face do mundo, revelando tudo mas escondendo-se? Estava oculta na face do sol, como a lua em eclipse; era um espelho que perdera o mercúrio, o espelho que mostra tanto a imagem quanto o horror. Olhando no fundo de seus olhos, na carne polpuda e translúcida, vi a estrutura cerebral de todas as formações, todas as relações, toda evanescência. Vi o cérebro dentro do cérebro, a interminável máquina girando interminavelmente, a palavra Esperança girando em um espeto, assando, pingando gordura, girando sem cessar na cavidade do terceiro olho. Ouvi seus sonhos murmurados em línguas perdidas, os gritos abafados reverberando em minúsculas fendas, os arquejos, os gemidos, os suspiros de prazer, o sibilar dos açoites. Ouvi-a chamar meu próprio nome, que eu ainda não dissera, ouvi-a xingar e gritar de raiva. Ouvi tudo ampliado mil vezes, como o homúnculo aprisionado no bojo de um órgão. Captei o respirar abafado do mundo, como se fixado na encruzilhada mesma do som.

Assim andamos, dormimos e comemos juntos, os irmãos siameses aos quais o Amor juntara e só a Morte poderia separar.

Andávamos de cabeça para baixo e mãos dadas no gargalo da garrafa. Ela se vestia quase exclusivamente de negro, a não ser por remendos roxos aqui e ali. Não usava roupas de baixo, só um simples *collant* de veludo negro saturado de diabólico perfume. Íamos para a cama ao amanhecer e nos levantávamos apenas quando anoitecia. Vivíamos em buracos negros com as cortinas fechadas, comíamos em pratos negros, líamos livros negros. Olhávamos do buraco negro de nossa vida para o buraco negro do mundo. O sol vivia permanentemente enegrecido, como a ajudar-nos em nossa contínua luta mutuamente destrutiva. Como sol tínhamos Marte, como lua, Saturno; vivíamos permanentemente no zênite do submundo. A Terra parara de girar e no buraco no céu acima de nós pairava a estrela negra que jamais piscava. De vez em quando tínhamos ataques de riso, um riso louco e batráquio que fazia os vizinhos tremerem. De vez em quando cantávamos, trêmulos plenos, delirantes e desafinados, trancados durante toda a longa noite escura da alma, um período de tempo incomensurável, que começava e terminava como um eclipse. Girávamos em torno de nossos próprios egos, como satélites fantasmas. Estávamos ébrios de nossa própria imagem, que víamos quando olhávamos nos olhos um do outro. Que aparência, então, tínhamos para os outros? Assim como o animal afigura-se à planta, as estrelas afiguram-se ao animal. Ou como Deus se afiguraria ao homem se o demônio lhe houvesse dado asas. E com isso tudo, na fixa e estreita intimidade de uma noite sem fim, ela estava radiante, jubilosa, um júbilo ultranegro que fluía dela como um firme jato de esperma do Touro Mitraico. Ela possuía dois canos, como uma escopeta, touro-fêmea com uma tocha de acetileno no útero. No cio, mirava o grande cosmocrata, revirava os olhos para trás até só ficarem os brancos, os lábios secos. No cego orifício do sexo, valsava como um camundongo amestrado, seus maxilares deslocados como os de uma cobra, a pele horripilante de plumas farpadas. Tinha o insaciável desejo do unicórnio, uma paixão que silenciava os egípcios. Até mesmo o buraco no céu através do qual brilhava a estrela baça foi engolido em sua fúria.

Vivíamos grudados no teto, os quentes vapores rançosos da vida diária subindo e sufocando-nos. Vivíamos num calor marmóreo, o fulgor ascendente da carne humana aquecendo os anéis de serpente em que nos achávamos presos. Vivíamos pregados nas mais baixas profundezas, nossa pele engrecida até o tom de charuto cinza pelos vapores da paixão mundana. Como duas cabeças espetadas na ponta das lanças de nossos carrascos, circulávamos vagarosa e fixamente sobre as cabeças e ombros do mundo abaixo. Que era a vida em terra firme, para nós que estávamoss decapitados e para sempre unidos pelos órgãos genitais? Éramos as serpentes gêmeas do paraíso, lúcidas no calor e no frio como o próprio caos. A vida era uma perpétua foda negra em torno de um poste fixo de insônia. A vida era a conjunção de Escorpião com Marte, em conjunção com Mercúrio, em conjunção com Vênus, em conjunção com Saturno, em conjunção com Plutão, em conjunção com Urano, em conjunção com mercúrio, láudano, rádio, bismuto. A grande conjunção se dava na noite de sábado,

Leão fornicando com Dragão na casa do irmão e irmã. A grande desgraça era um raio de sol filtrando-se através das cortinas. A grande praga era a possibilidade de que Júpiter, rei dos peixes, lampejasse um olho benévolo.

O motivo pelo qual esta é uma narrativa difícil é que me lembro demais. Lembro-me de tudo, mas como o boneco no colo de um ventríloquo. Parece-me que por todo longo e ininterrupto solstício conubial, fiquei sentado no colo dela (mesmo quando ela estava de pé) e dizia as falas que ela me ensinava. Parece-me que ela contratou o principal bombeiro de Deus para manter a estrela negra brilhando através do buraco no teto, deve tê-lo mandado despejar a noite perpétua e com ela todos os tormentos rastejantes que se movem em silêncio na escuridão, para que a mente se torne uma sovela rodopiante escavando freneticamente o negro nada. Terei apenas imaginado que ela falava sem cessar, ou tornara-me um boneco tão maravilhosamente treinado que interceptava o pensamento antes que chegasse ele aos lábios? Os lábios eram finamente separados, suavizados com uma grossa pasta de sangue negro; eu os via abrirem-se e fecharem-se com o mais absoluto fascínio, quer sibilassem com ódio de víbora, quer arrulhassem como uma pomba. Estavam sempre em *close-up*, como nas fotos de cinema, de modo que eu conhecia cada fenda, cada poro, e quando começava a baba histérica, eu observava a saliva e a espuma como se estivesse sentado numa cadeira de balanço sob as cataratas do Niágara. Aprendi o que fazer como se fosse parte do organismo dela; era melhor que um boneco de ventríloquo porque podia agir sem ser violentamente puxado por cordéis. De vez em quando, fazia coisas improvisadas, que às vezes a agradavam muito; ela, claro, fingia não notar essas irrupções, mas eu sempre sabia quando ficava satisfeita pela forma como se enfeitava. Tinha o dom da transformação; era quase tão rápida e sutil quanto o próprio diabo. Depois da pantera e do jaguar, o que ela imitava melhor eram os pássaros: a garça silvestre, a íbis, o flamingo, o cisne no cio. Tinha um jeito de lançar-se de repente, como se houvesse avistado uma carcaça, mergulhando direto sobre as entranhas, bicando imediatamente os miúdos — o coração, o fígado ou os ovários — e partindo de novo num piscar de olhos. Se alguém a localizasse, ficava imóvel ao pé de uma árvore, os olhos não inteiramente fechados, mas parados naquele olhar fixo de basilisco. Era cutucá-la um pouco e ela virava uma rosa, uma rosa de um negro profundo, com as pétalas mais aveludadas e uma fragrância dominadora. Era espantoso como aprendi admiravelmente a aproveitar minha deixa; por mais rápida que fosse a metamorfose, estava sempre em seu colo, colo de pássaro, colo de fera, colo de serpente, colo de rosa, que importa: o colo dos colos, o lábio dos lábios, ponta com ponta, pena com pena, a gema do ovo, a pérola da ostra, o aperto do câncer, tintura de esperma e cantáridas. A vida era Escorpião em conjunção com Marte, em conjunção com Vênus, Saturno, Urano etc.; o amor era conjuntivite das mandíbulas, agarre isso, agarre aquilo, agarre, agarre, agarre, o mandibular agarra-agarra da roda dos desejos. Chegada a hora de comer, eu já a ouvia descascando os ovos, e dentro do ovo um piopio, bendito augúrio da refeição seguinte. Eu comia feito um monomaníaco: a voracidade prolongada e sonhadora que quebra três vezes o jejum. E enquanto eu comia ela ronronava, o ritmado arquejar do homem predatório do súcubo devorando seu filhote! Que maravilhosa noite de amor! Saliva, esperma, sucubação, esfincterite, tudo de uma só vez: a orgia conjugal no Buraco Negro de Calcutá.

Lá fora onde pairava a estrela negra, um silêncio pan-islâmico, como no mundo cavernal, em que até mesmo o vento se cala. Lá fora, ousasse eu meditar nisso, a espectral quietude da insanidade, o mundo de homens acalentados, exaustos por séculos de incessante massacre. Lá fora, uma sangrenta e envolvente membrana dentro da qual se dava toda atividade, o mundo-herói de lunáticos e maníacos que haviam apagado a luz dos céus com sangue. Como era pacífica nossa vidinha de pomba e abutre no escuro! Carne para enterrar os dentes ou pênis, carne abundante e cheirosa sem marca de faca ou tesoura, sem cicatriz de granada explodida, sem queimaduras de gás de mostarda, nem pulmões escaldados. A não ser pelo alucinante buraco no teto, uma vida uterina quase perfeita. Mas o buraco estava lá — como uma fissura na bexiga — e nenhum tampão poderia fechá-lo definitivamente, nenhuma urinada poderia ser dissimulada com um sorriso. Mije bastante e à vontade, sim, mas como esquecer o rasgão no campanário, o silêncio não natural, a iminência, o terror, a condenação do "outro" mundo? Encha a barriga, sim, e amanhã de novo, e depois e depois e depois — mas *finalmente*, o quê? *Finalmente! Que era *finalmente*? Uma mudança de ventríloquo, uma mudança de colo, um desvio de eixo, outra fenda na abóbada... *o quê? O quê?* Vou-lhe dizer — sentado no colo dela, petrificado pelo raios imóveis e dentados da estrela negra, chifrado, conduzido, ancorado e trepanado pela telepática acuidade de nossa agitação interatuante, eu não pensava em absolutamente nada, em nada que estivesse fora da cela que habitávamos, nem mesmo o pensamento de um farelo numa toalha de mesa branca. Pensava puramente dentro das paredes de nossa vida amebiana, o pensamento puro como Emanuel Kant Pé de Buceta nos legou e que só um boneco de ventríloquo saberia reproduzir. Pensei em todas as teorias da ciência, da arte, todo grão de verdade em todo vesgo sistema de salvação. Calculei tudo com absoluta precisão, com decimais gnósticos ainda por cima, como prêmios que um bêbado distribui ao fim de uma corrida de seis dias. Mas tudo era calculado para outra vida, que outra pessoa ia viver um dia — *talvez*. Estávamos no gargalo mesmo da garrafa, *ela e eu*, como dizem, mas o gargalo da garrafa fora quebrado e a garrafa era apenas uma ficção.

Lembro-me que da segunda vez que a encontrei ela me disse que não esperava tornar a me ver, e na vez seguinte que pensava que eu fosse um viciado em drogas; na outra vez me chamou de deus e depois tentou suicidar-se; então eu também tentei, depois ela tornou a tentar, e nada deu certo, a não ser para nos unir, tão estreitamente na verdade que nos interpenetramos, trocamos de personalidade, nome, identidade, religião, pai, mãe, irmão. Até o seu corpo passou por uma mudança radical, não uma, mas várias vezes. A princípio, ela era grande e aveludada, como o jaguar, com aquela força sedosa e enganadora dos felinos, o agachar-se, o salto, o bote; depois ficou emaciada, frágil, delicada, quase como uma centáurea, e em cada mudança seguinte experimentou as mais sutis alterações

— de pele, músculo, cor, postura, odor, andar, gesto etc. Mudava como um camaleão. Ninguém sabia como era de fato, porque a cada mudança era uma pessoa inteiramente diferente. Após algum tempo, nem ela própria sabia como era. Iniciara esse processo de metamorfose antes que eu a conhecesse, como descobri mais tarde. Como tantas mulheres que se julgam feias, resolvera tornar-se bonita, de uma beleza deslumbrante. Para isso, antes de mais nada, renunciou ao nome, depois à família, amigos, tudo que podia ligá-la ao passado. Com toda a sua inteligência e aptidões, dedicou-se ao cultivo de sua beleza, seu charme, que já possuía em alto grau, mas a tinham feito julgar inexistentes. Vivia constantemente diante do espelho, estudando cada movimento, cada gesto, cada mínimo trejeito. Mudou todo o seu modo de falar, a dicção, a entonação, o sotaque, a fraseologia. Conduzia-se com tal habilidade que era impossível até mesmo tocar na questão de suas origens. Vivia em guarda, mesmo durante o sono. E, como bom general, descobriu muito rápido que a melhor defesa é o ataque. Jamais deixava uma única posição desocupada; seus postos avançados, seus batedores, suas sentinelas posicionavam-se em toda parte. Sua mente era um farol giratório que jamais se apagava.

Cega à própria beleza, ao próprio encanto, à própria personalidade, para não falar de sua identidade, lançou todos os seus poderes na fabricação de uma criatura mítica, uma Helena, uma Juno, a cujos encantos nem homem nem mulher resistiriam. Automaticamente, sem o menor conhecimento da lenda, começou pouco a pouco a criar um *background* ontológico, a mítica seqüência de fatos que antecediam o nascimento consciente. Não tinha necessidade de lembrar suas mentiras, suas ficções — só precisava ter em mente o seu papel. Para ela, nenhuma mentira era monstruosa demais, pois naquele papel adotado era absolutamente fiel a si mesma. Não precisou *inventar* um passado: *lembrava* o passado que lhe pertencia. Jamais foi flanqueada por uma pergunta direta, pois nunca se apresentava ao adversário, a não ser indiretamente. Apresentava apenas os ângulos de facetas sempre cambiantes, os prismas cegantes de luz que renovava constantemente. Nunca era um ser, como o que se podia finalmente surpreender em repouso, mas o próprio mecanismo, operando incessantemente miríades de espelhos que refletiriam o mito por ela criado. Não tinha qualquer equilíbrio, equilibrava-se eternamente acima de suas múltiplas identidades no vácuo do eu. Não pretendera tornar-se uma figura lendária, apenas queria que se reconhecesse a sua beleza. Mas na busca da beleza, logo esqueceu por completo a busca e tornou-se vítima de sua própria criação. Tornou-se uma beleza tão estonteante, que às vezes era assustadora, e às vezes decididamente mais feia que a mais feia mulher do mundo. Podia inspirar horror e medo, sobretudo quando estava com o encanto nas alturas. Era como se a vontade, cega e incontrolável, brilhasse através da criação, expondo o monstro que é.

No escuro, trancada no buraco negro sem ninguém olhando, nem adversário, nem rivais, o cegante dinamismo da vontade diminuía um pouco, dava-lhe um fulgor de cobre derretido, as palavras saindo de sua boca como lava, a carne buscando sofregamente agarrar-se a um apoio, pousar em algo sólido e substancial, alguma coisa na qual se reintegrar e descansar alguns instantes. Era como uma frenética mensagem interurbana, um S.O.S. de um navio afundando. A princípio tomei isso erroneamente por paixão, devido ao êxtase produzido por carne esfregando contra carne. Julguei háver descoberto um vulcão ativo, um Vesúvio fêmea. Jamais pensei num navio humano afundando num oceano de desespero, Mar dos Sargaços de impotência. Agora penso naquela estrela negra brilhando através do buraco no teto, aquela estrela fixa que pairava acima de nossa cela conjugal, mais fixa, mais remota que o Absoluto, e sei que era ela, esvaziada de tudo que era ela mesma: um sol negro morto, sem aspecto. Sei que conjugávamos o verbo amar como dois maníacos tentando foder através de uma grade de ferro. Eu disse que, no frenético agarramento no escuro, eu às vezes esquecia o nome dela, sua aparência, quem era. É verdade. Eu me superava no escuro. Deslizava dos trilhos da carne para o interminável espaço do sexo, para os canais orbitais estabelecidos por essa ou aquela: Georgiana, por exemplo, que durou apenas uma breve tarde, Thelma a puta egípcia, Carlotta, Alannah, Una, Mona, Magda, meninas de seis ou sete anos; abandonadas, fogos-fátuos, rostos, corpos, coxas, um raspão no metrô, um sonho, uma lembrança, um desejo, um anseio. Eu podia começar com Georgiana de uma tarde de domingo perto dos trilhos da ferrovia, o vestido de bolinhas, as cadeiras oscilantes, a fala arrastada de sulista, a boca lasciva, os seios derretidos; podia começar com Georgiana, candelabro sexual com miríades de ramificações, e seguir para fora e para o alto pela ramificação de buceta na enésima dimensão do sexo, um mundo sem fim. Georgiana era como a membrana da minúscula orelha de um monstro inacabado chamado sexo. Era transparentemente viva e respirava na luz da lembrança de uma breve tarde na avenida, o primeiro odor e substância tangíveis do mundo da foda que é em si um ser sem limites e definição, como nosso mundo, o mundo. Todo o mundo da foda como que contido na sempre crescente membrana do animal que chamamos sexo, que é como outro ser crescendo dentro de nosso próprio ser e aos poucos substituindo-o, para que com o tempo o mundo humano seja apenas uma vaga lembrança desse novo ser, que tudo inclui, que tudo procria, dando à luz ele próprio.

Foi exatamente essa cópula sinuosa no escuro, esse engate de duas juntas, dois canos, que me pôs na camisa-de-força da dúvida, do ciúme, do medo da solidão. Se comecei minha costura com Georgiana e o candelabro sexual com miríades de braços, tinha certo de que ela também trabalhava, construindo membrana, fazendo orelhas, olhos, dedos dos pés, couro cabeludo ou outra coisa qualquer relacionada a sexo. Ela começava com o monstro que a estuprara, supondo-se que houvesse verdade na história; de qualquer forma, também começava numa trilha paralela em algum ponto, avançando para o alto e para fora ao longo desse ser multiforme e incriado, por meio de cujo corpo lutávamos desesperadamente para nos encontrar. Conhecendo apenas uma fração de sua vida, possuindo apenas um monte de mentiras, invenções, fantasias, obsessões e ilusões, juntando pedaços soltos, sonhos de coca, devaneios, frases inacabadas, fala confusa no sonho, delírios histéricos, fantasias mal disfarçadas, desejos mórbidos, encontrando de vez em quando um nome

tornado carne, escutando pedaços soltos de conversa, observando olhares
furtivos, gestos interrompidos, eu bem podia creditar-lhe um panteão de
seus próprios deuses fodidos, de criaturas de carne e osso demasiado vívi-
das, homens talvez daquela mesma tarde, talvez de apenas uma hora atrás,
a buceta ainda inundada do esperma da última foda. Quanto mais sub-
missa ela era, quanto mais apaixonadamente se comportava, quanto mais
abandonada parecia, mais inseguro eu me tornava. Não havia começo,
ponto de partida individual, pessoal; encontrávamo-nos como hábeis
espadachins no campo de honra, agora povoado com fantasmas de vitória
e derrota. Estávamos alertas e prontos a reagir à menor estocada, como só
os experientes podem estar.

Reuníamo-nos com nossos exércitos, abrigados pela escuridão, e por
lados opostos forçávamos os portões da cidadela. Não havia como resistir
ao nosso sangrento trabalho; não pedíamos nem dávamos quartel.
Reuníamo-nos nadando em sangue, uma reunião sangrenta e glauca na
noite com todas as estrelas extintas, a não ser pela fixa estrela negra pendendo como escalpo acima do buraco no teto. Se adequadamente drogada, ela vomitava como um oráculo tudo que lhe acontecera durante o dia,
na véspera no dia anterior, no ano retrasado, *tudo*, até o dia em que nascera. E nem uma palavra era verdade, nem um único detalhe. Não parava
um instante, pois se parasse o vácuo que criava em seu vôo teria causado
uma explosão suficiente para destruir o mundo. Era a máquina de mentir
do mundo em microcosmo, engrenada para o mesmo medo interminável
e devastador e que possibilita aos homens lançar todas as suas energias na
criação do aparelho da morte. Olhando-a, a gente a julgaria destemida, a
personificação da coragem, o que ela *era*, desde que não fosse obrigada
a voltar sobre seus passos. Atrás achava-se o calmo dado de realidade, um
colosso que a perseguia a cada passo. Todo dia essa colossal realidade assumia novas proporções, tornava-se mais aterrorizante, mais paralisante.
Todo dia ela tinha de criar asas mais velozes, mandíbulas mais afiadas,
olhos mais penetrantes, hipnóticos. Era uma corrida aos limites máximos
do mundo, uma corrida perdida desde o princípio, sem ninguém para

detê-la. Na borda do vácuo erguia-se a Verdade, pronta a recuperar o terreno perdido com a velocidade de um raio. Era tão simples e óbvio que a deixava frenética. Reunir mil personalidades, liderar os maiores canhões, enganar as maiores cabeças, fazer o mais longo desvio — ainda assim o fim seria a derrota. No encontro final tudo se destinava a desabar — a astúcia, a habilidade, o poder, tudo. Ela seria um grão de areia na praia do maior oceano e, pior que tudo, se assemelharia a cada um dos outros grãos de areia na praia desse oceano. Estaria condenada a reconhecer seu ego singular em toda parte até o fim dos tempos. Que destino escolhera para si mesma! Que sua singularidade fosse engolfada pelo universal! Que seu poder se reduzisse ao máximo de passividade! Era enlouquecedor, alucinante. Não podia ser! Não *tinha* de ser! Avante! Como as legiões negras. Avante! Através de todos os graus do círculo sempre crescente. Avante e para longe do eu, até a última partícula substancial da alma se estender ao infinito. Na sua fuga assolada de pânico, ela parecia carregar o mundo todo no útero. Estávamos sendo expulsos dos confins do universo rumo a uma nebulosa que nenhum instrumento seria capaz de visualizar. Estávamos sendo arrastados para uma pausa tão imóvel, tão prolongada, que em comparação a morte parece uma farra de bruxa loucas.

De manhã, contemplo a exangue cratera de seu rosto. Nem uma linha, nem uma ruga, nem uma única mancha! A aparência de um anjo nos braços do Criador. *Quem matou Cock Robin? Quem massacrou os iroqueses?* Eu não, podia dizer meu belo anjo, e por Deus, quem, olhando aquele rosto puro, imaculado, seria capaz de desmentir? Quem veria naquele sono de inocência que metade do rosto pertencia a Deus e a outra a Satanás? A máscara era lisa como a morte, fria, gostosa de tocar, como cera, como uma pétala aberta à mais leve brisa. Tão tentadoramente tranqüila e sincera que a gente se afogaria nela, afundaria nela, corpo e tudo, como um mergulhador, e não retornaria nunca mais. Até que os olhos se abrissem para o mundo ela ficaria assim, inteiramente extinta e reluzindo com luz refletida, como a própria lua. Em seu transe mortal de inocência, fascinava ainda mais; os crimes dissolvidos, exsudados pelos poros, jazia enroscada como uma serpente adormecida pregada na terra. O corpo, forte, esguio, musculoso, parecia ter um peso não natural; tinha uma gravidade mais que humana, a gravidade, quase se poderia dizer, de um cadáver ainda quente. Era como se imaginaria a bela Nefertiti após os primeiros mil anos de mumificação, uma maravilha de perfeição mortuária, um sonho de carne preservada da decomposição mortal. Jazia enroscada na base de uma pirâmide oca, venerada no vácuo de sua própria criação como uma relíquia sagrada do passado. Até mesmo sua respiração parecia parada, tão profundo o sono. Caíra abaixo da esfera humana, abaixo da esfera animal, abaixo até da esfera vegetal; afundara ao nível do mundo mineral, onde a animação fica apenas um ponto acima da morte. De tal modo dominara a arte da simulação que mesmo o sonho era impotente para traí-la. Aprendera a não sonhar: quando se enroscava no sono, desligava automaticamente a corrente. Se a gente pudesse surpreendê-la assim e abrir-lhe o crânio, o encontraria de todo vazio. Ela não guardava segredos perturbadores; tudo que podia ser humanamente morto o fora. Podia viver para sempre, como a lua, como qualquer planeta morto, irradiando um esplendor hipnótico, criando marés de paixão, engolfando o mundo em loucura, descolorindo todas as substâncias terrenas com seus raios magnéticos, metálicos. Semeando sua própria morte, levava todos em volta a um pico de febre. Na odiosa quietude do sono, renovava sua própria morte magnética pela união com o magma frio dos mundos planetários sem vida. Estava magicamente intacta. Seu olhar caía na gente com penetrante fixidez: era o olhar lunar com que o dragão morto da vida emitia um fogo frio. Um dos olhos era castanho morno, da cor de uma folha de outono; o outro era cor de avelã, o olho magnético que tremulava como a agulha de uma bússola. Mesmo no sono este olho continuava a tremular sob a veneziana da pálpebra; o único sinal de vida nela visível.

Assim que abria os olhos, estava inteiramente desperta. Acordava com um forte estremecimento, como se a visão do mundo e sua parafernália humana fossem um choque. Punha-se instantaneamente em plena atividade, chicoteando como uma grande píton. O que a irritava era a luz!

Acordava xingando o sol, o brilho da realidade. O quarto tinha de ser escurecido, as velas acesas, as janelas hermeticamente fechadas para impedir que o barulho da rua entrasse. Andava de um lado para outro nua com um cigarro pendurado no canto da boca. Sua toalete era motivo de grande preocupação; tinha de cuidar de mil pormenores antes de ao menos vestir um roupão de banho. Era como um atleta preparando-se para a grande competição do dia. Das raízes do cabelo, que examinava com aguda atenção, à forma e comprimento das unhas dos pés, todas as partes de sua anatomia sofriam uma completa inspeção antes que ela se sentasse para o café-da-manhã. Eu disse que era como um atleta, mas na verdade parecia mais um mecânico inspecionando um veloz avião para um vôo de teste. Assim que enfiava o vestido, estava pronta para o dia, para o vôo que talvez terminasse em Irkutsk ou Teerã. Recebia no café-da-manhã combustível suficiente para a viagem inteira. O café era uma coisa prolongada: a única cerimônia do dia na qual perdia tempo e se demorava, num prolongamento de fato exasperante. A gente imaginava se algum dia ela decolaria, se esquecera a grande missão que jurava realizar todo dia. Talvez sonhasse com o itinerário, ou talvez não sonhasse com absolutamente nada, mas apenas desse tempo aos processos funcionais de sua maravilhosa máquina, para que, uma vez embarcada, não houvesse retorno. Ficava muito calma e dona de si nessa hora do dia; parecia um grande pássaro empoleirado num penhasco na montanha, examinando sonhador o terreno abaixo. Não era da mesa do café que ia subir e mergulhar para se abater sobre a presa. Não, do poleiro matinal levantaria vôo devagar e, majestosamente, sincronizaria cada movimento com o pulsar do motor. Tinha todo o espaço diante de si, a direção ditada apenas pelo capricho. Era quase a imagem da liberdade, não fossem o peso saturnino do corpo e a envergadura anormal das asas. Por mais equilibrada que parecesse, sobretudo na decolagem, sentia-se o terror que motivava o vôo diário. Era ao mesmo tempo obediente ao destino e freneticamente ávida por superá-lo. Toda manhã voava de seu poleiro, como de um pico himalaio; parecia sempre dirigir o vôo para uma região não mapeada na qual, se tudo desse certo, desapareceria para sempre. Toda manhã parecia levar consigo essa última e desesperada esperança; despedia-se com calma e grave dignidade, como alguém que vai baixar à cova. Nunca circulava o campo de vôo, nunca lançava um olhar para aqueles a quem deixava para trás. Tampouco deixava para trás a mínima migalha de personalidade; ganhava os ares com todos os seus pertences, com cada pequeno indício que testemunhasse o fato de sua existência. Não deixava sequer o sopro de um suspiro, nem mesmo uma unha do pé. Uma saída limpa, como o próprio Diabo faria lá por seus motivos. Ficávamos com um grande vazio nas mãos. Desertados, e não apenas isso, mas traídos, desumanamente traídos. Não desejávamos detê-la nem chamá-la de volta; ficávamos com uma praga nos lábios, um ódio negro que escurecia todo o dia. Mais tarde, andando pela cidade, devagar, à maneira dos pedestres, rastejando como um verme, colhíamos rumores sobre seu vôo espetacular; tinham-na visto rondando certo ponto, mergulhara aqui e ali por motivos que ninguém conhecia, fizera uma pirueta em alguma parte, passara como um cometa, escrevera letras de fumaça no céu, e assim por diante. Tudo que fizera era enigmático e exasperante, e parecia sem propósito. Era como um comentário simbólico e irônico sobre a vida humana, sobre o comportamento dessa criatura semelhante a formiga visto de outra dimensão.

Entre o momento da decolagem e o da volta, eu vivia a vida de um verdadeiro *schizerino*. Não era uma eternidade que passava, porque de alguma forma a eternidade tem a ver com a paz e a vitória, é uma coisa feita pelo homem, conquistada: não, eu experimentava um entreato em que cada fio de cabelo ficava branco até as raízes, cada milímetro de pele coçava e ardia até todo o corpo tornar-se uma ferida exsudante. Vejo-me sentado diante de uma mesa no escuro, as mãos e pés ficando enormes, como se a elefantíase tomasse conta de mim a galope. Ouço o sangue correndo para o cérebro e martelando nos tímpanos como demônios himalaios munidos de malhos; ouço-a batendo suas imensas asas, mesmo em Irkutsk, e sei que está seguindo em frente, sempre mais longe, sempre mais fora de alcance. O quarto está tão silencioso e tão assustadoramente vazio, que grito e uivo só para fazer um pouco de barulho, um pouco de som humano. Tento levantar-me da mesa, mas tenho os pés pesados demais e as mãos se tornaram iguais aos pés informes do rinoceronte. Quanto mais pesado se torna meu corpo, mais leve a atmosfera do quarto; vou-me espalhar e espalhar até enchê-lo com uma sólida massa de geléia firme. Taparei até mesmo as fendas na parede; crescerei pela parede como uma planta parasita, espalhando-me e espalhando-me até toda a casa torna-se uma indescritível massa de carne, pêlos e unhas. Sei que isso é a morte, mas estou impotente para matar esse conhecimento, ou o conhecedor. Uma minúscula partícula de mim está viva, um cisco de consciência persiste, e, à medida que se expande a carcaça inerte, esse adejo de vida se torna cada vez mais agudo e brilha dentro de mim como o frio fogo de uma gema. Ilumina toda a viscosa massa de polpa, de modo que pareço um mergulhador com uma tocha no corpo de um monstro marinho morto. Por um tênue filamento oculto ainda continuo ligado à vida acima da superfície das profundezas, mas está tão distante o mundo superior, e o peso do cadáver é tão grande que, mesmo se fosse possível, levaria muitos anos para chegar à superfície. Ando a esmo em meu próprio corpo morto, explorando cada esconderijo e cada fenda de sua massa imensa e informe. É uma exploração interminável, pois com o incessante crescimento toda a topografia muda, deslizando e fluindo como o magma quente da terra. Nem por um minuto há terra firme, nem por um momento alguma coisa continua parada e reconhecível: é um crescimento sem marcos, uma viagem em que o destino muda a cada pequeno movimento ou tremor. É esse interminável enchimento de espaço que mata toda noção de espaço ou tempo; quanto mais o corpo se expande, menor se torna o mundo, até que afinal sinto que tudo se concentrou na cabeça de um alfinete. Apesar do esforço dessa enorme massa morta em que me tornei, sinto que o que a mantém, o mundo do qual brota, não é maior que uma cabeça de alfinete. No meio da poluição, no próprio coração e entranhas da morte, por assim dizer, sinto a semente, a milagrosa e infinitesimal alavanca que equilibra o mundo. Cobri o mundo como um xarope, e seu vazio é terrível, mas não há como desalojar a semente; a semente tornou-se um pequeno nó de fogo frio, que ruge como um sol na vasta cavidade da carcaça morta.

Quando a grande ave de rapina regressar exausta do vôo, encontrar-me-á aqui no meio do meu nada, eu, o imperecível *schizerino*, uma semente ardente no coração da morte. Todo os dias ela pensa em encontrar outro meio de subsistência, mas não há outro, só essa eterna semente de luz que, morrendo a cada dia, eu redescubro para ela. Voa, ó pássaro devorador, voa aos limites do universo! Eis aqui teu fulgente alimento no doentio vazio que criaste! Voltarás para perecer mais uma vez no buraco negro; voltarás muitas e muitas vezes, pois não tens asas que te transportem para fora do mundo. Este é o único mundo que podes habitar, este túmulo da serpente onde reina a escuridão.

E de repente, sem motivo algum, quando penso nela retornando ao ninho, lembro-me das manhãs de domingo na velha casinha perto do cemitério. Lembro que me sentava ao piano com roupa de dormir, apertando os pedais com os pés descalços, e minha família permanecia na cama aquecendo-se no quarto ao lado. Os quartos davam uns para os outros, no estilo conjugado, como nos velhos e bons apartamentos de ferroviários americanos. Nas manhãs de domingo a gente ficava na cama até dar vontade de gritar devido à sensação de bem-estar. Lá para as onze, mais ou menos, o pessoal batia na parede de meu quarto para que fosse tocar para eles. Eu entrava dançando na sala como os irmãos Fratellini, tão cheio de ardor e plumas que podia alçar-me como um guindaste ao galho mais alto da árvore do paraíso. Eu podia fazer qualquer coisa sozinho, e ao mesmo tempo ser muito flexível. O velho chamava-me Jim Ensolarado, porque eu era cheio de "força", de vitalidade e vigor. Primeiro eu dava alguns saltos mortais no tapete diante da cama; depois cantava em falsete, tentando imitar um boneco de ventríloquo; depois dançava alguns passinhos fantásticos para mostrar de que lado soprava o vento, e zum!, como uma brisa estava no banquinho do piano fazendo um exercício de velocidade. Sempre começava com Czerny, como preparação para a apresentação. O velho o odiava, e eu também, mas Czerny era então o *plat du jour* do cardápio, e assim era Czerny até minhas juntas virarem borracha. De uma maneira vaga, Czerny me lembra o grande vazio que se abateu sobre mim mais tarde. Com que velocidade eu tocava, pregado no banquinho do piano! Era como engolir um vidro de tônico de uma só vez e depois ser amarrado na cama. Depois de tocar uns 98 exercícios, estava pronto para algumas improvisações. Costumava tirar um punhado de acordes e esmurrava o piano de uma ponta a outra, depois modulava mal-humorado *O incêndio de Roma*, ou a *Corrida de bigas de Ben-Hur*, que todos gostavam porque era barulho inteligível. Muito antes de ler o *Tractatus logico-philosophicus,* de Wittgenstein, eu já compunha música para ele, na clave de sassafrás. Eu era então entendido em ciência e filosofia, história das religiões, lógica indutiva e dedutiva, hepatomancia, forma e peso dos crânios, farmacopéia e metalurgia, em todos os ramos inúteis do saber que nos dão indigestão e melancolia antes do tempo. Esse vômito de baboseira erudita cozinhava em minhas tripas a semana inteira, à espera do domingo para ser musicado. Entre o *Alarme de incêndio à meia-noite* e a *Marcha militar,* eu pegava inspiração, que era destruir todas as formas existentes de harmonia e criar minha própria cacofonia. Imaginem Urano em boa disposição com Marte, Mercúrio, a Lua, Júpiter, Vênus. É difícil de imaginar, porque Urano funciona melhor quando está indisposto, "aflito", por assim dizer. Mas aquela música que eu fazia nas manhãs de domingo, música de bem-estar e bem nutrido desespero, nascia de um Urano ilogicamente em boa disposição ancorado firme na Sétima Casa. Eu não sabia disso então, não sabia que Urano existia, e era uma sorte ser ignorante. Mas vejo-o agora, porque era uma alegria casual, um falso bem-estar, um tipo destrutivo de criação ígnea. Quanto maior a minha euforia, mais tranqüilo ficava o pessoal. Até minha irmã louca ficava calma e composta. Os vizinhos se punham diante da janela e escutavam; de vez em quando eu ouvia uma explosão de aplausos, e depois, zás!, lá partia eu de novo feito um foguete — Exercício de Velocidade nº 947 ½. Se por acaso via uma barata rastejando pela parede, eu ficava extasiado: isso me levaria sem a menor hesitação ao Opus Izzit de meu cravo tristemente corrugado.

Um domingo, sem mais aquela, compus um dos mais belos *scherzos* ima-
gináveis — para um piolho. Era primavera e fazíamos todos o tratamento
de enxofre; eu me debruçara a semana inteira sobre o *Inferno* de Dante em
inglês. O domingo veio como um degelo, os pássaros tão enlouquecidos
pelo súbito calor que entravam e saíam pelas janelas, imunes à música.
Uma de nossas parentas alemãs acabara de chegar de Hamburgo, ou
Bremen, uma tia solteirona que parecia sapatão. Só ficar perto dela bastava para me lançar num ataque de raiva. Ela me dava tapinhas na cabeça e
me dizia que eu seria outro Mozart. Eu detestava Mozart, e ainda detesto,
e assim, para ir à forra com ela, tocava mal, tocava todas as notas
dissonantes que conhecia. E então surgiu o pequeno piolho, como eu estava dizendo, um piolho de verdade que eu pegara enfiado em minha roupa
de baixo de inverno. Peguei-o e coloquei-o com toda ternura na ponta de
uma tecla. Depois iniciei uma pequena giga em torno dele com a mão
direita; o barulho na certa o ensurdeceu. Parecia hipnotizado pela minha
ágil pirotecnia. Aquela imobilidade de transe finalmente me deu nos nervos. Decidi introduzir uma escala cromática, descendo sobre ele com toda
força o dedo anular. Acertei-o em cheio, mas com tanta força que ele ficou
grudado na ponta do meu dedo. Isso me deixou inquieto. O *scherzo* começou a partir daí. Era um *potpourri* de melodias esquecidas temperadas
com aloé e caldo de porco-espinho, tocado às vezes em três claves ao mesmo tempo, e girando sempre como um camundongo valsante em torno
da imaculada concepção. Mais tarde, quando fui ouvir Prokofiev, compreendi o que se passava com ele; compreendi Whitehead, Russell, Jeans,
Eddington, Rudolf Eucken, Frobenius e Link Gillespie; compreendi porque, se nunca houvesse existido um teorema binomial, o homem o teria
inventado; compreendi a eletricidade e o ar comprimido, para não falar
nos banhos de águas termais e nos cremes à base de lama. Compreendi
com muita clareza, devo dizer, que o homem tem um piolho morto no
sangue, e quando nos dão uma sinfonia, um afresco ou um poderoso explosivo, estamos na verdade recebendo uma reação de ipecacuanha não
incluída no predestinado menu. Compreendi também por que não me

tornara o músico que era. Todas as composições que criara na cabeça, todas aquelas audições privadas e artísticas que me foram permitidas, graças a Santa Hildegarda, Santa Brígida, João da Cruz ou sabe Deus quem, foram feitas para uma era futura, de menos instrumentos, antenas mais fortes e tímpanos mais fortes também. É preciso sentir um tipo diferente de sofrimento antes que se possa apreciar essa música. Beethoven demarcou o novo território — sabe-se de sua presença quando ele irrompe, quando ele invade o próprio núcleo de sua quietude. É um reino de novas vibrações — para nós apenas uma vaporosa nebulosa, pois ainda precisamos ir além de nosso conceito de sofrimento. Ainda precisamos ingerir esse mundo nebuloso, seu trabalho, sua orientação. Permitiram-me ouvir uma música incrível deitado de bruços e indiferente à tristeza à minha volta. Ouvi a gestação do novo mundo, o som de rios torrenciais em seu curso, de estrelas pulverizando-se e atritando, de fontes entupidas de gemas ardentes. Toda a música ainda é governada pela velha astronomia, é produto de estufa, uma panacéia para *Weltschmerz*. A música ainda é um antídoto para o inominado, mas isso ainda não é *música*. Música é fogo planetário, um irredutível auto-suficiente; é a escrita dos deuses na lousa, o abracadabra que cultos e ignorantes igualmente perdem porque o eixo foi desencaixado. Vejam as entranhas, o inconsolável e inelutável! Nada está determinado, assentado ou resolvido. Tudo isso que se passa, toda música, arquitetura, lei, governo, invenção, descoberta — tudo é exercício de velocidade no escuro, Czerny com Z maiúsculo cavalgando um louco cavalo branco numa garrafa de mucilagem.

Um dos motivos pelos quais jamais cheguei a parte alguma com a maldita música é que sempre vinha misturada com sexo. Assim que eu sabia tocar uma música, as bucetas fervilhavam à minha volta como moscas. Para começar, foi em grande parte culpa de Lola. Minha primeira professora de piano. Lola Niessen. Um nome ridículo e típico do bairro onde morávamos então. Soava como arenque fedorento, ou buceta bichada. Para falar a verdade, Lola não era exatamente uma beldade. Parecia meio assim uma calmuca ou chinuque, a tez pálida e os olhos biliosos. Tinha algumas verrugas e cistos de pele, para não falar no bigode. O que me excitava, porém, eram os seus pêlos; tinha maravilhosos cabelos negros compridos, que arrumava em coques ascendentes e descendentes no crânio mongólico. Enroscava-os na nuca num nó serpentino. Estava sempre atrasada, pois era uma idiota conscienciosa, e quando chegava eu estava sempre meio desanimado de tanto me masturbar. Assim que ela se sentava no banquinho a meu lado, porém, eu voltava a me excitar, em parte com o perfume fedorento com que ela encharcava os sovacos. No verão, usava mangas soltas e eu via os tufos de pêlos sob seus braços. Essa visão me deixava maluco. Eu a imaginava com pêlos no corpo todo, até no umbigo. E o que queria fazer era enroscar-me neles, enterrar os dentes neles. Eu seria capaz de comer os cabelos dela como uma iguaria se houvesse um pedaço de carne preso neles. Seja como for, ela era peluda, é o que quero dizer, e sendo peluda como um gorila desviava minha mente da música para sua buceta. Eu estava tão seco para ver aquela buceta que um dia, finalmente, subornei seu irmãozinho para me deixar dar uma olhada quando ela tomava banho. Foi ainda mais maravilhoso do que eu imaginara: tinha uma cabeleira que ia do umbigo às virilhas, um tufo enorme e denso, uma escarcela, rica como um tapete feito à mão. Quando passou sobre os pêlos almofadinha de talco, achei que ia desmaiar. Na vez seguinte em que veio para a aula, deixei dois botões da braguilha abertos. Ela pareceu não notar nada de errado. Na outra vez deixei toda a braguilha aberta. Então ela entendeu. Disse:

— Acho que você esqueceu uma coisa, Henry.

Eu a olhei, rubro feito uma beterraba, e perguntei delicadamente:

— *O quê?*

Ela fingiu desviar o olhar quando apontou para ele com a mão esquerda, que chegou tão perto que não resisti a agarrá-la e enfiá-la em minha braguilha. Ela se levantou de um salto, pálida e assustada. A essa altura meu pau já estava de fora, tremendo de prazer. Aproximei-me dela e enfiei a mão por baixo de seu vestido, para chegar àquele tapete tecido à mão que vira pelo buraco da fechadura. De repente, recebi uma sonora bofetada no ouvido, e depois outra, e então ela me pegou pela orelha e, levando-me a um canto da sala, virou minha cara para a parede e disse:

— Agora abotoe a braguilha, seu idiotinha!

Voltamos ao banquinho em poucos instantes — voltamos a Czerny e aos exercícios de velocidade. Eu não mais distinguia um sustenido de um bemol, mas continuei a tocar porque tinha medo de que ela contasse o incidente à minha mãe. Felizmente, não era coisa fácil de contar à mãe de alguém.

O incidente, por mais embaraçoso que fosse, assinalou uma acentuada mudança em nossas relações. Pensei que na vez seguinte ela seria severa comigo, mas pelo contrário, parecia haver-se embonecado, ter posto mais perfume e estava até um pouco alegre, o que era incomum em Lola, pois era um tipo carrancudo e retraído. Não me atrevi a tornar a abrir a braguilha, mas tive uma ereção e a mantive durante toda a aula, o que deve ter agradado, porque ela ficou lançando olhares de esguelha naquela direção. Eu só tinha quinze anos na época, e ela no mínimo 25 ou 28. Era difícil para mim saber o que fazer, a menos que a atacasse deliberadamente um dia em que minha mãe estivesse fora. Durante algum tempo cheguei a segui-la à noite, quando saía sozinha. Lola tinha o hábito de sair sozinha para longos passeios noturnos. Eu seguia seus passos, esperando que ela fosse a algum lugar deserto perto do cemitério, onde eu poderia tentar algumas táticas brutas. Tinha às vezes a sensação de que ela sabia que eu a estava seguindo e gostava disso. Acho que esperava a minha tocaia — acho que era o que desejava. De qualquer modo, uma noite eu estava deitado na grama perto dos trilhos da ferrovia; era uma escaldante noite de verão e havia pessoas deitadas por toda parte, como cães arquejantes. Eu não estava absolutamente pensando em Lola — apenas sonhava acordado ali, acalorado demais para pensar em qualquer coisa. De repente, vejo uma mulher vindo pelo estreito caminho coberto de cinzas. Estou esparramado no aterro e não vejo ninguém em volta. A mulher vem andando devagar, cabisbaixa, como que sonhando. Quando chega mais perto, eu a reconheço.

— Lola! — exclamo. — Lola!

Ela parece realmente espantada por me ver ali.

— Ora, o que você está fazendo aqui? — pergunta, e com isso se senta a meu lado.

Não me dei o trabalho de responder, não disse uma palavra — simplesmente me lancei e deitei sobre ela.

— Aqui, não — ela pediu, mas não dei atenção.

Enfiei a mão entre suas pernas, emaranhando-a naquela sua densa escarcela, e ela estava encharcada como um cavalo exausto. Era minha primeira foda, por Deus, e tinha de aparecer aquele trem e jogar fagulhas quentes sobre nós. Lola ficou aterrorizada. Acho que era a primeira foda dela também, e na certa precisava mais do que eu, mas quando sentiu as fagulhas quis se soltar. Era como tentar sujeitar uma égua xucra. Não consegui mantê-la deitada, por mais que lutasse com ela. Levantou-se, sacudiu as roupas e ajeitou o coque na nuca.

— Você deve ir pra casa — disse ela.

— Não vou — respondi, e com isso tomei-a pelo braço e me pus a andar.

Andamos em silêncio mortal por uma boa distância. Nenhum de nós parecia notar aonde ia. Finalmente, chegamos à rodovia e acima de nós ficavam os reservatórios; perto dos reservatórios havia um lago. Por instinto, dirigi-me para lá. Tivemos de passar sob algumas árvores baixas ao nos aproximarmos do lago. Eu ajudava Lola a se curvar, quando de repente ela escorregou, arrastando-me consigo. Não fez nenhum esforço para se levantar; em vez disso, me agarrou e me apertou contra ela, e para meu completo espanto também a senti deslizar a mão para dentro de minha braguilha. Acariciou-me de uma forma tão maravilhosa que num instante gozei em sua mão. Então ela pegou minha mão e pôs entre as pernas. Deitou-se de costas completamente relaxada e abriu bem as pernas. Curvei-me e beijei cada pêlo de sua buceta; enfiei a língua em seu umbigo e lambi-o até deixá-lo limpo. Depois deitei com a cabeça entre suas pernas e lambi a baba que jorrava dela. Ela gemia agora, e agarrava-me loucamente com as mãos; os cabelos haviam se soltado por completo e caíam sobre o abdome nu. Para encurtar a história, enfiei de novo e me segurei bastante tempo, pelo que ela deve ter ficado muito grata, porque gozou não sei quantas vezes — era como um fieira de traques explodindo, e com isso tudo me ferrava os dentes, me feria os lábios, me unhava, rasgava minha camisa e não sei mais o quê. Quando cheguei em casa e dei uma olhada no espelho, estava marcado como um novilho.

Foi maravilhoso enquanto durou, mas não durou muito. Um mês depois os Niessens mudaram-se para outra cidade, e jamais tornei a ver Lola. Mas pendurei sua escarcela sobre a cama e rezava para ela toda noite. E sempre que começava o exercício de Czerny tinha uma ereção, pensando em Lola deitada na grama, nos longos cabelos negros, no coque em sua nuca, nos gemidos que soltara e no suco que jorrava dela. Tocar piano era apenas uma longa foda de segunda mão para mim. Tive de esperar mais dois anos para dar umazinha de novo, como dizem, e nem foi tão bom assim, porque peguei uma bela gonorréia, e além do mais não foi na grama nem no verão, e não houve calor na coisa, mas apenas uma fria foda mecânica por um dólar num quartinho imundo de hotel, a sacana fingindo que estava gozando e não gozando coisíssima nenhuma. E talvez nem tenha sido ela quem me passou a gonorréia, mas sua colega no quarto ao lado, que se deitava com meu amigo Simmons. Foi assim — eu acabara tão rápido a minha foda mecânica que pensei em ir ver como estava se saindo meu amigo Simmons. E vejam só, eles ainda estavam na luta, e com força total. A garota dele era tcheca, e meia maluca: fazia a vida havia pouco tempo, aparentemente, e esquecia do trabalho e passava a se divertir. Vendo-a em ação, decidi esperar e fazer uma tentativa também. Foi o que fiz. Antes do fim da semana, tive um corrimento, e depois disso imaginei que fosse congestão prostática ou orquite.

Mais ou menos um ano depois, era eu quem dava aulas de piano, e quis a sorte que a mãe da menina a quem ensinava fosse uma puta, uma vagabunda, uma piranha de marca maior. Vivia com um crioulo, como descobri depois. Parece que ele não tinha pica grande o suficiente para satisfazê-la. Seja como for, toda vez que eu me preparava para ir para casa, ela me segurava na porta e se esfregava em mim. Eu tinha medo de começar alguma coisa com ela, porque segundo os rumores estava cheia de sífilis, mas que diabo se vai fazer quando uma puta quente daquela esfrega a buceta na gente e enfia a língua quase até a metade da sua garganta? Eu a fodia de pé no vestíbulo, o que não era muito difícil, porque ela era leve e eu a segurava nas mãos como uma boneca. E assim estava uma noite, quando de repente ouço a chave entrando na fechadura, e ela também ouve e fica dura de medo. Não temos aonde ir. Felizmente, há um reposteiro pendurado no vão da porta e eu me escondo atrás dele. Então ouço o garanhão negro dela beijando-a e dizendo:

— *Cumé que tu tá, gostosa?*

E ela diz que o esperava e é melhor subir logo porque ela mal pode esperar, e essas coisas. Quando a escada pára de ranger, abro de mansinho a porta e me mando, e aí, por Deus, me bate um medo de verdade, porque se o garanhão negro descobre me corta a garganta, sem dúvida. Por isso paro de dar aulas naquela espelunca, mas logo a filha está atrás de mim — acaba de fazer dezesseis anos — perguntando se não quero lhe dar aulas na casa de uma amiga. Recomeçamos os exercícios de Czerny, com faíscas e tudo. É o primeiro cheiro de buceta nova que sinto e é maravilhoso, como feno recém-cortado. Fodemos uma aula atrás da outra, e entre as aulas damos umas trepadas adicionais. E aí, um dia, é a triste história — ela está prenha, e que se vai fazer? Tenho de arranjar um judeuzinho para me ajudar a sair dessa; ele quer 25 paus pelo serviço e eu nunca vi 25 paus em minha vida. Além disso, a menina é menor. Além disso, poderia contrair uma septicemia. Dou a ele cinco paus adiantados e me mando para as montanhas Adirondacks por duas semanas. Ali, conheço uma professora que morre de vontade de tomar aulas. Mais exercícios, mais camisinhas e adivinhações. Toda vez que eu tocava no piano, eu parecia deslocar uma buceta.

Se havia uma festa, eu tinha de levar a porra da partitura; para mim, era como enrolar o pênis num lenço e pendurar debaixo do braço. Nas férias, numa casa de fazenda ou hospedaria, onde sempre havia um excedente de buceta, a música tinha um efeito extraordinário. As férias eram o período pelo qual eu ansiava o ano todo, não tanto pelas bucetas quanto por não ter de trabalhar. Uma vez fora dos arreios, era um palhaço. Ficava tão abarrotado de energia que queria saltar fora da pele. Lembro que num verão em Catskills conheci uma garota chamada Francie. Era bonita e sensual, com fortes tetas escocesas e uma fileira de dentes brancos regulares, deslumbrantes. Começou no rio onde nadávamos. Segurávamo-nos no barco e uma de suas tetas escapou do maiô. Tirei a outra para fora e depois desamarrei as alças dos ombros. A garota se meteu embaixo do barco, com vergonha; e eu a segui e quando ela subiu para respirar, arranquei-lhe a porra do maiô, e lá estava ela, flutuando como uma sereia, as grandes e fortes tetas a subir e descer como bóias infladas. Arranquei meu calção e começamos a brincar feito golfinhos ao lado do barco. Em pouco tempo, apareceu a amiguinha dela com uma canoa. Era uma garota bastante corpulenta, uma espécie de loura morango com olhos cor de ágata e cheia de sardas. Ficou um tanto chocada ao nos ver nus em pêlo, mas logo a derrubamos da canoa e a despimos. E aí começamos os três a brincar de pegador dentro d'água, mas era difícil pegá-las, porque eram escorregadias como enguias. Quando nos fartamos, corremos até uma casinha no campo que parecia uma guarita abandonada. Havíamos levado nossas roupas e íamos nos vestir, os três, naquela tenda. Estava muito quente e abafado, e formavam-se nuvens de tempestade. Agnes — a amiga de Francie — tinha pressa de vestir-se. Começava a sentir vergonha de si mesma ali parada nua à nossa frente. Francie, por outro lado, parecia perfeitamente à vontade. Estava sentada num banco de pernas cruzadas e fumava um cigarro. Seja como for, quando Agnes punha a camisa, houve um relâmpago e um aterrorizante trovão logo atrás. Ela gritou e deixou cair a camisa. Houve outro relâmpago em poucos segundos e de novo o estrondo do trovão, perigosamente próximo. O ar tornou-se sombrio à nossa volta, as moscas começaram a morder, e nós ficamos nervosos, inquietos e meio em pânico também. Sobretudo Agnes, que tinha medo de relâmpagos e mais ainda de ser encontrada morta, com nós três completamente nus. Disse que queria pegar suas coisas e correr para casa. E exatamente quando fazia esse desabafo, despencou a chuva, a cântaros. Achamos que ia parar em poucos minutos e ficamos ali, nus, olhando o rio a fervilhar pela porta entreaberta. Parecia chover pedras, e os relâmpagos continuavam sem cessar. Estávamos inteiramente apavorados agora, e num dilema sobre o que fazer. Agnes torcia as mãos e rezava alto: parecia uma daquelas idiotas pintadas por George Grosz, uma daquelas cadelas tortas com um terço no pescoço e icterícia ainda por cima. Achei que ela ia desmaiar ali mesmo ou alguma coisa assim. De repente, tive a idéia brilhante de fazer uma dança de guerra na chuva — para distraí-las. No momento em que saltei para começar a brincadeira, um raio lampeja e lasca uma árvore não distante. Fiquei tão assustado que perdi o juízo. Sempre que estou com medo, rio. Por isso ri, uma risada louca, de gelar o sangue, que fez as meninas gritarem. Quando as ouvi gritando, não sei por quê, pensei nos exercícios de velocidade, e com isso me senti de pé no vazio, tudo azul em volta e a chuva tamborilando em minha carne tenra. Todas as minhas sensações se concentraram na superfície da pele e por baixo da camada mais externa eu estava vazio, leve como uma pluma, mais leve que o ar, o talco, o magnésio ou qualquer porra que queiram. De repente, eu era um *chippewa*, era a clave de sassafrás de novo, e estava cagando se as meninas gritavam, desmaiavam ou borravam as calças, que aliás não estavam vestindo. Olhando para a doida da Agnes com o terço no pescoço e barrigão azul de medo tive a idéia de fazer uma dança sacrílega, com uma das mãos segurando os colhões e a outra futucando o nariz para o trovão e o relâmpago. A chuva era quente e fria, e a grama parecia cheia de libélulas. Eu saltava feito um canguru e berrava a plenos pulmões:

— Ó, Pai, seu filho-da-puta nojento, recolha essa porra desse relâmpago, senão Agnes não vai mais acreditar em você! Está me ouvindo, seu velho puto aí em cima, pare com essa tapeação… está deixando Agnes maluca. Ei, você, está surdo… seu velho viado?

E com o contínuo metralhar dessa bobagem desafiante nos lábios, eu dançava pela casa de banho, saltando como uma gazela e lançando mão

das mais assustadoras pragas que conseguia lembrar. Quando o relâmpago estalava, eu saltava mais alto, e quando o trovão ribombava eu rugia
feito um leão; então dava um salto mortal e rolava na grama feito um
filhote, mordia a grama, cuspia na direção delas, batia no peito feito
um gorila e o tempo todo via os exercícios de Czerny pousados no piano,
a página branca cheia de sustenidos e bemóis, e o porra do idiota, penso
comigo mesmo, imaginando que essa é a maneira de aprender a manipular o cravo. De repente pensei que Czerny podia estar no céu àquela altura,
olhando para mim aqui embaixo; então cuspi o mais alto que podia em
sua direção e quando o trovão ecoou de novo gritei com toda a minha
força:

— Czerny, seu sacana, *você* aí em cima, que o relâmpago arranque os
seus colhões… tomara que você engula o seu rabo torto e se estrangule…
está me ouvindo, sua bicha louca?

Mas apesar de todos os meus esforços, Agnes se tornava mais delirante. Era uma católica irlandesa burra e jamais ouvira alguém falar com
Deus daquele jeito antes. De repente, enquanto eu dançava no fundo da
cabine, ela correu para o rio. Ouvi Francie gritar:

— Traga ela de volta, ela vai se afogar! Traga ela de volta!

Corri atrás dela, a chuva ainda a cair com vontade, berrando-lhe que
voltasse, mas ela corria às cegas, como que possuída pelo demônio, e
quando chegou à beira d'água foi entrando direto e nadou para o barco.
Nadei atrás dela e quando chegamos ao lado do barco, que eu temia que
ela emborcasse, agarrei-a pela cintura com uma das mãos e comecei a fa-
lar-lhe calma e suavemente, como se falasse com uma criança.

— Se afaste de mim — ela disse. — Você é um ateu!

Jesus, fiquei tão surpreso ao ouvir isso que uma pluma teria me derrubado. Então era assim? Toda aquela histeria porque eu insultava o Deus
todo-poderoso. Tive vontade de dar-lhe um soco no olho para trazê-la de
volta ao juízo. Mas estávamos só com a cabeça fora d'água e tive medo que
ela fizesse alguma coisa maluca como puxar o barco para cima da gente se
eu não lidasse direito com ela. Por isso fingi que estava muitíssimo

arrependido e disse que não falara nem uma palavra a sério, que estava morto de medo, e por aí vai, e enquanto falava em tom gentil e tranqüilizador, deslizei a mão de sua cintura e alisei delicadamente seu rabo. Era o que ela queria, sem dúvida. Contava-me em meio aos soluços que era uma boa católica e tentava não pecar, e talvez estivesse tão envolvida no que falava que nem soubesse o que eu fazia, mas mesmo assim, quando meti a mão em suas virilhas e disse todas as coisas bonitas em que consegui pensar, sobre Deus, sobre o amor, sobre a freqüência à igreja, a confissão e essa merda toda, ela deve ter sentido alguma coisa, porque eu tinha uns bons três dedos dentro dela e mexia-os como carretéis bêbados.

— Passe os braços em torno de mim, Agnes —, eu disse baixinho, tirando a mão e puxando-a para mim de modo a meter as pernas entre as dela… — Isso, boa menina… vá com calma agora… logo vai acabar.

E ainda falando de igreja, confessionário, Deus, amor e toda essa maldita baboseira, consegui entrar nela.

— Você é muito bom para mim — ela disse, como se não soubesse que eu tinha o pau lá dentro —, e sinto muito ter bancado a idiota.

— Eu sei, Agnes — eu disse —, está tudo bem… Escute, me aperte com mais força… ééé, é isso aí.

— Estou com medo que o barco vire — ela disse, enquanto fazia o melhor possível para manter o rabo em posição, escorando-se com a mão direita.

— É, vamos voltar para a margem — eu disse, e comecei a me afastar dela.

— Não me deixe — ela disse, agarrando-me mais forte. — Não me deixe, ou vou me afogar.

Nesse momento, Francie veio correndo para a água.

— Depressa — disse Agnes —, depressa… eu vou me afogar.

Francie era uma garota bacana, devo dizer. Certamente não era católica, e se tinha alguma moral era de ordem reptiliana. Era uma dessas moças que nasceram para foder. Não tinha metas, nem grandes desejos, não demonstrava ciúmes, não guardava ressentimentos, estava sempre alegre e de modo algum era pouco inteligente. Nas noites em que nos sentávamos na varanda no escuro conversando com os hóspedes, ela vinha sentar-se em meu colo sem nada por baixo do vestido e eu me enfiava nela enquanto ela ria e conversava com os outros. Creio que teria o descaramento de fazer essas coisas diante do papa, se tivesse uma chance. De volta à cidade, quando eu a visitava em sua casa, ela fazia o mesmo número diante da mãe, cuja vista, por sorte, ficava cada vez mais baça. Se íamos dançar e ela ficava com fogo no rabo, arrastava-me a uma cabine telefônica e, esquisita como era, de fato falava com alguém, alguém como Agnes, por exemplo, enquanto realizava a proeza. Parecia extrair um prazer especial ao fazer isso debaixo do nariz das pessoas; dizia que tinha mais graça se a gente não pensasse muito na coisa. No metrô lotado, voltando da praia para casa, ela virava o vestido de modo que a abertura ficasse no meio, pegava minha mão e punha-a direto na buceta. Se o trem vinha lotado e a gente estava seguramente imprensado num canto, ela tirava meu pau da braguilha e o segurava nas mãos, como se fosse um pássaro. Às vezes ficava brincalhona e pendurava a bolsa nele, como para provar que não havia o mínimo perigo. Outra coisa nela era não fingir que eu era o único cara em sua fila. Se me contava tudo, não sei, mas sem dúvida contou bastante. Falava-me de seus casos rindo, quando subia em mim, quando eu estava dentro dela, ou quando eu estava para gozar. Contava-me como eles faziam, se tinham pau grande ou pequeno, o que diziam quando ficavam excitados, e assim por diante, dando-me todos os detalhes possíveis, como se eu fosse escrever um manual sobre o assunto. Parecia não ter o mínimo sentimento do sagrado em relação a seu próprio corpo, seus sentimentos ou qualquer coisa relacionada a ela.

— Francie, sua maldita fodedora — eu dizia —, você não tem a moral de uma ostra.

— Mas você gosta de mim, não gosta? — era o que ela dizia. — Os homens gostam de foder e as mulheres também. Não faz mal a ninguém, e não quer dizer que a gente tem de amar todo mundo com quem fode, tem? Eu não ia querer me apaixonar; deve ser terrível ter de foder o mesmo

homem o tempo todo, não acha? Escute, se você não fodesse com ninguém fora eu o tempo todo, logo ia ficar cansado de mim, não ia? Às vezes
é bacana ser fodida por alguém que a gente nem conhece. É, acho que isso
é o melhor — acrescentava. — Não tem complicação, número de telefone,
cartas de amor, brigas, que sei eu? Escute, você acha isso muito ruim? Uma
vez tentei fazer meu irmão me foder; você sabe como ele é fresco... um pé
no saco de todo mundo. Não me lembro mais exatamente como foi, mas
de qualquer modo estávamos em casa sozinhos e eu estava pegando fogo
naquele dia. Ele veio ao meu quarto me pedir alguma coisa. Eu estava
deitada com o vestido levantado, pensando no negócio e com uma vontade terrível, e quando ele entrou eu caguei para o fato de ser meu irmão,
pensei nele apenas como homem, e assim fiquei lá deitada com a saia le-
vantada e disse que não estava me sentindo muito bem, estava com dor de
estômago. Ele quis sair correndo para pegar alguma coisa para mim, mas
eu disse que não, que apenas esfregasse um pouco meu estômago que ia
fazer bem. Abri o cós da saia e fiz ele esfregar a pele nua. Ele tentava manter
os olhos na parede, o grande idiota, e me esfregava como se eu fosse um
pedaço de pau. "Não é aí, seu otário", eu disse, "é mais embaixo... está com
medo de quê?" E fingi que sofria muito. Por fim, ele me tocou por acidente. "Aí! É isso!" gritei. "Ah, esfregue, é tão bom!" E sabe que o idiota de fato
me esfregou por uns cinco minutos sem perceber que era tudo um jogo?
Eu fiquei tão exasperada que mandei que fosse para o inferno e me deixasse em paz. "Você é um eunuco", eu disse, mas ele era tão imbecil que não
creio que soubesse o que significava a palavra.

Deu uma risada, pensando no quanto o irmão era bobo. Disse que ele
na certa ainda era virgem. Que pensava eu a respeito — era tão ruim assim? Claro que sabia que eu não pensaria nada disso.

— Escute, Francie — eu disse —, você já contou essa história ao tira
com quem sai? — Ela achava que não. — Eu também acho — eu disse. —
Ele ia fazer você se mijar de tanta porrada se soubesse dessa história.

— Ele já me deu umas porradas — ela respondeu prontamente.

— *Quê?* — eu disse. — Você deixa ele bater em você?

— Eu não peço — ela respondeu —, mas você sabe como ele é esquentado. Não deixo mais ninguém me bater, mas de algum modo, vindo dele, não ligo muito. Às vezes me faz sentir bem por dentro... Não sei, talvez a mulher deva levar uma surra de vez em quando. Não machuca muito, se a gente gosta mesmo do cara. E depois ele é tão delicado, porra... eu quase tenho vergonha de mim mesma...

Não é sempre que se consegue uma fêmea capaz de admitir tais coisas — quer dizer, uma fêmea normal, não uma retardada. Havia Trix Miranda, por exemplo, e sua irmã, a sra. Costello. Belo par formavam. Trix, que saía com meu amigo MacGregor, tentava fingir para a irmã, com quem vivia, que não fazia sexo com MacGregor. E a irmã fingia para todo mundo que era frígida, que não podia ter relações com um homem mesmo que quisesse, por ser "muito pequena". E enquanto isso meu amigo MacGregor comia as duas adoidado, e as duas sabiam uma da outra, mas ainda assim mentiam uma à outra. Por quê? Eu não conseguia entender. A cadela da Costello era histérica; sempre que sentia que não estava recebendo uma justa porcentagem das fodas de MacGregor, dava um ataque pseudo-epiléptico. Isso significava jogar toalhas em cima dela, bater em seus pulsos, abrir sua blusa, esfregar-lhe as pernas e finalmente carregá-la para a cama no andar de cima, onde meu amigo MacGregor a procuraria assim que houvesse posto a outra para dormir. Às vezes as duas irmãs se deitavam juntas para uma soneca à tarde; se estivesse por perto, MacGregor subia e se deitava entre elas. Como me explicou rindo, o segredo era fingir que ia dormir. Ficava deitado respirando forte e abrindo ora um olho, ora outro, para ver qual das duas realmente dormia. Assim que se convencia de que uma delas adormecera, atacava a outra. Em tais ocasiões parecia preferir a irmã histérica, a sra. Costello, cujo marido a visitava mais ou menos a cada seis meses. Dizia que, quanto mais risco corria, mais emoção sentia. Se fosse com a outra irmã, Trix, a quem se supunha estivesse cortejando, tinha de fingir que seria terrível se a outra os pegasse assim, e ao mesmo tempo, admitiu para mim, vivia esperando que a outra acordasse e os pegasse. Mas a irmã casada, a que era "pequena demais", como

ela dizia, era uma cadela manhosa, e além disso se sentia culpada em relação à irmã, e se esta algum dia a apanhasse no ato ela na certa fingiria que
estava tendo um ataque e não sabia o que fazia. Nada no mundo a faria
admitir que estava de fato se permitindo o prazer de ser fodida por um
homem.

Eu a conhecia muito bem, porque lhe dava aulas havia algum tempo, e
fazia o máximo para levá-la a admitir que tinha uma buceta normal e que
gostava de uma boa foda, se pudesse conseguir uma de vez em quando.
Contava-lhe histórias cabeludas, na verdade versões mal disfarçadas de
seus próprios atos, mas ela permanecia inflexível. Cheguei a levá-la ao
ponto, certo dia — e isso supera tudo — de fazê-la me deixar enfiar um
dedo.Tive certeza de que estava tudo liquidado. É verdade que era seca e
meio apertada, mas atribuí isso à sua histeria. Agora imaginem chegar a
esse ponto com uma fêmea e depois ouvi-la dizer na minha cara, ao baixar
violentamente o vestido:

— Está vendo, eu disse a você que eu não era normal.

— Não estou vendo nada disso — respondi furioso. — Que espera
que eu faça, que use um microscópio em você?

— Gosto disso — ela disse, fingindo-se altiva. — Que maneira de
falar comigo!

— Você sabe muito bem que está mentindo, porra — continuei. —
Por que mente para mim desse jeito? Não acha humano ter uma buceta e
usar de vez em quando? Quer que ela seque?

— Que linguagem! — ela disse, mordendo o lábio inferior e corando
feito uma beterraba. — Eu sempre achei que você era um cavalheiro.

— Bem, você não é nenhuma dama — respondi —, porque mesmo
uma dama admite que fode de vez em quando, e além disso as damas não
pedem aos cavalheiros que enfiem o dedo dentro delas para ver o tamanho que têm.

— Eu nunca pedi que você me tocasse — ela disse. — Nem pensaria
em pedir que pusesse a mão em mim, pelo menos nas minhas partes
íntimas.

— Talvez você tenha pensado que eu ia limpar sua orelha, foi isso?

— Eu pensei em você como um médico naquele momento, é só o que posso dizer — declarou emproada, tentando me dar um gelo.

— Escute — eu disse, arriscando um palpite maluco —, vamos fingir que foi tudo um erro, que nada aconteceu, absolutamente nada. Eu a conheço muito bem para pensar em insultá-la desse jeito. Não pensaria em fazer uma coisa dessas com você... não, ao diabo se pensaria. Eu estava só imaginando que talvez você não tivesse razão no que disse, que talvez não fosse tão pequena assim. Sabe, foi tudo muito rápido, tão rápido que eu não sei o que senti... Acho que nem cheguei a enfiar o dedo em você. Devo ter tocado apenas o lado de fora... só isso. Escute, sente aqui no sofá... vamos ser amigos de novo. — Puxei-a para que se sentasse a meu lado — ela se derretia visivelmente — e passei o braço ao redor de sua cintura. — Foi sempre assim? — perguntei com toda inocência e quase ri no momento seguinte, percebendo a pergunta idiota que fizera. Ela baixou a cabeça timidamente, como se estivéssemos tratando de uma verdadeira tragédia. — Escute, talvez se você se sentasse em meu colo... — e puxei-a gentilmente para o colo, ao mesmo tempo enfiando delicadamente a mão por baixo de seu vestido e pousando-a de leve em seu joelho. — Talvez você se sentisse melhor se ficasse sentada assim .... aí, é isso, basta se ajeitar em meus braços... está se sentindo melhor?

Ela não respondeu, mas tampouco resistiu; simplesmente se recostou devagar e fechou os olhos. Aos poucos, muito delicada e suavemente, fui subindo a mão por sua perna, falando em voz baixa e tranqüilizante o tempo todo. Quando pus os dedos no vão entre suas pernas e abri os pequenos lábios, ela estava molhada como um pano de prato. Massageei-a delicadamente, abrindo-a cada vez mais, e ainda mantendo uma conversa telepática sobre o fato de algumas mulheres se enganarem sobre si mesmas, julgando-se às vezes demasiado pequenas, quando na verdade são bastante normais, e quanto mais eu prosseguia, mais suculenta ela ficava e mais se abria. Eu já tinha quatro dedos dentro dela e havia espaço para outros se eu os tivesse para meter. A dona tinha uma buceta enorme e fora bem usada, como pude sentir. Olhei-a para ver se ainda mantinha os olhos fechados. Tinha a boca aberta e arquejava, mas de olhos bem fechados, como se fingisse para si mesma que era tudo um sonho. Agora eu podia tratá-la com brutalidade — não havia perigo do menor protesto. E talvez maldosamente, sacudi-a sem necessidade, só para ver se ela acordava. Continuou mole como um travesseiro de penas, e mesmo depois que bateu com a cabeça no braço do sofá não deu sinal de irritação. Era como se se houvesse anestesiado para uma foda gratuita. Tirei rapidamente todas as suas roupas e joguei-as no chão; depois de dar-lhe uns amassos no sofá, tirei o pau de dentro e deitei-a em cima das roupas; então tornei a enfiar e ela o segurou com aquela válvula de sucção que usava com tanta habilidade, apesar da aparência externa de coma.

Parece-me estranho que a música sempre terminasse em sexo. À noite, se saísse sozinho para um passeio, com certeza pegava alguém — uma enfermeira, uma garota que saía de um salão de baile, uma vendedora, qualquer coisa que vestisse saia. Se saísse com meu amigo MacGregor, no carro dele — apenas uma volta rápida pela praia, como ele dizia —, via-me à meia-noite sentado num salão estranho num bairro esquisito com uma garota no colo, para a qual em geral pouco estava ligando, porque MacGregor era ainda menos seletivo que eu. Muitas vezes, ao entrar no carro, eu dizia:

— Escute, nada de bucetas esta noite, está bem?

E ele respondia:

— Nossa, não, estou cheio… só um passeiozinho por aí… talvez até Sheepshead Bay, que tal?

Não havíamos rodado nem dois quilômetros quando de repente ele parava o carro no meio-fio e me cutucava.

— Olhe só aquela — dizia, indicando uma garota andando na calçada. — Nossa, que pernas!

Ou então:

— Escute, que acha de a convidarmos para vir com a gente? Talvez ela arranje uma amiga.

E antes que eu pudesse dizer uma palavra, ele já estava acenando para a garota e passando a conversa de sempre, que era a mesma para todas. Nove em dez vezes a moça vinha junto. E antes de que estivéssemos muito longe, apalpando-a com a mão livre, ele lhe perguntava se não tinha uma amiga para nos fazer companhia. Se ela se aborrecesse, se não gostasse de ser apalpada tão rápido, ele dizia:

— Tudo bem, dê o fora daqui então... Não podemos perder tempo com gente como você.

E com isso reduzia a marcha e a expulsava.

— Não podemos nos incomodar com putas como essa, podemos, Henry? — dizia, dando uma risadinha. — Espere, eu prometo alguma coisa boa antes do fim da noite.

E se eu lhe lembrava que íamos tirar folga nessa noite, respondia:

— Bem, como você quiser... Eu só estava pensando que talvez fosse mais agradável para você.

E então de repente os freios nos faziam parar e lá estava ele dizendo a alguma silhueta sedosa que assomava no escuro:

— Alô, irmãzinha, que está fazendo... dando um passeiozinho?

E talvez dessa vez fosse alguma coisa excitante, uma putinha agitada sem nada mais a fazer que levantar a saia e dar para a gente. Talvez nem lhe pagássemos um drinque, apenas parássemos em algum lugar numa estrada lateral e a comêssemos, um depois do outro, no carro. E se fosse uma cabeça oca, como em geral eram, ele nem se daria o trabalho de levá-la para casa.

— Não vamos para aqueles lados — dizia, o sacana. — É melhor você saltar aqui.

E com isso abria a porta e a punha para fora. Sua preocupação seguinte era se ela seria limpa. Isso lhe ocupava a mente durante toda a viagem de volta.

— Nossa, a gente devia tomar mais cuidado — dizia. — A gente não sabe no que está se metendo quando pega elas desse jeito. Desde aquela última... lembra, a que a gente pegou no Drive... estou com uma coceira dos diabos. Talvez seja só nervosismo... Penso muito nisso. Por que a gente não pode ficar numa buceta só, me diga, Henry? Veja Trix, por exemplo, é uma boa garota, você sabe. E eu também gosto dela de certa forma, mas... merda, de que adianta falar nisso? Você me conhece, eu sou um glutão. Sabe, estou piorando tanto que às vezes, quando vou a um encontro... veja bem, com uma garota que quero foder, e com tudo já acertado... como eu estava dizendo, às vezes estou indo e pelo canto do olho tenho um vislumbre de uma perna atravessando a rua, e antes que perceba já meti a dona no carro e ao diabo com a outra. Devo ter a doença da buceta, acho... que é que você acha? Não me diga — acrescentava rápido. — Eu conheço você, seu viado... com certeza vai me dizer o pior. E então após uma pausa: — Você é engraçado, cara, sabia disso? Nunca vi você recusar nada, mas de algum modo não me parece estar tão ligado nisso o tempo todo. Às vezes tenho a impressão de que para você tanto faz. E é um consumado sacana, também... quase monógamo, eu diria. Não entendo como consegue ficar tanto tempo com uma mulher. Não fica enjoado delas? Jesus, eu sei tão bem o que elas vão dizer. Às vezes me dá vontade de dizer... você sabe, chegar tranqüilamente e dizer: "Escute, garota, não diga uma palavra... só tire ele para fora e abra bem as pernas." — Deu uma risada gostosa. — Você imagina a expressão na cara de Trix se eu dissesse uma coisa dessas a ela? Eu lhe digo, uma vez cheguei muito perto de fazer isso. Não tirei o casaco nem o chapéu. *Ela ficou magoada!* Não ligou muito porque não tirei o casaco, mas o chapéu! Eu disse que tinha medo de uma lufada de vento... claro que não tinha lufada nenhuma. A verdade é que estava tão impaciente para cair fora que achei que se ficasse de chapéu seria mais rápido. Em vez disso, fiquei lá a noite toda com ela. Ela fez um escarcéu tão grande, que não consegui fazer com que se acalmasse... Mas escute, isso não é nada. Uma vez peguei uma puta irlandesa bêbada e essa tinha umas idéias esquisitas. Para começar, jamais queria na cama... sempre na mesa. Você sabe, tudo bem de vez em quando, mas muitas vezes cansa. Assim, uma noite... acho que estava meio alto... eu digo a ela não, nada feito, sua sacana bêbada... Esta noite você vai comigo para cama. Quero uma foda de verdade: *na cama*. Sabe, tive de discutir com essa puta quase uma hora para convencê-la a ir para a cama comigo, e mesmo assim só se eu ficasse de chapéu. Escute, você me imagina montando naquela puta idiota de chapéu na cabeça? E nu em pêlo ainda por cima! Eu perguntei a ela... eu disse: "Por que você quer que eu fique de chapéu?" Sabe o que ela respondeu? Que parecia mais distinto. Você imagina a cabeça que tinha a cadela? Eu me odiava por estar com aquela puta. Nunca a procurei quando estava sóbrio, isso é certo. Tinha de encher a cara primeiro e ficar meio cego e lelé... você sabe como eu fico às vezes...

Eu sabia muito bem o que ele queria dizer. Era um de meus amigos mais antigos e um dos sacanas mais rabugentos que conheci. Obstinado não era a palavra para defini-lo. Parecia uma mula — um escocês teimoso. E o velho dele era ainda pior. Quando os dois se enfureciam, era uma coisa. O velho dançava, decididamente *dançava* de raiva. Se a velha se metesse, levava uma porrada no olho. Eles expulsavam MacGregor de casa regularmente. E lá saía ele, com todos os pertences, incluindo os móveis, e também o piano. Em mais ou menos um mês estava de volta — porque sempre lhe davam crédito em casa. Então voltava bêbado uma noite com uma mulher que pegara em algum lugar e a briga começava de novo. Parece que não se importavam tanto por ele voltar com a mulher e ficar com ela a noite toda, mas o que não toleravam era o descaramento de pedir à mãe que lhes servisse o café-da-manhã na cama. Se ela tentava bronquear, ele a calava dizendo:

— Que é que você está tentando me dizer? Você ainda não teria se casado se não tivesse ficado grávida.

A velha torcia as mãos e dizia:

— Que filho! Que filho! Que Deus me ajude, o que fiz eu para merecer isto?

Ao que ele observava:

— Ah, deixe pra lá! Você é só uma velha idiota.

Na maioria das vezes, a irmã dele aparecia para tentar acalmá-los.

— Jesus, Wallie — dizia —, não é da minha conta o que você faz, mas não pode falar com mais respeito à sua mãe?

Ao que ele fazia a irmã sentar-se na cama e se punha a adulá-la para que lhes levasse o café. Em geral tinha de perguntar à companheira de cama como se chamava para apresentá-la à irmã.

— Não é má garota — dizia, referindo-se à irmã. — É a única pessoa decente da família... Agora escute, mana, traga um grude para a gente, certo? Uns belos ovos com bacon, heim, que tal? Escute, o velho está por aí? Como ele está hoje? Eu gostaria de uns dois paus emprestados. Tente arrancar algum dele, tudo bem? Eu lhe compro uma coisa bonita para o Natal. — Depois, quando tudo se acertava, puxava a coberta para descobrir a garota ao lado. — Olhe para ela, mana, não é bonita? Veja essa perna! Escute, você deve arranjar um homem... está magra demais. A Patsy aqui, aposto que ela não sai implorando, sai, Patsy? — e com isso dava um sonoro tapa na bunda de Patsy. — Agora se mande, mana, que eu quero um pouco de café... e não esqueça, faça o bacon tostado! E nada daquele bacon horrível de armazém... arranje alguma coisa especial. E rápido!

O que eu gostava nele eram suas fraquezas; como todo homem que pratica a força de vontade, era absolutamente mole por dentro. Não havia nada que não fizesse — por fraqueza. Andava sempre ocupado e jamais fazia coisa alguma. E sempre aprendendo alguma coisa, sempre tentando melhorar a mente. Por exemplo, pegava o grande dicionário e, rasgando uma página a cada dia, lia-a religiosamente na ida e vinda do escritório. Vivia cheio de fatos, e quanto mais absurdos e incongruentes os fatos mais prazer extraía deles. Parecia decidido a provar a todo mundo que a vida era uma farsa, que não valia a pena, que uma coisa anulava a outra, e assim por diante. Foi criado no North Side, não muito distante do bairro onde passei a infância. Era em grande medida produto do North Side, também, e esse era um dos motivos pelos quais eu gostava dele. A forma como falava pelo canto da boca, por exemplo, o ar durão que adotava quando falava com um tira, a forma como cuspia de nojo, os estranhos

palavrões que usava, o sentimentalismo, o horizonte limitado, a paixão
por jogar sinuca e dados, o hábito de ficar a noite toda trocando histórias,
o desprezo pelos ricos, o gosto pela companhia dos políticos, a curiosidade sobre coisas inúteis, o respeito pelo conhecimento, o fascínio pelo salão de
danças, pelo bar, pelo burlesco, o papo de ver o mundo sem jamais sair
da cidade, a idolatria por qualquer um desde que a pessoa mostrasse ter
"raça", mil e um outros traços ou peculiaridades desse tipo faziam com
que eu o apreciasse, porque eram exatamente essas idiossincrasias que ca-
racterizavam os colegas que eu tivera quando menino. O bairro agora
parecia compor-se apenas de fracassados simpáticos. Os adultos com-
portavam-se como crianças e as crianças eram incorrigíveis. Ninguém
podia elevar-se muito acima do vizinho, senão seria linchado. Era espantoso que alguém se tornasse médico ou advogado. Mesmo assim, tinha de
continuar sendo um cara legal, fingir falar como todos os demais e votar
na chapa democrata. Ouvir MacGregor falar de Platão ou Nietzsche, por
exemplo, a seus amigos era uma coisa inesquecível. Em primeiro lugar, até
mesmo para obter permissão de falar sobre Platão ou Nietzsche aos companheiros, tinha de fingir que só por acaso dera com os nomes deles; ou
talvez dissesse que conhecera um bêbado interessante, certa noite no fundo de um bar, e que o bêbado se pusera a falar dos tais Nietzsche e Platão.
Fingia até não saber direito como se pronunciavam os nomes. Platão até
que não era um sacana burro, dizia com um ar de desculpa. Tinha uma ou
duas idéias na cachola, sim senhor, sim senhor. Gostaria de ver um daqueles políticos estúpidos de Washington tentando discutir com um cara
como Platão. E continuava, dessa forma indireta e simples, a explicar aos
companheiros de dados que tipo de cara inteligente era Platão em seu
tempo e como se comparava com outros homens de outras épocas. Claro,
na certa era eunuco, acrescentava, à guisa de lançar um pouco de água fria
em toda essa erudição. Naquele tempo, explicava com toda habilidade, os
grandes caras, os filósofos, muitas vezes mandavam cortar os colhões —
verdade! — para não cair em tentações. O outro cara, Nietzsche, era um
verdadeiro caso de manicômio. Supunha-se que se apaixonara pela irmã.

Tipo hipersensível. Tinha de viver num clima especial — em Nice, achava. Em geral MacGregor não gostava muito dos alemães, mas esse tal Nietzsche era diferente. Na verdade odiava os alemães, o tal Nietzsche. Dizia-se polonês ou alguma coisa assim. E tinha razão, claro. Dizia que eles eram estúpidos e porcos, e por Deus, sabia do que estava falando. Seja como for, denunciou-os. Disse que eram cheios de merda, para resumir e, por Deus, não estava certo? Vocês viram como os sacanas puseram sebo nas canelas quando receberam uma dose do seu próprio remédio?

— Escutem, eu conheço um cara que varreu um punhado deles na região de Argonne; disse que eram tão inferiores que sequer cagaria em cima deles. Disse que não gastaria uma bala com eles; apenas estourou seus miolos com um porrete. Esqueço o nome desse cara agora, mas de qualquer modo, ele viu muita coisa nos poucos meses em que esteve lá. Disse que a melhor diversão naquela porra toda foi apagar seu próprio major. Não que tivesse alguma queixa especial contra ele, simplesmente não gostava do focinho do cara. Não gostava de como ele dava ordens. Disse que a maioria dos oficiais mortos foi pega pelas costas. E mereceram, também, os putos! Ele era só um cara do North Side. Acho que agora tem uma sinuca perto de Wallabout Market. Um sujeito quieto, que cuida da própria vida. Mas se a gente começa a conversar com ele sobre a guerra, o cara desembesta. Diz que assassinaria o presidente dos Estados Unidos se algum dia eles tentassem começar outra guerra. Ééé, e assassinava mesmo, digo a vocês... Mas, merda, que era que eu queria falar a vocês sobre Platão? Ah, sim...

Quando os outros iam embora, ele de repente engatava outra marcha.

— Você não vê vantagem em falar desse jeito, vê? — perguntava. Eu tinha de admitir que não. — Está errado — ele continuava. — A gente tem de acompanhar as pessoas, não sabe quando pode precisar de um cara desses. Você age pensando que é livre, independente! Como se fosse superior a essa gente. Bem, é aí que se engana. Como sabe onde vai estar daqui a cinco anos, ou mesmo daqui a seis meses? Pode estar cego, ser atropelado por um caminhão, internado num asilo de loucos; não sabe o que vai lhe acontecer. Ninguém sabe. Pode estar tão desamparado quanto um bebê...

— E daí? — eu dizia.

— Bem, não acha que seria bom ter um amigo quando precisasse? Você pode estar tão impotente, porra, que ficaria feliz em ter alguém que o ajudasse a atravessar uma rua. Você acha esses caras inúteis; acha que perco meu tempo com eles. Escute, nunca se sabe o que alguém pode fazer por você um dia. Ninguém vai a parte alguma sozinho...

Ficava ofendido com a minha independência, que chamava de indiferença. Se eu me via obrigado a pedir-lhe uma grana, ele se deliciava. Isso lhe dava a chance de me fazer um pequeno sermão sobre a amizade.

— Então você também tem que ter dinheiro? — diria ele, com um grande sorriso satisfeito espalhando-se por todo o rosto. — Quer dizer então que o poeta também precisa comer? Ora, ora... É uma sorte que tenha me procurado, amigo Henry, porque eu sou mole com você, e conheço você, seu filho-da-puta cruel. Claro, o que você quer? Não tenho muito, mas racho com você. É justo, não é? Ou será que acha, seu sacana, que eu devia lhe dar tudo e tomar alguma coisa emprestada para mim? Acho que quer uma *boa* refeição, heim? Presunto com ovos não seria o bastante, seria? Acho que gostaria que eu o levasse de carro a um restaurante também, heim? Escute, se levante dessa cadeira agora mesmo... quero pôr uma almofada embaixo de seu rabo. Ora, ora, então você está na lona? Nossa, você está sempre na lona, não me lembro de tê-lo visto com dinheiro no bolso. Escute, será que nunca se envergonha de si mesmo? Fala desses vagabundos com quem ando... bem, escute, meu senhor, esses vagabundos nunca me pedem um centavo, como você. Têm mais orgulho, preferem roubar do que vir me dar uma facada. Mas *você*, merda, está cheio de idéias pomposas, quer reformar o mundo e essa merda toda, não quer trabalhar por dinheiro, ah, não, você, não... espera que alguém lhe dê o dinheiro numa bandeja de prata. Heim? Por sorte existem caras como eu por aí que compreendem. Você precisa criar juízo, Henry. Vive sonhando. Todo mundo quer comer, não sabia? A maioria das pessoas está disposta a trabalhar por isso; não ficam na cama o dia todo que nem você e depois vestem as calças de repente e correm ao primeiro amigo à mão. E se eu não estivesse aqui, o que que você ia fazer? Não responda... Sei o que vai dizer. Mas escute, não pode continuar assim a vida toda. Claro, você fala bonito, é um prazer ouvir você. É o único conhecido meu com quem gosto de fato de conversar, mas aonde isso o vai levar? Um dia desses vão prendê-lo por vagabundagem. Você não passa de um vagabundo, sabe? Não é melhor nem que os vagabundos contra os quais prega. Onde está você quando eu estou num aperto? Ninguém o encontra. Não responde às minhas cartas, não atende o telefone, às vezes chega até a se esconder quando o procuro. Escute, eu sei, não precisa me explicar. Sei que não quer saber de minhas histórias o tempo todo. Mas, merda, às vezes eu preciso mesmo falar com você. Mas o cacete que você se importa. Enquanto está numa boa e metendo mais uma gororoba na pança, está feliz. Não se lembra dos amigos, até ficar desesperado. Não é assim que a gente se comporta, *é?* Diga não que eu lhe dou um dólar. Porra, Henry, você é o único amigo de verdade que eu tenho, mas é um filho-da-puta de um grosso, se é que sei do que estou falando. Não passa de um filho-da-puta imprestável. Prefere morrer de fome a fazer alguma coisa útil...

Naturalmente eu ria e estendia a mão para o dólar que ele prometera. Isso o irritava de novo.

— Está disposto a dizer qualquer coisa, não está, se eu lhe der o dólar que prometi? Que cara! E me venham falar de moral. Nossa, você tem a ética de uma cascavel. *Não*, não vou lhe dar o dinheiro ainda, porra. Vou torturá-lo mais um pouco primeiro. Vou fazer você *merecer* o dinheiro, se puder. Escute, que tal engraxar meus sapatos... faça isso por mim, está bem? Eles jamais vão ser engraxados se você não fazer isso agora.

Pego os sapatos e peço-lhe a escova. Não me importa engraxar sapatos, nem um pouco. Mas isso também parece ofendê-lo.

— Vai engraxar, não vai? Ora, por Deus, isso supera tudo. Escute, cadê seu orgulho? Será que nunca teve orgulho? E é o cara que sabe tudo.

Espantoso. Sabe tanta porra que tem de engraxar os sapatos de um amigo para arrancar uma refeição dele. Bela coisa! Aqui, olhe, seu sacana, aqui está a escova! Aproveite para engraxar o outro par também enquanto está com a mão na massa.

Uma pausa. Ele se lava na pia e sussurra um pouco. De repente, num tom alegre, animado:

— Como está o dia hoje, Henry? Está fazendo sol? Escute, eu tenho o lugar exato para você. Que acha de escalope com bacon e um pouco de molho tártaro para acompanhar? É uma espeluncazinha perto do estreito. Um dia como hoje é o dia exato para um escalope com bacon, heim, Henry? Não me diga que tem alguma coisa a fazer... Se eu levar você até lá, você vai ter de gastar um tempinho comigo, sabe disso, não sabe? Nossa, eu gostaria de ter a sua disposição. Você simplesmente se move à mercê das ondas de minuto a minuto. Às vezes acho você uma figura, melhor que qualquer um de nós, mesmo sendo um filho-da-puta fedido, traidor e ladrão. Quando estou com você o dia parece passar como um sonho. Escute, você não entende o que quero dizer quando digo que às vezes preciso vê-lo? Fico maluco se estou só o tempo todo. Por que é que ando correndo tanto atrás de bucetas? Por que é que jogo cartas a noite inteira? Por que é que ando com aqueles vagabundos do Point? Preciso conversar com alguém, é por isso.

Um pouco mais tarde, na baía, estamos sentados acima do nível da água, com uma dose de uísque de centeio no bucho e à espera de que os frutos do mar sejam servidos

— A vida não é tão ruim quando a gente pode fazer o que quer, heim, Henry? Se eu ganhar uma graninha vou fazer uma viagem em volta do mundo... e você vem comigo. É, embora não mereça, vou gastar dinheiro de verdade com você um dia. Quero ver o que faria se eu lhe desse bastante corda. Vou lhe *dar* o dinheiro, *sabe como é*... não vou fingir que é emprestado. Veremos o que acontece com suas belas idéias quando tiver um pouco de grana no bolso. Escute, quando eu falei de Platão no outro dia, queria

perguntar uma coisa a você: queria perguntar se já leu aquela história sobre a Atlântida. Já? *Leu?* Bem, que acha dela? Acha que era apenas uma
história, ou pode ter existido um lugar como aquele um dia?

Não ousei dizer-lhe que desconfiava que havia centenas e milhares de
continentes com cuja existência, passada ou futura, nós sequer tínhamos
começado a sonhar, por isso simplesmente respondi que julgava bastante
possível que houvesse existido um dia um lugar como a Atlântida.

— Bem, acho que não importa muito, de uma forma ou de outra —
ele prosseguiu —, mas vou lhe dizer o que eu acho. Acho que deve ter
existido um tempo assim um dia, um tempo em que os homens eram
diferentes. Não acredito que sempre foram e tenham sido nos últimos
milhares de anos os porcos que são hoje. Acho possível que tenha havido
um tempo em que os homens sabiam viver, sabiam como ir com calma e
gozar a vida. Sabe o que me deixa louco? É olhar para o meu velho. Desde
que se aposentou, fica sentado diante da lareira o dia todo, entendiado.
Fica sentado ali feito um gorila alquebrado, foi pra isso que se escravizou a
vida toda. Ora, merda, se eu achasse que isso ia acontecer comigo estoura-
va os miolos hoje. Olhe em volta... veja as pessoas que a gente conhece...
conhece uma que valha a pena? Para que essa agitação toda, eu gostaria de
saber? *Precisamos viver, dizem. Por quê?* Era o que eu queria saber. Todos
eles estariam melhor mortos, porra. Não passam de um monte de esterco.
Quando estourou a guerra e os vi partirem para as trincheiras, disse a
mim mesmo *bom*, talvez voltem com um pouco de juízo! Muitos nem
voltaram, claro. Mas os outros! Escute, acha que ficaram mais *humanos*,
mais respeitosos? Nem um pouco! São todos carniceiros no fundo, e
quando enfrentam a coisa, chiam. Eles me causam nojo, todos esses
fodidos. Sei como são, libertando-os sob fiança todos dias. Vejo a coisa
pelos dois lados. Do outro lado, fede ainda mais. Ora, se eu dissesse algumas das coisas que sei sobre os juízes que condenam os pobres putos, você
ia querer meter uma bala neles. Basta olhar para a cara deles. É, Henry, eu
gostaria de pensar que houve um tempo em que tudo era diferente. Nós
não vimos uma vida de verdade, nem vamos ver. Essa coisa vai durar mais

alguns milhares de anos, se é que sei alguma coisa a respeito. Você me considera um mercenário. Acha que sou meio lelé por querer ganhar muita grana, não acha? Bem, digo a você: quero ganhar muita grana para tirar os pés desse lodo. Eu me mandaria e iria viver com uma puta negra se pudesse dar o fora dessa atmosfera. Trabalhei feito um mouro tentando chegar onde estou, o que não é grande coisa. Não acredito mais no trabalho do que você: fui treinado assim, só isso. Se pudesse dar um golpe, roubar um monte de grana de um desses sacanas imundos com quem lido, faria isso com a consciência limpa. Conheço um pouco da lei, esse é o problema. Mas um dia eu passo a perna neles, você vai ver. E quando eu der o golpe, vai ser coisa grande...

Outra dose de uísque de centeio quando a comida chega e ele recomeça.

— Falei sério sobre levar você numa viagem comigo. Estou pensando seriamente nisso. Acho que vai me dizer que tem mulher e filha para cuidar. Escute, quando é que vai romper com aquela megera? Não sabe que tem de mandar ela passear? — Põe-se a rir baixinho. — Hi, hi! E pensar que fui eu que a escolhi para você! Nunca pensei que você seria idiota o bastante para se amarrar nela. Pensei que estivesse só recomendando um belo rabo, e você, pobre otário, você vai e se casa com ela. Hi, hi! Escute, Henry, enquanto ainda lhe resta algum juízo: não deixe aquela vaca azeda foder com sua vida, está entendendo? Eu não ligo para o que você faz ou para onde vai. Odiaria ver você deixar a cidade... ia sentir saudade, lhe digo com toda franqueza, mas nossa, mesmo que tenha de ir para a África, se mande, saia das garras dela, ela não serve para você. Às vezes, quando pego uma boa buceta, penso comigo mesmo, ora aí está uma coisa bacana para Henry, e penso em apresentar a você, mas aí claro que esqueço. Nossa, cara, existem milhares de bucetas no mundo que você pode pegar. Pensar que teve de pegar uma megera mesquinha daquela... *Quer mais bacon?* É melhor comer o quanto quiser agora, você sabe, depois não tem mais grana. *Tome outra bebida, hum?* Escute, se tentar fugir de mim hoje eu juro que nunca mais lhe empresto um centavo... Que era que eu estava dizendo? Ah, sim, sobre aquela puta maluca com quem você se casou. Escute, vai fazer isso ou não? Toda vez que o vejo, você me diz que vai fugir, mas nunca foge. Espero que você não pense que a está sustentando. Ela não *precisa* de você, sua besta, não está vendo? Só quer torturar você. Quanto à menina... ora, merda, se estivesse em seu lugar eu a afogaria. Isso parece meio mau, não parece?, mas você sabe o que eu quero dizer. Você não é pai. Eu não sei que diabo você é... só sei que é um cara bom pra burro pra desperdiçar a vida com elas. Escute, por que não tenta fazer alguma coisa por você mesmo? Ainda é jovem, e boa-pinta. Vá para algum lugar, bem longe, diabos, e comece tudo de novo. Se precisar de algum dinheiro, eu arranjo para você. É como jogar no esgoto, eu sei, mas arranjo assim mesmo. A verdade, Henry, é que gosto um bocado de você. Recebi mais de você do que de qualquer outra pessoa no mundo. Acho que a gente tem muito em comum, pois viemos do velho bairro. Engraçado eu não conhecer você naquele tempo. Merda, estou ficando sentimental...

O dia passou assim, com muita comida e bebida, o sol forte, um carro para nos levar aos lugares, charutos nos intervalos, um pequeno cochilo na praia, examinando as bucetas que passavam, conversando, rindo, cantando um pouco também — um dos muitos, muitos dias que passei assim com MacGregor. Dias como esse realmente pareciam fazer a roda parar. Na superfície era alegre e descuidado, com o tempo passando como um sonho pegajoso. Mas por baixo era fatalista, premonitório, deixando-me mórbido e nervoso no dia seguinte. Eu sabia muito bem que teria de dar uma trégua um dia; sabia muito bem que estava perdendo tempo. Mas também sabia que nada podia fazer — *ainda*. Tinha de acontecer alguma coisa, alguma coisa grande, que me fizesse perder o pé. Só precisava de um empurrão, mas tinha de ser alguma força fora do meu mundo para me dar o empurrão certo, disso eu tinha certeza. Não podia esquentar a cabeça, porque não era da minha natureza. Em toda minha vida tudo acabara bem — *no fim*. Não estava nas cartas que eu fizesse força. Alguma coisa tinha de ser deixada à Providência — em meu caso, muita coisa. Apesar de todas as manifestações externas de infelicidade ou descontrole, eu sabia que nascera privilegiado. E com dupla coroa, também. A situação externa era ruim, admito — mas o que me aborrecia mais era a situação interna. Eu tinha de fato medo de mim mesmo, de meu apetite, de minha curiosidade, de minha flexibilidade, de minha permeabilidade, de minha maleabilidade, de minha genialidade, de meus poderes de adaptação. Nenhuma situação em si me assustava: de algum modo eu sempre me via sentado direitinho, sentado dentro de uma flor, por assim dizer, sugando o mel. Mesmo que me jogassem na cadeia, eu tinha um palpite de que ia gostar. Era porque sabia não resistir, creio. Os outros se desgastavam puxando, forçando e empurrando; minha estratégia era flutuar com a corrente. O que os outros me faziam não me chateava tanto quanto o que faziam aos outros ou a si mesmos. Sentia-me tão bem por dentro que tinha de assumir os problemas do mundo. Por isso vivia na merda o tempo todo. Não estava sincronizado com meu próprio destino, por assim dizer. Estava tentando viver o destino do mundo. Se chegava em casa uma noite, por exemplo, e não havia comida, nem mesmo para a menina, eu dava meia volta e ia procurar comida. Mas o que notava em mim mesmo, e que me intrigava, era que assim que saía à cata do grude, tornava a voltar à *Weltanschauung*. Não pensava na comida exclusivamente para *nós*, pensava em comida em geral, em todos os seus estágios, em toda parte do mundo àquela hora, em como era obtida e preparada, o que as pessoas faziam se não a tinham, e que talvez houvesse um meio de dar um jeito nisso para que todos a tivessem quando quisessem e não mais se perdesse tempo num problema tão estupidamente simples. Sentia pena de minha mulher e da menina, claro, mas também dos hotentotes e dos bosquímanos australianos, para não falar nos belgas, turcos e armênios famintos. Sentia pena da raça humana, da estupidez do homem e de sua falta de imaginação. Saltar uma refeição não era tão terrível — era o horrendo vazio da rua que me perturbava profundamente. Todas aquelas malditas casas, uma igual à outra, e todas tão vazias e tristes. Ótimas pedras de calçamento sob os pés e asfalto no meio da rua, pórticos de pedra parda bela e horrivelmente elegantes na entrada, e no entanto um sujeito podia andar o dia e a noite toda em meio a esse caro material em busca de uma migalha de pão. Era isso que me pegava. A incoerência da coisa. Se a gente pudesse correr sacudindo um badalo e gritando: "Escute, escute, minha gente, eu sou um cara com fome. Quem quer engraxar sapatos? Quem quer que o lixo seja trazido para fora? Quem quer os canos limpos?" Se a gente pudesse sair à rua e mostrar-lhes assim claramente. Mas não, ninguém se atreve a abrir a matraca. Se a gente diz a um cara que está com fome, a gente o faz se cagar de medo, ele corre feito o diabo. Taí uma coisa que eu nunca entendi. E ainda não entendo. Tudo é tão simples — basta dizer Sim quando alguém nos aborda. E se não é possível dizer Sim, basta pegá-lo pelo braço e pedir a outro cara que o ajude. Por que a gente tem de vestir um uniforme e matar homens que não conhece, só para obter aquela migalha de pão, é um mistério para mim. É nisso que penso, mais do que em quem está afundando ou naquele papo de quanto custa. Por que devo ligar para o custo do que quer que seja, porra? Estou aqui para viver, não para calcular. E é exatamente isso que os sacanas não querem que a gente faça — *viver!* Querem que a gente passe a vida toda somando números. Para eles, faz sentido. É sensato. É inteligente. Se eu estivesse comandando o barco, talvez nada fosse tão bem ordenado, mas seria mais alegre, por Deus! A gente não ia ter de cagar nas calças por bobagens. Talvez não houvesse estradas pavimentadas, carros aerodinâmicos, alto-falantes e engenhocas de trilhões de variedades, talvez não houvesse sequer vidraças nas janelas, talvez a gente tivesse de dormir no chão, talvez não houvesse cozinha francesa, italiana, chinesa, talvez as pessoas se matassem umas às outras quando sua paciência se esgotasse, e talvez ninguém as detivesse porque não haveria cadeias, tiras ou juízes, e certamente não haveria ministros de gabinete nem legislaturas, porque não haveria porra de lei nenhuma para obedecer ou desobedecer; talvez levasse meses e anos para a gente ir de um lugar a outro, mas ninguém ia precisar de visto, de passaporte nem de *carte d'identité,* porque não estaria registrado em parte alguma nem teria um número, e se quisesse mudar de nome a cada semana podia, porque não faria nenhuma diferença, pois ninguém seria dono de nada a não ser o que levasse consigo, e por que alguém iria querer ser dono de alguma coisa se tudo fosse de graça?

Durante esse período em que eu vagava de porta em porta, emprego em emprego, amigo em amigo, refeição em refeição, tentava ainda assim cercar um pequeno espaço para mim que servisse de ancoradouro; era mais como uma bóia salva-vida no meio de um canal de águas ligeiras. Quem chegasse a um quilômetro de mim ouvia dobrar um imenso sino de dor. Ninguém via a ancoragem — estava sepultada no fundo do canal. Viam-me subindo e descendo na superfície, às vezes balançando suavemente, ou então sendo agitadamente lançado para trás e para a frente. O que me mantinha em segurança era a grande mesa de escaninhos que eu pusera na sala. Era a mesa que estivera na alfaiataria do velho nos últimos cinqüenta anos, que dera origem a muitas contas e gemidos, que abrigara estranhos suvenires nos compartimentos, e que finalmente eu afanara dele quando ele estava doente e longe da loja; e agora se achava no meio do chão em nossa lúgubre sala de visita no terceiro andar de uma respeitável casa de pedra parda, bem no centro da mais respeitável vizinhança do Brooklyn. Tive de travar uma dura batalha para instalá-la ali, mas insisti em que ficasse ali, bem no meio do barraco. Era como pôr um mastodonte no centro de um consultório dentário. Mas como minha mulher não tinha amigos que a visitassem e meus amigos estariam cagando mesmo que ela estivesse pendurada no lustre, mantive-a na sala e pus todas as cadeiras que tínhamos sobrando em torno, num grande círculo, e depois me sentei confortavelmente e pus os pés na escrivaninha e sonhei com o que escreveria se pudesse escrever. Eu tinha uma cuspideira ao lado da escrivaninha, uma grande de latão também da alfaiataria, e cuspia nela de vez em quando para me lembrar de que estava ali. Todos os escaninhos permaneciam vazios e todas as gavetas também; não havia nada na escrivaninha, a não ser uma folha de papel em branco que eu achava impossível pôr sequer um garrancho.

Quando me lembro dos titânicos esforços que fiz para canalizar a lava quente que borbulhava dentro de mim, esforços que repeti milhares de vezes para pôr o funil em posição e capturar *uma* palavra, *uma* frase, lembro-me inevitavelmente dos homens do Paleolítico. Cem mil, duzentos mil anos, trezentos mil anos para chegar à idéia da pedra lascada. Uma luta imaginária, porque eles não sonhavam com nada. Isso chegou sem esforço, nasceu num segundo, um milagre, pode-se dizer, só que tudo que acontece é miraculoso. As coisas acontecem ou não acontecem, só isso. Nada se consegue com suor e esforço. Quase tudo que chamamos vida é apenas insônia, uma agonia, porque perdemos o hábito de cair no sono. Não sabemos como deixar o barco correr. Somos como um boneco que salta da caixa de surpresas preso na ponta de uma mola, e quanto mais lutamos, mais difícil é voltar para dentro da caixa.

Acho que se estivesse louco eu não poderia encontrar um plano melhor de consolidar minha ancoragem que instalar esse objeto de Neanderthal no meio da sala. Com os pés na escrivaninha, captando a corrente, a coluna vertebral confortavelmente encaixada numa grossa almofada de couro, eu mantinha a relação ideal com os detritos flutuantes que rodopiavam à minha volta, e que, por serem loucos e parte da corrente, meus amigos tentavam me convencer de que era a vida. Lembro vividamente o primeiro contato com a realidade que fiz através dos pés, por assim dizer. Os milhões de palavras ou por aí que escrevi, veja você, bem ordenadas, bem conectadas, nada foram para mim — cruas cifras paleolíticas — porque o contato era feito através da cabeça, e a cabeça é um apêndice inútil quando não se está ancorado no meio do canal e enterrado na lama. Tudo que eu escrevera antes era coisa de museu, e a maioria dos escritos ainda é coisa de museu, por isso não pega fogo, não inflama o mundo. Eu era apenas um porta-voz da raça ancestral que falava por meu intermédio; nem meus sonhos eram autênticos, os verdadeiros sonhos de Henry Miller. Sentar quieto e ter uma idéia que surgisse de mim, de minha bóia salva-vida, era uma tarefa hercúlea. Não me faltavam idéias, nem palavras, nem poder de expressão — faltava-me uma coisa muito mais importante: a alavanca que estancasse a seiva. A maldita máquina não parava, esse era o problema. Eu não estava apenas no meio da corrente, mas a corrente fluía por mim e eu não tinha controle algum sobre ela.

Lembro-me do dia em que fiz a máquina parar de repente e como o outro mecanismo, o que tinha minhas iniciais e que eu fizera com minhas próprias mãos e meu próprio sangue, começou lentamente a funcionar. Eu fora a um teatro próximo ver um espetáculo de variedades; era uma matinê e eu tinha uma entrada para o balcão. De pé na fila do saguão, já experimentei uma estranha sensação de consistência. Era como se estivesse coagulando, tornando-me uma consistente massa de geléia reconhecível. Parecia o último estágio na cura de uma ferida. Achava-me no auge da normalidade, que é uma condição bastante anormal. A cólera poderia vir soprar seu mau hálito em minha boca — não importava. Eu poderia me curvar e beijar as úlceras da mão de um leproso, que nenhum mal poderia me atacar. Havia não apenas um equilíbrio nessa constante guerra entre a saúde e a doença, que é o que a maioria de nós pode esperar, mas além disso um número integral no sangue que significava que, pelo menos por alguns instantes, a doença fora completamente derrotada. Se a gente tivesse juízo para deitar raízes num momento desses, jamais voltaria a ficar doente ou infeliz, ou mesmo morrer. Mas pular para essa conclusão é dar um salto que nos levaria de volta para além do Paleolítico. Naquele momento, eu nem mesmo sonhava em deitar raízes; sentia pela primeira vez na vida o significado do miraculoso. Fiquei tão pasmo quando ouvi minhas engrenagens engatando-se, que me dispunha a morrer ali mesmo pelo privilégio da experiência.

O que aconteceu foi o seguinte... Quando passei pelo porteiro com o bilhete rasgado na mão, as luzes se apagaram e a cortina levantou-se. Permaneci um instante ligeiramente ofuscado pela súbita escuridão. Enquanto a cortina subia devagar, tive a sensação de que por todas as eras o homem fora sempre aquietado de modo misterioso por esse breve instante que precede o espetáculo. Sentia a cortina subir *no homem*. E também logo percebi que aquilo era um símbolo a ele apresentado sem cessar no sono, que se estivesse acordado os atores jamais tomariam o palco e ele,

Homem, subiria ao tablado. Não tive esse pensamento — foi uma percepção, como digo, tão simples e esmagadoramente clara que a máquina
imobilizou-se instantaneamente e me vi parado em minha própria presença, banhado numa realidade luminosa. Desviei os olhos do palco e
observei a escada de mármore que devia subir para ocupar meu assento no
balcão. Vi um homem subindo devagar os degraus, a mão na balaustrada.
Poderia ser eu mesmo, o velho que vinha andando feito um sonâmbulo
desde o dia em que nasci. Meus olhos não distinguiam a escada toda, só os
poucos degraus que ele subira ou estava subindo no momento em que vi
tudo isso. O homem jamais chegou ao topo da escada, e jamais tirou a
mão da balaustrada de mármore. Senti a cortina baixar, e por mais alguns
instantes permaneci atrás dos bastidores, movendo-me em meio aos ce-
nários, como o contra-regra de repente despertado do sono sem saber se
ainda sonha ou vê um sonho encenado no palco. Era tão fresco e verde, tão
estranhamente novo quanto as terras de pão e queijo que as donzelas
Biddenden viam todos os dias de sua longa vida ligadas pelos quadris. Eu
via apenas o que estava vivo! O resto dissolvia-se na penumbra. E foi para
manter o mundo vivo que corri para casa sem esperar para ver o espetáculo e me sentei para descrever o pequeno trecho de escada imperecível.

Mais ou menos nessa época, os dadaístas estavam em plena voga, e
logo seriam seguidos pelos surrealistas. Só ouvi falar deles cerca de dez
anos depois; jamais lera um livro francês nem tivera uma idéia francesa.
Era talvez o único dadaísta nos Estados Unidos e não sabia. Era o mesmo
que estar vivendo nas selvas do Amazonas, pelo contato que tinha com o
mundo externo. Ninguém entendia o que eu escrevia ou por que escrevia
daquele jeito. Eu era tão lúcido que me julgavam pirado. Eu descrevia o
Novo Mundo — infelizmente um pouco cedo demais porque ele ainda
não fora descoberto e ninguém se deixava convencer de que existia. Era
um mundo ovariano, ainda escondido nas trompas de Falópio. Naturalmente, nada estava claramente formulado: havia-se apenas uma tênue

sugestão de espinha dorsal, e certamente não havia braços e pernas, nem cabelos, unhas ou dentes. O sexo era a última coisa a sonhar; o mundo de Cronos e sua progênie ovular. Era o mundo do iota, cada iota indispensável, assustadoramente lógico e absolutamente imprevisível. Não havia isso de *coisa*, pois faltava o conceito de "coisa".

Digo que era um Novo Mundo que eu descrevia, mas como o Novo Mundo que Colombo descobriu, revelou-se muito mais antigo que qualquer outro conhecido. Eu via por baixo da fisionomia superficial da pele e do osso o mundo indestrutível que o homem sempre carregou dentro de si; não era nem velho nem novo, na verdade, mas o mundo eternamente verdadeiro que muda de momento a momento. Tudo que eu via era palimpsesto e não havia camada de texto estranha demais para que eu não a decifrasse. Quando meus companheiros me deixavam à noite, eu muitas vezes me sentava e escrevia aos amigos bosquímanos da Austrália, ou aos Construtores de Sambaquis no vale do Mississippi, ou aos igorrotes nas Filipinas. Tinha de escrever em inglês, naturalmente, porque era a única língua que eu falava, mas entre minha língua e o código telegráfico empregado por meus amigos do peito havia um mundo de diferença. Qualquer homem primitivo me haveria entendido, qualquer homem de épocas arcaicas: só os que me cercavam, ou seja, um continente de cem milhões de pessoas, não entendiam a minha língua. Para escrever-lhes de forma inteligível, eu teria sido obrigado antes de mais nada a matar alguma coisa e, em segundo lugar, a parar o tempo. Eu acabara de compreender que a vida é indestrutível, e que não há essa coisa de tempo, só o presente. Esperariam eles que eu negasse uma verdade cujo vislumbre eu levara a vida inteira para captar? Com toda certeza. A única coisa de que não queriam ouvir falar era que a vida é indestrutível. Seu precioso mundo novo não se baseava na destruição dos inocentes, no estupro, no saque, na tortura e na devastação? Os dois continentes haviam sido violados, os dois continentes haviam sido despidos e saqueados de tudo que era precioso — *de coisas*. Jamais se impôs humilhação maior, parece-me, do que a Montezuma; nenhuma raça foi mais implacavelmente dizimada que o índio americano;

nenhuma terra foi saqueada de forma mais suja e sangrenta que a Califórnia o foi pelos mineradores de ouro. Envergonho-me ao pensar em nossas origens — temos as mãos mergulhadas em sangue e crime. E não há parada para o massacre e a pilhagem, como descobri em primeira mão percorrendo o país de ponta a ponta. Até o mais íntimo amigo, todo homem é um assassino potencial. Muitas vezes não é necessário sacar o revólver, o laço ou o ferro de marcar — eles descobriram formas mais sutis e demoníacas de torturar e matar seus semelhantes. Para mim, a mais excruciante agonia era ver aniquilada a palavra antes mesmo de deixar a minha boca. Aprendi, por amarga experiência, a segurar a língua; aprendi a ficar calado, e até sorrir, quando na verdade espumava pela boca. Aprendi a apertar mãos e dizer como vai a todos aqueles demônios de aparência inocente que só esperavam que eu me sentasse para sugar o meu sangue.

Como era possível, quando me sentava na sala diante de minha pré-histórica escrivaninha, usar essa linguagem cifrada de estupro e assassinato? Eu estava sozinho nesse grande hemisfério de violência, mas não no que diz respeito à raça humana. Estava sozinho num mundo de *coisas* iluminadas pelos clarões fosforescentes da crueldade. Delirava com uma energia que não podia ser desencadeada a não ser a serviço da morte e da futilidade. Não podia começar com um enunciado completo — isso teria significado a camisa-de-força ou a cadeira elétrica. Eu era como um homem que ficou encarcerado tempo demais numa masmorra — tinha de tatear o caminho devagar, aos tropeços, para não cair e ser atropelado. Tinha de me acostumar aos poucos às penalidades que a liberdade envolve. Tinha de criar uma nova epiderme que me protegesse da luz ardente no céu.

O mundo ovariano é produto de um ritmo de vida. Assim que a criança nasce, torna-se parte de um mundo onde há não apenas o ritmo de vida, mas também o de morte. O frenético desejo de viver, viver a qualquer preço, não resulta do ritmo de vida em nós, mas do ritmo de morte. Não apenas não há necessidade de manter-se vivo a qualquer preço, mas, se a vida é indesejável, é absolutamente errada. Esse manter-se vivo, por uma cega compulsão de derrotar a morte, é em si um meio de semear morte. Todos que não aceitam inteiramente a vida, que não incrementam a vida, ajudam a encher o mundo de morte. Fazer o mais simples gesto com a mão pode transmitir o máximo de vida; uma palavra falada com todo o ser pode dar vida. A atividade em si não significa nada: muitas vezes é sinal de morte. Por simples pressão externa, pela força dos ambientes e exemplos, pelo próprio clima que a atividade engendra, podemos nos tornar parte de uma monstruosa máquina de morte, como os Estados Unidos, por exemplo. Que sabe um dínamo sobre a vida, a paz, a realidade? Que sabe o dínamo individual americano sobre a sabedoria e a energia, sobre a vida abundante e eterna que possui um mendigo esmolambado sentado debaixo de uma árvore a meditar? Que é *energia*? Que é *vida*? Basta apenas ler a estúpida algaravia dos textos científicos e filosóficos para perceber como é menos que nada a sabedoria dos enérgicos americanos. Escutem, eles me puseram em fuga, esses loucos demônios movidos a cavalo vapor; para romper seu ritmo insano, seu ritmo de morte, tive de recorrer a um comprimento de onda que, até eu descobrir a sustentação correta em minhas entranhas, pelo menos anularia o ritmo que eles haviam estabelecido. Sem dúvida eu não precisava dessa escrivaninha grotesca, desajeitada e antediluviana que mandei instalar na sala de visita; sem dúvida não precisava de doze cadeiras vazias em torno dela num semicírculo; precisava apenas de espaço para o cotovelo a fim de escrever e uma 13ª cadeira que me tirasse do zodíaco que usavam e me pusesse num céu além do céu. Mas quando se leva um homem quase à loucura e, talvez para sua própria surpresa, ele descobre que ainda tem alguma resistência, alguns poderes próprios, pode-se encontrar esse homem agindo em grande parte como um ser primitivo. Esse homem pode não apenas se tornar teimoso e obstinado, mas supersticioso, um crente e praticante de magia. Esse homem está além da religião — é de sua religiosidade que sofre. Esse homem se torna um monomaníaco, propenso a fazer apenas uma coisa, que é quebrar o sortilégio que puseram sobre ele. Esse homem está além de jogar bombas, além da revolta; quer parar de reagir, seja com inércia seja com ferocidade.

Esse homem, dentre todos da terra, quer que o ato seja uma manifestação de vida. Se, na percepção de sua terrível necessidade, ele começa a agir regressivamente, a tornar-se insociável, a gaguejar e tartamudear, a mostrar-se tão absolutamente desadaptado que chega a ser incapaz de ganhar a vida, saibam que esse homem encontrou seu caminho de volta ao útero e fonte de vida, e que amanhã, em vez do desprezível objeto de ridículo que vocês fizeram dele, ele se erguerá como um *homem* por direito próprio e todos os poderes do mundo de nada adiantarão contra ele.

Da crua cifra com que ele se comunica de sua escrivaninha pré-histórica com os homens arcaicos do mundo, ergue-se uma nova linguagem que atravessa a linguagem mortal do dia como as ondas do rádio atravessam a tempestade. Não há mais magia nesse comprimento de onda que no útero. Os homens são solitários e sem comunicação uns com os outros porque todas as suas invenções só falam de morte. A morte é o autômato que governa o mundo da atividade. É silenciosa, porque não tem boca. A morte jamais *expressou* coisa alguma. É maravilhosa também — *depois da vida*. Só alguém como eu, que abriu a boca e falou, só alguém que disse Sim, Sim, Sim, e mais uma vez Sim!, pode abrir bem os braços para a morte e não ter medo. A morte como recompensa, sim! A morte como realização, sim! A morte como coroa e escudo, sim! Mas não a morte a partir das raízes, isolando os homens, tornando-os amargos, medrosos e solitários, dando-lhes energia inútil, enchendo-os de uma vontade que só pode dizer Não! A primeira palavra que qualquer homem escreve quando descobre a si mesmo, seu próprio ritmo, que é o ritmo da vida, é Sim! Tudo que escreve daí em diante é Sim, Sim, Sim — Sim em um bilhão de formas. Nenhum dínamo, por maior que seja — nem mesmo um dínamo de cem milhões de almas mortas — pode combater um homem dizendo Sim!

A guerra prosseguia e homens eram massacrados, um milhão, dois milhões, cinco milhões, dez milhões, vinte milhões, finalmente cem milhões, depois um bilhão, todo mundo, homem, mulher e criança, até o último. "Não!", eles gritavam. "*Não! Eles não passarão!*" E no entanto todos passaram; todos conseguiram um passe livre, quer gritassem Sim ou Não. No meio dessa triunfante demonstração de osmose espiritualmente destrutiva, eu me sentava com os pés plantados na grande escrivaninha tentando me comunicar com Zeus, Pai da Atlântida, e com sua progênie perdida, ignorando o fato de que Apollinaire iria morrer no dia anterior ao armistício num hospital militar, ignorando o fato de que em sua "nova escrita" ele rabiscara estas linhas indeléveis:

> Sê tolerante quando nos comparas
> Com aqueles que foram a perfeição da ordem.
> Nós que em toda parte buscamos aventura,
> Nós não somos teus inimigos.
> Nós te daríamos vastos e estranhos domínios
> Onde o florescente mistério espera por aquele que o colha.

Ignorando que nesse mesmo poema ele também escrevera:

> Tem compaixão de nós que estamos sempre lutando nas fronteiras
> Do ilimitado futuro,
> Compaixão por nossos erros, compaixão por nossos pecados.

Eu ignorava o fato de que havia homens então vivos, que atendiam pelos exóticos nomes de Blaise Cendrars, Jacques Vaché, Louis Aragon, Tristan Tzara, René Crevel, Henri de Montherlant, André Breton, Max Ernst, George Grosz; ignorava que a 14 de julho de 1916, no Saal Waag, em Zurique, proclamara-se o primeiro Manifesto Dadaísta — "Manifesto do *monsieur* Antipyrine" —, que nesse estranho documento se declarava: "O dadaísmo é a vida sem chinelas ou paralelas… necessidade severa sem disciplina ou moralidade e escarramos na humanidade." Ignorava que o manifesto dadaísta de 1918 continha estas linhas:

Escrevo um manifesto e nada quero, mas digo certas coisas, e sou contra manifestos por questão de princípio, como também sou contra princípios... Escrevo este manifesto para mostrar que se pode realizar ações opostas juntas, numa única e nova respiração; sou contra a ação; por contínua contradição, por afirmação também, não sou a favor nem contra, e não explico, pois odeio o bom senso... Há uma literatura que não alcança a massa voraz. A obra dos criadores, nascida de uma real necessidade por parte do autor, e para ele próprio. Consciência de um supremo egoísmo onde as estrelas se desgastam... Cada página deve explodir, seja pelo que tem de profundamente sério e pesado, pelo turbilhão, pela vertigem, o novo, o eterno, a esmagadora falsificação, pelo entusiasmo por princípios ou pelo estilo tipográfico. De um lado, o estonteante mundo fugidio, afiançado ao repicar da composição infernal, por outro lado: *novos seres...*

Trinta e dois anos depois e ainda estou dizendo Sim! Sim, *monsieur* Antipyrine! Sim, *monsieur* Tristan Bustanoby Tzara! Sim, *monsieur* Max Ernst Geburt! Sim, *monsieur* René Crevel, agora que você se suicidou, sim, o mundo está louco, você tinha razão. Sim, *monsieur* Blaise Cendrars, você tinha razão para matar! Foi no dia do armistício que você produziu seu livrinho — *J'ai tué*? Sim, "vamos lá, turma, humanidade..." Sim, Jacques Vaché, tem toda razão: "A arte deve ser uma coisa engraçada e meio chata." Sim, meu caro e morto Vaché, como você tinha razão e como era engraçado, chato, comovente, terno e autêntico: "É da essência dos símbolos ser simbólico." Diga de novo, do outro mundo! Tem um megafone aí em cima? Encontrou todos os braços e pernas arrebatados durante a *mêlée*? Pode juntá-los de novo? Lembra-se do encontro em Nantes em 1916 com André Breton? Vocês comemoraram juntos o nascimento da histeria? Ele, Breton, lhe disse que só havia o maravilhoso e nada além do maravilhoso, e que o maravilhoso é sempre maravilhoso — e não é maravilhoso ouvir isso de novo, embora suas orelhas estejam tapadas? Quero incluir aqui, antes de passar adiante, um pequeno retrato seu feito por Emile Bouvier,

para meus amigos do Brooklyn que talvez não me tenham reconhecido
então, mas reconhecerão agora, tenho certeza…

… não era louco de jeito nenhum, e podia explicar sua conduta quando
a ocasião exigia. Suas ações, ainda assim, eram tão desconcertantes quanto as piores excentricidades de Jarry. Por exemplo, mal saíra do hospital
quando se empregou como estivador, e daí em diante passava as tardes
descarregando carvão no cais do Loire. À noite, por outro lado, fazia a
ronda dos cafés e cinemas, vestido no auge da moda e com muitas va-
riações de trajes. E ainda por cima, em tempo de guerra, às vezes saía
com um uniforme de tenente dos hussardos, às vezes de oficial inglês,
ou de aviador ou cirurgião. Na vida civil, era igualmente livre e
descontraído, nada achando demais em apresentar Breton sob o nome
de André Salmon, atribuindo-se ao mesmo tempo, mas sem vaidade, os
mais maravilhosos títulos e aventuras. Jamais dizia bom-dia ou boa-
noite ou adeus, e jamais tomava conhecimento de cartas, a não ser da
mãe, quando precisava pedir dinheiro. Não reconhecia os melhores
amigos de um dia para outro…

Vocês estão me reconhecendo, turma? É só um garoto do Brooklyn se
comunicando com os albinos ruivos da região de Zuni. Preparando-se,
com os pés sobre a escrivaninha, para escrever "obras fortes, obras para
sempre incompreensíveis", como prometiam meus camaradas mortos.
Essas "obras fortes"— vocês as reconheceriam se as vissem? Sabem que
dos milhões de mortos nenhuma morte era necessária para produzir a
"obra forte"? *Novos seres*, sim! Ainda precisamos de novos seres. Podemos
passar sem o telefone, o automóvel, os bombardeadores de alta classe —
mas não podemos passar sem novos seres. Se a Atlântida submergiu sob o
mar, se a esfinge e as pirâmides continuam a ser o eterno enigma, é porque
não nasceram novos seres. Parem a máquina um instante! Voltem! Voltem
a 1914, ao *kaiser* montado em seu cavalo. Mantenham-no sentado ali um

instante com o braço murcho agarrando a brida. Vejam seu bigode! Vejam o ar altivo de orgulho e arrogância! Vejam a forragem de canhão alinhada na mais estrita disciplina, todos prontos a obedecer à ordem, a levar tiro, a serem estripados, a serem queimados em cal viva. Parem um instante agora, e olhem para o outro lado: os defensores de nossa grande e gloriosa civilização, os homens que irão guerrear para acabar com a guerra. Mudem suas roupas, mudem seus uniformes, mudem os cavalos, mudem as bandeiras, mudem o terreno. Meu Deus, é o *kaiser* que estou vendo num cavalo branco? São aqueles os terríveis hunos? E onde está o Grande Berta? Ah, estou vendo — achei que apontava para Notre Dame. A humanidade, turma, a humanidade sempre marchando na vanguarda… E as obras fortes de que falávamos? Onde estão as obras fortes? Liguem para a Western Union e despachem um mensageiro de pés ligeiros — não um aleijado ou octagenário, mas um jovem! Peçam-lhe que encontre a grande obra e a traga de volta. Precisamos dela. Temos um museu novinho em folha à espera para abrigá-la — e celofane e o sistema decimal de Dewey para arquivá-la. Precisamos apenas do nome do autor. Mesmo que ele não tenha nome, mesmo que seja uma obra anônima, não vamos espernear. Mesmo que ela contenha um pouco de gás de mostarda, não vamos nos importar. Tragam-na viva ou morta — há uma recompensa de 25 mil dólares para o homem que a trouxer.

E se lhes dissessem que tudo isso tinha de acontecer, que as coisas não poderiam ter acontecido de outra forma, que a França fez o melhor que pôde e a Alemanha também, e que a pequena Libéria e o pequeno Equador e todos os outros aliados também fizeram o melhor que puderam, e que desde a guerra todo mundo vem fazendo o melhor que pode para remendar as coisas ou esquecer, digam-lhes que o melhor não basta, que não queremos mais ouvir falar nessa lógica de "fazer o melhor possível", digam-lhes que não queremos o melhor de uma barganha ruim, que não acreditamos em barganhas boas ou más, nem em memoriais de guerra. Não queremos ouvir falar na lógica dos fatos — ou em qualquer tipo de lógica. "*Je ne parle pas logique*", disse Montherlant, "*je parle générosité*". Acho que vocês não ouviram bem, pois estava em francês. Repito para vocês, na própria língua da rainha: "*I'm not talking logic, I'm talking generosity.*" É mau inglês, como a própria rainha poderia falar, mas é claro. *Generosidade* — estão ouvindo? Vocês jamais a praticam, nenhum de vocês, na paz ou na guerra. Não conhecem o significado da palavra. Acham que fornecer armas e munição ao lado vencedor é generosidade; acham que enviar enfermeiras da Cruz Vermelha ou o Exército de Salvação ao *front*, é generosidade. Acham que uma gratificação com vinte anos de atraso é generosidade; acham que uma pequena pensão e uma cadeira de rodas é generosidade; acham que se devolvem a um homem o seu antigo trabalho é generosidade. Não sabem o que significa a porra da palavra, seus sacanas! Ser generoso é dizer Sim antes mesmo que o cara abra a boca. Para dizer Sim é preciso primeiro ser surrealista ou dadaísta, porque aí vocês entenderam o que é dizer Não. Podem até dizer Sim e Não ao mesmo tempo, desde que façam mais do que se espera de vocês. Sejam estivadores durante o dia e Beau Brummel durante a noite. Usem qualquer uniforme desde que não seja seu. Quando escreverem para suas mães, peçam-lhe para mandar alguma grana para que vocês tenham um trapo limpo com que limpar o rabo. Não se perturbem se virem o vizinho correndo atrás da mulher dele com uma faca: ele na certa tem um bom motivo para persegui-la, e se a matar podem ter certeza de que teve a satisfação de saber *por que* o fez. Se estão tentando melhorar a mente, parem com isso! Não há como melhorar a mente. Olhem para seu coração e suas entranhas — o cérebro fica no coração.

Ah, sim, se eu soubesse naquele tempo que aqueles caras existiam — Cendrars, Vaché, Grosz, Ernst, Apollinaire —, se soubesse disso naquele tempo, se soubesse que à sua maneira eles pensavam exatamente as mesmas coisas que eu, acho que teria explodido. É, acho que teria detonado como uma bomba. Mas eu era ignorante. Ignorava o fato de que quase cinqüenta anos antes um judeu maluco na América do Sul dera origem a frases tão espantosamente maravilhosas como "pato da dúvida com lábios de vermute", ou "eu vi um figo comer um burro" — que mais ou menos na mesma época um francês, que era apenas um menino, dizia: "Encontrem flores que são cadeiras"... "minha fome são pedaços de ar negro"... "seu coração, âmbar e faísca". Talvez ao mesmo tempo, ou por aí assim, enquanto Jarry falava "em comer o ruído de mariposas", e Apollinaire repetia depois dele "perto de um cavalheiro engolindo a si mesmo", e Breton murmurava baixinho "pedais da noite movem-se ininterruptamente", talvez "no ar belo e negro" que o solitário judeu descobrira sob o Cruzeiro do Sul, outro homem também solitário e exilado, de origem espanhola, se preparasse para pôr no papel estas memoráveis palavras: "Eu busco, em resumo, consolar-me do meu exílio, do meu exílio da eternidade, deste desterro (*destierro*) a que me agrada chamar de descéu... No momento, acho que a melhor maneira de escrever este romance é dizer como deve ser escrito. É o romance do romance, a criação da criação. Ou Deus de Deus, *Deus de Deo*." Se eu soubesse que ele ia acrescentar isto, isto que se segue, eu na certa teria estourado como uma bomba... "Por ser louco, entende-se perder o juízo. O juízo, mas não a verdade, pois há loucos que falam verdades quando outros calam..." Falando dessas coisas, falando da guerra e dos mortos de guerra, não posso abster-me de dizer que uns vinte anos depois encontrei isto escrito em francês por um francês. Ó milagre dos milagres! "*Il faut le dire, il y a des cadavres que je ne respecte qu'à moitié.*" Sim, sim, e mais uma vez, sim! Ó, façamos alguma coisa imprudente — pelo simples prazer de fazê-la! Façamos uma coisa viva e magnífica, mesmo que destrutiva! Disse o sapateiro louco: "Todas as coisas são geradas a partir do grande mistério, e avançam de um degrau para outro. Tudo o que avança em seu degrau, este mesmo aceita e não abomina."

Em toda parte, em qualquer tempo, o mesmo mundo ovariano se anunciando. Mas também, paralelos a esses anúncios, essas profecias, esses manifestos ginecológicos, paralelos e contemporâneos desses novos totens, novos tabus, novas danças de guerra. Enquanto no ar tão negro e belo os irmãos do homem, os poetas, os cavadores do futuro cuspiam seus

versos mágicos, nessa mesma época, ó enigma profundo e intrigante, outros homens diziam: "Não quer, por favor, vir ocupar um emprego em
nossa fábrica de munições? Nós lhe prometemos os mais altos salários, as
mais sanitárias e higiênicas condições. O trabalho é tão fácil que até uma
criança poderia fazê-lo." E se você tivesse irmã, mulher, mãe, tia, desde que
pudessem usar as mãos, desde que pudessem provar que não tinham
maus hábitos, você era convidado a levá-la ou levá-las para a fábrica de
munições. Se você não quisesse sujar as mãos, eles lhe explicariam com
toda delicadeza e habilidade como funcionavam aqueles delicados meca-
nismos, o que faziam quando explodiam, e porque você não devia desperdiçar nem mesmo seu lixo, porque... *et ipso facto e pluribus unum*. O que
me impressionou, ao fazer as rondas em busca de emprego, não foi tanto
que me fizessem vomitar todos os dias (supondo-se que eu tivesse tido a
sorte de botar alguma coisa para dentro), mas que sempre quisessem saber se a gente tinha bons hábitos, se era estável, sóbrio, diligente, se já tra-
balhara antes e, se não, por quê. Mesmo o lixo, que era minha tarefa coletar
para a prefeitura, era valioso para eles, os assassinos. Enterrado até os joelhos na lama, o mais baixo dos mais baixos, um peão, um pária, eu ainda
fazia parte da quadrilha da morte. Tentei ler o *Inferno* à noite, mas era em
inglês, e inglês não é língua para uma obra católica. "O que quer que entre
em si próprio, dentro de sua própria singularidade, ou seja, em seu próprio lubet..." *Lubet!* Se eu tivesse então uma palavra dessas para invocar,
como poderia ter realizado minha coleta de lixo em paz! Como é gostoso,
à noite, quando Dante está fora de alcance e as mãos cheiram a lama e
lodo, receber em nós mesmos essa palavra que em holandês significa "luxúria" e em latim "lubitum" ou divino *beneplacitum*. Enterrado até os joelhos no lixo, eu disse um dia, segundo consta, o que Mestre Eckhart disse
há muito tempo: "Eu realmente preciso de Deus, mas Deus também precisa de mim." Havia um emprego à minha espera no matadouro, um
empreguinho bacana de separar entranhas, mas eu não conseguia levantar o dinheiro da passagem para Chicago. Fiquei no Brooklyn, em meu
próprio palácio de entranhas, e girava e girava em torno do plinto do labi-

rinto. Fiquei em casa procurando a "vesícula germinal", o "castelo do dragão no leito do mar", o "Sagrado Coração", "o campo da polegada quadrada", "a casa do pé quadrado", o "passo escuro", o "espaço do antigo Paraíso". Permaneci trancado, prisioneiro de Forculus, deus da porta, de Cardea, deus da dobradiça, e de Limentiuis, deus da soleira. Falava apenas com as irmãs deles, as três deusas chamadas Medo, Palidez e Febre. Não vi "luxo asiático", como viu Santo Agostinho, ou imaginou ter visto. Tampouco vi "os dois gêmeos nascidos tão pegados que o segundo segurava o primeiro pelo calcanhar". Mas vi uma rua chamada Myrtle Avenue, que se estende de Borough Hall até Fresh Pond Road, e por essa rua santo algum jamais andou (de outro modo a rua teria ruído), por essa rua nenhum milagre jamais passou, nem poeta, nem qualquer espécie de gênio humano, nenhuma flor jamais brotou, nem o sol bateu, nem a chuva jamais lavou. No lugar do inferno verdadeiro, que tive de adiar por vinte anos, dou-lhes a Myrtle Avenue, uma das inúmeras trilhas percorridas pelos monstros de ferro que levam ao coração do vazio americano. Se você viu apenas Essen, Manchester, Chicago, Levallois-Perret, Glasgow, Hoboken, Canarsie ou Bayonne, nada viu do magnífico vazio do progresso e iluminismo. Caro leitor, você precisa ver Myrtle Avenue antes de morrer, pelo menos para entender como Dante viu longe no futuro. Deve acreditar em mim quando digo que nessa rua, nem nas casas que a ladeiam, nem nas pedras que a pavimentam, nem na estrutura elevada que a corta em pedaços, nem em qualquer criatura que tenha um nome e ali viva, nem em qualquer animal, pássaro ou inseto que passe por ela para matar ou já morto, há esperança de "lubet", "sublimação" ou "abominação". É uma rua não de dor, pois a dor seria humana e reconhecível, mas de puro vazio: é mais vazia que o mais extinto vulcão, que o vácuo, que a palavra Deus na boca de um incréu.

Eu disse que não sabia uma palavra de francês naquele tempo, e é verdade, mas estava à beira de fazer uma grande descoberta, uma descoberta que ia compensar o vazio da Myrtle Avenue e de todo o continente americano. Eu já quase alcançara o litoral daquele grande oceano francês conhecido pelo nome de Elie Faure, um oceano que os próprios franceses mal haviam navegado e que haviam confundido, parece, com um mar interior. Lendo-o mesmo numa linguagem tão murcha como se tornou o inglês, vi que o homem que descrevera a glória da raça humana no punho da camisa era o pai Zeus da Atlântida a quem eu andara buscando. Chamei-o de oceano, mas ele era também uma sinfonia mundial. Foi o primeiro músico que os franceses produziram; era exaltado e controlado, uma anomalia, um Beethoven gálico, um grande médico da alma, um gigantesco pára-raios. Era também um girassol virando com o sol, sempre bebendo na luz, sempre radiante e ardente de vitalidade. Não era nem otimista nem pessimista, não mais do que se pode dizer que um oceano seja benévolo ou malévolo. Era um crente na raça humana. Acrescentou um cúbito à raça, devolvendo-lhe a dignidade, a força, a necessidade de criação. Via tudo como criação, como alegria solar. Não o registrava de forma ordenada, registrava-o musicalmente. Era indiferente ao fato de os franceses terem ouvido de lata — orquestrava para o mundo inteiro ao mesmo tempo. Qual não foi o meu pasmo quando, alguns anos depois, cheguei à França e descobri que não se erguera um monumento a ele, não se dera seu nome a uma rua. Pior ainda, durante oito anos inteiros nem uma só vez ouvi um francês falar o seu nome. Teve de morrer para ser posto no panteão das divindades francesas — e como devem parecer doentios, seus contemporâneos endeusados, na presença desse sol radiante! Se ele não fosse médico, e assim pudesse ganhar a vida, o que não lhe haveria acontecido? Talvez outra mão hábil para os caminhões de lixo! O homem que fez viver os afrescos egípcios em todas as suas cores chamejantes, esse homem podia igualmente ter morrido de fome pelo que dizia respeito ao público. Mas ele era um oceano e os críticos afogaram-se nele, assim como os editores, chefes de redação e o público. Serão necessárias eras para que ele seque e se evapore. Aproximadamente o mesmo tempo que os franceses levarão para adquirir ouvido musical.

Se não houvesse música, eu teria ido para o asilo de doidos como Nijinsky. (Foi mais ou menos nessa época que descobriram que ele estava doido. Encontraram-no distribuindo seu dinheiro aos pobres — sempre um mau sinal!) Eu tinha a cabeça cheia de maravilhosos tesouros, um gosto afiado e exigente, os músculos em excelente condição, o apetite forte, o fôlego sadio. Nada tinha a fazer, a não ser aperfeiçoar-me, e estava ficando doido com os aperfeiçoamentos que fazia cada dia. Mesmo que houvesse um emprego, eu não poderia aceitar, porque o que precisava não era de trabalho, mas de uma vida mais abundante. Não podia perder tempo como professor, advogado, médico, político ou qualquer outra coisa que a sociedade tivesse a oferecer. Era mais fácil aceitar trabalhos braçais porque me deixavam a mente livre. Depois que me despediram dos caminhões de lixo, lembro-me que me associei a um evangelista que parecia ter grande confiança em mim. Eu era uma espécie de porteiro, cobrador e secretário particular. Ele chamou minha atenção para todo o mundo da filosofia indiana. Em minhas noites livres eu me encontrava com os amigos na casa de Ed Bauries, que morava numa parte aristocrática do Brooklyn. Ed Baures era um pianista excêntrico que não sabia ler uma nota. Tinha um amigo íntimo chamado George Neumiller, com quem muitas vezes tocava duetos. Das cerca de doze pessoas que se reuniam na casa de Ed Bauries, quase todas tocavam piano. Estávamos todos entre os 21 e 25 anos na época; jamais levávamos mulheres e mal falávamos delas nessas sessões. Tínhamos bastante cerveja para beber e todo um casarão à nossa disposição, pois era no verão, quando os pais dele viajavam, que fazíamos nossas reuniões. Embora eu pudesse falar de mais uma dúzia de tais casas, falo da de Ed Bauries porque era típica de uma coisa que jamais encontrei em outra parte do mundo. Nem o próprio Ed nem qualquer um de seus amigos suspeitava que tipo de livros eu lia então, nem as coisas que me ocupavam a mente. Quando eu inesperadamente chegava, era saudado com entusiasmo — como palhaço. Esperava-se que eu pusesse as coisas em movimento. Havia cerca de quatro pianos espalhados pelo casarão, para não falar da celesta, do órgão, dos violões, bandolins, violinos e que mais sei eu. Ed Bauries era maluco, um maluco muito afável, simpático e generoso. Os sanduíches eram sempre dos melhores, a cerveja abundante e se a gente quisesse dormir por lá, ele ajeitava um sofá do jeito que a gente queria. Descendo a rua — uma rua grande e larga, sonolenta, luxuosa, uma rua inteiramente fora do mundo —, eu ouvia o tilintar do piano no amplo salão do primeiro andar. As janelas ficavam escancaradas e quando eu me aproximava via Al Burger ou Connie Grimm esparramados em suas grandes poltronas, os pés na balaustrada da janela e imensas canecas de cerveja na mão. Na certa George Neumiller estava ao piano, improvisando, sem camisa e um comprido charuto na boca. Conversavam e riam enquanto George brincava no piano, em busca de uma abertura. Assim que encontrava um tema, chamava Ed, e Ed se sentava a seu lado, examinando-o à sua maneira pouco profissional, depois batia de repente nas teclas e dava o troco. Às vezes, quando eu entrava, alguém estava tentando plantar bananeira na sala ao lado — havia três grandes salas no primeiro andar, que davam uma para a outra, no fundo um jardim, um enorme jardim, com flores, árvores frutíferas, vinhas, estátuas, fontes e tudo mais. Às vezes, quando fazia muito calor, eles levavam a celesta ou o pequeno órgão para o jardim (e um barril de cerveja, claro), e ficávamos preguiçosamente sentados no escuro rindo e cantando — até os vizinhos nos obrigarem a parar. Às vezes havia música em toda a casa ao mesmo tempo, em todos os andares. Era realmente uma loucura então, e se houvesse mulheres por perto, estragariam tudo. Às vezes era como assistir a um concurso de resistência — Ed Bauries e George Neumiller no piano de cauda, um tentando cansar o outro, trocando de lugar sem parar, cruzando as mãos, às vezes tocando apenas com dois dedos, outras investindo como um Wurlitzer. E havia sempre alguma coisa de que rir o tempo todo. Ninguém perguntava o que a gente fazia, o que pensava, e assim por diante. Quando alguém chegava à casa de Ed, deixava na entrada seus sinais de identificação. Todo mundo estava cagando para o tamanho do chapéu que você usava ou quanto pagara por ele. Era diversão do princípio ao fim — e os sanduíches e bebidas eram por conta da casa. Quando as coisas esquentavam, com três ou quatro pianos ao mesmo tempo, a celesta, o órgão, os bandolins, os violões, a cerveja correndo pelas salas, os consolos das lareira cheios de sanduíches e charutos, uma brisa entrando do jardim, George Neumiller nu da cintura para cima e modulando feito um demônio, era melhor que qualquer espetáculo que já vi e não custava um centavo. Na verdade, com o tira e bota roupas, eu sempre saía com um dinheirinho extra e o bolso entupido de bons charutos. Nunca via nenhum deles nos intervalos — só nas noites de segunda durante todo o verão, quando Ed mantinha a casa aberta.

Parado no jardim ouvindo o barulho, eu mal acreditava que era a mesma cidade. Se algum dia abrisse a matraca e expusesse as tripas, estaria tudo acabado. Nenhum daqueles palhaços valia nada, pelos critérios do mundo. Eram apenas boas praças, crianças, caras que gostavam de música e de uma boa diversão. Gostavam tanto que às vezes tínhamos de chamar a ambulância. Como na noite em que Al Burger torceu o joelho quando nos fazia um de seus números. Estavam todos tão alegres, tão cheios de música, tão animados, que ele leva uma hora para nos convencer de que realmente se machucara. Tentamos levá-lo a um hospital, mas é longe demais, e além disso, é uma piada tão boa que o deixamos cair de vez em quando, o que o faz berrar feito um maníaco. Assim, acabamos por telefonar ao hospital de uma cabine da polícia, e vêm a ambulância e a viatura policial. Levam Al para o hospital e o resto de nós para o xilindró. No caminho cantamos a plenos pulmões. Depois de soltos sob fiança, ainda nos sentimos bem e os tiras também, e assim vamos todos para o porão, onde há um piano rachado e continuamos cantando e tocando. Tudo isso parece alguma época na história antes de Cristo, que termina não porque há uma guerra, mas porque mesmo uma espelunca como a de Ed Baurie não é imune ao veneno que vaza da periferia. Porque todas as ruas estão se tornando uma Myrtle Avenue, porque o vazio enche todo o continente, do Atlântico ao Pacífico. Porque, após certo tempo, não se consegue entrar numa única casa em toda a extensão do país e encontrar um homem plantando bananeira e cantando. Simplesmente não se faz mais isso. E não há dois pianos tocando ao mesmo tempo em lugar nenhum, nem dois homens em parte alguma dispostos a tocar a noite toda apenas de farra. Dois

homens que possam tocar como Ed Bauries e George Neumiller são contratados pelo rádio ou o cinema, e só se usa um pequeno punhado de seu
talento e joga-se o resto fora na lata de lixo. Ninguém sabe, a julgar pelos
espetáculos públicos, o talento que existe disponível no grande continente
americano. Mais tarde, e por isso eu costumava me sentar em soleiras de
portas em Tin Pan Alley, eu passava o tempo à tarde ouvindo os profissio-
nais a darem duro. E era bom, mas diferente. Não tinha graça, era um
perpétuo ensaio para faturar uns dólares e centavos. Qualquer homem
nos Estados Unidos que tinha um grama de humor poupava para equilibrar o orçamento. Havia também uns malucos maravilhosos entre eles,
homens que jamais vou esquecer, que não deixaram nome atrás, e foram
os melhores que já produzimos. Lembro-me de um artista desconhecido
no circuito Keith, que provavelmente era o homem mais doido dos Estados Unidos e talvez ganhasse uns cinqüenta dólares por semana. Três vezes
por dia, todos os dia da semana, exibia-se e deixava as platéias fascinadas.
Não tinha um número — apenas improvisava. Jamais repetia as piadas ou
truques. Dava-se prodigamente, e não creio que fosse um demônio da
dança tampouco. Era um desses caras que nascem iluminados, com uma
energia e alegria tão ferozes que nada podia conter. Tocava qualquer instrumento e dançava qualquer passo, e inventava uma história na hora e a
esticava até a campanhia tocar. Tinha não apenas satisfação em fazer o seu
número, mas ajudava os outros nos deles. Ficava nos bastidores e esperava
o momento certo de invadir o número do cara. Era o espetáculo inteiro,
um espetáculo que continha mais terapia que todo o arsenal da ciência
moderna. Deviam pagar a um homem desses o salário que recebe o presidente dos Estados Unidos. Deviam destituir o presidente dos Estados
Unidos e toda a Suprema Corte e colocar um homem desses como go-
vernante. Um homem desses curaria qualquer doença. Além disso, era o
tipo de cara que faria o serviço a troco de nada, se a gente pedisse. É o tipo
de homem que esvazia os asilos de alienados. Não propõe um tratamento
— deixa todo mundo doido. Entre essa solução e o perpétuo estado de
guerra que é a civilização, só há outra saída — a estrada que todos final-

mente acabaremos por tomar, porque tudo mais está condenado ao fracasso. O tipo que representa essa única saída tem uma cabeça com seis rostos e oito olhos; a cabeça gira feito um farol, e em vez de uma tríplice coroa no topo, como bem poderia haver, há um buraco que ventila os poucos cérebros que existem. Existe pouco cérebro, como digo, porque há muito pouca bagagem para levar, pois vivendo em plena consciência, a matéria cinzenta se transforma em luz. É o único tipo de homem que se pode pôr acima do comediante: não chora nem ri, está além do sofrimento. Não o reconhecemos ainda porque ele está muito perto de nós, logo abaixo da pele, na verdade. Quando o comediante nos captura pelas tripas, esse homem, cujo nome poderia ser Deus, creio, se ele tivesse de usar um nome, levanta a voz. Quando toda a raça humana se sacode de tanto rir, rindo tão alto que chega a doer, quer dizer, todos então têm o pé na estrada. Nesse momento, tanto faz todos serem Deus quanto qualquer outra coisa. Nesse momento, a gente sofre uma aniquilação de consciência dupla, tripla, quádrupla e múltipla, que é o que faz a matéria cinzenta enroscar-se em dobras mortas no topo do crânio. Nesse momento, a gente realmente sente o buraco no topo da cabeça; sabe que um dia teve um olho ali, e que esse olho captava tudo ao mesmo tempo. O olho já se foi, mas quando a gente ri até as lágrimas correrem e a barriga doer, na verdade está abrindo a claraboia e ventilando os miolos. Ninguém nos convence nesse momento a pegar uma arma e matar o inimigo; tampouco pode alguém nos convencer a abrir e ler um gordo tomo contendo as verdades metafísicas do mundo. Se a gente sabe o que significa liberdade, liberdade absoluta e não liberdade relativa, reconhece que isso é o mais próximo dela que se pode chegar. Se sou contra a condição do mundo, não é porque seja moralista — é porque quero rir mais. Não digo que Deus seja uma grande risada: digo que é preciso rir muito antes de se chegar a algum ponto perto de Deus. Todo o meu objetivo na vida é chegar perto de Deus, quer dizer, chegar perto de mim mesmo. Por isso não me importa que estrada tomo. Mas a música é muito importante. É um tônico para a glândula pineal. A música não é Bach nem Beethoven; música é o abridor de lata da alma. Deixa a gente terrivelmente calmo por dentro, consciente de que há um teto em nosso ser.

O lancinante horror da vida não está contido em calamidades e tragédias, porque essas coisas nos despertam e ficamos familiarizados e íntimos delas, e finalmente elas são subjugadas de novo… não, é mais como estar num quarto de hotel em Hoboken, digamos, com dinheiro suficiente no bolso apenas para mais uma refeição. Estamos numa cidade que esperamos nunca mais tornar a ver, e só temos de passar a noite no quarto do hotel, mas é preciso toda coragem e garra para permanecer nesse quarto. Tem de haver um bom motivo para certas cidades, certos lugares, nos inspirarem tanta aversão e medo. Tem de haver algum tipo de assassinato perpétuo ocorrendo nesses lugares. As pessoas são da mesma raça que nós, cuidam de suas vidas como todos os demais, constroem o mesmo tipo de casa, nem melhor nem pior, têm o mesmo sistema de educação, a mesma moeda, os mesmos jornais — mas são absolutamente diferentes das outras pessoas que conhecemos, toda a atmosfera é diferente, o ritmo é diferente, a tensão é diferente. É quase como vermos a nós mesmos em outra encarnação. Sabemos, com a mais perturbadora certeza, que o que governa a vida não é o dinheiro, a política, a religião, a formação, a raça, a língua, os costumes, mas outra coisa, uma coisa que tentamos sufocar o tempo todo e que na verdade nos está sufocando, porque de outro modo não estaríamos aterrorizados de repente, imaginando como escapar. Em algumas cidades, não precisamos sequer passar a noite — só uma ou duas horas bastam para desencorajar. É assim que penso em Bayonne. Cheguei lá à noite com alguns endereços que me deram. Levava uma maleta debaixo do braço com um prospecto da *Encyclopaedia Britannica*. Devia vender as malditas enciclopédias, sob o manto da escuridão, a alguns pobres-diabos que queriam aperfeiçoar-se. Se me tivessem largado em Helsingfors eu não me sentiria tão pouco à vontade quanto andando pelas ruas de Bayonne. Não era uma cidade americana para mim. Não era de forma alguma uma cidade, mas um imenso polvo retorcendo-se no escuro. A primeira porta a que cheguei parecia tão intimidante que nem me atrevi a bater; continuei assim por vários endereços antes de reunir coragem para bater. O primeiro rosto no qual dei uma olhada me fez cagar de medo. Não me refiro a timidez ou constrangimento — refiro-me a medo mesmo. Era a cara de um servente de pedreiro, um tipo ignorante capaz tanto de cair sobre nós com um machado, quanto de nos cuspir no olho. Fingi que tinha o nome errado e corri ao endereço seguinte. Cada vez que a porta se abria eu via outro monstro. E então cheguei por fim a um pobre simplório que queria aperfeiçoar-se e aquilo me desmontou. Senti realmente vergonha de mim mesmo, de meu país, de minha raça, de minha época. Tive um trabalho dos diabos para convencê-lo a não comprar a maldita enciclopédia. Ele me perguntou, com toda inocência, o que então me levara à sua casa — e sem um minuto de hesitação respondi-lhe com uma espantosa mentira, uma mentira que mais tarde se revelaria uma grande verdade. Disse-lhe que apenas fingia vender enciclopédias para conhecer pessoas e escrever sobre elas. Isso o interessou muitíssimo, mais ainda que a enciclopédia. Quis saber o que eu poderia escrever a seu respeito, se pudesse lhe contar. Levei vinte anos para responder a essa pergunta, mais ei-la aqui. Se você ainda quiser saber, João Ninguém da cidade de Bayonne, aqui está… Eu lhe devo muito, porque depois da mentira que contei, deixei sua casa, rasguei o prospecto da *Encyclopaedia Britannica* e o joguei na sarjeta. Disse a mim mesmo: nunca mais procurarei as pessoas sob falsos pretextos, mesmo que seja para dar-lhes a Bíblia Sagrada. Jamais venderei qualquer coisa de novo, mesmo que tenha de passar fome. Vou para casa agora, vou me sentar e escrever livros sobre as pessoas. E se alguém bater em minha porta para vender alguma coisa, eu o convidarei a entrar e direi "Por que está fazendo isso?" Se ele disser que é porque precisa ganhar a vida, eu lhe oferecerei o dinheiro que tiver e pedirei mais uma vez que pense no que está fazendo. Quero impedir tantos homens quanto possível de fingir que têm de fazer isso ou aquilo porque precisam ganhar a vida. *Não é verdade.* Pode-se morrer de fome — é muito melhor. Todo homem que voluntariamente morre de fome estraga mais um dente no processo automático. Prefiro ver um homem pegar uma arma e matar o vizinho, para conseguir a comida de que precisa, a manter o processo automático fingindo que tem de ganhar a vida. É o que quero dizer, sr. João Ninguém.

Passo adiante. Não o lancinante horror da tragédia e calamidade, digo, mas a reversão automática, o sombrio panorama da luta atávica da alma. Uma ponte na Carolina do Norte, perto da fronteira do Tennessee. Saindo dos exuberantes campos de tabaco, baixas cabanas por toda parte e o cheiro de lenha verde queimando. O dia transcorreu num denso lago de ondulante verde. Dificilmente uma alma à vista. Então, de repente, uma clareira, e estou sobre um grande desfiladeiro atravessado por uma frágil ponte de madeira. É o fim do mundo! Como, em nome de Deus, cheguei aqui e por que aqui estou, eu não sei. *Como vou comer?* E mesmo que coma a maior refeição imaginável, ainda ficarei triste, assustadoramente triste. Não sei aonde ir a partir daqui. Essa ponte é o fim, o fim de mim, o fim de meu mundo conhecido. Essa ponte é insanidade: não há motivo para que aí esteja nem para que as pessoas a cruzem. Recuso-me a dar mais um passo, resisto a cruzar essa ponte maluca. Perto há um muro baixo no qual me encosto tentando pensar o que fazer e aonde ir. Percebo em silêncio que pessoa terrivelmente civilizada eu sou — a necessidade que tenho de pessoas, conversas, livros, teatro, música, cafés, bebidas e assim por diante. É terrível ser civilizado, pois quando se chega ao fim do mundo nada se tem para suportar o terror da solidão. Ser civilizado é ter necessidades complicadas. E um homem, quando está inteiramente desabrochado, não deve precisar de nada. O dia todo estive cruzando campos de tabaco, cada vez mais inquieto. Que tenho a ver com todo esse tabaco? No que estou entrando? As pessoas em toda parte produzem safras e bens para outras pessoas — sou como um fantasma deslizando em meio a toda essa ininteligível atividade. Quero encontrar algum tipo de trabalho, mas não quero fazer parte dessa coisa, esse infernal processo automático. Atravesso uma cidade e olho o jornal que diz o que está acontecendo na cidade e nos arredores. Parece-me que *nada* está acontecendo, que o relógio parou, mas esses pobres-diabos não sabem. Além disso, tenho uma forte intuição de que há assassinato no ar. Sinto o cheiro. Há poucos dias passei pela linha imaginária que divide o Norte do Sul. Não sabia disso até aparecer um crioulo conduzindo uma parelha de cavalos; quando me alcançou, ergueu-se na sela e tirou o chapéu com todo respeito. Tinha cabelos brancos como a neve e um rosto de grande dignidade. Aquilo me fez sentir muito mal: fez-me compreender que ainda há escravos. Aquele homem teve de tirar o chapéu para mim — porque eu era da raça branca. Quando eu é que devia ter tirado o chapéu para ele! Devia tê-lo saudado como um sobrevivente de todas as torturas abjetas que os brancos infligiram ao negro. Eu devia ter tirado o chapéu primeiro, para informar-lhe que não faço parte desse sistema, que estou implorando perdão por todos os meus irmãos brancos, demasiado ignorantes e cruéis para fazerem um gesto franco e honesto. Hoje sinto os olhos deles em mim o tempo todo; vigiam-me por trás das árvores, por trás das portas. Tudo muito silencioso, muito pacífico, ao que parece. Crioulo num diz nada nunca. Nego canta o tempo todo. Branco pensa que nego cunhece seu lugá. Nego num aprende nada. Nego ispera. Nego óia tudo que branco faz. Nego num diz nada, não, sinhô, não, sinhô. MAS AINDA ASSIM O NEGO MATA O BRANCO! Toda vez que o negro olha um branco está enfiando uma adaga nele. Não é o calor, não é a verminose, não são as más colheitas que estão matando o Sul — é o negro! O negro está desprendendo um veneno, queira ou não. O Sul está intoxicado, dopado com o veneno do negro.

Sigamos em frente... Estou sentado diante de uma barbearia à beira do rio James. Vou ficar aqui apenas dez minutos, para tirar o peso dos pés. À minha frente, há um hotel e umas poucas lojas; tudo acaba rápido, acaba como começou — sem motivo. Do fundo de minha alma tenho pena dos pobres-diabos que nascem e morrem aqui. Não há motivo concebível para que este lugar exista. Não há motivo para que qualquer um atravesse a rua e faça a barba e o cabelo, ou mesmo coma um filé. Homens, comprem um revólver e matem-se uns aos outros! Varram esta rua de minha mente para sempre — não tem um grama de sentido.

Mesmo dia, após o anoitecer. Ainda avançando, entrando cada vez mais fundo no Sul. Deixo uma cidadezinha por uma curta estrada que leva à rodovia. De repente, ouço passos atrás de mim e logo passa um rapaz que me ultrapassa correndo, respirando forte e praguejando com toda força. Fico ali parado um instante, imaginando do que se trata. Ouço outro homem que se aproxima a trote; é mais velho e traz uma arma. Respira com facilidade, e nem uma palavra lhe sai da boca. No momento em que surge, a lua rompe as nuvens e tenho uma boa visão de seu rosto. É um caçador de homens. Recuo quando os outros vêm atrás dele. Tremo de medo. É o xerife, ouço um homem dizer, e vai agarrá-lo. Horrível. Avanço na direção da rodovia, esperando ouvir o tiro que acabará com tudo. Não ouço nada — só a respiração forte do rapaz e os passos rápidos e ávidos da multidão atrás do xerife. Quando chego à rodovia, um homem sai da escuridão e se aproxima de mim em silêncio.

— Aonde vai, filho? — pergunta, baixinho e quase com carinho.

Eu gaguejo alguma coisa sobre a cidade vizinha.

— Melhor ficar aqui mesmo, filho — ele diz.

Eu não disse mais uma palavra. Deixei-o levar-me de volta à cidade e entregar-me como ladrão. Deitei-me no chão com cerca de cinqüenta outros sujeitos. Tive um maravilhoso sonho sexual que terminava na guilhotina.

Prossigo... É tão difícil voltar quanto seguir em frente. Tenho a sensação de que não sou mais um cidadão americano. A parte dos Estados Unidos de onde venho, onde tinha alguns direitos, onde me sentia livre, ficou tão para trás que começa a se tornar difusa em minha memória. Sinto-me como se alguém encostasse o cano de uma arma em minhas costas o tempo todo. Vá andando, é só o que pareço ouvir. Se um homem fala comigo, procuro parecer não muito inteligente. Procuro fingir-me imensamente interessado nas colheitas, no tempo, nas eleições. Se fico de pé e paro, eles me olham, brancos e negros — olham-me dos pés à cabeça, como se eu fosse suculento e comestível. Preciso andar mais uns 1.500 quilômetros como se tivesse um importante objetivo, como se fosse realmente a algum lugar. Preciso parecer mais ou menos agradecido, também, por ninguém ainda ter tido a idéia de me dar um tiro. É deprimente e excitante ao mesmo tempo. Você é um homem marcado — e ainda assim, ninguém puxa o gatilho. Deixam-no caminhar sem ser incomodado até o golfo do México, onde pode se afogar.

Sim, senhor, cheguei ao golfo do México, entrei direto nele e me afoguei. Fiz isso gratuitamente. Quando pescaram o cadáver, descobriram a marca FOB, Myrtle Avenue, Brooklyn; devolveram-no com um COD.* Quando me perguntaram depois por que me matara, só pude pensar em dizer — *porque queria eletrificar o cosmo*! Queria dizer com isso uma coisa muito simples — Delaware, Lackawanna e Western haviam sido eletrificados, a Seaboard Air Line fora eletrificada, mas a alma do homem continuava no estágio da carroça coberta. Nasci no meio da civilização e aceitei-a com toda naturalidade — que mais podia fazer? Mas a piada era que mais ninguém a levava a sério. Eu era o único homem na comunidade realmente civilizado. Não havia lugar para mim — ainda. E no entanto os livros que lera, a música que ouvira me garantiam que havia outros homens iguais a mim no mundo. Eu precisava ir me afogar no golfo do México para ter uma desculpa para continuar esta existência pseudocivilizada. Eu precisava desinfetar-me de meu corpo espiritual, por assim dizer.

Quando acordei para o fato de que, no que se refere ao plano das coisas, eu era menos que sujeira, fiquei muito feliz. Logo perdi todo senso de responsabilidade. E não fosse o fato de que meus amigos se cansaram de me emprestar dinheiro, poderia haver prosseguido indefinidamente, deixando o tempo passar. O mundo me parecia um museu; eu não via nada a fazer além de roer esse maravilhoso bolo de chocolate em camadas, que os homens do passado haviam largado em nossas mãos. Aborrecia a todos ver como eu me divertia. A lógica deles era a de que a arte era muito bonita, ah, sim, de fato, mas é preciso trabalhar para ganhar a vida, e

---

*Cash on delivery, pagamento no ato da entrega. (N. da E.)

depois a gente descobre que está cansado demais para pensar em arte. Mas foi quando ameacei acrescentar uma ou duas camadas às minhas próprias custas a esse maravilhoso bolo de chocolate que me detonaram. Foi o toque final. Significava que eu estava definitivamente louco. Primeiro me consideraram um membro inútil da sociedade; depois, durante algum tempo, descobriram que eu era um cadáver despreocupado e feliz, com um tremendo apetite; agora me tornava louco. (*Escute, seu sacana, procure um emprego... estamos fartos de você.*) De certa forma foi revigorante, essa mudança de fachada. Eu sentia o vento soprando pelos corredores. Pelo menos "nós" não estávamos numa calmaria. Era a guerra, e, como cadáver, eu me sentia revigorado o suficiente para que restasse em mim um pouco de luta. A guerra é revigorante. A guerra agita o sangue. Foi no meio da guerra mundial, da qual eu me esquecera, que se deu a mudança de tratamento. Casei-me da noite para o dia, para demonstrar a todos que estava cagando de uma forma ou de outra. Casar-se era legal na cabeça deles. Lembro que, em virtude da notícia, levantei logo cinco paus. Meu amigo MacGregor pagou a licença e até um corte de barba e cabelo, o qual insistiu que eu fizesse antes de me casar. Disseram que não se podia ir sem estar barbeado; eu não via motivo algum para que não pudesse me enforcar sem fazer a barba e cortar o cabelo, mas como não me custava nada, submeti-me. Era interessante ver como todo mundo se mostrava ávido por contribuir com alguma coisa para nossa manutenção. De repente, só porque eu mostrara um pouco de juízo, aglomeraram-se à nossa volta — não podiam fazer isso, não podiam fazer aquilo por nós? Claro que a suposição era de que agora eu certamente ia trabalhar, agora ia ver que a vida é coisa séria. Jamais lhes ocorreu que eu podia deixar minha mulher trabalhar por mim. Fui realmente muito decente com ela no início. Eu não era um feitor de escravos. Pedia apenas o dinheiro para a condução — para procurar o mítico emprego — e um dinheirinho para o cigarro, o cinema etc. As coisas importantes, como livros, álbuns de música, gramofones, bifes de lombinho e outras assim, descobri que conseguia a crédito, agora que estávamos casados. O plano de prestações fora inventado exatamente para caras como eu. O sinal era fácil — o resto eu deixava à Providência. A gente precisa viver, eles estavam sempre me dizendo. Agora, por Deus, era isto o que eu dizia a mim mesmo — *A gente precisa viver! Viver primeiro e pagar as prestações depois.* Se eu via um casaco do qual gostava, entrava e comprava. Comprava um pouco antes da temporada, também, para mostrar que era um cara de mentalidade séria. Merda, eu era um homem casado e logo na certa também seria pai — tinha direito pelo menos a um casaco de inverno, não? E quando tinha o casaco pensava em sapatos resistentes para acompanhá-lo — um par de grossos cordovões como quisera a vida toda e jamais pudera ter. E quando ficava muito frio e eu saía à procura de emprego, tinha uma fome terrível às vezes — é realmente saudável sair assim dia após dia percorrendo a cidade na chuva, na neve, no vento e na tempestade — e de vez em quando eu entrava numa taverna aconchegante e pedia um suculento bife de lombinho com cebola e batata frita. Também fiz seguro de vida e contra acidentes — quando se é casado é importante fazer coisas assim, diziam-me. E se eu caísse morto um dia — e aí? Lembro-me do cara que me disse isso, para rematar sua argumentação. Eu já lhe dissera que assinaria, mas ele devia ter esquecido. Eu concordara imediatamente, por força do hábito, mas, como digo, era evidente que ele esquecera — ou então era contra o código de fazer um homem assinar enquanto não houvesse despejado todo o discurso de venda. Seja como for, eu me preparava para perguntar-lhe quanto tempo ia demorar antes que eu pudesse pegar um empréstimo sobre a apólice, quando ele lançou a hipotética pergunta: *E se você cair morto um dia — e aí?* Acho que me julgou meio lelé pelo modo como ri. Ri até as lágrimas me rolarem pelas faces. Finalmente, ele disse:

— Acho que eu não falei nada tão engraçado assim.

— Bem — eu disse, ficando sério por um momento —, dê uma boa olhada em mim. Agora me diga, acha que sou do tipo que está dando a mínima para o que me acontecer depois de morto?

Ele ficou perplexo, aparentemente, porque a próxima coisa que disse foi:

— Acho que essa não é uma atitude muito ética, sr. Miller. Sei que não ia querer que sua esposa...

— Escute — eu disse —, e se eu lhe dissesse que estou cagando para o que acontecer com minha esposa quando eu morrer, e aí? — E como isso pareceu ferir ainda mais suas suscetibilidades éticas, acrescentei para inteirar a conta: — No que concerne a mim, vocês não precisam pagar o seguro quando eu bater as botas; só estou fazendo isso para fazer você se sentir bem. Estou tentando ajudar o mundo a seguir em frente, não está vendo? Você precisa viver, não precisa? Bem, estou pondo um pouco de comida na sua boca, só isso. Se tem mais alguma coisa para vender, manda. Compro qualquer coisa que pareça boa. Sou comprador, não vendedor. Gosto de ver as pessoas felizes, por isso compro coisas. Agora escute, quanto disse que isso custaria por semana? Cinqüenta e sete centavos? Ótimo. Que são 57 centavos? Está vendo aquele piano ali? Custa cerca de 39 centavos por semana, eu acho. Olhe à sua volta... tudo que vê custa um tanto por semana. Você diz: *Se você morrer, e aí?* Acha que eu vou prejudicar toda essa gente? Isso seria uma piada dos diabos. Não, prefiro que venham e levem tudo de volta... se eu não conseguir pagar, claro.

O cara movia-se nervosamente, e achei seu olhar bastante vidrado.

— Desculpe — disse, interrompendo a mim mesmo —, mas você não gostaria de tomar uma bebidinha, para brindar à apólice?

Ele disse que não, mas eu insisti; e além disso não assinara os papéis ainda, iam ter de examinar e aprovar minha urina e afixar todo tipo de selos e carimbos — eu conhecia aquela merda toda de cor —, por isso achei que poderíamos tomar uma bebidinha antes, adiando assim o assunto sério, porque, honestamente, comprar seguro ou qualquer coisa era um verdadeiro prazer para mim e me dava a sensação de que eu era exatamente igual a qualquer outro cidadão, *um homem, eh!*, e não um macaco. Por isso peguei uma garrafa de xerez (que era tudo que me davam) e servi-lhe um generoso copo, pensando comigo mesmo que era ótimo ver o xerez ir embora, porque da próxima vez talvez me comprassem alguma bebida melhor.

— Eu também vendia seguros antigamente — disse, levando o copo
aos lábios. — Claro, posso vender qualquer coisa. O único problema é que
sou preguiçoso. Pegue um dia como hoje... não é melhor ficar em casa,
lendo um livro ou ouvindo o fonógrafo? Por que iria sair e trabalhar para
uma empresa de seguros? Se eu estivesse trabalhando hoje, você não ia me
pegar em casa, não é? Não, acho melhor ir com calma e ajudar as pessoas
quando aparecem... como você, por exemplo. É muito mais legal comprar
coisas que vendê-las, não acha? *Quando se tem o dinheiro*, claro! Nesta casa
não precisamos de muito dinheiro. Como eu dizia, o piano sai por cerca
de 39 centavos por semana, ou 42 talvez, e o...

— Desculpe, sr. Miller — ele me interrompeu —, mas não acha que
devemos assinar esses papéis?

— Ora, mas claro — eu disse, todo animado. — Trouxe todos com
você? Qual deles acha que devemos assinar primeiro? A propósito, você
não tem uma caneta tinteiro para me vender, tem?

— Basta assinar aqui — ele disse, fingindo ignorar minhas observa-
ções. — E aqui, pronto. Agora, sr. Miller, acho que vou me despedir, e o
senhor terá notícias da empresa dentro de poucos dias.

— Quanto antes, melhor — observei, levando-o até a porta —, porque eu posso mudar de idéia e me suicidar.

— Ora, claro, ora, sim, sr. Miller, sem dúvida vamos fazer isso. Bom
dia então, bom dia!

Claro que o plano de prestações acaba por deixar de funcionar, mesmo quando se é um comprador assíduo como eu. Sem dúvida fiz o melhor que pude para manter os fabricantes e publicitários americanos
ocupados, mas eles se decepcionaram comigo, ao que parece. Todo mundo se decepcionou comigo. Mas um homem em particular ficou mais de-
cepcionado que qualquer outro, e foi um homem que de fato se esforçou
para me ajudar e a quem deixei na mão. Penso nele e no modo como me
tomou por ajudante — tão pronta e bondosamente — porque depois,
quando eu contratava e despedia como um louco, eu mesmo fui traído a
torto e a direito, mas a essa altura já estava tão vacinado que não dava

a mínima importância. Esse homem, porém, fez de tudo para me mostrar que acreditava em mim. Era editor de um catálogo de uma grande casa de venda postal. O catálogo era um enorme compêndio de merda lançado uma vez por ano, que levava o ano todo para ser preparado. Eu não tinha a mínima idéia do que era e não sei por que passei no escritório dele naquele dia, a menos que tenha sido para me aquecer, pois andara perambulando pelo cais o dia inteiro, tentando arranjar um emprego como conferente ou outra porra qualquer. O escritório dele era aconchegante e fiz-lhe um longo discurso para me degelar. Não sabia que emprego pedir — só um emprego, disse. Ele era um homem sensível e muito bondoso. Pareceu adivinhar que eu era escritor, ou queria ser escritor, porque logo estava me perguntando o que eu gostava de ler, e qual a minha opinião sobre esse e aquele escritor. Eu por acaso tinha uma lista de livros no bolso — livros que procurava na biblioteca pública — e puxei-a e mostrei-a a ele.

— Nossa mãe! — ele exclamou — você realmente lê esses livros?

Balancei modestamente a cabeça numa afirmativa e então, como muitas vezes me acontecia quando provocado por alguma observação tola semelhante, comecei a falar do *Mistérios*, de Hamsun, que acabara de ler. Daí em diante o homem virou pudim em minhas mãos. Quando me perguntou se eu gostaria de ser seu auxiliar, desculpou-se por oferecer-me uma posição tão inferior; disse que eu podia levar o tempo que quisesse aprendendo os detalhes do emprego, tinha certeza que seria mole para mim. E então me perguntou se não poderia me emprestar algum dinheiro, de seu próprio bolso, até eu receber. Antes que pudesse dizer sim ou não, ele já pescara uma nota de vinte dólares e a enfiara em minhas mãos. Naturalmente fiquei comovido. Estava disposto a trabalhar feito um filho-daputa para ele. Assistente editorial — soava muito bem, sobretudo para os credores do bairro. E por algum tempo fiquei tão feliz de poder comer rosbife, frango e lombo de porco, que fingi gostar do emprego. Na verdade, era difícil me manter acordado. O que tinha de aprender, já o fizera numa semana. E depois? Depois me vi cumprindo servidão penal perpétua.

Para extrair o melhor da situação, eu passava o tempo escrevendo histórias, ensaios e longas cartas a meus amigos. Talvez achassem que eu anotava novas idéias para a empresa, porque durante algum tempo ninguém me deu a menor atenção. Achei que era um emprego maravilhoso. Tinha quase o dia todo para mim, para escrever, depois de ter aprendido a liquidar o trabalho da empresa em uma hora. Estava tão entusiasmado com meu trabalho privado que dei ordem aos meus subordinados para só me perturbarem nos momentos estipulados. Eu navegava com a brisa, a empresa pagando-me regularmente e os feitores de escravos fazendo o trabalho que eu planejara para eles, quando um dia, justo quando me achava no meio de um importante ensaio sobre o *Anticristo*, um homem a quem eu nunca vira antes se aproxima de minha escrivaninha, curva-se sobre meu ombro e, num tom sarcástico, começa a ler em voz alta o que eu acabara de escrever. Não precisei perguntar quem era ou o que pretendia — a única idéia em minha cabeça era, e isso eu me repetia freneticamente — *Será que vou receber uma semana de salário extra?* Quando chegou a hora de me despedir de meu benfeitor, senti-me meio envergonhado de mim mesmo, sobretudo quando ele disse, sem preâmbulos:

— Eu tentei lhe conseguir uma semana de salário extra, mas não quiseram saber disso. Eu gostaria de poder fazer alguma coisa por você... Você só está se complicando, sabe disso. Para falar a verdade, ainda tenho a maior fé em você, mas receio que vá enfrentar maus momentos por algum tempo. Você não se encaixa em lugar nenhum. Um dia vai ser um grande escritor, tenho certeza. Bem, desculpe — acrescentou, apertando afetuosamente minha mão. — Preciso ir ver o patrão. Boa sorte para você!

Senti-me um pouco perturbado com o incidente. Desejava que fosse possível provar a ele ali mesmo que sua fé se justificava. Desejava poder me justificar perante todo mundo naquele momento: haveria saltado da ponte do Brooklyn, se isso houvesse convencido as pessoas de que eu não era um filho-da-puta ingrato. Eu tinha o coração do tamanho de uma baleia, como logo iria provar, mas ninguém estava examinando meu coração. Todos se decepcionavam feio — não só as empresas de prestações, mas o senhorio, o açougueiro, o padeiro, os demônios do gás, da água, da eletricidade, *todos*. Se ao menos eu acreditasse naquela coisa de trabalhar! Nem para salvar minha vida poderia acreditar. Via apenas que as pessoas trabalhavam até gastar os ovos porque não conheciam nada melhor. Lembrei-me do discurso que fizera e que me conseguira o emprego. Em certos aspectos, eu era como o próprio *Herr* Nagel. Não se podia dizer de um minuto para outro o que eu faria. Não era possível saber se eu era um monstro ou um santo. Como tantos homens maravilhosos de nosso tempo, *Herr* Nagel era um desesperado — e esse mesmo desespero o tornava um cara tão simpático. O próprio Hamsun não sabia o que fazer de seu personagem: sabia que ele existia, e que era mais que um simples bufão e mistificador. Acho que gostava mais de *Herr* Nagel que de qualquer outro personagem que criara. E por quê? Porque *Herr* Nagel era o santo não reconhecido que é todo artista — o homem ridicularizado porque suas soluções, realmente profundas, parecem tão simples ao mundo. Ninguém *quer* ser artista — é levado a isso porque o mundo se recusa a reconhecer sua justa liderança. O trabalho nada significava para mim porque o verdadeiro trabalho a ser feito estava sendo evitado. As pessoas me viam como preguiçoso e indolente mas, ao contrário, eu era um indivíduo extremamente ativo. Mesmo que estivesse apenas à caça de um rabo de saia, isso era alguma coisa, e que valia muito a pena, sobretudo se comparada com outras formas de atividade — como fazer botões ou apertar parafusos, ou mesmo retirar apêndices. E por que as pessoas me escutavam tão prontamente quando eu me candidatava a um emprego? Por que me achavam divertido? Pelo simples motivo, sem dúvida, de que eu sempre passava meu tempo proveitosamente. Levava-lhes presentes — de minhas horas na biblioteca pública, de minhas ociosas caminhadas pelas ruas, de minhas experiências íntimas com mulheres, de minhas tardes no teatro de revista, de minhas visitas aos museus e galerias de arte. Se fosse um fracassado, apenas um pobre sacana honesto que queria gastar os bagos trabalhando por uma certa quantia semanal, não me haveriam oferecido os empregos que ofereciam, nem me dariam charutos, me levariam para almoçar ou me emprestariam dinheiro, como muitas vezes faziam. Eu devia ter alguma coisa a oferecer que, talvez sem o saber, eles valorizavam além da força ou da capacidade técnica. Eu mesmo não sabia o que era, porque não tinha orgulho, nem vaidade, nem inveja. Nas grandes questões eu era claro, mas diante dos pequenos detalhes da vida ficava perplexo. Tive de testemunhar essa mesma perplexidade em escala colossal, para poder entender o que era. Os homens comuns muitas vezes são mais rápidos ao avaliar uma situação prática: seu ego é proporcional às exigências que lhes fazem: o mundo não é muito diferente do que imaginam. Mas um homem em completo descompasso com o resto do mundo ou sofre de uma colossal inflação do ego ou tem o ego tão submerso que chega a ser praticamente inexistente. *Herr* Nagel teve de mergulhar até o fundo na busca de seu verdadeiro ego; sua existência era um mistério, para ele e para todos os demais. Eu não podia deixar as coisas em suspenso daquele jeito — o mistério era demasiado intrigante. Mesmo que tivesse de me esfregar feito um gato em todo ser humano que encontrasse, ia chegar ao fundo daquilo. É esfregar tempo suficiente e com força suficiente, que a faísca salta!

A hibernação dos animais, a suspensão da vida praticada por certas formas inferiores de vida, a maravilhosa vitalidade do percevejo em interminável espera atrás do papel de parede, o transe do iogue, a catalepsia do indivíduo patológico, a união do místico com o cosmo, a imortalidade da vida celular, tudo isso o artista aprende para despertar o mundo no momento propício. Ele pertence à raça-raiz X do homem; é o micróbio espiritual, por assim dizer, que passa de uma raça-raiz para outra. Não é arrasado pela infelicidade, porque não faz parte do esquema físico e racial das coisas. Seu aparecimento é sempre sincrônico com a catástrofe e a dissolução; é o ser cíclico que vive no epiciclo. Jamais usa a experiência que adquire para fins pessoais; serve ao propósito maior com o qual está engrenado. Nada se perde nele, por mais trivial que seja. Se o interrompem durante 25 anos na leitura de um livro, pode continuar da página onde parou como se nada houvesse acontecido no intervalo. Tudo que aconteceu no intervalo, a "vida," para a maioria das pessoas, é apenas uma interrupção em sua ronda para a frente. A imortalidade de sua obra, quando ele se expressa, é apenas o reflexo do automatismo da vida na qual ele é obrigado a jazer adormecido, alguém que dorme profundamente, à espera do sinal que anunciará o momento do parto. Essa é a grande questão, e sempre esteve clara para mim, mesmo quando a negava. A insatisfação que leva a gente de uma palavra a outra, uma criação a outra, é simplesmente um protesto contra a futilidade do adiamento. Quanto mais nos tornamos despertos, como micróbio artístico, menos desejo temos de fazer alguma coisa. Quando inteiramente despertos, tudo é justo e não há necessidade de sair do transe. A ação, como se expressa na criação de uma obra de arte, é uma concessão ao princípio automático da morte. Afogando-me no golfo do México, pude partilhar de uma vida ativa que permitiria ao meu verdadeiro eu hibernar até que eu esteja maduro para nascer. Entendi-o perfeitamente, embora agisse às cegas e de forma confusa. Nadei de volta para a corrente da atividade humana até chegar à fonte de toda ação, e ali entrei à força, chamando-me diretor de pessoal de uma empresa telegráfica, e deixei que a maré da humanidade passasse sobre mim como uma grande onda debruada de branco. Toda essa vida ativa, anterior ao ato final de desespero, me levou de dúvida em dúvida, cegando-me cada vez mais para o verdadeiro eu que, como um continente sufocado pelas evidências de uma grande e próspera civilização, já havia afundado sob a superfície do mar. O ego colossal foi submerso, e o que as pessoas viam movendo-se freneticamente acima da superfície era o periscópio da alma em busca de seu alvo. Tudo que me chegava ao alcance tinha de ser destruído, se eu quisesse emergir de novo e cavalgar as ondas. Esse monstro que subia de vez em quando para fixar seu alvo com pontaria mortal, que mergulhava de novo, vagueava e saqueava sem cessar iria, quando chegasse a hora, subir pela última vez e se revelaria uma arca, reuniria dentro de si um par de cada espécie, e por fim, quando as enchentes baixassem, se assentaria no topo de uma alta montanha, e dali abriria bem as portas e devolveria ao mundo o que fora preservado da catástrofe.

Se tenho arrepios de vez em quando, ao pensar em minha vida ativa, se tenho pesadelos, talvez seja porque me lembre de todos os homens a quem roubei e assassinei no sono diário. Fiz tudo que minha natureza mandou. A natureza vive sussurrando no ouvido da gente: "Se quer sobreviver, você tem de matar!" Sendo humano, você mata não como o animal, mas automaticamente, e a matança é disfarçada, com ramificações intermináveis, para que se mate sem sequer pensar, sem necessidade. Os homens mais homenageados são os maiores matadores. Julgam servir a seus semelhantes, e são sinceros assim pensando, mas são assassinos cruéis e, às vezes, quando acordam, compreendem seus crimes e realizam frenéticos e quixotescos atos de bondade para expiar a culpa. A bondade do homem fede mais que o mal nele existente, pois a bondade ainda não é reconhecida, não é uma afirmação do eu consciente. Empurrados para o precipício, é fácil entregarmos no último instante todos os nossos bens, virarmo-nos e estendermos um último abraço a todos que ficam para trás. Como vamos deter a cega corrida? Como vamos deter o processo automático, em que cada um empurra o outro para o precipício?

Sentado à minha escrivaninha, na qual pus um aviso que dizia "Não abandoneis toda esperança, ó vós que aqui entrais!" — ali sentado dizen do Sim, Não, Sim, Não, percebi, com um desespero que se transformava em desvario, que eu era um títere em cujas mãos a sociedade pusera uma metralhadora Gatling. Se realizasse uma boa ação, não seria diferente, em última análise, do que realizar uma má. Eu era como um sinal de igualdade pelo qual o exame algébrico da humanidade passava. Era um sinal de igualdade um tanto importante e ativo, como um general em tempo de guerra, mas por mais competente que me tornasse, jamais poderia me transformar em um sinal de mais ou menos. Nem qualquer outro o poderia, até onde eu conseguia determinar. Toda nossa vida se erguia sobre esse princípio de equação. Os números inteiros haviam-se tornado símbolos que a gente embaralhava no interesse da morte. Piedade, desespero, paixão, esperança, coragem — eram as refrações temporais causadas pela observação das equações sob vários ângulos. Deter esse interminável malabarismo dando as costas a ele, ou olhando-o de frente e escrevendo a seu respeito, também não adiantaria nada. Numa sala de espelhos não há como darmos as costas a nós mesmos. *Não farei isso. Farei alguma outra coisa!* Muito bem. Mas pode-se não fazer nada? Pode alguém impedir-se de pensar em não fazer nada? Pode alguém parar de chofre e, sem pensar, irradiar a verdade que conhece? Essa era a idéia alojada no fundo de minha cabeça, ardendo e ardendo, e quando eu era mais expansivo, mais radiante de energia, mais solidário, mais disposto, prestativo, sincero, bom, talvez fosse essa idéia fixa que brilhava através de mim e eu automaticamente dizia: "Ora, não fale nisso... absolutamente nada, eu lhe garanto... não, por favor não me agradeça, não é nada" etc. etc. Por disparar a arma centenas de vezes por dia, talvez eu nem notasse mais as detonações; talvez achasse que estava abrindo gaiolas de pombos e enchendo o céu de aves brancas como leite. Alguém já viu um monstro sintético na tela, um Frankenstein realizado em carne e osso? Alguém é capaz de imaginar como ele poderia ser treinado a puxar um gatilho e ver pombos voando ao mesmo tempo? Frankenstein não é um mito: é uma criação bastante concreta nascida da experiência pessoal de um ser humano sensível. O monstro é sempre mais real quando não assume as proporções de carne e osso. O monstro da tela não é nada comparado ao da imaginação; mesmo os monstros patológicos existentes que acabam na delegacia de polícia não passam de débeis demonstrações da monstruosa realidade com a qual convive o patologista. Mas ser o monstro e o patologista ao mesmo tempo — isso se reserva a certas espécies de homens que, disfarçados de artistas, têm suprema consciência de que o sono é um perigo ainda maior que a insônia. Para não adormecer, não se tornarem vítimas dessa insônia que se chama "viver", recorrem à droga do interminável encadeamento de palavras. *Não* se trata de um processo automático, dizem, porque sempre há a ilusão de que podem parar à vontade. Mas não podem; só conseguiram criar uma ilusão, que talvez seja alguma coisa fraca, mas está longe da condição de estar bem desperto e nem ativo nem inativo. *Eu queria estar bem desperto sem falar nem escrever a respeito, para aceitar absolutamente a vida*. Mencionei os homens arcaicos nos lugares remotos do mundo com os quais muitas vezes me comunicava. Por que julguei esses "selvagens" mais capazes de me entender que os homens e mulheres à minha volta? Estava louco por acreditar nisso? Não acho nem um pouco. Esses "selvagens" são os remanescentes degenerados de raças anteriores de homens que, creio, devem ter tido um controle maior da realidade. A imortalidade da raça está constantemente diante de nossos olhos nesses espécimes do passado que permanecem em murcho esplendor. Se a raça humana é imortal ou não, não me interessa, mas a vitalidade da raça significa alguma coisa para mim, e o fato de estar ativa ou adormecida, mais ainda. À medida que a vitalidade da nova raça declina, a das raças antigas se manifesta à mente desperta com significado cada vez maior. A vitalidade das raças antigas permanece mesmo na morte, mas a da nova raça na iminência de morrer já parece quase inexistente. *Se um homem estivesse levando uma colméia com um enxame de abelhas ao rio para afogá-las...* Era a imagem que eu levava comigo. Se apenas eu fosse o homem e não a abelha! De alguma forma vaga e inexplicável, eu sabia que *era* o homem, que não me afogaria na colméia, como os outros. Sempre, quando nos apresentávamos em grupo, faziam-me sinal para me separar; desde o nascimento fui favorecido dessa forma e, não importa as tribulações por que passei, eu sabia que não eram fatais nem duradouras. Também ocorria outra coisa estranha comigo sempre que era chamado a dar um passo à frente. Sabia que era superior ao homem que me convocava! A tremenda humildade que eu praticava não era hipócrita, mas uma condição provocada pela compreensão do caráter fatídico da situação. A inteligência que eu tinha, mesmo quando criança, me assustava; era a inteligência de um "selvagem", sempre superior à dos homens civilizados naquilo que é mais adequado às exigências das circunstâncias. É uma inteligência *vital*, embora a vida aparentemente a tenha deixado de lado. Eu me sentia quase como se tivesse sido lançado à frente num ciclo de existência que para o resto da humanidade ainda não atingira o pleno ritmo. Era obrigado a marcar o passo se iria permanecer com eles e não ser desviado para outra esfera de existência. Por outro lado, era de muitas maneiras inferior aos seres humanos à minha volta. Era como se tivesse saído das chamas do inferno não inteiramente purgado. Ainda tinha cauda e um par de chifres, e quando minhas paixões despertavam, eu bafejava um veneno sulfuroso aniquilador. Sempre me chamavam um "demônio de sorte". As coisas boas que me aconteciam eram chamadas de "sorte", e as más sempre encaradas como resultado de minhas deficiências. Ou melhor, como fruto de minha cegueira. Raras vezes alguém localizava o mal em mim! Eu era tão hábil, nesse aspecto, quanto o próprio demônio. Mas muitas vezes eu ficava cego, e qualquer um podia perceber isso. E nessas ocasiões me deixavam só, era evitado como o próprio demônio. Então eu abandonava o mundo, voltava para as chamas do inferno — por vontade própria. Essas idas e vindas são muito reais para mim, mais reais, na verdade, do que qualquer coisa que me acontecia nos intervalos. Os amigos que julgam me conhecer nada sabem de mim porque o verdadeiro eu mudava de mãos incontáveis vezes. Nem os homens que me agradeciam, nem os que me amaldiçoavam, sabiam com que estavam lidando. Ninguém jamais chegou a uma base segura comigo, porque eu liquidava constantemente minha personalidade. Mantinha ao largo o que se chama de "personalidade" para o momento em que, deixando-a coagular-se, ela adotasse um ritmo humano adequado. Estava escondendo o rosto até o momento em que me encontrasse no passo certo com o mundo. Tudo isso, claro, era um erro. Mesmo o papel de artista vale a pena adotar, enquanto se marca tempo. A ação é importante — mesmo que implique em atividade fútil. Não se deve dizer Sim, Não, Sim, Não, mesmo sentado no mais alto posto. Ninguém deve afogar-se na onda da maré humana, mesmo para tornar-se um Mestre. Deve-se dançar em ritmo próprio — a qualquer preço. Acumulei milhares de anos de experiência nuns poucos breves anos, mas a experiência foi desperdiçada porque eu não precisava dela. Já fora crucificado e marcado pela cruz; nascera livre da necessidade de sofrer — e no entanto eu não conhecia outra forma de avançar lutando senão repetir o drama. Toda a minha inteligência era contra isso. O sofrimento é fútil, dizia-me minha inteligência repetidas vezes, mas eu continuava sofrendo *por vontade própria*. O sofrimento jamais me ensinou nada; para outros, talvez ainda seja necessário, mas para mim não passa de uma demonstração algébrica de inadaptação espiritual. Todo o drama que o homem de hoje encena pelo sofrimento não existe para mim; jamais existiu, na verdade. Todos os meus calvários foram róseas crucificações, pseudotragédias para manter as chamas do inferno ardendo fortes para os verdadeiros pecadores que correm o perigo de ser esquecidos.

Outra coisa... o mistério que envolvia meu comportamento foi se tornando mais profundo quanto mais perto eu chegava do círculo de parentes uterinos. A mãe de cujas entranhas brotei era uma completa estranha para mim. Para começar, após me dar à luz, deu à luz minha irmã, a quem em geral me refiro como meu irmão. Minha irmã era uma espécie de monstro inofensivo, um anjo que recebera um corpo de idiota. Dava-me uma sensação estranha, quando menino, criar-me e desenvolver-me ao lado daquele ser condenado a viver a vida toda como uma anã mental. Era impossível ser um irmão para ela, porque era impossível encarar aquela casca atávica de corpo como "irmã". Imagino que ela teria funcionado perfeitamente entre os primitivos australianos. Poderia até ter sido elevada à eminência e ao poder entre eles, pois, como disse, ela era a essência da bondade, não conhecia o mal. Mas quanto a viver a vida civilizada, era impotente; não apenas não tinha desejo algum de matar, como tampouco de prosperar às custas dos outros. Era incapacitada para o trabalho, porque, mesmo que pudessem treiná-la para fazer cápsulas de explosivos, por exemplo, ela poderia distraidamente jogar seu salário no rio a caminho de casa ou dá-lo a um mendigo na rua. Muitas vezes, em minha presença, era surrada como um cão por ter praticado algum belo ato de graça em sua distração, como diziam. Aprendi quando criança que nada era pior do que praticar uma boa ação sem motivo. Eu recebera o mesmo castigo que minha irmã, no começo, porque também tinha o hábito de dar as coisas, sobretudo coisas novas com que acabavam de me presentear. Cheguei a receber uma surra uma vez, aos cinco anos, por haver aconselhado minha mãe a cortar uma verruga do dedo. Ela me perguntou um dia o que fazer com ela e eu, com o meu limitado conhecimento de medicina, mandei-a cortá-la com a tesoura, o que ela fez, como uma idiota. Poucos dias depois adquiriu septicemia, me agarrou e disse:

— Você me mandou cortar, não foi?

E me deu uma boa surra. Daquele dia em diante, eu soube que nascera na família errada. Daquele dia em diante, aprendi feito um raio. E venham falar de adaptação! Quando eu tinha dez anos, já vivera toda a teoria da evolução. E lá estava eu, evoluindo através de todas as fases da vida animal, mas ainda acorrentado àquela criatura chamada minha "irmã", que era evidentemente um ser primitivo e jamais, nem mesmo aos noventa anos, chegaria a compreender o alfabeto. Em vez de crescer como uma árvore robusta, comecei a me inclinar para um lado, em completo desafio às leis da gravidade. Em vez de lançar galhos e folhas, desenvolvi janelas e torres. O ser inteiro, enquanto crescia, virava pedra, e quanto mais alto eu subia, mais desafiava a lei da gravidade. Eu era um fenômeno no meio da paisagem, mas um fenômeno que atraía as pessoas e suscitava louvores. Se a mãe que nos pariu ao menos fizesse outro esforço, talvez pudesse nascer um maravilhoso búfalo branco, e nós três poderíamos ter sido permanentemente instalados num museu e protegidos pelo resto da vida. As conversas que ocorriam entre a torre inclinada de Pisa, o pelourinho, a máquina roncante e o pterodáctilo em carne humana eram, para dizer o mínimo, um tanto esquisitas. Qualquer coisa era tema de conversa — uma migalha de pão que a "irmã" não vira ao escovar a toalha da mesa, ou o paletó de muitas cores de Joseph que, no cérebro de alfaiate do velho, podia ter sido jaquetão, um fraque ou uma casaca. Se eu vinha do lago gelado, onde estivera praticando a tarde toda, o importante não era o ozônio que respirara de graça, nem as evoluções geométricas que me fortaleciam os músculos, mas a pequena mancha de ferrugem debaixo das presilhas, que, se não esfregada logo, poderia deteriorar todo o patim e causar a dissolução de algum valor pragmático incompreensível para minha mente pródiga. Essa pequenina mancha de ferrugem, para dar um exemplo banal, podia

acarretar os mais alucinantes resultados. Talvez a "irmã", ao procurar a lata
de querosene, derrubasse a jarra de ameixas que estavam cozinhando e
assim pusesse em perigo todas as nossas vidas por roubar-nos as calorias
necessárias na refeição do dia seguinte. Dariam nela uma severa surra, não
com raiva, porque isso perturbaria o aparelho digestivo, mas em silêncio
e com eficiência, como um químico bateria a clara de um ovo na preparação para um exame sem importância. A "irmã", porém, não entendendo a
natureza profilática do castigo, daria vazão aos mais arrepiantes berros, e
isso afetaria tanto o velho que ele sairia para um passeio e voltaria duas ou
três horas depois, cego de bêbado, e, o que era pior, raspando um pouco da
pintura das portas giratórias em seu cego cambalear. O pequeno pedaço
de tinta arrancado provocaria uma batalha campal muito ruim para a
minha vida de sonhos, porque nela eu muitas vezes trocava de lugar com
minha irmã, aceitando as torturas a ela infligidas e nutrindo-as com meu
cérebro supersensível. Era nesses sonhos, sempre acompanhados do barulho de vidro se quebrando, de gritos, xingamentos, gemidos e soluços, que
eu recolhia um conhecimento não-formulado dos antigos mistérios, dos
ritos de iniciação, da transmigração das almas e assim por diante. Podia
começar com uma cena da vida real — a irmã de pé diante do quadro-
negro da cozinha, a mãe erguendo-o ao lado dela com uma régua, dizendo
dois e dois dá quanto? e a irmã gritando *cinco*. Pam! *Não, sete*. Pam! *Não,
treze, dezoito, vinte!* Eu me sentava à mesa, fazendo minhas lições, exatamente como na vida real durante essas cenas, quando, com um leve giro
ou torção, talvez ao ver a régua descer sobre o rosto de minha irmã, de
repente eu estava em outro reino, onde não se conhecia o vidro, como não
o conheciam os *kickapoos* ou os *lenni-lanape*. Os rostos dos que me cercavam eram familiares — eram meus parentes uterinos que, por algum misterioso motivo, não me reconheciam naquela nova *ambiance*. Vestiam-se
de negro, e tinham a pele cinzenta, como a dos demônios tibetanos. Estavam todos equipados com facas e outros instrumentos de tortura: pertenciam à casta dos sacrificiais. Eu parecia ter absoluta liberdade e a

autoridade de um deus, mas por alguma caprichosa mudança dos fatos no fim eu acabaria deitado no bloco sacrificial e um de meus encantadores parentes uterinos se curvaria sobre mim com uma faca reluzente para arrancar meu coração. Suando e aterrorizado, eu começava a recitar "minhas lições" em voz alta, aos gritos, cada vez mais rápido, enquanto sentia a faca procurando meu coração. Dois e dois são quatro, cinco e cinco dez, terra, ar, fogo, água, segunda, terça, quarta, hidrogênio, oxigênio, nitrogênio, mioceno, plioceno, e eoceno, Pai, Filho, Espírito Santo, Ásia, África, Europa, Austrália, vermelho, azul, amarelo, azeda, caqui, mamão, catalpa... *cada vez mais depressa...* Odin, Wotan, Parsifal, rei Alfredo, Frederico o Grande, a Liga Hanseática, a batalha de Hastings, Termópilas, 1492, 1776, 1812, almirante Farragut, a carga de Pickett, a Brigada Ligeira, estamos reunidos aqui hoje, o Senhor é meu pastor, eu não farei, uno e indivisível, não, dezesseis, não, 27, socorro! Assassinato! Polícia! — e berrando cada vez mais alto, indo cada vez mais depressa, fico inteiramente louco e não há mais dor, não há mais terror, embora me perfurem por toda parte com facas. De repente, estou absolutamente calmo e o corpo deitado no bloco, que eles ainda ferem com alegria e êxtase, nada sente porque eu, seu dono, escapei. Tornei-me uma torre de pedra que se curva sobre a cena e observa com interesse científico. Só preciso sucumbir à lei da gravidade e cairei sobre eles e os obliterarei. Mas não sucumbo à lei da gravidade porque estou fascinado demais com o horror disso tudo. Tão fascinado, na verdade, que desenvolvo cada vez mais janelas. E quando a luz penetra no interior de pedra de meu ser, sinto que minhas raízes, na terra, estão vivas e um dia poderei afastar-me à vontade desse transe em que estou fixado.

Basta quanto ao sonho, em que me vejo irremediavelmente enraizado. Mas na verdade, quando os caros parentes uterinos chegam, estou livre como um pássaro e lançando-me de um lado para outro como uma agulha magnética. Se me fazem uma pergunta, dou-lhes cinco respostas, cada uma melhor que a outra; se me pedem para tocar uma valsa, toco uma

sonata cruzada para a mão esquerda; se me pedem para servir-me de outra coxa de frango, eu limpo o prato, com molho e tudo; se me mandam
sair e brincar na rua, saio e em meu entusiasmo abro a cabeça de meu
primo com uma lata; se me ameaçam com uma surra, digo vão em frente,
não me importa; se me dão tapinhas na cabeça por meu progresso na
escola, cuspo no chão para mostrar que ainda preciso aprender alguma
coisa. Faço tudo que desejam e *mais*. Se querem que eu fique quieto e não
fale nada, fico quieto como uma pedra: não me mexo quando me tocam,
não choro quando me beliscam, não me movo quando me empurram. Se
se queixam de que sou teimoso, torno-me tão maleável e flexível quanto
borracha. Se querem que eu me canse para que não demonstre tanta energia, deixo que me dêem todo tipo de trabalho e executo as tarefas de forma
tão perfeita que acabo por desabar no chão como um saco de trigo. Se
querem que eu seja razoável, fico ultra-razoável, o que os leva à loucura.
Se querem que eu obedeça, obedeço ao pé da letra, o que causa interminável
confusão. E tudo isso porque a vida molecular de irmão-e-irmã é incom-
patível com os pesos atômicos que nos foram atribuídos. Como ela não
cresce de forma alguma, eu cresço como um cogumelo; como ela não tem
personalidade, eu me torno um colosso; como ela não tem maldade, eu
me torno um candelabro do mal de 32 braços; como ela não exige nada de
ninguém, eu exijo tudo; como ela inspira ridículo em toda parte, eu inspi-
ro medo e respeito; como ela é humilhada e torturada, eu me vingo de
todos, amigos e inimigos igualmente; como ela é impotente, eu me torno
todo-poderoso. O gigantismo do qual eu sofria era simples resultado de
um esforço para varrer a manchinha de ferrugem que grudara no patim
da família, por assim dizer. Aquela manchinha de ferrugem debaixo dos
grampos fez de mim um campeão de patinação. Fazia-me patinar tão rápido e furiosamente que mesmo depois de derretido o gelo eu ainda patinava, patinava no meio da lama, no asfalto, em riachos e rios, nos
canteiros de melão, teorias econômicas e assim por diante. Podia patinar
no inferno, tão rápido e hábil que era.

Mas toda essa patinação imaginária de nada adiantava — o padre Coxcox, o Noé pan-americano, sempre me chamava de volta à arca. Toda vez que eu parava de patinar havia um cataclismo — a terra se abria e me engolia. Eu era irmão de todos os homens e ao mesmo tempo um traidor de mim mesmo. Fazia os mais incríveis sacrifícios, só para descobrir que não valiam nada. De que adiantava provar que eu podia ser o que se esperava de mim quando eu não queria ser nada disso? Toda vez que chegamos ao limite do que exigem de nós, vemo-nos diante do mesmo problema — sermos nós mesmos! E com o primeiro passo que damos nessa direção, compreendemos que não existe mais nem menos; jogamos os patins fora e nadamos. Não há mais sofrimento, porque nada ameaça nossa segurança. E não há sequer desejo de ser útil aos outros, pois para que privá-los de um privilégio que precisa ser conquistado? A vida se estende de um momento a momento em estupenda infinitude. Nada é mais real que o que supomos que seja. O cosmo é tudo que julgamos que seja, e não pode ser outra coisa enquanto você for você e eu for eu. Vivemos nos frutos de nossa ação, e nossa ação é a colheita de nosso pensamento. Pensamento e ação são uma coisa só, porque nadando estamos nisso, e pertencemos a isso, e *isso é* tudo que desejamos que isso seja, não mais, não menos. Cada braçada conta para a eternidade. O sistema de aquecimento e refrigeração é um só sistema, e Câncer está separado de Capricórnio apenas por uma linha imaginária. Não nos tornamos extáticos nem mergulhamos em violento sofrimento; não rezamos pedindo chuva, nem dançamos uma giga. Vivemos como um rochedo feliz no meio do oceano: estamos fixos, enquanto tudo à nossa volta se acha em turbulento movimento. Estamos fixos numa realidade que permite a idéia de que nada é fixo, que mesmo o mais feliz e poderoso rochedo um dia será tão completamente dissolvido e fluido quanto o oceano do qual nasceu.

Esta é a vida musical da qual eu me aproximava, primeiro patinando como um maníaco por todos os vestíbulos e corredores que levam do exterior para o interior. Minhas lutas jamais me aproximaram dela, nem minha furiosa atividade, nem meu roçar de cotovelos com a humanidade. Tudo isso era apenas um movimento de vetor a vetor, num círculo que, por mais que se expandisse o perímetro, permanecia em geral paralelo ao reino do qual falo. Pode-se transcender a roda do destino a qualquer instante, porque em cada ponto de sua superfície ela toca o mundo real, e basta apenas uma centelha de iluminação para provocar o miraculoso, transformar o patinador num nadador, e o nadador num rochedo. O rochedo é apenas uma imagem do ato que pára a fútil rotação da roda e mergulha o ser em plena consciência. E a plena consciência na verdade é um inexaurível oceano que se dá ao sol e à lua e também *inclui* o sol e a lua. Tudo que existe nasce do ilimitado oceano de luz — até mesmo a noite.

Às vezes, nas incessantes revoluções da roda, eu captava um vislumbre da natureza do salto que era necessário dar. Saltar longe do mecanismo — essa era a idéia liberadora. Ser algo mais, uma coisa *diferente*, que o mais brilhante maníaco da terra! A história do homem na terra me entediava. A conquista, mesmo a conquista do mal, me entediava. Irradiar bondade é maravilhoso, porque é tônico, revigorante, vitalizante. Mas apenas *ser* é ainda mais maravilhoso, porque é interminável e não exige demonstração. Ser é música, que é uma profanação do silêncio no interesse do silêncio, e portanto transcende o bem e o mal. A música é a manifestação da ação sem atividade. É o puro ato de criação nadando em seu próprio seio. A música não estimula nem protege, nem busca nem explica. A música é o som silencioso feito pelo nadador no oceano da consciência. É uma recompensa que só pode ser dada por nós mesmos. É a dádiva do deus que somos, porque deixamos de pensar em Deus. É um augúrio do deus em que todos nos tornaremos no devido tempo, quando tudo que *é será* além da imaginação.

CODA

Há não muito tempo eu andava pelas ruas de Nova York. A querida e velha Broadway. Era noite e o céu estava de um azul oriental, tão azul quanto o dourado do *Pagode*, rue de Babylone, quando a máquina começa a estalar. Eu passava exatamente embaixo do lugar onde nos conhecemos. Fiquei ali parado olhando para as luzes vermelhas na janela acima. A música soava como sempre soara — leve, apimentada, encantadora. Eu estava só e havia milhões de pessoas à minha volta. Ocorreu-me então, ali de pé, que não mais pensava nela; pensava no tal livro que escrevia, e o livro se tornara mais importante para mim do que ela, do que tudo que se passara entre nós. Será este livro a verdade, toda a verdade e nada mais que a verdade, com a ajuda de Deus? Tornando a mergulhar na multidão, debati-me com essa questão da "verdade". Durante anos venho tentando contar esta história, e a questão da verdade sempre pesou sobre mim como um pesadelo. Repetidas vezes contei a outros as circunstâncias de nossa vida, e sempre falei a verdade. Mas a verdade também pode ser uma mentira. A verdade não basta. É apenas o núcleo de uma totalidade inexaurível.

Lembro-me que na primeira vez que nos separamos essa idéia de totalidade me pegou pelos cabelos. Ela fingia, quando me deixou, ou talvez acreditasse mesmo, que isso era necessário ao nosso bem-estar. Eu sabia no fundo do coração que ela tentava livrar-se de mim, mas eu era covarde demais para admiti-lo a mim mesmo. Quando percebi que ela podia viver sem mim, porém, mesmo que por tempo limitado, a verdade que eu tentara bloquear começou a crescer com alarmante rapidez. Era mais dolorosa que qualquer coisa que eu já sentira antes, mas também curativa. Quando fiquei completamente esvaziado, quando a solidão atingiu um ponto tal que não podia tornar-se mais aguçada, de repente senti que, para seguir vivendo, aquela intolerável verdade tinha de ser incorporada numa coisa maior que a moldura do infortúnio pessoal. Senti que fizera uma imperceptível mudança para outro reino, um reino de fibra mais dura, mais elástica, que a mais horrível verdade não podia destruir. Sentei-me para escrever-lhe uma carta, dizendo-lhe que estava tão infeliz com a idéia de perdê-la que decidira começar um livro sobre ela, um livro que a imortalizaria. Disse que seria um livro como ninguém jamais vira. Segui divagando extaticamente, e de repente, no meio disso, interrompi-me para me perguntar por que estava tão feliz.

Passando embaixo do salão de dança, pensando de novo neste livro, percebi de repente que nossa vida chegara ao fim: compreendi que o livro que planejava não passava de um túmulo para enterrá-la — e o eu que pertencia a ela. Isso foi há algum tempo, e desde então venho tentando escrevê-lo. Por que é tão difícil? Por quê? Porque a idéia de "fim" me é intolerável.

A verdade está nesse conhecimento do fim que é implacável e sem remorsos. Podemos conhecer e aceitar a verdade, ou podemos recusar o seu conhecimento e nem morrer nem nascer de novo. Assim é possível viver para sempre, uma vida negativa tão sólida e completa, ou tão dispersa e fragmentária, quanto o átomo. E se seguimos essa estrada o suficiente, mesmo essa atômica eternidade pode ceder lugar ao nada e o próprio universo se despedaçar.

Durante anos venho tentando contar esta história; cada vez que comecei, escolhi uma rota diferente. Sou como o explorador que, desejando circunavegar o globo, julga desnecessário levar até mesmo uma bússola. Além disso, por sonhar com ela há tanto tempo, a própria história passou a assemelhar-se a uma vasta cidade fortificada, e eu, que a vejo em sonho vezes sem conta, estou fora da cidade, sou um itinerante, chegando diante de um portão após o outro demasiado exausto para entrar. E como acontece com o itinerante, a cidade em que se situa minha história me foge perpetuamente. Está sempre à vista, mesmo assim permanece inalcançável, uma espécie de cidadela fantasma flutuando nas nuvens. Das altas ameias fortificadas, bandos de imensos gansos brancos mergulham em rígida formação com desenho de cunha. Com as pontas das asas brancas e azuis, roçam os sonhos que deslumbram minha visão. Meus pés se movem confusos; tão logo consigo um apoio estou perdido de novo. Vagueio ao léu, tentando encontrar um apoio sólido e inabalável, de onde possa ter uma visão de minha vida, mas atrás de mim estende-se apenas um emaranhado de trilhas entrecruzadas, um circundar tateante e confuso, o espasmódico gambito do frango cuja cabeça acabou de ser decepada.

Sempre que tento explicar a mim mesmo o padrão peculiar que minha vida tomou, quando remonto à causa primeira, por assim dizer, lembro-me invariavelmente da menina que foi meu primeiro amor. Parece-me que tudo data daquele caso abortado. Foi um caso estranho, masoquista, ridículo e trágico ao mesmo tempo. Eu talvez tenha tido o prazer de beijá-la duas ou três vezes, com a espécie de beijo que se reserva a uma deusa. Talvez a tenha visto a sós várias vezes. Sem dúvida ela jamais sonhou que durante um ano eu passava por sua casa toda noite, na esperança de vislumbrá-la na janela. Toda noite, após o jantar, eu me levantava da mesa e fazia o longo percurso que levava à sua casa. A menina jamais estava na janela quando eu passava, e jamais tive a coragem de parar diante da casa e esperar. Eu ia de um lado para outro, de um lado para outro, mas nem vestígio dela. Por que não lhe escrevia? Por que não lhe telefonava? Lembro-me que uma vez reuni coragem suficiente para convidá-la ao teatro. Cheguei à sua casa com um buquê de violetas, a primeira e única vez que comprei flores para uma mulher. Quando deixamos o teatro, as violetas caíram de seu corpete, e eu, em minha confusão, as pisei. Pedi-lhe que as deixasse ali, mas ela insistiu em pegá-las. Eu pensava em minha falta de jeito — só muito depois lembrei o sorriso que ela me deu ao curvar-se para recolher as violetas.

Foi um fiasco completo. Acabei fugindo. Na verdade fugia de outra mulher, mas na véspera de deixar a cidade decidi vê-la uma vez mais. Foi no meio da tarde e ela saiu para falar comigo na rua, no pequeno pátio cercado. Já estava comprometida com outro; fingia-se feliz com isso, mas eu via, mesmo cego como estava, que não se sentia tão feliz quanto aparentava. Se eu ao menos houvesse dito uma palavra, sei que ela haveria largado o outro sujeito; talvez até houvesse partido comigo. Preferi punir-me. Despedi-me com ar indiferente e desci a rua parecendo um morto. Na manhã seguinte rumava para a Costa, decidido a começar vida nova.

A vida nova também foi um fiasco. Acabei numa fazenda em Chula Vista, o homem mais infeliz que já andou sobre a terra. Amei uma moça ali, e havia uma outra mulher, pela qual sentia apenas piedade. Morei dois anos com essa outra mulher, mas pareceu uma vida inteira. Eu tinha 21 anos e ela admitia ter 36. Toda vez que a olhava, eu dizia a mim mesmo — quando eu tiver trinta, ela terá 45, quando eu tiver quarenta, ela terá 55, quando eu tiver cinqüenta, ela terá 65. Essa mulher tinha finas rugas sob os olhos, rugas de riso, mas rugas mesmo assim. Quando eu a beijava, as rugas se ampliavam uma dezena de vezes. Ela ria fácil, mas seus olhos eram tristes, terrivelmente tristes. Olhos armênios. Os cabelos, um dia ruivos, eram agora louros oxigenados. Fora isso, era adorável — um corpo de Vênus, uma alma de Vênus, leal, cativante, agradecida, tudo que uma mulher deve ser, *só que quinze anos mais velha que eu*. A diferença de quinze anos me deixava louco. Quando saía com ela, eu pensava apenas — como será daqui a dez anos? Ou então: que idade ela parece ter agora? Pareço velho o suficiente para ela? Assim que voltávamos para casa, tudo bem. Subindo a escada, eu corria o dedo por suas virilhas, o que a fazia relinchar feito um cavalo. Se seu filho, quase da minha idade, estava na cama, fechávamos as portas e nos trancávamos na cozinha. Ela se deitava na mesa estreita e eu chafurdava dentro dela. Era maravilhoso. E o que tornava tudo mais maravilhoso era que, em cada ato, eu dizia a mim mes-mo — *É a última vez... amanhã caio fora!* E então, como ela era a zeladora, eu descia ao porão e rolava os barris de cinza para fora. De manhã, depois que o filho saía para o trabalho, eu subia até o telhado e arejava a roupa de cama. Ela e o filho tinham tuberculose... Às vezes não havia ataques à mesa. Às vezes a desesperança daquilo tudo me agarrava pela garganta e eu me vestia e saía para caminhar. De vez em quando esquecia de voltar. E quando o fazia ficava mais infeliz que nunca, porque sabia que ela estaria à minha espera com aqueles grandes olhos magoados. Voltava para ela como um homem com um dever sagrado a cumprir. Deitava-me na cama e deixava que ela me acariciasse; examinava as rugas sob seus olhos e as raízes de seus cabelos que estavam ficando vermelhas. Assim deitado, muitas vezes pensava na outra, a que eu amava, imaginava se também estaria deitada para aquilo ou... Aquelas longas caminhadas que eu dava 365 dias por ano! — Repassava-as na cabeça ali deitado ao lado da outra mulher. Quantas vezes, desde então, revivi aquelas caminhadas! As ruas mais pavorosas, sombrias e feias que o homem já criou. Angustiado, revivo aquelas caminhadas, aquelas ruas, aquelas primeiras esperanças esmagadas. A janela está lá, mas não Melisande; também o jardim lá está, mas sem brilho de ouro. Passo e repasso, a janela sempre vazia. A estrela vespertina paira baixa; aparece Tristão, depois Fidélio, depois Oberon. O cão com cabeça de hidra ladra com todas as suas bocas, e embora não haja pântanos ouço rãs coaxando por toda parte. As mesmas casas, as mesmas filas de carros, o mesmo tudo. Ela se esconde atrás das cortinas, está à espera de que eu passe, está fazendo isso ou aquilo... *mas não está ali, jamais, jamais, jamais.* É uma grande ópera ou é um realejo tocando? É Amato estourando seu pulmão de ouro; é o *Rubaiyat*, é o monte Everest, é uma noite sem lua, é um soluço na madrugada, é um menino fazendo de conta, é o Gato de Botas, é Mauna Loa, é raposa ou astracã, não tem matéria nem tempo, não tem fim e recomeça sempre e sempre, sob o coração, no fundo da garganta, nas solas dos pés, e por que nem uma vez, apenas uma, pelo amor de Cristo, apenas uma sombra ou o farfalhar da cortina, ou um sopro na vidraça, alguma coisa uma vez, mesmo que apenas uma mentira, uma coisa para deter a dor, deter esse andar de um lado para o outro, de um lado para o outro... Caminhando para casa. As mesmas casas, os mesmos postes, o mesmo tudo. Passo por minha casa, passo pelo cemitério, passo pelos tanques de gás, passo pelos galpões de carros, passo pelo reservatório, saio para o campo aberto. Sento-me à beira da estrada com a cabeça nas mãos e soluço. Pobre fodido que sou, não consigo contrair o coração o suficiente para estourar as veias. Gostaria de sufocar de dor, mas em vez disso dou à luz uma pedra.

Enquanto isso, a outra espera. Vejo-a de novo sentada no baixo tamborete à minha espera, os olhos grandes e dolorosos, o rosto pálido e trêmulo de aflição. Sempre achei que só a *piedade* me impelia de volta, mas agora, quando caminho ao seu encontro e olho em seus olhos, não sei mais o que é, só que vamos entrar e deitar-nos juntos, e ela vai se levantar meio chorando, meio sorrindo, e ficará muito calada me olhando, examinando-me a andar pelo quarto, e jamais me perguntará o que me tortura, jamais, jamais, porque é a única coisa que teme, a única coisa que a apavora saber. *Eu não amo você!* Será que não me ouve gritando isso? *Eu não amo você.* Repetidas vezes eu grito, os lábios cerrados, com ódio no coração, com desespero, com uma raiva impotente. Mas as palavras nunca deixam meus lábios. Olho-a e fico com a língua presa. Não posso fazer isso... Tempo, tempo, tempo interminável nas mãos e apenas mentiras para preenchê-lo.

Bem, não quero reencenar toda a minha vida até o momento fatal — é longa e dolorosa demais. Além disso, minha vida levou de fato a esse momento culminante? Duvido. Penso que houve inúmeros momentos em que tive a chance de fazer um começo, mas faltaram-me a força e a fé. Na noite em questão saí deliberadamente de mim mesmo: saí direto da velha vida e entrei na nova. Não custou o mínimo esforço. Eu tinha trinta anos então. Tinha mulher e filha e o que se chama de posição "responsável". Estes são os fatos, e os fatos não significam nada. A verdade é que meu desejo era tão grande que se tornou realidade. Num momento desses, o que um homem *faz* não tem grande importância, o que conta é o que ele *é*. Em momentos assim é que um homem vira um anjo. Foi precisamente o que aconteceu comigo: *eu me tornei um* anjo. A pureza de um anjo não é tão valiosa quanto o fato de que ele voa. Um anjo quebra o padrão em qualquer parte, a qualquer momento, e encontra seu céu; tem o poder de descer na mais baixa matéria e desprender-se à vontade. Na noite em questão entendi isso perfeitamente. Era puro e não-humano, estava desprendido, tinha asas. Fora privado do passado e não me interessava o futuro. Transcendera o êxtase. Quando deixei o escritório, dobrei minhas asas e escondi-as sob o casaco.

O salão de dança ficava exatamente defronte da entrada lateral do teatro onde eu costumava me sentar à tarde em vez de ir procurar trabalho. Era uma rua de teatros, e eu ficava horas seguidas sentado lá, tendo os mais violentos sonhos. Parecia que toda a vida teatral de Nova York se concentrava naquela única rua. Era a Broadway, era sucesso, fama, brilho, pintura, a cortina de amianto e o buraco na cortina. Sentado nos degraus do teatro, eu costumava olhar o salão de dança no lado oposto, a fila de lanternas vermelhas que mesmo nas tardes de verão ficavam acesas. Em cada janela havia um ventilador que parecia puxar a música para a rua, onde ela era abafada pelo ruído dissonante do tráfego. Do outro lado do salão havia um banheiro público, e também ali eu me sentava de vez em quando, esperando arranjar uma mulher ou algum dinheiro emprestado. Acima do banheiro público, no nível da rua, havia um quiosque com jornais e revistas estrangeiros; só a visão daquelas publicações, das estranhas línguas em que eram impressas, já bastava para me abalar o dia inteiro.

Sem a menor premeditação, eu subia a escada para o salão de dança e ia direto para a janelinha da cabine onde Nick, o Grego, sentava-se com um rolo de ingressos à sua frente. Como o mictório embaixo e a escada do teatro, aquela mão do grego hoje me parece uma coisa separada e distinta — a enorme mão peluda de um ogro tomada de empréstimo de algum horrível conto de fadas escandinavo. Era sempre a mão que me falava, que dizia: "A srta. Mara não estará aqui esta noite." Ou: "Sim, a srta. Mara chegará tarde esta noite." Era com aquela mão que eu sonhava em criança quando dormia no quarto de janelas gradeadas. Em meu sono febril, de repente a janela se iluminava, e revelava o ogro agarrando as barras. Noite após noite o monstro peludo me visitava, agarrado às barras e rangendo os dentes. Eu acordava suando frio, a casa escura, o quarto em absoluto silêncio.

De pé ao lado da pista de dança, observo-a vindo em minha direção; vem com as velas tremulantes, o grande rosto redondo belamente equilibrado no longo pescoço colunar. Vejo uma mulher de talvez dezoito anos, talvez trinta, de cabelos negro-azulados e um grande rosto branco, um rosto branco cheio em que os olhos reluzem brilhantes. Veste um conjunto azul de tecido aveludado feito de encomenda. Lembro claramente agora a opulência de seu corpo, e que os cabelos eram finos e lisos, partidos de lado, como os de um homem. Lembro o sorriso que me deu — experiente, misterioso, fugidio —, um sorriso que brotava de repente, como uma rajada de vento.

Todo o ser se concentrava naquele rosto. Eu poderia pegar apenas a cabeça e ir para casa com ela; poderia colocá-la a meu lado à noite, num travesseiro, e fazer amor com ela. Quando a boca e os olhos se abriam, todo o ser resplandecia através deles. Havia uma iluminação que vinha de alguma fonte desconhecida, de um centro oculto no fundo da terra. Eu não pensava em nada além do rosto, a estranha qualidade uterina do sorriso, sua urgência envolvente. O sorriso era tão dolorosamente rápido e passageiro que parecia o luzir de uma faca. Aquele sorriso, aquele rosto, eram sustentados pelo longo pescoço branco, o vigoroso pescoço de cisne do médium — e dos perdidos e condenados.

Fico parado na esquina sob as luzes vermelhas, esperando que ela desça. São cerca de duas horas da manhã e está saindo do serviço. De pé na Broadway, com uma flor na botoeira, sinto-me absolutamente limpo e só. Passamos quase a noite toda falando de Strindberg, de uma personagem sua chamada Henriette. Ouvi com uma atenção tão tensa que caí em transe. Era como se, com a frase de abertura, tivéssemos iniciado uma corrida — para lados opostos. Henriette! Quase assim que o nome foi mencionado, ela se pôs a falar de si mesma, sem perder inteiramente de vista Henriette, ligada a ela por um longo e invisível barbante que ela manipulava imperceptivelmente com um dedo, como o camelô um pouco afastado do pano preto na calçada, aparentemente indiferente ao pequeno mecanismo que se move sobre o pano, mas traindo-se pelo espasmódico movimento do dedo mínimo ao qual está amarrado o barbante. Henriette sou eu, meu verdadeiro eu, ela parecia dizer. Queria fazer-me acreditar que Henriette era na verdade a encarnação do mal. Dizia isso com tanta naturalidade, tanta inocência, com uma candura quase sub-humana — como ia eu acreditar que falava sério? Só pude sorrir como para demonstrar que estava convencido.

De repente, sinto que ela se aproxima. Viro a cabeça. Sim, ela vem com tudo, velas desfraldadas, olhos luzindo. Pela primeira vez vejo como caminha. Avança como um pássaro, um pássaro humano envolto em pele macia. A máquina está a todo vapor: quero gritar, dar um grito que deixe o mundo todo de orelha em pé. Que andar! Não é um andar, é um deslizar. Alta, majestosa, corpo cheio, dona de si, ela vara a fumaça, o jazz e o fulgor da luz vermelha como a rainha-mãe de todas as putas escorregadias da Babilônia. Isso está acontecendo na esquina da Broadway, bem em frente ao banheiro público. Broadway — é o reino dela. Isso é a Broadway, isso é Nova York, isso são os Estados Unidos. Ela é os Estados Unidos em pé, com asas e sexo. Ela é o *lubet*, o abominado e o sublimado — com um traço de ácido clorídrico, nitroglicerina, láudano e ônix em pó. Opulência ela tem, e magnificência; são os Estados Unidos certos ou errados, e o oceano de cada lado. Pela primeira vez em minha vida todo o continente me atinge com toda força, me atinge entre os olhos. Isso são os Estados Unidos, com ou sem búfalos; os Estados Unidos, o esmeril de esperança e desilusão. O que quer que tenha feito os Estados Unidos a fez também, osso, sangue, músculo, globo ocular, andar, ritmo, equilíbrio, confiança, descaramento e entranhas vazias. Está quase em cima de mim, o rosto cheio luzindo feito cálcio. A grande pele macia escorrega-lhe do ombro. Ela não nota. Parece não se incomodar se suas roupas caírem. Está cagando para tudo. São os Estados Unidos movendo-se como um raio em direção ao armazém de vidro da histeria vigorosa. Amurrica*, com pele ou sem pele, com sapatos ou sem sapatos. Amurrica COD. *E se mandem, seus sacanas, antes que a gente mande bala em vocês!* Fui atingido nas tripas, eu

---

*Gíria que significa América, com conotação pejorativa, de desaprovação. (*N. da E.*)

tremo. Alguma coisa vem em minha direção e não há como escapar. Ela vem direto, atravessando a vitrine de vidro laminado. Se ao menos parasse um segundo, se me deixasse em paz apenas por um momento. Mas não, nem um único momento ela me concede. Rápida, implacável, imperiosa, como o próprio Destino ela está em cima de mim, uma espada me atravessando de lado a lado...

Pega-me pela mão, segura-a firme. Caminho ao lado dela sem medo. Estrelas começam a piscar dentro de mim; há dentro de mim uma grande abóbada azul onde um momento atrás as máquinas batiam furiosamente.

Pode-se esperar uma vida inteira por um momento desses. A mulher que nunca esperávamos encontrar agora se senta à nossa frente, e fala e parece exatamente a pessoa com quem sonhamos. Mas o mais estranho de tudo é que não tínhamos percebido antes que havíamos sonhado com ela. Todo o nosso passado é como um longo sono que teria sido esquecido não fosse o sonho. E também o sonho poderia ter sido esquecido não fosse a memória, mas a lembrança está lá no sangue e o sangue é como um oceano no qual tudo é levado embora, a não ser o que é novo e ainda mais importante que a vida: a REALIDADE.

Sentamo-nos num pequeno compartimento no restaurante chinês do outro lado da rua. Pelo canto do olho, capto um vislumbre das letras iluminadas que correm para cima e para baixo no céu. Ela ainda fala de Henriette, ou talvez seja de si mesma. A pequena touca preta, a bolsa e a pele estão a seu lado no banco. A cada poucos minutos acende um novo cigarro, que se consome enquanto ela fala. Não há começo nem fim; aquilo jorra dela como uma chama e consome tudo ao seu alcance. É impossível saber como ou onde começou. De repente, está no meio de uma longa narrativa, nova, mas sempre a mesma. Sua conversa é vaga como um sonho: não há caminhos, nem paredes, nem saídas, nem paradas. Tenho a sensação de que me afogo num emaranhado de palavras, ou me arrasto penosamente de volta ao topo da rede, estar olhando dentro de seus olhos e tento encontrar ali algum reflexo do significado de suas palavras — mas nada encontro, nada a não ser minha própria imagem tremulando num poço sem fundo. Embora ela só

fale de si mesma, não consigo formar a mais ligeira imagem do seu ser. Curva-se para a frente, cotovelos na mesa, e suas palavras me inundam; onda
após onda rolam sobre mim mas nada se acumula dentro de mim, nada que
eu possa captar com a mente. Fala-me de seu pai, da estranha vida que viviam na borda da floresta de Sherwood, onde ela nasceu, ou pelo menos me
falava disso, mas agora é sobre Henriette de novo, ou será sobre Dostoiévski?
— não sei ao certo — mas seja como for, de repente compreendo que não é
mais sobre nenhum deles que ela está falando, e sim sobre um homem que a
levou para casa uma noite e quando eles estavam na varanda se despedindo,
ele de súbito estendeu a mão e levantou seu vestido. Ela pára um instante,
como que para me garantir que é sobre isso que deseja falar. Eu a olho perplexo. Não imagino por qual rota chegamos a esse ponto. *Que homem?* Que
era que ele lhe dizia? Deixo-a continuar, pensando que na certa voltará ao
assunto, mas não, está à minha frente de novo, e agora parece que o homem,
o *tal* homem, já morreu, um suicídio, e ela tenta me fazer entender que foi
um terrível golpe para ela, mas o que realmente parece transmitir é que se
orgulha do fato de haver levado um homem ao suicídio. Não imagino o
homem como morto; só penso nele quando estava na varanda levantando
o vestido dela, um homem sem nome, mas vivo e perpetuamente fixado no
ato de levantar o vestido dela. Há outro homem que foi seu pai e eu o vejo
com uma fileira de cavalos de corrida, ou às vezes numa pequena estalagem
nos arredores de Viena; ou melhor, vejo-o no telhado da estalagem soltando
pipas para passar o tempo. E entre esse homem que foi seu pai e o homem
por quem ela se apaixonou loucamente não consigo fazer uma separação. É
alguém em sua vida sobre quem ela preferiria não falar, mas ainda assim
retorna a ele o tempo todo, embora eu não tenha certeza de que *não* seja o
homem que levantou seu vestido, nem tenha certeza de que seja o homem
que se suicidou. Talvez seja o homem de quem começou a falar quando nos
sentamos para comer. Exatamente quando estávamos nos sentando, lembro
agora, ela começou a falar de maneira um tanto febril sobre um homem que
acabara de ver entrando na cafeteria. Chegou a mencionar o nome dele, mas
eu logo o esqueci. Lembro-me, porém, de que disse que vivera com ele e que

ele fizera alguma coisa de que ela não gostara — não disse o quê — e assim o deixara, deixara-o de repente, sem uma palavra de explicação. E então, exatamente quando entrávamos no restaurante chinês, deram um com o outro e ela ainda tremia quando nos sentamos no pequeno reservado... Durante um longo instante tenho a mais incômoda sensação. Talvez cada palavra sua fosse uma mentira! Não uma mentira comum, não, uma coisa pior, uma coisa indescritível. Só que às vezes a verdade também sai assim, sobretudo se se pensa que jamais vai tornar a ver a pessoa. Às vezes a gente diz a um perfeito estranho o que jamais ousaria revelar ao amigo mais íntimo. É como ir dormir no meio de uma festa; a gente fica tão interessado em si mesmo que vai dormir. E quando está ferrado no sono, começa a falar com alguém, alguém que estava na mesma sala o tempo todo e portanto entende tudo, mesmo quando a gente começa uma frase no meio. E talvez essa outra pessoa também vá dormir, ou sempre esteve adormecida, e por isso foi tão fácil encontrá-la, e se ela não diz nada para perturbar, então sabemos que aquilo que está nos dizendo é real e verdadeiro, e que estamos bem despertos e não há outra realidade além desse estar adormecido totalmente desperto. Eu jamais estivera tão bem desperto e tão ferrado no sono ao mesmo tempo. Se o ogro de meus sonhos tivesse de fato afastado as barras e me tomado pela mão, eu haveria morrido de medo, e por conseguinte agora estaria morto, quer dizer, eternamente adormecido e portanto sempre foragido, e nada mais seria estranho, nem mentira, mesmo o que aconteceu não teria acontecido. O que aconteceu deve ter acontecido há muito tempo, sem dúvida à noite. E o que está acontecendo agora também está acontecendo há muito tempo, à noite, e isso não é mais verdade que o sonho do ogro e as barras que não cediam, só que agora as barras estão quebradas e aquela a quem eu temia me segura pela mão e não há diferença entre o que eu temia e o que é, porque eu dormia e agora estou dormindo completamente desperto e nada há a temer, nem a esperar, mas apenas isso que é e que não conhece fim.

Ela quer ir. Ir... Outra vez o quadril, aquele deslizar escorregadio como quando desceu do salão de dança e tomou posse de mim. Mais uma vez as palavras... "de repente, sem motivo algum, ele se curvou e suspendeu meu vestido". Ela faz a pele escorregar em torno de seu pescoço; a pequena touca negra ressalta o rosto como um camafeu. O rosto redondo, cheio, de maçãs eslavas. Como pude sonhá-lo, sem jamais tê-lo visto? Como pude saber que ela se ergueria assim, próxima e plena, o rosto inteiramente branco e florescente como uma magnólia? Tremo quando a opulência de sua coxa roça em mim. Ela parece até mesmo um pouco mais alta que eu, embora não seja. É a maneira como ergue o queixo. Não nota por onde anda. Anda *por cima* das coisas, em frente, em frente, olhos abertos fitando o espaço. Sem passado nem futuro. Até o presente parece duvidoso. O eu parece havê-la deixado, e o corpo lança-se para a frente, o pescoço cheio e retesado, branco como o rosto, cheio como o rosto. A conversa continua, naquela voz baixa, gutural. Não tem princípio nem fim. Não tenho consciência do tempo nem da passagem do tempo, mas da eternidade. Ela tem o pequeno útero da garganta enganchado no grande útero da pélvis. O táxi espera no meio-fio e ela ainda mastiga o cosmológico resíduo do ego externo. Pego o tubo acústico e me conecto com o duplo útero. Alô, alô, você está aí? Vamos lá! Vamos lá com isso — táxis, barcos, trens, lanchas de nafta; praias, percevejos, rodovias, desvios, ruínas; relíquias, velho mundo, novo mundo, cais, ancoradouro; o grande fórceps, o trapézio oscilante, a vala, o delta, os jacarés, os crocodilos, papo, papo e mais papo; depois estradas de novo, e de novo poeira nos olhos, mais arco-íris, mais aguaceiros, mais comidas do desjejum, mais cremes, mais loções. E quando todas as estradas forem percorridas e restar apenas a poeira de nossos pés frenéticos, ainda restará a lembrança de seu grande rosto cheio e tão branco, da boca larga de lábios frescos separados, dos dentes brancos como giz e todos perfeitos, e nessa lembrança nada pode mudar, porque isso, como seus dentes, é perfeito...

É domingo, o primeiro domingo de minha nova vida, e estou usando a coleira de cachorro que você me pôs no pescoço. Uma nova vida estende-se à minha frente. Começa com o dia de repouso. Estou deitado de costas sobre uma ampla folha verde e vejo o sol explodindo em seu ventre. Que barulhão e que estrondo que faz! Tudo isso expressamente para mim, é? Se ao menos você tivesse um milhão de sóis em si! Se ao menos eu pudesse jazer aqui para sempre apreciando os fogos de artifício celestiais!

Fico suspenso na superfície da lua. O mundo é um transe uterino: o ego interno e o externo se equilibram. Você me prometeu tanta coisa que se eu nunca sair disso não fará diferença. Parece-me que faz exatamente 25.960 anos que durmo no negro útero do sexo. Talvez tenha dormido demais por 365 anos. Mas de qualquer forma agora estou na casa certa, entre os números seis, e que o que ficou para trás está bem e o que está à minha frente está bem. Você me veio disfarçada de Vênus, mas é Lilith e sei disso. Toda a minha vida está na balança; vou desfrutar esse luxo por um dia. Amanhã farei pender as bandejas. Amanhã inclinarei os pratos. Amanhã o equilíbrio acabará; se algum dia eu tornar a encontrá-lo será no sangue e não nas estrelas. É bom que você me prometa tanta coisa. Preciso que me prometam quase tudo, pois vivi tempo demais à sombra do sol. Quero luz e castidade — e um fogo solar nas entranhas. Quero ser enganado e desiludido, para completar o triângulo superior e não ficar continuamente voando do planeta para o espaço. Acredito em tudo que você me diz, mas também sei que tudo sairá diferente. Tomo-a como uma estrela e uma armadilha, como um peso para desequilibrar os pratos da balança, como um juiz vendado, como um buraco onde cair, como uma trilha para caminhar, como uma cruz e uma flecha. Até o presente viajei na direção oposta ao sol; daqui para a frente viajo os dois sentidos, como sol e como lua. Daqui para a frente assumo dois sexos, dois hemisférios, dois céus, dois conjuntos de tudo. Daqui para a frente serei duplamente flexível e duplamente sexuado. Tudo que acontece acontecerá duas vezes. Serei um visitante nesta terra, partilhando de suas bênçãos e levando suas dádivas. Não servirei nem serei servido. Buscarei o fim em mim mesmo.

Torno a olhar o sol — meu primeiro olhar pleno. É vermelho-sangue e os homens caminham nos telhados. Tudo acima do horizonte está claro para mim. É como o domingo de Páscoa. A morte ficou para trás e o nascimento também. Vou viver agora entre as doenças da vida. Vou viver a vida espiritual dos pigmeus, a vida secreta dos homenzinhos na vastidão do mato. Interno e externo trocaram de lugar. O equilíbrio não é mais a meta — as balanças devem ser destruídas. Deixe-me ouvi-la prometer de novo todas aquelas coisas alegres que traz dentro de si. Deixe-me tentar acreditar por um dia, enquanto repouso a céu aberto, que o sol traz boas novas. Deixe-me apodrecer em esplendor enquanto o sol explode em seu ventre. Acredito implicitamente em todas as suas mentiras. Tomo-a como a personificação do mal, como a destruidora da alma, como a marani da noite. Pregue seu útero em minha parede, para que eu me lembre de você. Temos de ir andando. Amanhã, amanhã...

Setembro de 1938
Villa Seurat, Paris

Este livro foi impresso nas oficinas da
Distribuidora Record de Serviços de Imprensa S.A.
Rua Argentina, 171 – Rio de Janeiro, RJ
para a
Editora José Olympio Ltda.
em julho de 2008

*

76º aniversário desta Casa de livros, fundada em 29.11.1931